Elias Haller
Möwentod

EDITION M

Das Buch

In Stralsund bricht eine Privatdetektivin in ein schäbiges Motelzimmer ein, am nächsten Morgen wird sie tot aufgefunden. Das erfahrene Ermittlerduo Greta Silber und Hardy Finkel übernimmt den rätselhaften Fall, der sich für die Kripo bald zu einem wahren Albtraum entwickelt. Denn irgendjemand will mit allen Mitteln die Aufklärung verhindern.

Die beiden Ermittler stoßen auf verschiedene vom Schicksal gebeutelte Menschen, die offensichtlich ein neues Leben beginnen wollten. Dann taucht eine blutige Spur auf, die zu einer Fähre ins Ausland führt …

Der Autor

Elias Haller, Jahrgang 1977, lebt in einer sächsischen Großstadt. Den Zündstoff für seine packenden Thriller bezieht er aus seiner beruflichen Erfahrung mit Rechtsbrechern und deren Opfern. Seine Leidenschaft fürs Schreiben ermöglicht es ihm, kaltblütige Mörder und tragische Helden aufeinander loszulassen, ohne dabei ein schlechtes Gewissen zu haben.

ELIAS HALLER

MÖWENTOD

THRILLER

EDITION M

Deutsche Erstveröffentlichung bei
Edition M, Amazon Media EU S.à r.l.
38, avenue John F. Kennedy, L-1855 Luxembourg
Mai 2020

Umschlaggestaltung: zero-media.net, München
Umschlagmotiv: © Leonardo Baldini / ArcAngel;
© sakchai vongsasiripat / Getty Images
Lektorat und Korrektorat: VLG Verlag & Agentur, Haar bei München,
www.vlg.de
Gedruckt durch:
Amazon Distribution GmbH, Amazonstraße 1, 04347 Leipzig /
Canon Deutschland Business Services GmbH, Ferdinand-Jühlke-Straße 7,
99095 Erfurt /
CPI books GmbH, Birkstraße 10, 25917 Leck

ISBN 978-2-49670-478-5

www.edition-m-verlag.de

Für alle, außer der Dame an der Versicherungshotline
letzten Dienstag

Kapitel 1

Als Maja Reichert sich mit ihrer Reisetasche dem Untersuchungsstuhl näherte, war sie sich plötzlich unsicher, ob sie das Richtige tat. In der vertrauten Praxis ihres Hausarztes hätte sie sich vielleicht wohler gefühlt, aber diese Umgebung hier wirkte an allen Ecken und Enden wie das Provisorium eines Behandlungszimmers. Wandfliesen aus Omas Zeiten, spärliches Mobiliar, schlechte Beleuchtung. Beim Umsehen entdeckte sie an der Zimmerdecke überdies zwei große Wasserflecken. Selbst der Lederbezug des Stuhls zeigte gleich an mehreren Stellen Risse. Dazu fühlte es sich innerhalb des Gebäudes trotz Hochsommers bitterkalt an. Beim Betreten der Praxis hatte sie bereits gefröstelt, dies jedoch auf ihre Nervosität geschoben. Inzwischen wusste sie, dass es an den niedrigen Temperaturen lag, die überall im Gemäuer herrschten.

Sie kannte nicht einmal die Adresse, aber wie es sich anhörte, befand sie sich in der Nähe des Hafens. Ein Taxifahrer mit osteuropäischem Akzent, dichtem Bartwuchs und schiefem Brillengestell hatte unmittelbar am Bahnhof von Stralsund ein Schild mit ihrem Decknamen hochgehalten. Zuerst hatte sie sich nicht zu erkennen gegeben, aber nachdem er sie angesprochen hatte, war sie zu ihm in den Wagen gestiegen. Es war eine kurze Fahrt gewesen, die sie keinen Cent gekostet hatte.

»Ich muss mich für den Zustand der Einrichtung entschuldigen«, sagte der Mann in dem weißen Kittel, der, ihr den Rücken zugewandt, in einer Schublade voller chirurgischer Werkzeuge herumkramte. »Nach achtzehn Jahren ist eine Renovierung der Praxisräume dringend notwendig. Nächste Woche rücken hoffentlich die Handwerker an. Aber Sie sind ja zum Glück nicht wegen einer Operation hier, sondern nur wegen einer klitzekleinen medizinischen Untersuchung.«

Besorgt blickte Maja immer wieder auf den Stuhl in der Mitte des Raumes. »Ist das denn wirklich notwendig?«

Der Arzt schwang herum und lächelte sie an. »Absolut. Je mehr wir über Sie wissen, umso besser ist das für Ihr weiteres Leben. Immerhin benötigen Sie ab morgen eine möglichst echte Krankenakte.«

Darüber hatten sie sich im Vorfeld ausführlich unterhalten. Dafür gab es ja auch die Checkliste. Trotzdem verunsicherte sie das Prozedere, denn sie war davon ausgegangen, sämtliche Unterlagen und Dokumente seien rein fiktiver Natur. Dass man es jedoch deutlich genauer nahm, hätte sie eigentlich schon nach dem ersten Beratungsgespräch per Chat wissen müssen.

»Oh, bloß keine Angst«, reagierte der Mediziner mit sanfter Stimme, weil er wohl ihr Zittern bemerkte. »Sie sind jung und schön und machen mir einen kerngesunden Eindruck. Ich sehe keinen Grund, warum ich eine Krankheit bei Ihnen finden sollte. Es sei denn, Sie möchten das.«

Diese Aussage verwirrte sie. Überhaupt fand sie seine Worte sonderbar. Ihr wurde gleich ein bisschen schwummrig, denn die Situation überforderte sie zunehmend. Fehlte nur noch, dass er sie aufforderte, sich auszuziehen. Das würde sie garantiert nicht tun, denn das hatte ihr perverser Ex-Freund immer verlangt. Und dann hatte er sie all die schlimmen Dinge durchstehen lassen. All die Dinge, denen sie nun zu entfliehen versuchte. Nur deshalb war sie hier, mit der ganzen Kohle in der Tasche. Sie wollte, dass die Erniedrigung und die Abhängigkeit aufhörten.

»Wie lange wird die Untersuchung dauern?«

Der Arzt trat an den Stuhl heran und klopfte mit der flachen Hand auf das Lederpolster. »Nehmen Sie bitte Platz, Frau Reichert.«

Seine andere Hand steckte in der ausladenden Seitentasche seines Kittels. Seltsam, sie hatte gar nicht mitbekommen, ob er einen Gegenstand aus dem Schrank genommen hatte. Sekunden vorher hatte er das Schubfach zugeschoben und sich zu ihr umgedreht. In ihrem Kopf wirbelten die Gedanken durcheinander. Gleichzeitig breitete sich in ihrem Magen ein stechender Reiz aus.

Was war denn auf einmal mit ihren Beinen los?

Um nicht das Gleichgewicht zu verlieren und umzukippen, ließ sie ihre Taschen fallen und stützte sich auf die Armlehne.

»Mir ist so komisch … Ich …«

»Sie fühlen sich schwach?«, vollendete er ihren Satz. »Das ist bloß die Aufregung. Das ist völlig normal.«

Maja fand die plötzliche Übelkeit alles andere als normal. Ja, sie war aufgeregt, aber dass es ihren Körper mit solcher Intensität durchschüttelte, war ungewöhnlich.

»Kommen Sie, legen Sie sich hin.« Per Knopfdruck stellte er die Rückenlehne flacher, bis der Stuhl in fast waagerechter Position stoppte. »Ich gebe Ihnen etwas zur Beruhigung. Es tut auch nicht weh.«

Als er eine Nadel ins Licht hielt, an deren Spitze ein hauchdünner Flüssigkeitsstrahl austrat, wurde ihr die Situation komplett unheimlich.

»Ich brauche keine Spritze!« Sie bemerkte, dass sie nur noch lallte, weil sich ihre Zunge taub anfühlte. Sofort stieß sie sich vom Stuhl ab und taumelte rückwärts. »Ich will doch nur ein neues Leben, verdammt!«

»Aber genau das sollen Sie bekommen, Frau Reichert. Deshalb sind Sie hier.«

Während er den Untersuchungsstuhl umrundete, fixierte sie die Ausgangstür. Nicht einmal die Entfernung bis dorthin konnte sie noch abschätzen. Sie versuchte einen weiteren Schritt und sackte zusammen. Auf dem Rücken liegend, verkrampfte sie und stierte dabei unentwegt zur Decke. Das Zimmer schien sich um sie herum zu drehen. Schneller und schneller. Selbst die tristen Raumfarben gingen in einen bunten Strudel über.

Im nächsten Moment beugte er sich über sie. »Haben Sie heute etwa zu wenig getrunken, Frau Reichert?«

Das Getränk! Vorhin beim Abschlussgespräch hatte er ihr ein Glas Wasser angeboten. Dieses hatte sie fast vollständig geleert.

»Was passiert mit mir?«, brachte sie mit letzter Kraft heraus.

»Jetzt werde ich Sie untersuchen.«

Nein, wollte sie sagen, aber kein einziger Ton drang mehr aus ihrer Kehle.

»Bei einer Sache habe ich gelogen …«, wisperte er und stieß die Nadelspitze in ihren Oberarm.

Kaum noch bei Besinnung, schaute Maja zu, wie sein Gesicht verschwamm und sich mehr und mehr in Dunkelheit hüllte.

»Manchmal tut es doch weh«, hörte sie ihn sagen. »Sehr weh sogar …«

Kapitel 2

Paulina Münzner durchquerte Stralsund und parkte ihren Mercedes auf dem Knieperdamm. Weit genug weg vom Motel S1, um mit der Klapperkiste nicht unnötig aufzufallen. Allein die blauschwarzen Rußwolken aus dem Auspuff zeugten vom schrottreifen Zustand des Wagens und zogen skeptische Blicke von Passanten auf sich, wenn sie durch die Städte fuhr.

Eine Weile blieb Paulina hinter dem Lenkrad sitzen. Fast zwanzig Uhr. Sie zündete sich eine Zigarette an und verfluchte sich im selben Moment dafür, dass sie wieder mit Rauchen angefangen hatte. Jede Packung ging ins Geld. Geld, das sie für wichtigere Dinge brauchte. Zum Beispiel für die ausstehende Werkstattrechnung oder die Unterhaltszahlungen für ihren siebenjährigen Sohn, mit dem sie viel zu selten Zeit verbrachte und der beim Kindsvater lebte, weil das Amtsgericht diesem das alleinige Aufenthaltsbestimmungsrecht zugesprochen hatte. Der Richter war der Meinung gewesen, ihr Beruf als Privatdetektivin und ihr lotteriger Lebensstil passten nicht zum Bild einer verantwortungsvollen Mutter.

»Drauf geschissen«, schimpfte sie und inhalierte das Nikotin tief in ihre Lunge.

Warum hatten die Trennung und der anschließende Sorgerechtsstreit auch ausgerechnet in die Zeit fallen müssen, als sie ihre gesamten Ersparnisse verloren und ihr obendrein der Vermieter gekündigt hatte? Zwar streckte das Jugendamt den Unterhalt derzeit vor; dennoch reichten ihre Einnahmen momentan nicht für eine anständige Wohnung, weshalb sie schon seit über einem Jahr in der eigenen Detektei in Anklam übernachtete.

Doch sobald dieser Job erledigt war, würden sich ihre Geldsorgen auflösen wie der Qualm im Fahrzeuginneren. Ganz bestimmt!

Sie schnippte den Zigarettenstummel auf den Asphalt, ließ die Seitenscheibe hochfahren, warf einen letzten Blick auf das Foto des Mannes, den sie suchte, steckte das Bild in ihre Jackentasche und stieg aus. Zielstrebig ging sie zum Motel S1, bei dem die Bezeichnung S1 wohl für die erste Adresse in Stralsund in Sachen Unterkunft stehen sollte.

Unterwegs schaute sie sich mehrmals um, ob jemand sie beobachtete. Auf dem Knieperdamm herrschte der normale abendliche Stralsunder Verkehr. Fußgänger mit Sommerhüten liefen an Paulina vorbei, ohne sie besonders zu bemerken. Alles war so, wie es sein sollte – bis auf den Streifenpolizisten, der unweit des Motels stand und einem Falschparker ein Knöllchen unter den Scheibenwischer klemmte.

Paulina zog ihr Handy aus der Tasche und tat so, als telefonierte sie. Gleichzeitig steuerte sie auf ein Buswartehäuschen zu und versteckte ihr Gesicht halb hinter dem Fahrplan. Der Uniformierte blickte in ihre Richtung. Ein großer Mann mit Schnurrbart, dem die Schirmmütze schief auf dem Kopf saß und eine Kippe im Mund steckte. Unwahrscheinlich, dass er auf sie aufmerksam geworden war. Dafür befanden sich zu viele andere Menschen in der Nähe. Deutlich auffälliger als Paulina war da schon das grauhaarige Pärchen, das Arm in Arm am Straßenrand stand und im fließenden Verkehr keine Lücke fand, um die Fahrbahn zu überqueren. Unter anderen Umständen wäre sie ihm zu Hilfe geeilt. Heute wünschte sie jedoch, der Bulle würde sich um das überforderte Rentnerehepaar kümmern.

Wie auf Befehl schob der Polizist seinen Verwarngeldblock in die Gesäßtasche, fuhr sich mit zwei Fingern über den Bart und ging auf die beiden Alten zu. Paulina nutzte ihre Chance und huschte mit dem Smartphone am Ohr vorbei zum Motel.

Bei den Bewertungen im Internet kam das S1 extrem schlecht weg. Laut den Kundenrezensionen versuchte der Betreiber, den Schimmelgeruch in den Etagen mit jeder Menge Aromadiffusern zu überdecken. Außerdem begegnete einem beim Frühstück zuweilen das eine oder andere Krabbeltier. Ob das wirklich stimmte, wusste Paulina nicht, und ihr hatte auch niemand den Auftrag erteilt, das Motel anonym zu testen. Sollte sich das Gesundheitsamt darum kümmern.

Paulina kam hierher, um ihre Zielperson zu finden. Nur mit deren Unterstützung konnte sie ihrem Leben eine neue Richtung geben und ihren Sohn zurückbekommen. Der Typ, den sie suchte, saß mächtig in der Tinte und brauchte demzufolge ihre Hilfe, im Gegenzug würde er ihr seine Lebensgeschichte anvertrauen. Falls nur die Hälfte seiner Angaben stimmte, bekam sie die Story ihres Lebens. Natürlich war Paulina nicht so einfältig, um irgendeinem dahergelaufenen Kerl jedes Wort zu glauben, aber irgendwas musste an der Sache dran sein, denn zuvor hatte ein Drogenhändler sie auf ihn angesetzt.

Für diesen Auftrag hatte sie nächtelang im Internet recherchiert und war schließlich auf den »Geist« gestoßen. Wenn sie es clever anstellte, konnte sie sogar doppelt kassieren. Allein, dass sie den Geist hier in Stralsund aufgespürt hatte, fühlte sich berauschend an.

Jetzt galt es, den Mann zu überraschen, den sie eigentlich an ein Schwergewicht im Drogengeschäft ausliefern sollte.

Sie hasste es, für solche Kriminelle Aufträge zu erledigen, aber solange sie sich dabei nicht selbst strafbar machte, konnte sie nicht ablehnen. Niemand schenkte einem auch nur einen Cent, wenn man stets nach ethischen Grundsätzen handelte. Im Gegenteil, meist bekam man noch einen Arschtritt obendrein.

Außerdem hatte es anfangs nach einem simplen Auftrag geklungen, erst später hatten sich die Dinge verkompliziert. Als sie herausgefunden hatte, hinter wem sie in Wahrheit her war, und plötzlich hatte ihr der Gesuchte einen Deal angeboten. Einen von der Sorte, die man unmöglich ablehnen konnte.

Bisher hatte der Kontakt zu dem Gesuchten ausschließlich übers Internet stattgefunden, aber nun wusste sie, dass er sich aktuell in dem Motel aufhielt. Der entscheidende Tipp war vom Betreiber selbst gekommen. Manchmal zahlte es sich eben aus, wenn man viel herumtelefonierte. In diesem Fall hatte sie einfach auf die preiswertesten Unterkünfte spekuliert und Erfolg gehabt.

Problemlos fand sie den Seiteneingang, durch den man ungesehen an der Rezeption vorbeikam. Gerade als sie eintreten wollte, bemerkte sie die Gestalt, die sich von hinten anschlich. Paulina wirbelte herum und blickte in das ausgezehrte Gesicht eines Penners. So schien es auf den ersten Blick. Beim zweiten Hinsehen handelte es sich eindeutig um einen Junkie, dessen Gesellschaft man sonst lieber mied.

»Du bist nicht von hier, nicht wahr?«, sprach er sie an.

»Woher willst du das wissen?«

Er tippte sich mit dreckigem Zeigefinger gegen die Stirn und stierte sie aus großen, glasigen Augen an. »Weil ich alle Leute in der Gegend kenne.«

»Dann hast du anscheinend einen echt kleinen Bekanntenkreis.«

Sie wollte gehen, aber er zupfte sie am Jackenärmel. »Warte! Du suchst Smoke, nicht wahr?«

Sie ertappte sich dabei, dass sie ihn eine geraume Zeit irritiert musterte. Abgesehen von seinen blau gefärbten Haaren, die ein für jeden Kamm undurchdringliches Geflecht bildeten, war er wirklich extrem dünn. So sehr, dass ihm die zerrissene türkise Trainingsjacke, auf der man das pinkfarbene Adidas-Logo kaum noch erkennen konnte, mindestens zwei Nummern zu groß war. Die Haut auf seinen Handrücken und am Hals wies nässende rote Wundmale auf und sein Gesicht war von Aknenarben verunstaltet.

»Ich brauche dein Scheißzeug nicht«, stellte sie klar, kein Interesse an Drogen zu haben.

»Du suchst doch Smoke, oder irre ich mich?«, beharrte er.

»Hör zu, ich kenne dich nicht und ich möchte mich nicht weiter mit dir unterhalten.«

»Warte!«, hielt er sie abermals auf. »Du kommst eh zu spät, Smoke hat sich nämlich in Luft aufgelöst. Puff!«

»Na, wenn du das sagst …«

Sie winkte ab und huschte ins Motel. Als die Tür hinter ihr ins Schloss fiel, atmete sie erleichtert auf. Von der Beleuchtung im Gang funktionierten gleich mehrere Glühbirnen nicht. Wenig gastfreundlich wirkte auch die Tapete. Schon jetzt bekam sie eine Ahnung, wie tief ihr Zeuge gefallen war, wenn er in einer solchen Absteige Zuflucht suchte.

Halb verdeckt von einer Säule, sah sie die Rezeption, hinter der sich eine Person mit Armeeweste bewegte. Vermutlich der Betreiber persönlich, denn aus dem Internet wusste sie, dass der Mann ehemaliger Soldat war.

Unbemerkt erreichte sie die Treppe und danach das Obergeschoss. Problemlos fand sie auch das Zimmer mit der Nummer vierzehn. Hier nächtigte der Geist also vorübergehend.

Paulina lauschte am Türblatt. Keine Geräusche. Automatisch glitt ihre linke Hand unter ihre Jacke. Sie spürte den Griff der Schreckschusspistole. Sie klopfte erst leise, dann etwas lauter. Niemand öffnete.

Sie kniete sich nieder, kniff ein Auge zusammen und betrachtete das Türschloss. Seit den Achtzigern schien es im Gebäude keine Renovierungen gegeben zu haben. Aus ihrer Hosentasche holte sie ein Dietrichset hervor. Einen Wimpernschlag später stocherte sie mit Spannwerkzeug und Pick im Schließzylinder herum. Von der Treppe her erklangen Schritte. Trotz der drohenden Entdeckungsgefahr arbeitete Paulina unaufgeregt weiter.

Als die Person die Etage fast erreicht hatte, klickte der Schließriegel und die Tür schwang nach innen. In Windeseile huschte Paulina in das Zimmer. Beiläufig spähte sie durch den Türspalt ins Badezimmer. Alles dunkel, niemand da.

Behutsam schloss sie die Zimmertür und lauschte, was auf dem Flur passierte. Dort klapperte ein Putzeimer und eine Frau sang mit osteuropäischem Dialekt ein Lied. Ein anderes Zimmer wurde aufgeschlossen.

Als auf dem Flur Ruhe einkehrte, glitt Paulinas Hand von der Türklinke. Im selben Moment legte sich etwas um ihren Hals. Im Bruchteil einer Sekunde begriff sie ihren Fehler: Jemand hatte sich mucksmäuschenstill hinter der Badezimmertür versteckt gehalten.

Kapitel 3

Kriminalhauptkommissarin Greta Silber blieb an der Schwelle zum Motelzimmer stehen und beobachtete den Polizeiarzt Dr. Niklas Winkler, der sich bisher als einziger im Raum befand. Er trug Latexhandschuhe und tastete gerade den Hals der toten Frau ab.

»Höchstwahrscheinlich erdrosselt«, erklärte ihr der alte Mediziner. »Aber mit Bestimmtheit wissen wir das erst nach der Obduktion. Ich tippe auf eine Metallschlinge.«

Selbst von ihrem Standort aus konnte Greta das Drosselmal am Kehlkopf des Leichnams erkennen. »Wie ich sehe, haben Sie bereits angefangen, Dr. Winkler. Wenigstens einmal im Leben möchte ich vor Ihnen am Tatort sein.«

»Liegt wahrscheinlich an Ihrem Schuhwerk«, antwortete er und hustete in seine Armbeuge.

Greta schaute auf ihre ausgetretenen Halbschuhe. Früher waren sie mal knallgelb gewesen, jetzt konnte man die Farbe bestenfalls als ocker bezeichnen. Schick sah anders aus, aber die letzten Jahre hatte sie Unterhalt für ihre Kinder zahlen müssen. Da hatte sie jeden Cent zweimal umdrehen und ihre eigenen Bedürfnisse zurückstellen müssen. Inzwischen waren beide Söhne volljährig und sie einundfünfzig. Mit einundfünfzig wollte sie anfangen, sich selbst etwas zu gönnen. Sobald das hier geschafft war, konnte sie ja zur Belohnung das nächstbeste Schuhgeschäft ansteuern und nach ein paar richtig teuren Tretern Ausschau halten.

»Mit Ihrer grünen Cordhose und der fleischfarbenen Weste sehen Sie auch nicht gerade wie die Lichtgestalt der Modebranche aus«, konterte sie. »Und für das Opfer sind Sie auch nicht mehr rechtzeitig gekommen – trotz Ihrer schicken Kleiner-Muck-Sandalen.«

Eine Erwiderung des Doktors wurde von einer Hustenattacke durchkreuzt.

»Verfluchte Sommergrippe«, schimpfte Winkler. »Eigentlich dürfte ich gar nicht hier sein. Aber kaum will man mal fünf Minuten die Beine hochlegen, ruft die Polizei an, weil es Arbeit gibt.«

»Was wissen wir über die Dame?« Gretas Frage ging an die ältere Kollegin Hannelore Preiß, die hinter ihr im Korridor stand. Laut den Meinungen der Kollegen, die schon länger in der Abteilung arbeiteten, war Hannelore seit ihrer letzten Beförderung vor acht Jahren immer gleichgültiger gegenüber dem Job bei der Polizei geworden. Sie machte keinen Hehl daraus, dass sie ihren Pensionseintritt herbeisehnte. Längst drängelte sie sich bei Mordfällen nicht mehr vor. Deshalb überließ sie die Ermittlungsführung bereitwillig Greta.

»Es handelt sich zweifelsfrei um Paulina Münzner, eine ehemalige Spitzenjournalistin«, gab die Kriminalhauptkommissarin Auskunft. »Ihr Mercedes steht unweit von hier geparkt. Ihren Job musste sie aufgeben, nachdem sie sich mit einem namhaften Landtagsabgeordneten angelegt hat, der zu Hochzeiten der Solarenergie im Verdacht stand, dubiose Geschäfte zu machen. Als die Sache an Fahrt gewann, hat er seine Kontakte spielen lassen und Münzner kaltgestellt. Ab da haben sämtliche Redaktionen sie wie Kassengift behandelt. Seitdem hat sie als Privatdetektivin gearbeitet. Ihre Spezialgebiete waren Internetbetrügereien und Stalking, also Delikte, für die wir als Polizei kaum Zeit haben.«

»Ja, diesen Zustand sollte unsere Landesregierung dringend ändern.«

»Wenn du mich fragst, ich bin nicht besonders traurig, dass es sie erwischt hat. In der Vergangenheit hat sie der Kriminalpolizeiinspektion Anklam mächtig Druck gemacht. Sobald sie eine lohnende Story gewittert hat, konnte sie echt biestig sein.«

Den eben erwähnten Solarskandal kannte Greta in groben Zügen. Damals hatte sie ihm keine große Beachtung geschenkt, weil sie den Lobbyismus für erneuerbare Energien als eine einzige große Blase ansah, die jederzeit platzen konnte. Ihrer Meinung nach ging es dabei in Wahrheit nie erstrangig um Umweltschutz, sondern stets um knallharte Wirtschaftsinteressen. Niemand, der halbwegs bei Verstand war, konnte es ernsthaft befürworten, dass man den Ostseeraum mit Offshore-Windparks zupflasterte.

Was Münzner persönlich anging, hatte Greta nie ihre Bekanntschaft gemacht. Dabei arbeitete sie schon achtzehn Jahre bei der Mordkommission. Von Glück wollte sie dennoch nicht reden, denn sie hatte dafür genug andere penetrante Reporter kennengelernt.

»Haben wir Ausweise oder sonstige persönliche Sachen bei der Toten gefunden?«, erkundigte sie sich.

»Fehlanzeige«, antwortete Hannelore. »Anscheinend hat der Täter ihr sämtliche Wertgegenstände abgenommen. Es fehlen das Portemonnaie, das Handy und die Armbanduhr. Unter der Jacke trägt sie ein Holster. Es ist leer und wir haben nirgendwo eine Waffe gefunden.«

Nach einem Wink des Arztes schaute Greta sich vorsichtig im Zimmer um. Es lag nur eine überschaubare Anzahl an persönlichen Gegenständen herum: eine benutzte Tageszeitung, ein Bluetooth-Lautsprecher, ein Handyladekabel in der Steckdose, eine Jeans, ein Paar ausgetretene Herrenschuhe und eine Reisetasche. Unter Garantie gehörten die Dinge nicht der Toten.

»Außerdem fehlen ihr Schlüsselbund und ihr Schmuck«, ergänzte Hannelore.

»Ihr Schmuck? Wie kommst du darauf?« Greta blickte sie erstaunt an, woraufhin die ältere Hauptkommissarin dem Arzt zunickte.

»Zwischen Shirt- und Jackenkragen haben wir den Verschluss eines Ohrsteckers gefunden«, antwortete Dr. Winkler und hielt Greta ein Plastiktütchen hin. »Silber, nehme ich an.«

Greta trat näher, nahm ihm das Tütchen ab und betrachtete das darin befindliche Ohrsteckerteilchen, das tatsächlich aus Silber bestehen konnte. »Was für ein gelungenes Wortspiel in Bezug auf meinen Nachnamen.«

»Ich bin zwar nicht für die kriminalistischen Vermutungen zum Tatgeschehen zuständig«, sagte der Arzt, »aber ich vermute, dass der Täter die Stecker aus dem Ohr gefummelt und in der Hektik das Teilchen verloren hat.«

»Wir reden hier also über einen möglichen Raubmord«, fasste Greta zusammen, was die beiden ihr damit wohl erklären wollten.

Dr. Winkler zuckte mit den Schultern. »An ihrem linken Handgelenk ist die Haut heller, was auf das Tragen einer Armbanduhr schließen lässt. Vielleicht bekommen Sie bei den Ermittlungen heraus, ob die Uhr wertvoll war.« Er erhob sich ächzend und griff sich an den Rücken. »Weiter mische ich mich nicht in Ihre Ermittlungen ein, immerhin sind Sie ein cleveres Mädchen.«

»Hauptsache, ich bekomme von Ihnen einen endgültigen Totenschein.«

»Selbstverständlich!« Er grinste schelmisch und wie üblich war dabei sein Alter für den Moment wie weggefegt. »Das ist schließlich mein Spezialgebiet. Vorher sehe ich mir die Leiche aufmerksam an, dazu werde ich sie jetzt am besten ausziehen. Sind Sie bereit für die morbide Peepshow?«

Kapitel 4

Angesichts des recht beschränkten Platzangebots würde die Leichenschau kein einfaches Unterfangen werden, zumal auch die Kriminaltechniker Druck machten und immer wieder ihre Köpfe ins Zimmer steckten, weil sie ihrerseits mit der Arbeit beginnen wollten.

Greta nickte dem Arzt zu, um gleich darauf Hannelore anzusprechen. »Okay, sehen wir zu, dass wir ein Foto mit Münzners Uhr finden. Am besten nehmen wir uns dazu sämtliche Bilder vor, die wir auf ihrem Rechner und in ihrer Wohnung finden.«

»Nach unseren Recherchen hat sie ihre Detektei in Anklam vorübergehend als Wohnung genutzt. Wir sollten die Räumlichkeiten also schleunigst überprüfen.«

»Apropos überprüfen …« Greta wandte sich Dr. Winkler zu, der hinter ihr seine Arbeitsmittel für die Leichenschau zurechtlegte und nebenbei kräftig in sein Taschentuch schnäuzte. »Sie sollten sich auch von einem Arzt untersuchen lassen.«

Er winkte ab. »Bei der derzeitigen Pollenbelastung kein Wunder, wenn die Atemwege belegt sind. Nicht mal mehr in der Ostseeregion ist man davor sicher.«

»Hauptsache, Sie verunreinigen den Tatort nicht mit Ihrem Sekret.«

Seit ihrer Ankunft beschäftigte Greta die Frage, was Münzner in dem Zimmer zu suchen gehabt hatte. In Knieper West lag die Kriminalitätsrate höher als sonst wo in Stralsund. Obwohl die Heinrich-von-Stephan-Straße den Stadtteil nur streifte, war das hier keine bevorzugte Wohngegend und das Motel eine Absteige, wie Greta sie sich für ihre Regionalkrimis, die sie gelegentlich nach Feierabend schrieb, nicht besser hätte ausdenken können. Auch wenn man durchs Zimmerfenster einen hervorragenden Blick auf die Gebäude der ehemaligen Volkswerft hatte. Laut Kriminalitätsstatistik gab es in der Umgebung eine Häufung von Drogenproblemen, Zwangsprostitution und sogar Bandenkriminalität. Natürlich entsprach das Deliktaufkommen bei Weitem nicht dem in Städten wie Frankfurt oder Berlin. Im letzten Jahr waren die Fallzahlen in Stralsund sogar rückläufig gewesen. Im Allgemeinen bestimmten Rohheitsdelikte, Diebstahlshandlungen, Betrugsstraftaten und Sachbeschädigungen den Polizeialltag der örtlichen Kollegen. Da stellte das Tötungsverbrechen an der Privatdetektivin die Inspektion zweifellos vor eine echte Herausforderung.

»Wissen wir, an was für einer Sache Paulina Münzner dran war?«

Hannelore schüttelte den Kopf. »Wir sollten erst mal sämtliche Gäste befragen, ob jemand in der Vergangenheit Kontakt zu ihr hatte.«

»Und was wissen wir zu dem Gast, der sich hier einquartiert hat?«

»Das fragst du am besten den Betreiber. Der hat schließlich nicht nur den Schlüssel gegen Unterschrift rausgegeben, sondern auch die Leiche gefunden, als er das Zimmer reinigen wollte.«

»Der Betreiber selbst wollte das Zimmer reinigen?«, wunderte Greta sich, denn sie hatte den Mann, dem das Motel gehörte, bei ihrer Ankunft gesehen. Weder er noch der

Rezeptionstresen hatten bei ihr den reinlichsten Eindruck hinterlassen. Prüfend ging ihr Blick zum Fenster, auf dessen Scheiben die Sonnenstrahlen einen tiefgrauen Schleier enttarnten.

»Ich glaube, wer hier die Nacht verbringt, der stört sich nicht an Kalkrändern in der Badewanne oder an verstaubten Fensterbrettern.«

Da lag Hannelore mit ihrer Einschätzung wohl richtig. Trotzdem wunderte Greta sich über das Engagement des Motelbetreibers. Bereits nach den ersten Minuten passten für sie einige Dinge nicht zusammen. »Na schön, während du dem Doktor bei der Leichenschau assistierst, werde ich eine rauchen.«

»Was denn, jetzt?«

»War ein Scherz! Ich wollte sowieso damit aufhören.«

»Das jetzt war wohl der Scherz«, stellte Hannelore richtig, denn sie beide wussten, dass Greta für eine Zigarette jederzeit hätte töten können.

»Ich werde mich nachher mal mit dem Herrn an der Rezeption unterhalten.«

»Da fällt mir gerade etwas ein, Greta. Unten wartet ein Streifenkollege vom Polizeihauptrevier Stralsund. Er ist sich sicher, dass er gestern Abend gesehen hat, wie sich Paulina Münzner mit einem seltsamen Typen unterhielt. Wir tippen auf einen Drogenkonsumenten aus der Gegend.«

»Wie heißt der Kollege?«, wollte Greta wissen, während sie sich genau wie der Mediziner mit Einweghandschuhen und Schuhüberziehern ausstaffierte.

»Jürgen Witt«, antwortete Hannelore. »Ein erfahrener Polizeihauptmeister.«

Irgendwo in Gretas Hinterkopf klingelte es bei dem Namen, doch momentan fehlte ihr das passende Gesicht dazu. »Gut, hol ihn mir her.«

Sofort gab Hannelore den Auftrag an einen wartenden Streifenbeamten auf dem Korridor weiter. Unterdessen trat Greta zum Tisch, auf dem ein handlicher Bluetooth-Lautsprecher stand. Besonders die Markenbezeichnung stach ihr ins Auge. Doch auch das Gerät an sich war eines der Dinge, die sie an diesem Tatort stutzig machten.

»Stimmt etwas nicht?«, fragte Hannelore vom Flur aus, im vergeblichen Versuch, Gretas Mimik zu entschlüsseln.

»Weiß ich noch nicht«, erwiderte Greta und zeigte auf den Lautsprecher. »*Bose.* Hat jemand eine Ahnung, was so ein Teil wert ist?«

Ihre Kollegin und der Doktor schauten sich an, als hätte Greta etwas Ungehöriges gefragt.

Weil keiner etwas erwiderte, redete sie weiter. »Im Elektronikfachgeschäft liegt der Neupreis bei über einhundert Euro, das weiß ich zufällig, weil mein Neffe sich so ein Teil letztes Weihnachten von seinen Eltern gewünscht hat. Selbst ein funktionstüchtiges älteres Modell bringt mindestens noch einen Fünfziger, schätze ich. Und die Jeans von Levi's nimmt sicherlich jeder Secondhandshop mit Kusshand. Also warum lässt der Täter Gegenstände von offensichtlichem Wert liegen, wenn wir von einem möglichen Raubdelikt ausgehen?«

»Ich weiß es nicht«, sagte Hannelore. »Vermutlich stand der Täter unter Stress. Immerhin hat er sich nicht einmal die Mühe gemacht, nach dem verlorenen Ohrsteckerverschluss zu suchen. Er wird den Lautsprecher und die Hose schlichtweg übersehen haben.«

Diese Möglichkeit hatte Greta bei ihren Überlegungen berücksichtigt, aber übereilte Flucht war der nächste Punkt, der nicht so recht ins Bild passte. Wenn es sich beim Täter um den Gast handelte, dem die Gegenstände im Zimmer gehörten, warum hatte er sie dann nicht vorher eingepackt und mitgenommen?

Nachdenklich schob sie die Vorhänge vollständig beiseite und schaute durch die schmutzige Fensterscheibe hinunter zur Straße. Von hier oben konnte man direkt auf die Bushaltestelle vor dem Motel blicken.

»Ich könnte jetzt ein wenig Hilfe gebrauchen«, hörte sie Dr. Winkler sagen, der inzwischen damit beschäftigt war, der Toten die Jacke auszuziehen.

Während Hannelore zu ihm trat, hob Greta mit Fingerspitzen den Hörer vom Zimmertelefon ab. Dann drückte sie rein aus beruflicher Routine die Wahlwiederholungstaste.

Kapitel 5

Auf dem Display erschien eine Stralsunder Festnetznummer, die der Apparat prompt wählte.

»Was machst du da?«, wollte Gretas Kollegin wissen, während sie auf allen vieren dem Arzt assistierte.

Greta zückte Notizblock und Kugelschreiber und lauschte dem Rufzeichen. Das Aufschreiben der Nummer und letzten Anrufzeit gestaltete sich als umständlich, da sie den Hörer nicht einfach zwischen Ohr und Schulter klemmen konnte. Andernfalls hätte das Risiko bestanden, Spuren zu zerstören.

»Amtsgericht Stralsund, Nachlassabteilung, was kann ich für Sie tun?«, schallte eine Frauenstimme am anderen Ende.

»Entschuldigung, ich habe mich verwählt«, sagte Greta und legte auf.

»Wer war das?«, fragte Hannelore.

»Das Amtsgericht.«

»Aha, da hat wohl jemand was ausgefressen.«

»Jetzt den anderen Ärmel«, kommandierte Dr. Winkler. »Was ist denn los, Frau Preiß, können Sie auf einmal keine Leichen mehr sehen, weil Sie so rumhampeln? Bloß nicht so zimperlich, die Dame wird sich garantiert nicht mehr beschweren.«

Hannelore stöhnte angewidert, denn sie hasste es, an einen Leichnam selbst Hand zu legen. Das wusste auch Dr. Winkler, umso mehr Freude bereiteten ihm die Kommandos. Greta mischte sich bei den beiden nicht ein. Stattdessen steckte sie das Notizbuch weg. Sie wollte sich bereits umdrehen und das Zimmer verlassen, als sie unter dem Telefonapparat etwas entdeckte. Es sah aus wie die Ecke eines Fotos.

Zuerst wollte sie das Telefon anheben, aber um nichts im Raum zu verändern, angelte sie das Papier mit den Fingerspitzen hervor. Es war tatsächlich ein Foto, jedoch auf handelsüblichem Kopierpapier gedruckt. Es hatte die Größe eines Passbildes und zeigte das Porträt einer Frau von höchstens fünfundzwanzig Jahren.

»Was hast du da?«, fragte Hannelore, die sich erhoben hatte und jetzt neben Greta stellte.

»Das Foto einer Unbekannten.«

Ihre Kollegin warf einen Blick auf das Bild. »Jedenfalls hat sie keine Ähnlichkeit mit der Toten.«

»Ganz und gar nicht.« Greta wendete das Papier und entdeckte auf der Rückseite eine mit Bleistift geschriebene Zahl: 3121.

»Ob das was mit dem Mord zu tun hat?«, flüsterte Hannelore.

Das war nur eine von unzähligen Fragen, auf die Greta aktuell die Antworten fehlten. Sie legte das Bild auf den Tisch und fotografierte es von beiden Seiten mit ihrem Smartphone. »Kannst du das für mich eintüten und nachher überprüfen, ob wir mit der Nummer etwas anfangen können? Vor allem aber interessiert mich, wer diese Frau ist.«

Mit einer Pinzette nahm Hannelore das Bild entgegen. »Klar kümmere ich mich darum, vorausgesetzt, Dr. Knochensteif lässt mich heute noch irgendwann gehen.«

»Knochensteif!« Dr. Winkler schnaubte über die Verunglimpfung seines Namens. »Bisher waren Sie keine besonders große Hilfe für mich, Frau Preiselbeere.«

Während die beiden mit den gegenseitigen Sticheleien weitermachten, tauchte ein Uniformierter am Eingang zum Zimmer auf. Lässig strich er sich über den Dreitagebart.

»Die Kripo wollte mich sprechen, habe ich gehört.«

Auch wenn er es mit einem Augenzwinkern sagte, ließ der Unterton auf eine gewisse Antipathie gegenüber der Kriminalpolizei schließen. Generell veranlasste die Zweiteilung bei der Polizei etliche Beamte zu ewigem Gerangel zwischen Streifendienst und Kriminalpolizei. Die einen konnten keine komplizierten Sachverhalte bearbeiten, und die anderen kamen immer erst dann, wenn der Großteil der Arbeit bereits erledigt war.

»Kollege Witt?«, vergewisserte Greta sich und musterte den dunkelhaarigen Mann, der mit seiner Körpergröße fast den gesamten Türrahmen ausfüllte. Erst jetzt erinnerte sie sich daran, ihn bei früheren Einsätzen schon gesehen zu haben. Vermutlich war sein Name sogar auf irgendeinem Formular aufgetaucht.

»Der bin ich.«

Da sie der Unterhaltung zwischen dem Doktor und ihrer Kollegin nicht weiter zuhören wollte, drängte Greta Witt auf den Flur. »Rauchst du?«

»Ständig.«

»Ausgezeichnet«, sagte Greta. »Gehen wir nach draußen. Bei der Gelegenheit kannst du mir zeigen, wo du die Tote gestern gesehen hast.«

»Eine meiner leichtesten Übungen, aber gestern war sie noch nicht tot.«

Sehr witzig, fand Greta. Sie mochte Männer mit Humor, solange er nicht auf ihre Kosten ging. Erst recht, wenn sie gut gebaut waren und ein attraktives Lächeln zeigten. Ein zauberhaftes Lächeln kaschierte manchen Bauchansatz. Seinen zum Beispiel. Sie schätzte sein Alter auf Mitte vierzig.

Ganz Gentleman, ließ er ihr den Vortritt. Wahrscheinlich, weil er ihr auf den Hintern starren wollte. Und da gab es leider Gottes enorm viel zu sehen.

»Was mich erstaunt«, hielt sie das Gespräch am Laufen. »Wenn du gestern Abend im Dienst warst, wieso hast du dann schon wieder Frühschicht?«

»Keine Schichten. Als Kontaktbeamter habe ich Gleitzeit.«

»So jung und schon Kontaktbeamter?«

»Seit wann gilt man in unserem Job mit über fünfzig noch als jung?«

Autsch! Dass man ihm sein Alter nicht ansah, machte ihn für Frauen bestimmt noch attraktiver. »Okay, und was hattest du in der Gegend zu erledigen?«

»Morgen findet doch hier bei uns die Street Food Karawane statt. Da ist es meine Aufgabe, die vom Ordnungsamt aufgestellte Verkehrsbeschilderung zu kontrollieren. Man hilft anderen Ämtern schließlich, wo man kann.«

Während Greta ihm zuhörte und nach ihrer Zigarettenschachtel suchte, gingen sie gemeinsam zur Treppe. Dort tauchte plötzlich eine hagere Gestalt auf, die nichts in der Nähe des Tatortes zu suchen hatte. Ein Mann mit zotteligem blauem Haar und einer dreckigen Jacke, auf der rosafarben das Adidas-Logo über der linken Brusthälfte prangte. Er keuchte und hechelte wie ein gejagtes Wildschwein und im Arm hielt er einen Feuerlöscher wie einen Säugling. Verwundert darüber, wie er so einfach durch die Polizeiabsperrung gelangt war, blieb Greta stehen.

»Ich fasse es nicht«, stieß Jürgen Witt hinter ihr aus. »Das ist der Typ!«

Sofort begriff Greta. Er meinte den Drogenkonsumenten, mit dem die Detektivin am Vortag geredet hatte.

Aus riesigen geröteten Augen, in denen Zorn loderte, fixierte der Junkie auf einmal Greta.

»Smoke!«, kreischte er und griff sich an sein Herz, als ereilte ihn urplötzlich ein Infarkt. Einem Zusammenbruch nahe, stützte er sich für ein paar Sekunden an der Wand ab und kam dann mit flinken Schritten den Gang entlang. »Ihr habt mir Smoke genommen!«

Das Letzte, was Greta wahrnahm, war der Feuerlöscher, der auf ihr Gesicht zuraste.

Kapitel 6

Bei jedem anderen verletzten Kollegen hätte Kriminalhauptkommissar Hardy Finkel sich beeilt, für Greta allerdings brach er sämtliche Geschwindigkeitsrekorde auf der Strecke von Anklam nach Stralsund. Vierzig Minuten, nachdem er vom Angriff auf Greta erfahren hatte, erreichte er das S1. Gemeinsam mit ihr hatte er vor wenigen Monaten eine beispiellose Mordserie unter extremen persönlichen Verlusten aufgeklärt. Nur dank Greta lebte er noch.

Vor dem Motel sprang ihm sein sonst so geruhsamer Kommissariatsleiter Jona Mensen direkt vor die Motorhaube. Kaum dass Hardy eine Vollbremsung hingelegt hatte, riss Jona schon die Fahrertür auf.

»Wo zum Teufel hast du gesteckt?« Mit einem schweißgetränkten Taschentuch wischte er sich über die Stirn und musterte mit hitzigem Kopf Hardys buntes Hemd, die knallrote Badehose und die dazu passenden Schlappen. »Nun sieh sich das einer an! Erst lässt du mich stundenlang warten und dann erscheinst du als Rettungsschwimmer.«

»Du vergisst wohl, dass du mir selbst den Überstundenabbau angeordnet hast. Meine Hose hat den kompletten Fahrersitz durchnässt, weil du mich direkt aus dem Strandkorb herzitiert hast.«

»Ja, ja, während du wie Tom Selleck den Magnum spielst, kämpfen wir hier mit einem Riesenproblem.«

Das konnte Hardy sehen, denn Jonas dünnes Sommerhemd, das so über dem Bauch spannte, dass die Knöpfe jeden Moment abzuspringen drohten, war vollkommen durchgeschwitzt. Allerdings wunderte er sich über die Verärgerung seines Vorgesetzten. »Kein Grund, mir die Schuld in die Schuhe zu schieben.«

»Verdammt, Hardy, wir haben hier eine tote Detektivin, einen vollgedröhnten Junkie und eine Kollegin, die der Rettungswagen mit Blaulicht abtransportieren musste. Und außerdem mag ich Tom Selleck nicht.«

Demonstrativ fuhr Hardy sich über seinen Oberlippenbart und nickte, obwohl er noch immer nicht verstand, warum er deshalb so angeblafft wurde. »Was ist denn mit dir los, so durcheinander kenne ich dich gar nicht?«

»Was mit mir los ist?« Jona schaute sich wie gejagt um, packte Hardy am Arm und zog ihn noch ein Stück weg von den anderen Polizeibeamten, die unterdessen herumwuselten wie auf einer Ameisenstraße. »Ich sage dir, was mit mir los ist: Ich mag es nicht, wenn über meinen Kopf hinweg Entscheidungen getroffen werden.«

»Wovon redest du?«

»Ich rede vom neuen Staatsanwalt Tilo Hildebrand. Keine Ahnung, wer den ins Amt gehoben hat. Gerade als ich mit Hannelore das weitere Vorgehen abstimmen wollte, hat mich der Staatsanwalt angerufen und von mir ausdrücklich verlangt, dass ich dich – und nur dich – mit dem Fall betraue. Kannst du mir das vielleicht erklären? Ich verstehe das nämlich nicht. Ist der Kerl eine Strandbekanntschaft von dir?«

»Strandbe…? Ich kenne noch nicht mal einen Tilo Hildebrand.«

»Ach, aber er scheint dich zu kennen, denn er traut offensichtlich einem Ex-BKA-Beamten mehr zu als uns einheimischen Bullen.«

»Hey, ich stamme auch aus der Region.«

»Klar, bloß hast du die letzten zwanzig Jahre in Wiesbaden rumgehangen.«

»Du schmollst wie ein Kind.« Hardy stupste Jona freundschaftlich gegen die Schulter. »Ehrlich, ich habe keine Ahnung, warum der Staatsanwalt ausgerechnet meinen Namen ins Spiel bringt. Derzeit bin ich froh, wenn es auf der Arbeit nicht so stressig zugeht, da ich jede Menge Ärger mit der Wohnungssuche habe. Eigentlich bin ich nur hergekommen, weil es ausgerechnet Greta erwischt hat und ich helfen will.«

»Schon gut, ich gebe dir ja nicht wirklich die Schuld«, lenkte Jona ein, fuchtelte aber sogleich oberlehrerhaft mit seinem dicken Zeigefinger vor Hardys Nase herum. »Vorausgesetzt, du verarschst mich nicht. Also rück lieber gleich mit der Sprache raus, wenn es so ist: Will mir der neue Staatsanwalt an den Karren pissen?«

»Woher soll ich das denn wissen? Scheiße, ich mache mir doch genauso Sorgen um Greta wie du.«

»Greta würde das auch nicht passen, dass du ihren Fall übernimmst.«

Hardy winkte ab, weil die Diskussion zu nichts führte, woraufhin Jona ihm einen väterlichen Klaps gab und von der Straße weg Richtung Motel drängte. »Los, mach endlich deine Arbeit, Magnum.«

»Gut, dass du kommst, Hardy.« Erleichtert übernahm Hannelore Preiß ihn vor dem Eingang des Motels. Auch bei ihr löste sein Outfit sichtliche Verunsicherung aus. »Hier herrscht ein schreckliches Chaos. Oben schimpft Dr. Winkler, weil sich kein leitender Ermittler blicken lässt, und dort drüben im Streifenwagen sitzt ein Junkie, der völlig hinüber ist und nach dem Notarzt tritt, sobald der ihn untersuchen will.«

Beim Telefonat mit Jona hatte Hardy bereits einen kurzen Bericht zum Mord an der ehemaligen Journalistin erhalten, aber die Leiche und der Drogenabhängige interessierten ihn vorerst weniger. »Wie geht es Greta?«

Betrübt schüttelte Hannelore den Kopf. »Sie war noch bewusstlos, als der Krankenwagen mit Sondersignal losgedüst ist.«

Gern hätte Hardy sich persönlich von Gretas Zustand überzeugt, aber die lange Fahrtstrecke vom Anklamer Strand hatte verhindert, dass er rechtzeitig eintraf.

»Ich nehme an, du übernimmst ab sofort«, hob Hannelore an, weil er schwieg und sich ärgerte, wie sein freier Tag verlief.

Auch wenn er wusste, dass die ältere Hauptkommissarin demnächst sowieso in Urlaub ging und sich daher nicht darüber beschweren würde, war es Hardy peinlich, ihre Annahme zu bestätigen. »Deshalb hat Jona mich angerufen. Keine Ahnung, was sich der Staatsanwalt dabei gedacht hat.«

»Hey, kein Problem, bei mir musst du dich nicht entschuldigen.«

Obwohl sie lächelte, konnte er einen gewissen Vorbehalt aus ihrer Stimme heraushören. Bisher hatten sie beide noch bei keinem großen Fall zusammengearbeitet. Von Kollegen wusste er allerdings, dass sie sich einmal hinter seinem Rücken abfällig über das BKA geäußert hatte. Bewusst verdrängte er den Gedanken, dass sie ihn damit vielleicht persönlich hatte kränken wollen.

»Was haben wir bis jetzt?«

»Wie gesagt, der Polizeiarzt ist noch mit der Leiche von Paulina Münzner beschäftigt. Sie liegt im Zimmer eines Gastes, dessen Namen wir überprüfen, zu dem wir aber bisher nichts im Auskunftssystem finden konnten. Bis auf den Namen und ein paar persönliche Gegenstände haben wir nur eine vage Personenbeschreibung und eine Unterschrift, von der wir vermuten, dass sie fingiert ist.«

»Lass mal sehen.«

Sie zeigte ihm einen abfotografierten Reservierungsbeleg des Motels. Dort hatte jemand mit Kevin Niemann unterschrieben.

Kapitel 7

Sie suchten also einen Kevin Niemann. Während Hannelore ihm die bisherigen Ereignisse schilderte, dachte Hardy über den Namen nach. Vermutlich gab es irgendwo in Deutschland tatsächlich jemanden, der so hieß, doch er bezweifelte stark, dass derjenige sich hier einquartiert hatte. Schweigend betrachtete er die Fassade des Gebäudes. Allein das versiffte Eingangsschild über dem Motel vermittelte ihm einen ungefähren Eindruck darüber, was für Leute hier arbeiteten und nächtigten.

»Haben wir schon den Betreiber gecheckt?«

»Selbstverständlich. Der Mann ist ein ehemaliger Soldat.« Sie machte eine flüchtige Scheibenwischerbewegung. »Er hat einen leichten Dachschaden, verhält sich allerdings kooperativer, als man das in dieser Gegend erwarten darf. Du kannst dir gern selbst ein Bild von ihm machen.« Sie deutete nach links zu einer Fünfergruppe, bestehend aus zwei Kriminalbeamten, einem Streifenbeamten, einem Sanitäter und einem Zivilisten. »Da vorn steht er. Der mit der Glatze und dem kakifarbenen Shirt und der Armeeweste.«

»U.S. Army«, entzifferte Hardy das Emblem auf der Brust. Das wiederum erinnerte ihn unweigerlich an seinen verstorbenen Vater, der zur Hälfte Amerikaner gewesen war. Daher kam der Nachname Finkel.

Bevor Hardy sich mit dem Motelbetreiber beschäftigte, musterte er ihn erst aus der Ferne. Er hatte irgendwie einen dickbäuchigen Kerl in Feinrippunterhemd erwartet, doch der ehemalige Soldat war von der Statur deutlich athletischer als er. Kein Wunder, die einzigen Gewichte, die Hardy in den letzten Monaten gestemmt hatte, waren Umzugskartons und Kisten mit leeren Schnapsflaschen gewesen. Aber demnächst würde es mit seiner Kondition und seinen Bauchmuskeln wieder besser aussehen. Das Anmeldeformular für das Fitnessstudio lag schon irgendwo in seiner provisorischen Behausung herum.

»Dieser Betreiber …«

»Jonathan Marx. Er heißt Jonathan Marx.«

»Was für ein Name!« Unwillkürlich fuhr Hardy sich über seine Halbglatze. »Schön, Marx hat die Tote entdeckt und gemeldet?«

»In seiner ersten Version erzählte er uns das jedenfalls, nach dem ganzen Trubel hier habe ich ihn noch einmal befragt, da revidierte er seine Aussage und gab zu, dass eine Angestellte die Tote entdeckt hat. Sie spreche aber kein Deutsch, deshalb habe er das für sie übernommen.«

»Lass mich raten, die Frau kommt aus Osteuropa und weder das Sozial- noch das Arbeitsamt kennt ihren Namen. Dafür erhält sie hier als Reinigungskraft für osteuropäische Verhältnisse einen geradezu fürstlichen Lohn.«

Hannelore tippte mit dem Zeigefinger auf seine Brust. »Du bist einfach zu gut.«

»Da du schon seine Bekanntschaft gemacht hast, kannst du auch gleich die komplette Vernehmung übernehmen. Mir steht heute nicht der Sinn nach U.S. Army.«

»Kann ich machen, aber er ist mehr so der Alphatyp.«

»Wie kommst du darauf?«

»Glaub mir, der redet lieber mit Männern …«

»Quatsch, das ist doch so was von überholt! Ich bin sicher, dein Charme wird zu ihm durchdringen. Sonst noch irgendwelche Neuigkeiten, von denen ich auf die Schnelle wissen sollte?«

»Wir haben da noch Luis Fonsi.«

»Danke, heute keine Musik für mich.«

»Ich rede nicht von diesem lateinamerikanischen Sänger.« Sie begann ein paar Takte von »Despacito« zu singen, einem Hit, den jeder gut kannte. »Aber der BTM-Konsument, der Greta angegriffen hat, nennt sich selbst so, wenn man ihn nach seinem Namen fragt. Eigentlich heißt er Luis Fontane.«

Augenrollend schaute Hardy zum Streifenwagen, in dem der Mann saß. »Die Namen in dieser Gegend werden ja echt immer besser. Wer kommt als Nächster um die Ecke? Alf?«

»Allem Anschein nach hat er nicht nur Greta auf dem Gewissen, sondern auch etwas mit dem Mord an der Detektivin zu tun. Bei der Durchsuchung seiner Klamotten fanden wir das Portemonnaie und den Autoschlüssel von Münzner.«

»Und ihr Handy und ihren Wohnungsschlüssel?«

»Bitte?«

»Ich nehme doch an, sie hatte ein Handy und einen Wohnungsschlüssel einstecken.«

Hannelore schüttelte den Kopf. »Fehlanzeige, genau wie mit ihrer Pistole, falls sie eine bei sich getragen hat.«

»Moment, Münzner hatte eine Waffe?«

»Sie trägt ein Holster, der Rest fällt unter Spekulationen. Gemäß Waffenregister besaß sie jedenfalls keinen Waffenschein.«

Während Hardy diese Information für sich abspeicherte, rief von hinten jemand seinen Namen. Neugierig drehte er sich zu dem Sprecher um.

»Hey, tut mir leid, was mit Kollegin Silber passiert ist, ich konnte nicht rechtzeitig eingreifen.«

Es war Jürgen Witt, der ihm zur Begrüßung die Hand reichte. Hardy kannte den Kontaktbeamten flüchtig von einem

Todesfall im örtlichen Krankenhaus, an dem er vor einiger Zeit gearbeitet hatte.

»Klingt wie eine Entschuldigung«, sagte Hardy.

»Der Kerl ist wie aus dem Nichts im Flur aufgetaucht und hat ihr einen Feuerlöscher direkt an die Stirn geknallt«, erklärte Witt weiter, wobei er mit den Armen das Geschehen darstellte. Durch seine Größe wirkte es besonders theatralisch. »Natürlich habe ich mich sofort auf den Angreifer gestürzt, aber da war es schon zu spät. Konnte ja keiner ahnen, dass der so durchdreht.«

Hardy sagte nichts darauf. Auch wenn Witt einen verlebten Blick draufhatte, kursierte irgendwo im Internet ein Zeitungsartikel über Stralsunds härtesten Polizisten. Natürlich hatte die Lokalredaktion maßlos übertrieben, aber Witts Ruf als Haudrauf hatten andere Kollegen bestätigt. Entsprechend wusste Hardy auch um seine Nahkampferfahrung und seine Fähigkeit, einen Gegner außer Gefecht zu setzen. Wenn der Hauptmeister einen Angreifer nicht rechtzeitig aufhalten konnte, hätte es wohl niemand geschafft. Trotzdem hätte Hardy jetzt gern jemanden gehabt, dem er einen Vorwurf machen konnte. Auf einmal merkte er, wie viel ihm Greta bedeutete.

Plötzlich kam Tumult auf.

»Wir brauchen dringend den Notarzt!« Es war ein Streifenbeamter, der das lautstark rief und hektisch um den Funkwagen rannte, in dem Luis Fontane saß. Dazu gestikulierte der Polizist wild mit den Armen. »Der Junkie hyperventiliert und kotzt uns den Wagen voll.«

Hardy und Witt reagierten sofort. Seite an Seite eilten sie zum Funkstreifenwagen und rissen die hintere Tür auf, um Luis Fontane vom Sitz ins Freie zu zerren. Von Sitzen konnte man jedoch längst nicht mehr sprechen, denn er hing mit Handschellen gefesselt und trotz des angelegten Sicherheitsgurts bereits halb im Fußraum. Und das, was da aus seinem Mund austrat, war kein Erbrochenes, sondern Schaum.

Kapitel 8

Nach den völlig chaotischen Stunden im Außendienst betrat Hardy am späten Nachmittag die Kriminalpolizeiinspektion Anklam. Obwohl er bisher selbst kaum realisiert hatte, was am Tatort alles geschehen war, musste er noch den notwendigen Schreibkram erledigen. Bevor er jedoch sein Büro erreichte, rief sein Kommissariatsleiter einmal quer über den Gang. Nach dem Durcheinander sollte Hardy Jona schleunigst auf den neusten Stand bringen. Unzufrieden mit den bisherigen Ergebnissen, machte Hardy sich mit einem Klopfen an die offen stehende Tür bemerkbar.

Jona schien sich vorerst mehr für die Temperatur in seinem Aquarium zu interessieren, denn er stand mit dem Rücken zu Hardy und tauchte ein paar Finger ins Wasser, auf die sich die Zierfische sofort wie auf einen besonders fetten Wurm stürzten.

»Ich kapier das mit Greta nicht«, kam der Chef besorgt auf seine Mitarbeiterin zu sprechen. »Warum greift ein Drogenkonsument ausgerechnet die leitende Ermittlerin an?«

»Tut mir leid, dafür habe ich keine Erklärung.« Hardy wusste nur, dass Greta bewusstlos im Krankenhaus lag und ihr Angreifer mittlerweile im Leichenschauhaus. Er reichte Jona ein Handtuch, mit dem der sich, ohne zu danken, die Hände abtrocknete.

»Da denkt man, es ginge um ein stinknormales Tötungsdelikt, und plötzlich liegt die leitende Ermittlerin im Koma. Ausgeknockt von einem Feuerlöscher! Und kaum eine Stunde später kratzt auch noch ihr Angreifer ab. Das ist doch nicht mehr normal. Nimmt denn die Gewalt gegen uns Polizeibeamte inzwischen solche Ausmaße an?«

Hardy wollte etwas aus seinen Einsatzerfahrungen beim BKA einbringen, aber Jona war so sehr in Fahrt, dass er mit einer wütenden Handbewegung den Stapel mit der Tagespost vom Schreibtisch fegte. Als Nächstes würde er in die unterste Schublade greifen, eine Packung dieser klebrigen Schokoriegel aufreißen und vor Frust mindestens zwei auf einmal in sich hineinstopfen. Der Kiosk um die Ecke wäre längst pleite gegangen, hätte es nicht Jona als seinen größten Abnehmer an Schokoriegeln und Lottoscheinen gegeben.

»Sämtliche Zeitungen und Radiostationen auf diesem Planeten wollen Auskünfte«, redete er sich einen hochroten Kopf an. »Du kannst dir denken, bei wem der Pressestellenleiter deshalb pausenlos durchklingelt. Bei Störtebekers goldenem Ohrring, wie ich solchen Firlefanz hasse. Ich will doch nur, dass der Laden bis zu meiner Pension schön reibungslos läuft.«

Diesen Wunsch konnte Hardy nur allzu gut nachvollziehen, und er war froh, dass er Jonas Posten nicht innehatte, obwohl er karrieremäßig nicht ewig Sachbearbeiter bleiben, sondern irgendwann eine Führungsposition einnehmen wollte. Allerdings arbeitete er erst seit fünf Monaten im Polizeipräsidium Neubrandenburg – von denen er einen Monat krankgeschrieben gewesen war. Außerdem musste er erst einmal eine gescheite Wohnung in Anklam finden, bevor er sich neuen Zielen widmete.

»Also, Hardy, kannst du mir mit einfachen Sätzen erklären, was Fontane da für eine Show abgezogen hat?«

»Sein Herz hat aufgehört zu schlagen.«

Jona stieß einen grummelnden Laut aus und griff nach einem giftgrünen Apfel, der hinter dem Tischbild seiner Ehefrau lag. Er betrachtete das Obst, als wäre es der Pressestellenleiter – oder wahlweise seine Gattin –, und warf ihn in den Mülleimer, der in gut vier Metern Entfernung stand. Ein Wunder, dass er den Apfel zuvor nicht einhändig zerquetscht hatte. Kräftig gebaute Hände hatte er schließlich. »Von zu viel Vitaminen bekomme ich auch noch Herz.« Wie vorhergesehen, öffnete er die Schublade und holte einen der Riegel hervor. Mit geübtem Griff befreite er ihn von der Verpackung und biss genüsslich hinein. »Da stimmt was nicht, Hardy, das sagt mir mein Bauchgefühl. Und du weißt, was ich für eine Laune bekomme, wenn es meinem Bauch schlecht geht.«

Das wusste Hardy durchaus. Leider konnte er ihm jedoch keine andere Auskunft geben. »Es waren zwei Ärzte vor Ort, der Notarzt und Dr. Winkler. Beide gehen von einem tödlichen Herzinfarkt aus. Gewissheit bringt natürlich erst die Obduktion.«

»Hoffentlich bald. Ich habe mir Fontane im polizeilichen Auskunftssystem angesehen. Der Mann steckt seit über zwanzig Jahren im Drogenmilieu und ausgerechnet heute macht der den Fisch. Ich will, dass du der Rechtsmedizin Druck machst, ich will haarklein wissen, was sich alles in seinem Körper befand.«

»Selbst die Apfelsorte?«

»Was?«

»Ich meine, könnte ja sein, dass er vor seinem Tod einen Apfel gegessen hat.«

Jona schielte zum Mülleimer, dann auf Hardys Badehose, die der immer noch trug. »Mir scheint, Gretas schwarzer Humor färbt allmählich auf dich ab. Bin gespannt, wie lustig sie die Sache findet. Bei Störtebekers Gebeinen, hoffentlich wacht sie bald aus dem Koma auf!«

»Du hast recht, nichts daran ist witzig.« Hardy nahm Haltung an und versuchte, so düster wie möglich zu schauen. »Denkst du daran, dass ich morgen Vormittag Termine bei drei Wohnungsmaklern habe?«

»Morgen? Bist du verrückt? Nee, mein Lieber, Hannelore fehlt der Abteilung schon in den nächsten Tagen wegen Urlaubs. In der momentanen Situation kann ich dir unmöglich freigeben.«

»Derzeit lebe ich auf fünfundzwanzig Quadratmetern, ohne Dusche und mit Schimmel an den Fensterbänken. Ich habe nur einen einzigen Wunsch, nämlich so schnell wie möglich wieder ein menschenwürdiges Dasein zu fristen.«

Statt einzulenken, hob sein Chef unschuldig die Hände. »Meinetwegen kannst du dich bei deinem neuen Freund Staatsanwalt Hildebrand ausheulen.«

Anders als behauptet, nahm Jona die Entscheidung des Staatsanwalts nicht so leicht hin, sondern suchte deshalb einen Prellbock für seine schlechte Laune, was Hardy aber momentan nicht ausdiskutieren wollte.

»Du kennst die Wohnungssituation in der Ostseeregion. Früher konnte man vielleicht noch mit seinem Dienstausweis wedeln und die Makler haben einen persönlich chauffiert. Heutzutage lächeln die höchstens über unser Gehalt, wenn man mit einer Dreiraumwohnung in besserer Lage liebäugelt. Kann den Fall nicht jemand anders übernehmen? Was ist mit Henning oder Frank?«

»Henning arbeitet noch an der Sache mit der Heringsvergiftung und Frank soll demnächst in den Umlauf zum höheren Dienst. Dem gebe ich garantiert keinen eigenen Fall mehr. Außerdem hat Staatsanwalt Hildebrand eindeutig nach dir verlangt.« Jona legte die Hände in seinem Schoß zusammen. »Und du weißt ja, da sind mir leider die Hände gebunden.«

Kapitel 9

Über die Entscheidung des Staatsanwalts war Hardy immer noch verwundert, denn sein guter Ruf als BKA-Ermittler reichte wohl kaum aus für solche Ehren. Nach allem, was die Kollegen erzählten, konnte sich auch niemand an einen Fall erinnern, bei dem sich die Staatsanwaltschaft hinsichtlich der Personalie des leitenden Ermittlers eingemischt hatte. Die legte höchstens ein Veto ein, wenn ein Polizeibeamter aus irgendwelchen Gründen ungeeignet oder befangen war.

»Wieso macht das eigentlich nicht, wie sonst immer, Staatsanwalt Arne Luther?«, fragte er Jona.

»So wie es aussieht, hat der Neue sämtliche Fälle von Staatsanwalt Luther übernommen, nachdem der kürzlich einen Herzinfarkt hatte«, grunzte sein Chef.

Hardy dachte an den Tod des Junkies. »Was denn, der auch?«

»Sieht so aus, damit ist eben nicht zu spaßen. Herr Hildebrand versicherte mir zwar am Telefon, die Übertragung der Aufgabe diene einzig und allein deiner Rehabilitation, aber so richtig nehme ich ihm das nicht ab.« Jona stopfte sich den letzten Bissen seines Riegels in den Mund und redete dann kauend weiter. »Wie dem auch sei, anscheinend hast du einen neuen Fan. Als allererste Amtshandlung hat er nämlich die strafrechtlichen Ermittlungen gegen dich eingestellt.«

Greta und Hardy hatten fünf Monates davor gegen sämtliche Widerstände eine Mordserie aufgeklärt, bei der es auch schwere Verluste in den eigenen Reihen gegeben hatte. Zwar siegte damals die Gerechtigkeit, im Gegenzug gab es jedoch strafrechtliche und disziplinarische Ermittlungen gegen Hardy, weil er mehrfach eigenmächtig gehandelt und sich über Dienstanweisungen hinweggesetzt hatte.

Von schmerzlichen Erinnerungen an diese Zeit geplagt, hörte er nun trotzdem weiter zu, was Jona zu sagen hatte.

»Ich kann nicht behaupten, dass ich dir die Einstellung der Verfahren nicht gönne, immerhin halte ich große Stücke auf dich, aber die plötzliche Kehrtwende der Staatsanwaltschaft macht mich stutzig.«

Eine Weile kratzte Hardy sich nachdenklich das unrasierte Kinn. »Und was soll ich jetzt tun? Mich bei ihm bedanken? Oder ihm sagen, er soll die Ermittlungen gegen mich wiederaufnehmen?«

»Zieh dich endlich gescheit an, und dann will ich bloß dieses aktuelle Tötungsdelikt so schnell wie möglich aufgeklärt wissen und positive Artikel über meine Mordkommission in der Zeitung lesen. Klar, was ich meine?«

»Ich denke schon.«

»Also kann ich davon ausgehen, dass der Tote unser Tatverdächtiger war? Soweit ich informiert bin, hat man bei ihm die persönlichen Sachen von Paulina Münzner gefunden.«

»Für eine solche Aussage ist es definitiv zu früh. Bisher wissen wir noch nicht einmal, wer das Motelzimmer reserviert hat.«

Jona ließ sich schwerfällig in seinen Bürostuhl fallen, leckte sich die klebrigen Finger ab und griff nach einem bedruckten Blatt Papier. Anscheinend handelte es sich dabei um den zusammenfassenden Lagebericht aus der Einsatzleitstelle

Neubrandenburg. »Aber hier steht doch ein Name: Kevin Niemann.«

»Ich gehe davon aus, dass der Name gefälscht ist.«

»Ah, sieh an! Da meldet sich das Kriminalistenhirn.« Unzufrieden presste Jona seinen Rücken gegen das Sitzpolster. »Versuchen wir es wenigstens mit einem Phantombildzeichner?«

»Falls der Motelbetreiber morgen pünktlich zum Termin erscheint, werden wir uns um ein Bild kümmern.«

»Was hast du für einen Eindruck von dem Mann?«

»Er war Soldat im Kosovo.«

»Und?«

»Nichts und. Ich will damit nur anmerken, dass er im Krisengebiet mit einer Waffe patrouilliert hat und jetzt ein Motel in einer Gegend betreibt, in der es ähnlich sicher zugeht wie auf dem Balkan.«

»Wie dem auch sei, du wirst ihm wie allen anderen ordentlich auf den Zahn fühlen.«

»Kann ich mich jetzt an den Rechner setzen und die Akte anlegen?«, fragte Hardy und machte einen Schritt zur Tür.

»Eine Sache noch ...«

Irgendwie hatte Hardy damit gerechnet, dass noch ein dickes Ende folgen würde. Es hatte sich schon angekündigt, als sein Chef wie ein Löwe vom Riegel abgebissen hatte. Jona war ein umgänglicher Mensch, aber sicher keiner, der gern unangenehme Entscheidungen traf.

»Die strafrechtlichen Ermittlungen gegen dich sind zwar eingestellt, aber Polizeipräsident Stein hat bereits verlauten lassen, dass er das anhängige Disziplinarverfahren durchziehen wird.«

Hardy lächelte verbittert. »Ich mag die Konsequenz des Präsis. Und dabei weiß er noch nicht einmal, wie gut ich wirklich bin.«

Kapitel 10

Erst kurz vor 21 Uhr schaffte Hardy es, das Krankenhaus aufzusuchen. Greta lag mittlerweile seit über elf Stunden im Koma. Natürlich war es unsinnig, an die Tür des Krankenzimmers zu klopfen, aber rein aus Anstand tat er es trotzdem.

»Herein!«, tönte es überraschend von drinnen.

Nachdem Hardy die Männerstimme erkannt hatte, drückte er entschlossen die Klinke und betrat den Raum.

»Du?«, fragte er den Kommissariatskollegen, den er hier nicht erwartet hatte.

»Hab mir schon gedacht, dass du hier aufkreuzt«, antwortete Frank Lahmert.

»Und ich hab mich schon gewundert, weshalb ich dir nicht im Kommissariat begegnet bin. Zumal Jona mir einen Vortrag gehalten hat, warum er mir keine personelle Unterstützung geben kann und wie viele Aufgaben speziell du bis zu deiner Abordnung noch zu erledigen hast.«

Der junge Oberkommissar, der seine Beförderung vornehmlich seinem guten Stand bei der KPI-Leiterin zu verdanken hatte, gehörte zu jenen Senkrechtstartern, die versuchten, in den ersten Dienstjahren mit enorm viel Fleiß Karriere zu machen. Keine Familie, keine Feiertage, keine zeitaufwendigen

Hobbys und keine Eskapaden. Allein die Arbeit und ständige Erreichbarkeit zählten für sie. Kein Wunder, dass Frank die meisten Rufbereitschaftszeiten von allen in der Abteilung vorweisen konnte. Noch zehn Jahre, dann würde sein Körper über den Willen siegen. Dann plagte er sich mit Herzbeschwerden, Sodbrennen, Krebsgeschwüren oder Schlimmerem.

Aus seiner Zeit beim BKA kannte Hardy etliche von diesen jungen Menschen, die mit übersteigertem Ehrgeiz von der Fachhochschule kamen. Die tauchten mit jeder Menge Theorie im Gepäck auf und meinten, alles besser zu können. Nun ja, vielleicht war das schon immer so gewesen. Mit seinen zweiundvierzig Lenzen zählte Hardy im weitesten Sinne auch noch zu den Jungen – zumindest hätte das Greta behauptet, wenn sie wach gewesen wäre.

»Ich wollte nur nachsehen, wie es ihr geht«, versicherte Frank. »Außerdem habe ich mich darum gekümmert, dass die Nacht über ein Streifenkollege vor ihrem Zimmer Wache hält.«

Das überraschte Hardy, denn ihm fiel kein Grund ein, weshalb sein Kollege beunruhigt sein sollte. »Wie kommst du darauf, dass ihr hier im Krankenhaus etwas passieren könnte?«

Frank zuckte mit den Achseln. »Du weißt doch selbst, wie hartnäckig und skrupellos Journalisten sein können, wenn sie einer einträglichen Story nachjagen. Ich will vermeiden, dass irgendein schmieriger Zeitungsfritze Fotos von Greta schießt.«

»Stimmt, die Sache im Motel hat große Wellen geschlagen«, lenkte Hardy ein.

»Bis zum Eintreffen des Revierkollegen wollte ich hierbleiben. Aber jetzt kannst du mich auch ablösen.«

Hardy bemerkte, wie Frank ihre Hand drückte. Irgendwie versetzte die Geste ihm einen Stich. Die Beschützerrolle stand ihm selbst zweifellos besser. Vermutlich war dieses Konkurrenzdenken aber bloß so ein Männlichkeitsding. Oder

Hardy glaubte, irgendwie in Gretas Schuld zu stehen, weil sie ihm damals das Leben gerettet hatte.

»Ziemlich üble Sache«, sagte Hardy und betrachtete die Schlafende.

Die Geräusche der Beatmungsmaschine und des Überwachungsmonitors vergrößerten seine Sorge um ihren Gesundheitszustand. Ein Teil von ihm riet ihm, davonzurennen, weil er ja doch nichts für sie tun konnte. Aber gleichzeitig redete er sich ein, sie spüre tief drin in ihrem Unterbewusstsein, dass er neben ihrem Bett stand.

»Also, ich gehe dann mal«, verkündete Frank nach einer Weile des gemeinsamen Schweigens. Kurz bevor er die Tür erreichte, drehte er sich noch einmal um. »Wann soll ich mich morgen bei dir melden?«

»Wieso bei mir melden? Ich dachte, als Kandidat für die Polizeihochschule in Münster-Hiltrup wirst du unsere Abteilung sowieso bald verlassen.«

Frank zeigte ein smartes Lächeln – von dem er erstaunlicherweise eine Menge Variationen draufhatte. »Bis dahin soll ich dir zur Hand gehen, meinte der Chef.«

Jonas plötzlichen Sinneswandel nahm Hardy kommentarlos zur Kenntnis. Er war zwar über jede Hilfe dankbar, nahm es seinem Chef jedoch krumm, dass ihm der dringend benötigte freie Tag morgen gestrichen worden war. »Hat schon jemand ihren Lebensgefährten verständigt?«

»Soweit ich informiert bin, haben wir ihn noch nicht erreicht. Soll ich das übernehmen?«

Von Unterhaltungen mit Greta wusste Hardy, dass ihr Fischkopp, wie sie ihren Lebenspartner Hannes liebevoll nannte, oft von früh bis spät auf dem eigenen Kutter bei Usedom Fische verkaufte. Er war durch und durch ein Mann der See. Hart im Nehmen, rau im Wesen, aber mit etwas Fürsorglichem in seinen Augen gesegnet. Manchmal wünschte sie sich, dass er etwas sensibler wäre. Zumindest war ihr dahin gehend einmal eine Äußerung herausgerutscht.

»Schon gut, ich fahre nachher selbst zu ihm. Du könntest dich um eine andere Sache kümmern: Sorg dafür, dass wir schleunigst Ergebnisse von der Rechtsmedizin bekommen.«

Frank schaute auf seine Uhr. »Puh, aber heute ...«

»Ich muss wissen, wie die Detektivin ums Leben gekommen ist und welche Drogen Gretas Angreifer zuletzt konsumiert hat. Kann ich mich auf dich verlassen?«

»Ich will sehen, was wir auf die Schnelle an Infos bekommen.«

Damit verschwand Frank, und Hardy blieb mit der reglosen Greta und den Geräuschen der Klinikgerätschaften allein.

»Hörst du mich, Greta?«, flüsterte er und fand die Frage im selben Moment albern. »Wenn ich etwas für dich tun kann, musst du es mir nur sagen. Ich bin nicht gut darin, unausgesprochene Dinge zu verstehen. Deshalb bin ich vermutlich bis heute noch nicht verheiratet. Aber deine Ehe ist ja auch alles andere als traumhaft verlaufen.« Er lachte bitter auf. »Verdammt, was rede ich denn da für einen Blödsinn?«

Greta reagierte nicht auf seine Stimme. Kein Fingerzucken oder Blinzeln, wie man das aus Filmszenen kannte. Sie lag einfach da und die Maschinen überwachten ihre Vitalfunktionen.

Freundschaftlich drückte er ihre Hand, wie es zuvor Frank getan hatte. Dann öffnete er das Schubfach am Nachtschränkchen in der Hoffnung, dort ihr Handy zu finden. Durch ihre Zusammenarbeit hatte er irgendwann die PIN ihres Smartphones mitbekommen: 2205. Eine Anlehnung an den Sherlock-Holmes-Tag, der jährlich am 22. Mai gefeiert wird. Zwar kannte er die PIN, allerdings fand er ihr Handy nirgends. Sonst hätte er ihren Freund Hannes unverzüglich angerufen.

Als er schweigend neben ihr saß, betrat eine Krankenschwester das Zimmer. »Hier ist ein uniformierter Kollege, der sich bei Ihnen melden möchte.«

Hardy nickte und auf einmal war er erleichtert über die Revierunterstützung. »Eine Frage: Können Sie mir sagen, wo ich Frau Silbers Handy finde?«

Sie überlegte. »Wir haben ihr Portemonnaie, ihre Ausweise und einige andere persönliche Gegenstände vorsorglich weggeschlossen, aber soviel ich weiß, befand sich kein Handy darunter.«

Kapitel 11

Greta beobachtete, wie Hardy sich nach der Berührung entfernte. Sie wollte ihm hinterherrufen, dass er bleiben sollte, aber er drehte sich nicht einmal mehr um. Stattdessen eilte er förmlich davon. Dabei hätte sie mit ihm noch einige Dinge zum Mordfall klären müssen. Zum Mord an dieser Frau, deren Name ihr momentan nicht einfiel. Warum fiel ihr der blöde Name nicht ein? Sonst brauchte sie sogar Geburtsdaten nur einmal zu hören und konnte sie im Schlaf wiedergeben. Aber im Moment taten sich vor ihr gleich mehrere Gedächtnislöcher so groß wie Vulkankrater auf. Verdammt, Hardy, bleib stehen, du sollst etwas wissen! Ich glaube, der Besitzer hat …

War das überhaupt Hardy, der da die Treppe hinunterlief? Seit wann trug er denn eine türkisfarbene Adidas-Jacke? Und warum hielt er sich denn beim Gehen an der Wand fest? Hatte er etwa Drogen intus? Nein, womöglich stand sie am Ende selbst unter dem Einfluss von Betäubungsmitteln. So wie dieser Typ mit dem Feuerlöscher? Ihre Gedanken zu den Geschehnissen im Motel wirbelten durcheinander. Verdammt, wie hieß die Absteige doch gleich?

»Hilf mir, Greta!«

Greta kniff die Augen zusammen, um ihr Sichtfeld zu schärfen. Die Person dort drüben an der Wand war gar nicht Hardy, sondern eine junge Frau mit stechenden blauen Augen und den wundervollsten Lippen, die Greta je gesehen hatten. Von irgendwoher kam ihr das Gesicht bekannt vor. Als hätte sie es auf einem Wandbild gesehen …

»Hilf mir, Greta!«

Die Frau wankte nun auf sie zu. Sie war verletzt und blutete aus der Nase. Greta wollte ihr entgegengehen, aber dann merkte sie, dass sie sich selbst nicht rühren konnte. Es war, als wäre ihr gesamter Körper mit Klettband umwickelt. Beinahe wie eine Mumie. Lediglich ihren Kopf und die Augen konnte sie bewegen.

Zum dritten Mal bat die Unbekannte um Hilfe.

»Ich kann nicht«, antwortete Greta.

»Dann findet mich niemand«, kam es zurück.

»Ich kenne dich doch.«

»Nein, du kennst mich nicht.«

Vor Gretas geistigem Auge tauchte ein Bildchen auf. Ein Porträt auf Druckerpapier. »Doch, von einem Foto! Ganz bestimmt von einem Foto.«

Plötzlich knickten der Unbekannten die Beine weg, und sie fiel auf einen Boden, der so schwarz war, dass ihre helle Haut fast schneeweiß leuchtete. Sie wischte sich unter der Nase übers Gesicht, doch der Blutfluss nahm zu. Bald würde sie das Bewusstsein verlieren.

»Wie kann ich dir denn helfen?«, redete Greta auf sie ein.

»Du hast doch meine Nummer.«

»Deine Telefonnummer?«

»Quatsch, die wäre viel zu lang.«

Demnach meinte sie wohl auch nicht ihre Sozialversicherungsnummer. »Redest du von einer Hausnummer?«

»Die ist dafür viel zu kurz.«

»Ich kapier es nicht.«

»Greta, ich dachte, du wärst wie Sherlock Holmes, deshalb bin ich zu dir gekommen. Wenn du mir nicht helfen kannst, wird er mich wegbringen.«

Jetzt fühlte sich auch Greta schwach, sie konnte sich kaum noch auf das Gespräch konzentrieren, zumal das Gesicht ihrer Gesprächspartnerin nach und nach im Blut ertrank.

»Wer wird dich wegbringen?«

»Ich bin so schön«, kam es als Antwort, und Greta schoss der Gedanke durch den Kopf, dass sie wohl keinen einzigen Namen von ihr erfahren würde.

»Sag mir wenigstens, von welcher Nummer du redest.«

Statt zu antworten, begann die Frau leise ein Lied zu summen. Irgendeinen weltbekannten Popsong, bildete Greta sich ein, doch sie kam weder auf den Titel noch den Interpreten.

»Kennst du meinen Grabstein?«, fragte die Frau, kurz bevor sie Blut erbrach.

In dem Moment zeichnete der Überwachungsmonitor im Krankenzimmer des Klinikums Stralsund eine erhöhte Herzfrequenz auf. Gretas Zeigefinger zuckte. In ihrem Kopf hallte ununterbrochen die Melodie der unbekannten Schönheit.

Kapitel 12

Die Person mit dem Loch im Herzen saß in ihrem Wagen und wartete. Sie hatte gelernt zu warten. Andere bekamen Panik, sie blieb gelassen und überlegte sorgfältig die nächsten Schritte. Mit dem Auftauchen der Detektivin hatte sich die Lage auf kritische Weise verändert. Obwohl die Detektivin inzwischen tot war, machte sie weiterhin Probleme. Denn nun war die Polizei alarmiert. Nicht die Polizei selbst stellte ein Problem dar, sondern diese Kriminalhauptkommissarin Greta Silber. Wenn der Ehrgeiz sie packte, wurde sie neugierig und dann konnte sie selbst aus einer Toten noch Antworten auf ihre Fragen bekommen. Somit war sie womöglich noch gefährlicher als ihr neuer Kollege, dieser Hardy Finkel.

Nein, das lief alles nicht so gut, dachte die Person mit dem Loch im Herzen und beobachtete das Klinikgelände. Ringsum herrschte kaum noch Betrieb. Die meisten Fahrzeuge, die jetzt noch auf dem Parkplatz des Hanseklinikums standen, gehörten dem Personal. Dann und wann ertönte ein Martinshorn und irgendwann hielt ein Rettungswagen vor der Notaufnahme. Die Person mit dem Loch im Herzen blieb ruhig hinter dem Lenkrad sitzen und zählte die Menschen, die durch die Schiebetüren am Eingangsportal traten.

Diesmal kriegen sie dich, vernahm sie eine der vielen Stimmen, die ihr oft zuflüsterten.

Geisterstimmen. Es waren die Geister der Vergangenheit. Meistens schaffte die Person mit dem Loch im Herzen es, die Stimmen zu ignorieren. Momentan hatte sie sogar ein bisschen Zeit, um mit ihnen zu plaudern.

»Die kriegen mich nicht«, sagte die Person und schaltete das Radio leiser, um die Stimme besser hören zu können. »Ich kriege sie.«

Die kriegen dich, verlass dich drauf. Und dann geht die ganze Show den Bach runter. Dann ist Schluss mit deinem Business und du wanderst in den Bau.

Die Person mit dem Loch im Herzen konnte nicht einmal sagen, wer da mit ihr redete. Im Laufe der Jahre waren es immer mehr geworden. Manchmal redeten sie tagelang nicht, dann redeten sie alle durcheinander. Sie hatte sich daran gewöhnt. So war sie wenigstens nie allein, auch wenn das permanente Flüstern an den Nerven zerrte.

Und was willst du nun mit dem Handy anstellen?

Darüber hatte die Person mit dem Loch im Herzen längst nachgedacht. Silber hatte vom Tatort Fotos gemacht. Außerdem waren auf der Karte ihre Kontakte und sehr persönliche Daten gespeichert. Solche Informationen stellten sich immer als nützlich heraus, wenn man ein Druckmittel brauchte.

»Da fällt mir schon eine Gemeinheit ein«, antwortete die Person mit dem Loch im Herzen, ohne näher auf die Frage der Geisterstimme einzugehen.

Du machst zu viele Fehler.

»Andere machen Fehler, ich mache meinen Job.«

So wie die Sache mit dem Dealer?

»Zugegeben, da ist mir ein Fehler unterlaufen, aber es ist nur eine Frage der Zeit, bis ich diesen korrigiere.«

Ach ja? Mehrere Geister lachten. *Und was war mit der Kleinen, der mit dem süßen Hintern und den stahlblauen Augen? Die wäre dir beinahe davongelaufen.*

»Ich finde, bei ihr hat alles tadellos geklappt.«

Du lässt nach. Deshalb kriegen sie dich.

Langsam wurde der Person mit dem Loch im Herzen die Unterhaltung lästig, denn die Stimmen murmelten ja doch fast immer das Gleiche.

Hörst du? Sie kriegen dich!, riefen mehrere Geister, aber mit jeder Silbe wurden sie leiser.

Die Person mit dem Loch im Herzen hörte den Stimmen kaum noch zu, weil am Klinikeingang plötzlich der Ex-BKA-Mann auftauchte.

»Seht ihr? Dort läuft er, wie ich es vorhergesagt habe.«

Mit einem Handy am Ohr entfernte Hardy Finkel sich vom Krankenhausgebäude und eilte zu seinem Wagen. Er sah nicht glücklich aus. Demzufolge ging es seiner Kollegin nach wie vor schlecht.

Willst du ihn weiterhin beobachten?

Statt zu antworten, schaute die Person mit dem Loch im Herzen zu, wie Finkel in sein Fahrzeug stieg und davonfuhr. »Jetzt werde ich Frau Silber einen Krankenbesuch abstatten.«

Das schaffst du nie.

»Silber ist so gut wie erledigt, dafür hat der Junkie gesorgt. Ich gehe lediglich auf Nummer sicher.«

Damit kommst du nicht durch.

»Herzstillstand. Und niemand wird hinterher fragen, wie das passieren konnte.«

Die werden dich kriegen.

»Aber nicht heute. Heute kriege ich sie.«

Damit griff sich die Person an ihr krankes Herz und stieg aus dem Wagen.

Kapitel 13

Greta irrte durch eine Dunkelheit, die sie regelrecht körperlich spürte, weil sie glaubte, durch die Finsternis wie durch flüssigen Teer zu gleiten. Beinahe kam es ihr wie zur Zeit ihrer Scheidung vor, als ihr Ex-Ehemann ihr die Kinder entrissen und sie damit an den Rand des Wahnsinns getrieben hatte. Damals hatte es sich angefühlt, als wären ihr Geist und ihr Körper gewaltsam voneinander getrennt worden. Oft hatte sie bewegungsunfähig dagehockt und bitterlich geweint. Bis sie sich in die Psychiatrie hatte einweisen lassen. Erst danach waren nach und nach Lichtblicke aufgetaucht.

Purple rain, purple rain. Eben war da nur die Melodie in ihrem Kopf gewesen, jetzt sang plötzlich Prince mit seiner butterzarten Stimme. Bei jedem Ton regte sich etwas in ihren Erinnerungen. Die Frau mit den stahlblauen Augen war nur eine Einbildung gewesen. Vermutlich war auch die Dunkelheit nicht echt. Greta musste sich daraus befreien, indem sie einfach die Augen öffnete. Doch sosehr sie sich mühte, es gelang ihr nicht.

Purple rain, purple rain.

Auch wenn die Silhouette der Frau verschwunden war, so klang das Poplied in ihren Ohren nach. Prince war irgendwie cool. Der war wie ein Paradiesvogel gewesen, immer schön bunt.

Umgebungsgeräusche lenkten sie ab. Ein Piepen. Ganz kurz nur, dann war es verschwunden. Dafür hörte sie ein Zischen. Plötzlich wieder ein Piepen.

»Machen Sie … Sorgen, ich bleibe … Gang …«, registrierte sie undeutlich eine Männerstimme, »… warten gewohnt.«

»… Silber … morgen Arzt …«, wechselte die Stimmlage zu der einer Frau. »Schön … Polizei … wissen …«

»… Kaffeeautomat?«

Es waren eindeutig eine männliche und eine weibliche Person, die sich da unterhielten. Sie hörte es deutlich heraus. Keine Fantasiegestalten wie die blutende Blondine, sondern diesmal handelte es sich um echte Menschen.

Die Frau sagte etwas Unverständliches und kicherte. »… bringe Ihnen … Kaffee …«

»… lassen … Zeit.«

Allein mittels Gehör versuchte Greta zu erfassen, ob es sich bei dem Mann um ihren Freund Hannes oder ihren Kollegen Hardy handelte. Jedoch konnte sie die Stimme keinem von beiden zuordnen. Das Gespräch ging dann noch höchstens fünf Sekunden. Als zupfte jemand an einem Vorhang, löste sich der tiefschwarze Schleier um Greta allmählich auf.

Wieder konzentrierte sie sich auf den regelmäßigen Piepton und das permanente Zischen. Schwach nahm sie die ersten scharfen Konturen wahr. Bald erkannte sie sich bewegende Schemen. Die beiden Personen verließen das Zimmer. Sie meinte sogar, eine Polizeiuniform zu erkennen.

Die Tür fiel zu.

Hallo, wollte sie hinterherrufen, aber ihre Stimmbänder brachten nicht einmal ein Krächzen zustande. Die Situation kam ihr vor, als kehrte sie in einem unendlich langsamen Prozess von den Toten ins Leben zurück. Je mehr sie gegen die

Lähmung ankämpfte, umso schwächer fühlte sie sich. Mehrfach dämmerte sie weg. Jegliches Zeitempfinden war ihr entglitten. Immerhin wurden die Wachphasen länger. Das Licht, das von oben schien und jedes Mal stärker leuchtete, machte ihr Mut.

Schläuche! Sie hing an Schläuchen. Scheiße, hoffentlich mästete man sie nicht! Nein, sie atmete. Daher kam das Zischen. Von einem Beatmungsgerät. Wie ein Blitzeinschlag traf sie der Rückblick zu dem Moment, als der Mann mit der schmutzigen Trainingsjacke und dem pinkfarbenen Adidas-Logo einen Feuerlöscher gegen ihren Schädel krachte.

Die Tür ging auf. Jemand näherte sich ihr. Greta wollte aufschreien, weil sie glaubte, der Junkie kehre zurück, um sein Werk zu vollenden.

»Es ist alles gut, Frau Silber, Sie sind in Sicherheit«, sagte eine feinfühlige Stimme.

Es war tatsächlich ein Mann. Schwer erkennbar, aber es war weder ihr Fischkopp noch ihr Kollege, denn keiner von ihnen hätte sie mit dem Nachnamen angeredet.

»Sie sind noch erschöpft, das ist völlig normal. Gleich wird es ihnen besser gehen.«

Zuerst erkannte sie nur eine undeutliche Gestalt. Neben der Tatsache, dass sie deren Gesicht nur verschwommen sah, fiel es ihr unglaublich schwer, die Größe der Person abzuschätzen. Und auch die Stimme klang verzerrt. Weil es sich um einen Unbekannten handelte, dem sie sich hilflos ausgeliefert fühlte, ergriff sie ein Angstgefühl, das sie schlagartig mit Adrenalin vollpumpte.

»Ganz ruhig«, flüsterte er dicht an ihrem Ohr.

Es kam ihr so vor, als hätten sich eben ihre Zehen bewegt. Zudem schärfte sich schlagartig ihr Sichtfeld. Der Mann trug doch keine Adidas-Jacke. Dafür hielt er irgendeinen Gegenstand in der Hand.

»Sie sind aufgeregt, Frau Silber, das verstehe ich, aber keine Sorge, Sie werden den Pikser gar nicht mitbekommen.«

Eine Spritze! Der verfluchte Typ redete von einer Spritze. In Gretas Hirn ratterte es. Wenn sie an Schläuchen und Kabeln hing, stand sicher irgendwo ein Herzmonitor herum. Als sie es wiederholt piepen hörte, schaute sie über sich. Verschwommen erkannte sie die grüne Linie, die ihre Vitalfunktionen aufzeichneten. Ein Arzt hätte längst festgestellt, dass sie wach war. Keinesfalls hätte er ihr sofort darauf eine Spritze gesetzt. Zumal man lebenswichtige Medikamente über die Infusion verabreichen konnte.

»Ich muss nur kurz an Ihren Hals fassen«, sagte er.

Sie spürte seine kalten Finger, die an ihrem Schlüsselbein entlangtasteten.

»Hinterher wird man nichts sehen, also jetzt schön stillhalten.«

Genau das Gegenteil musste sie tun. Sich bewegen und um Hilfe schreien. Doch statt Worten kamen nur höllische Kopfschmerzen. Dazu erfasste sie Übelkeit. Es waren Alarmsignale!

Wenn sie im Krankenhaus lag, musste auch ein Alarmknopf in Reichweite herumliegen.

»Still jetzt«, säuselte der Unbekannte, während er sich über sie beugte.

Zuerst dachte Greta, ihre Fingerspitzen hätten den Metallrahmen des Bettes ertastet, aber es war der Infusionsständer. Weil sie nicht um Hilfe schreien konnte, entluden sich ihre Angst und ihr Zorn in ihren rechten Arm und von dort in die Hand. Und im selben Augenblick krachte es.

Kapitel 14

»Lassen Sie mich nun zu ihr?«, fragte Hardy die Stationsschwester, auf deren Brustschild der Name N. Wilke stand.

Statt den Zugang zu Gretas Zimmer freizugeben, versperrte Wilke ihn mit vollem Körpereinsatz. »Darüber entscheidet der Arzt, der momentan bei ihr ist. So lange müssen Sie sich leider gedulden.«

»Es dauert höchstens eine Minute«, beharrte er, denn mit den spärlichen Informationen der Einsatzzentrale konnte er kaum etwas anfangen. »Ich muss wissen, wer der Angreifer war, damit wir eine Fahndung einleiten können.«

Die Schwester schaute skeptisch. »Von einem Angreifer ist uns nichts bekannt.«

Darüber wunderte Hardy sich, denn genau davon hatte man beim Telefonat gesprochen. Andernfalls hätte er die Fahrt zu Gretas Lebensgefährten nicht abgebrochen und wäre unter Missachtung sämtlicher roter Ampeln zurück zum Hanseklinikum gerast. Und er konnte sich beileibe nicht vorstellen, dass der Kollege in der Notrufzentrale sich einen Scherz erlaubt hatte. Deshalb blieb er hartnäckig und freundlich. »Ich dachte, meine Kollegin hätte geäußert, dass ein Fremder bei ihr war und ihr eine Spritze mit unbekannter Substanz injizieren wollte.«

Schwester Wilkes Mundwinkel zuckten, als wollte sie ihn wie einen armen Irren abweisen. Letztlich behielt sie ihre gnadenlose Oberschwestermiene. »Wir wissen nur, dass Frau Silber aufgewacht ist und sich in einem labilen Zustand befindet. Sie hat den Infusionsständer umgeworfen und wie wild auf den Apparaten herumgeschlagen. Sämtliche Äußerungen hängen mit den Nachwirkungen des Komas zusammen.«

An der Wanduhr gingen die Zeiger auf 22 Uhr zu. Vor lauter Erschöpfung pochte es bereits minutenlang heftig hinter Hardys Stirn. Der Gesprächsverlauf führte bloß zu einer Zunahme der Schmerzen. »Hören Sie, ich habe vor knapp einer Stunde das Krankenhaus verlassen, da ging es meiner Kollegin zwar nicht gut, aber es herrschte hier immerhin nicht solch eine Aufregung. Ich kenne Greta, und wenn sie behauptet, da sei jemand in ihrem Zimmer gewesen, glaube ich ihr das. Sie hatten doch Dienst auf der Station und waren die Erste bei ihr, oder nicht?«

Wilke deutete an Hardy vorbei zu dem Streifenbeamten mit dem Namen Fabricio Ernst, der Hardy abgelöst hatte. »Zusammen mit Ihrem Kollegen.«

»Das stimmt, ich hatte Wache und …«, plapperte Ernst auch prompt los, doch Hardy bremste den jungen Kollegen mit einer Handbewegung.

»Wir zwei unterhalten uns gleich.« Er blickte ihn dabei nicht einmal an, sondern fixierte bewusst das Namensschild der Krankenschwester. »Bitte, Frau Wilke, können Sie wenigstens die Jalousien innen einen Spalt öffnen, damit ich sie sehen kann?«

Sie atmete tief ein und nickte schließlich. »Offenbar machen Sie sich wirklich Sorgen um Ihre Kollegin. Wenn ich nur auch mal so viel Glück mit dem hiesigen Personal hätte.« Der schwärmerische Unterton war unüberhörbar. Bevor Hardy versichern konnte, dass er und Greta nur gute Kollegen waren, huschte die Schwester ins Zimmer. Er wollte wenigstens einen Blick auf das Krankenbett erhaschen, aber da schloss sich die Tür bereits wieder.

Für einen Moment war er versucht, die Klinke zu ergreifen und den Raum zu betreten, ohne die Erlaubnis abzuwarten. Stattdessen blieb er an Ort und Stelle stehen und vertraute darauf, dass sich die Lamellen der Jalousien gleich lüfteten.

Minutenlang tat sich allerdings nichts. Also wandte er sich dem Kollegen zu, den er auf Mitte zwanzig schätzte und bis zum heutigen Tag nie gesehen hatte.

»Also, was ist hier passiert?«, fragte er vorwurfsvoll.

»Nachdem Sie gegangen sind, habe ich wie besprochen mehrfach nach ihr gesehen.« Fabricio Ernst blieb überraschend cool und schaute ihn regelrecht verträumt aus seinen dunklen Augen an. In seinem Alter wären Hardy vor Aufregung die Worte im Halse stecken geblieben, wenn ein erfahrener Kriminalist ihn nach so einer Sache befragt hätte. »In der restlichen Zeit bin ich auf und ab gegangen und habe mich gelegentlich mit der Schwester unterhalten.«

»Ihr habt euch hier auf dem Flur unterhalten?«

»Zuerst im Zimmer, dann hier draußen. Jedenfalls habe ich es irgendwann im Krankenzimmer poltern gehört. Daraufhin bin ich hingeeilt und da war Frau Silber wach. Da kam auch schon das Klinikpersonal hinterher.«

»Und hat Greta gesprochen?«

»Eigentlich wollte ich das Zimmer schon verlassen, weil das Personal alles im Griff hatte, aber ja, sie hat dann was von einem Angriff mit einer Spritze erzählt. Zuerst habe ich gedacht, ich hätte mich verhört, zumal ein Arzt sie beschwichtigt hat, es sei alles in Ordnung. Aber beim Rausgehen dachte ich mir dann, dass es besser wäre, ihre Aussage ernst zu nehmen und an die Zentrale weiterzuleiten.«

»Hat sie konkret von einem Eindringling geredet?«, wurde Hardy energischer, weil er den Eindruck hatte, Ernst erzählte nur nach Aufforderung.

»Für mich hat es sich so angehört. Sie sprach von einer fremden Person und einer Nadel an ihrem Hals. Sie hat genuschelt, aber ich denke, dass ich exakt diese Worte herausgehört habe.«

Exakt diese Worte. Das konnte auch das Gegenteil bedeuten, wusste Hardy aus seiner beruflichen Erfahrung.

»Weißt du, was ich nicht verstehe?«, fragte er, woraufhin Ernst wieder mit den Schultern zuckte. »Wenn du auf dem Stationsflur Wache gehalten hast, wie hätte dann jemand ungesehen in Gretas Zimmer gelangen können?«

Ernst antwortete nicht sofort, sondern hob den Zeigefinger. »Ich verstehe schon, was Sie damit andeuten wollen, aber zum Zeitpunkt des Anrufs habe ich sogar auf dem Stuhl vor ihrer Tür gesessen und in einer Zeitschrift geblättert.«

»Was für ein Anruf?«

Er deutete zum Zimmer, in dem Greta lag. »Die Schwester von eben hatte auf dem Apparat an der Stationsanmeldung einen Anruf von meinem Vorgesetzten in der Warteschleife. Sie kam zu mir und meinte, es sei wichtig, da bin ich aufgestanden und zum Anmelderaum gegangen, während sie die Patientenzimmer abgeklappert hat.«

Hardy schaute den Gang entlang und versuchte, den Hergang gedanklich zu rekonstruieren. Die Anmeldung lag um die Ecke und demzufolge außer Sicht.

»Was wollte dein Vorgesetzter?«

»Es war niemand mehr in der Leitung.«

Langsam ergab sich für Hardy ein mögliches Szenario. »Und das kam dir nicht seltsam vor?«

»Ja, doch, ich habe meinen Dienstgruppenführer zurückgerufen, aber der meinte, er habe nicht angerufen.«

»Und dann?«

»Dann habe ich mir den Kaffeeautomaten angeschaut, weil ich wissen wollte, welche Sorten es gibt. Das waren nur ein paar Sekunden, ich schwöre es. Und dann hörte ich den Lärm und bin sofort losgerannt.«

Hardy rieb sich die Augen, denn er musste das Gehörte erst verdauen. »Seit wann bist du im Streifendienst?«

»Hab letzten Monat im Revier angefangen.«

»Wow, schon so lange! Und was hast du vorher gemacht? Also vor der Polizeischule?«

»Aufzugbau.« Daher wohl die kräftigen Brustmuskeln und die Handwerkerhände. »Mit Mitte dreißig war es Zeit für eine berufliche Veränderung.«

Donnerwetter, da hatte Hardy sich beim Alter mächtig verschätzt! Der Kerl hatte sich aber auch verdammt gut gehalten.

»Wie gesagt, nach dem Aufwachen von Frau Silber habe ich sofort Meldung gemacht und ich habe selbstverständlich beim Einlass nach einer verdächtigen Person gefragt. Sie können natürlich gern selbst noch einmal nach unten gehen und den Pförtner befragen.«

»Keine Sorge, den knöpfe ich mir als Nächsten vor. Immerhin bin ich schon etwas länger als einen Monat bei der Polizei. Wie sieht es am Empfang mit Videoüberwachung aus?«

Ernst schüttelte den Kopf. »Nur in den absoluten Sicherheitsbereichen.«

»Absolute Sicherheitsbereiche«, murmelte Hardy, welche auch immer das sein sollten.

Er kam nicht dazu, näher darauf einzugehen, denn auf einmal ging die Zimmertür auf und ein Arzt trat mit versteinerter Miene in den Flur.

»Herr Finkel?«

Hardy meldete sich.

»Ausnahmsweise lass ich Sie jetzt zu ihr.«

Kapitel 15

Endlich ein vertrautes Gesicht zu sehen, kam Greta wie ein Glücksmoment vor. Und diesmal war es keine Einbildung, sondern Hardy stand leibhaftig vor ihr. Von der Tür aus begegnete er ihr mit seinem trübsinnigen Verführerblick und unter seinem dunklen Schnauzer bildete sich ein feines Lächeln.

»Wie geht es dir?«, stellte er die Frage, die jeder in dieser Situation gestellt hätte.

Dank der bisherigen Zusammenarbeit im Kommissariat wusste Greta längst, dass er privat selten spontan und überraschend war. Leider reihte er sich damit in die Runde der Männer ein, mit denen in ihrer Vergangenheit etwas gelaufen oder, besser gesagt, schiefgelaufen war. Einige hatten sie höchstens im negativen Sinne überrascht. Wie die flüchtige Urlaubsbeziehung, an die sie sich kurioserweise plötzlich erinnerte. Der Typ mit der behaarten James-Bond-Brust hatte ihr doch am letzten Abend offenbart, dass er in Wahrheit eine Art außerirdische Arachnoide und auf der Suche nach Gebärmüttern sei. Das war echt gruselig gewesen. Trotzdem hatte sie cool geantwortet, dass er beim nächsten Date sein Spiderman-Kostüm tragen solle, dann könne man das gleich bemerken.

Tapfer lächelte sie zurück, obwohl ihr trotz der Betäubungsmittel jede Gesichtsregung wehtat. »Der Arzt meinte, ich hätte ihm meinen richtigen Namen und das heutige Datum genannt.« In Zeitlupe hob sie den Arm, an dem man die verbogene Infusionsnadel gerichtet hatte, und tippte sich mit dem Zeigefinger gegen die Schläfe. »Demnach scheint es mir hier drin ganz gut zu gehen. Willst du dort stehen bleiben, Sugar, oder hast du Angst, ich hätte mich während des Komas in eine Giftspinne verwandelt?«

Umgehend verkürzte er die Distanz und stellte sich neben ihr Bett. »Tut mir leid, ich schäme mich etwas, weil ich mit leeren Händen dastehe.«

»Quatsch, es gibt sicherlich Wichtigeres zu tun, als mitten in der Nacht einen Blumenstrauß aufzutreiben.«

»Ich war gerade auf dem Weg zu Hannes, um ihn über deinen Unfall zu informieren, als man mich anrief. Beim nächsten Besuch bringe ich dir was Gescheites zum Futtern mit. Hab mir sagen lassen, das Krankenhausessen eigne sich nur für Leute ohne Geschmacksnerven. Du hast doch hoffentlich noch alle Geschmacksnerven beisammen, oder?«

Wenn er sich Mühe gab, konnte er sogar witzig sein. Und ja, ihre Geschmacksnerven waren unversehrt, sonst hätte sie Hardy wahrscheinlich nicht immer noch attraktiv gefunden, obwohl sie sein Schnurrbart und sein verlebtes Auftreten am Anfang eher abgestoßen hatten. Zum Glück hatte er sie an den Officer aus dem Musikvideo von Robin Schulz erinnert. »Sugar«. Exakt wie der Schauspieler sah Hardy nämlich aus. Und sie hatte schnell gemerkt, dass unter dem Anzug ein Kerl mit Ecken und Kanten steckte. Wobei er heute kein schnittiges Jackett samt edlem Schlips trug, sondern seltsamerweise in Badehose und Hawaiihemd herumlief.

»Wenn ich es nicht besser wüsste, könntest du glatt als Tom Selleck in ›Magnum‹ durchgehen.«

»Komisch, du bist die Erste, die das sagt.«

Ihre Heiterkeit verging, denn sie erinnerte sich, dass ihr beinahe etwas Schlimmes zugestoßen wäre.

»Hältst du mich auch für eine Verrückte?«, fragte sie ihn, denn der Arzt hatte zuvor nicht den Eindruck gemacht, als hätte er ihrer Geschichte von dem Unbekannten mit der Spritze Glauben geschenkt. Vielmehr hatte der Mediziner bloß von Beeinträchtigung der Gehirnleistung und Nachwirkungen des Komas gefaselt.

»Mit einer Verrückten würde ich garantiert nicht zusammenarbeiten.«

»Lügner, bestimmt bist du froh über jede Minute, die du nicht mit mir im Büro verbringen musst.«

Eine trübsinnige Falte erschien in seinem Gesicht, und er verschränkte die Arme vor dem Bauch, als wäre er bereits auf ihrer Beerdigung.

»Was ist?«, fragte sie, weil er nichts erwiderte.

»Ich habe die Ermittlungen im Mordfall an der Detektivin übernommen.«

»Ach, da lag ich wohl gar nicht so falsch mit meiner Behauptung eben.«

»Wieso bringst du auf einmal Schärfe in die Unterhaltung?«

Obwohl die Frage berechtigt war, wehrte Greta ab. »Ich bringe überhaupt keine Schärfe hinein, ich will nur sichergehen, dass ich ab morgen wieder die Ermittlungen leite. Du gibst mir den Fall doch zurück, oder?«

»Klar, ich denke nur …«

»Was denkst du nur?«, fiel sie ihm ins Wort.

»Ich kläre das mit dem neuen Staatsanwalt, okay?« Er kratzte sich am Ohr. »Bist du dir denn sicher, dass du morgen schon wieder dienstfähig bist? Hast du dich schon mal im Spiegel betrachtet?«

Schlagartig krampfte sich ihr Magen zusammen. Vorsichtig tastete sie ihr Kinn und ihre Wangen ab. Wollte er ihr damit zu verstehen geben, dass sie körperlich entstellt war?

»Wieso? Was ist mit meinem Gesicht?«

Er schüttelte den Kopf. »Nichts, nichts, nur ein Hämatom, wo dich der Feuerlöscher getroffen hat. Du erinnerst dich doch an den Feuerlöscher, oder?«

Greta nickte zaghaft. »Ich erinnere mich an jedes einzelne Detail. Vor allem an den Drogenkonsumenten mit den filzigen blauen Haaren.« Sie versuchte, den Knopf für die Elektronik zu erreichen, um das Kopfteil ihrer Liege in eine steilere Position zu fahren, hatte dabei jedoch mehr Mühe als gedacht. Hardy half ihr deshalb. Während die Mechanik summte, flüsterte sie ihm ins Ohr. »Jemand war hier und wollte mich umbringen. Jemand war so nah wie du jetzt.«

»Wer?«

»Es war der Junkie, der mit dem Feuerlöscher. Wer sonst?«

»Aha«, murmelte Hardy. Es war ihm herausgerutscht und Greta hatte es gehört.

»Was heißt, aha?«

»Das heißt, dass das nicht sein kann, weil der Mann tot ist.«

Als er ihr das berichtete, schien sich der Raum plötzlich zu drehen. Augenblicklich drohte Greta in die undurchdringliche Schwärze von vorher zurückzugleiten. Sie schloss die Augen und horchte in sich hinein. Irgendwo ganz leise sang Prince »Purple Rain«. Vor ihrem Aufwachen hatte sie sich manches eindeutig eingebildet, das wusste sie, aber die fremde Person, die unberechtigt in ihr Zimmer eingedrungen war, die mit ihr gesprochen hatte und ihr beinahe eine Nadel in den Hals gerammt hätte, war keine Einbildung gewesen.

»Also glaubst du mir auch nicht«, konfrontierte sie Hardy.

»Greta, ich weiß nur, dass der Mann, der dich im S1 angegriffen hat, Luis Fontane hieß und jetzt zweifelsfrei tot ist. Ich habe den vorläufigen Totenschein des Notarztes in den Händen gehalten.«

»Wenn er es nicht gewesen ist, wer wollte mich dann umbringen?«

Hardy schwieg und musterte sie ungläubig wie der Arzt zuvor.

Kapitel 16

Auf der Dienststelle am nächsten Morgen steckten Hardy noch immer die Ereignisse des Vortags in den Knochen. Daher kostete ihn die Vernehmung von Jonathan Marx enorme Energie und Konzentration.

»Noch einmal danke, dass Sie pünktlich erschienen sind«, zeigte er sich trotz der Anspannung gegenüber dem Zeugen höflich.

»Kein Problem«, sagte Marx. »Obwohl ich eigentlich dringend in der Pension gebraucht werde, wie Sie sich vorstellen können. Dort ist um diese Uhrzeit mächtig viel los.«

Hardy nickte, auch er stand unter Termindruck. Er war noch nicht einmal dazu gekommen, seine drei anstehenden Maklertermine für heute abzusagen. Von Frank, der ihm eigentlich bei der Vernehmung assistieren sollte, fehlte jede Spur.

»Wenn Sie hier sind, wer kümmert sich dann eigentlich um die Belange der Gäste und um das Frühstück?«, fragte er provokativ, um Marx gleich zu Beginn der Vernehmung aus dem Konzept zu bringen.

Der ehemalige Soldat verstand die Anspielung auf seine illegal beschäftigte Angestellte sofort. »Hören Sie, Herr Finkel, ich möchte keinen Ärger bekommen, sondern die Sache hinter mich bringen. Die tote Detektivin und dann der Vorfall mit Ihrer Kollegin ziehen in der Presselandschaft und im Internet eine ziemliche Schmutzkampagne nach sich.«

Schmutz beschrieb den Zustand des Motels vorzüglich. Hardy ließ es unerwähnt, denn er wollte den Betreiber nicht beleidigen. In aller Regel war jeder Vernehmer auf die Kooperation von Zeugen und Beschuldigten angewiesen. Provokante Nachfragen waren manchmal hilfreich, aber persönliche Angriffe für Hardy tabu.

Er reichte Marx einen Ausdruck von der ersten Seite des Vernehmungsbogens, wo dessen Personaldaten und die Belehrung standen. »Haben Sie so ein Formular schon mal gesehen?«

»Mehr als einmal«, antwortete Marx wahrheitsgemäß, und Hardy wusste aus dem Informationssystem, dass er und sein Motel mehrfach bei der Polizei hatten *arbeiten lassen.*

Hauptsächlich ging es dabei um Diebstahlshandlungen und kleinere Körperverletzungsdelikte.

Marx selbst hatte nach seiner Armeezeit eine Bewährungsstrafe verbüßt, nachdem er dem neuen Freund seiner Lebensgefährtin das Nasenbein gebrochen und den gemeinsamen Sohn der Mutter eine ganze Woche vorenthalten hatte, indem er ohne Absprache mit ihm in eine andere Stadt gereist war. Vor Gericht hatte er posttraumatische Erlebnisse nach vier Jahren Kosovo angeführt. Prompt hatten ihm die Richter abgenommen, dass er nach seiner Rückkehr aus dem Krisengebiet Schwierigkeiten mit dem Alltag hatte, und ein mildes Urteil gesprochen.

Immerhin hatte er es nach der Verhandlung zum Unternehmer geschafft. Seitdem konnte ihm die Polizei keinerlei Eskapaden mehr nachweisen.

Marx überflog das Blatt nur und reichte es zurück. »Werde ich Probleme bekommen?«

Hardy wiegte den Kopf hin und her. Er legte ihm eine Kopie des Anmeldeformulars aus dem Motel vor und tippte auf die Zeile, wo in windschiefen Druckbuchstaben der Name Kevin Niemann stand. »Können Sie sich an den Gast erinnern?«

»Das habe ich doch gestern schon Ihrer Kollegin gesagt.«

»Was haben Sie ihr gesagt?«

»Selbstverständlich erinnere ich mich an den Kerl. Kam zwei Tage vor dem ganzen Chaos an und fragte mich, was ein Zimmer pro Nacht kostet. Weil er mir sein Portemonnaie mit ganz wenig Bargeld zeigte und er mir irgendwie sympathisch war, habe ich ihm einen Rabatt eingeräumt.«

Hardy spähte zum Wandkalender. Heute war Donnerstag. »Wann ist er am Montag bei Ihnen aufgetaucht?«

»Gegen achtzehn Uhr, ich hatte alle Mühe mit dem Abendessen, weil mein Koch sich verspätet hatte, aber zum Glück habe ich derzeit wenig Gäste. Wobei, von Glück kann man da eigentlich nicht reden, oder wie sehen Sie das? Ach, egal! Mensch, wieso muss ich das eigentlich ständig wiederholen? Das habe ich alles gestern schon erzählt.«

Natürlich hatte Hardy Hannelores Einsatzbericht gelesen, entsprechend kannte er die Fakten. Allerdings hörte er sich diese gern ein zweites Mal an. Manchmal korrigierten Zeugen frühere Aussagen. Das kam bei exakten Uhrzeiten und anderen kleineren Tatdetails sogar relativ häufig vor, denn Erinnerungen konnten trügerisch sein.

»Hat er irgendwas geäußert?«, fragte Hardy und tippte beiläufig ein paar Sätze zur Vernehmung in den Computer. »Zum Beispiel: woher er kam oder was er in Stralsund wollte …«

»Ein bisschen. Der war aber ziemlich nervös, hat nach dem Einchecken fast den Zimmerschlüssel im Rezeptionsbereich liegen lassen. Der hat wirklich kaum geredet.«

»Ach, kommen Sie, Herr Marx, ich halte Sie für einen geselligen Typ. Jede Wette, dass Sie sogar einen Stummen zu einem

Gespräch verführen können. Also, es gab doch ganz bestimmt Small Talk zwischen Ihnen beiden.«

»Hab ihn natürlich nach seiner Adresse gefragt, und ob er Urlaub in der Stadt macht. Da hat er nur ausweichende Antworten gegeben. Komme angeblich aus Rostock und arbeite seit knapp zwei Jahren auf einer Bohrinsel bei Norwegen. Aber wie ein Schwerarbeiter hat der nicht ausgesehen. Wenn Sie mich fragen, hält der keine zwei Wochen auf einer Bohrinsel durch, dafür war er zu schmächtig. Außerdem kenne ich den Rostocker Dialekt besser als jeder andere. Hatte mal 'ne Langzeitfreundin dort, die hat ständig das Ö als O gesprochen. Der quatschte jedenfalls eher wie ein Einheimischer. Komischer Kauz, hab gleich gemerkt, dass der mich von vorn bis hinten belügt.«

Hardy tippte auf die gefälschte Unterschrift. »Aber die haben Sie akzeptiert.«

»Sie wissen doch bestimmt, wie das in dem Gewerbe läuft: Nimm die Knete im Voraus und stell keine blöden Fragen.«

»Sind Sie sich sicher, dass Sie den Mann nie zuvor gesehen haben?«

Marx hob eine Hand. »Ehrenwort.«

»Na gut, und die tote Detektivin, kannten Sie die eigentlich?«

»Nee, die habe ich ebenfalls nie zuvor gesehen.«

»Und gesprochen?«

Marx zuckte kurz, weil ihn die Frage wohl verwirrte. »Am Telefon, meinen Sie? Hm, nicht, dass ich wüsste. Wenn, dann hat sie sich bei mir unter einem falschen Namen gemeldet, aber wozu hätte sie das tun sollen?«

»Keine Ahnung, Menschen haben verschiedene Gründe, unwahre Angaben zu ihren Personalien zu machen.« Hardy tippte auf die gefälschte Unterschrift.

»Sie haben recht, Herr Finkel, wie dumm von mir! In den Zeitungen warnen sie ja auch ständig vor Betrügern. Deshalb sollte man auch im Internet vorsichtig mit seinen Daten sein. Mittlerweile leben wir echt in einer Scheißwelt. Ich weiß, wovon ich rede, als Kriegsveteran im Ausland habe ich verdammt viel Elend und Dreck gesehen. Aber darüber wollen Sie sich sicherlich nicht mit mir unterhalten.«

»Kommen wir noch einmal auf diesen Kevin Niemann zu sprechen.«

Kapitel 17

Ein bisschen plagte Greta das schlechte Gewissen, weil Hannes extra ihretwegen den heutigen Fischverkauf abgesagt hatte, um sie im Krankenhaus zu besuchen. Sogar einen Strauß rote Nelken hatte er mitgebracht, worüber sie sich unglaublich freute. Sie konnte sich nicht daran erinnern, wann ihr Fischkopp ihr zuletzt Blumen geschenkt hatte. Nun duftete es im ganzen Zimmer statt des sterilen Klinikgeruchs nach Sommer.

»Aus Sorge um dich habe ich die ganze Nacht kein Auge zugemacht«, versicherte er ihr wiederholt und seine raue Stimme wurde dabei jedes Mal weich. Ungewohnterweise wich er nicht einen Schritt von ihrem Bett, knetete ununterbrochen ihre Hand und streichelte ihre Wange. »Dein Kollege, dieser Hardy, war kurz nach Mitternacht bei uns, um mir die Nachricht von deinem Unfall zu überbringen. Er scheint mir ein ganz anständiger Kerl zu sein.«

Darauf erwiderte Greta nichts, denn vor ein paar Monaten war ihr Fischkopp noch eifersüchtig auf den Neuen vom BKA gewesen. Dabei hatte es dafür nie einen Anlass gegeben, die beiden waren sich bis letzte Nacht nicht einmal persönlich begegnet.

»Zum Glück ist mir nichts weiter passiert«, versicherte sie. »Ich denke, spätestens morgen spaziere ich quietschvergnügt aus dem Krankenhaus. Im Prinzip stehen nur noch ein paar abschließende Untersuchungen an, der Rest ist Papierkram.«

Obwohl Hannes' Miene selten seine wahren Gefühle widerspiegelte, musterte er ihr Hämatom an der Stirn und die Schürfwunden auf der Nase mit sichtlicher Besorgnis. »Das wäre schön. Silver vermisst dich, genau wie ich.«

Er redete von ihrem schwarz-weißen Border Collie, der ihn sonst täglich zum Fischkutter begleitete und nun vermutlich traurig auf dem Vorleger im Korridor auf Hannes' und Gretas Rückkehr wartete.

»Mach dir keine Sorgen. Es war nur ein dummer Unfall.«

»Meine kleine Lügnerin.« Er gab ihr einen Kuss auf die Wange und seine Barthaare kitzelten sie. »Wenn alles in Ordnung wäre, würde draußen auf dem Klinikgang nicht so ein Polizeiaufgebot rumstehen.«

»Es sind doch nur zwei Streifenkollegen.«

»Trotzdem habe ich aus Angst um dich keine Stunde geschlafen«, brummte er in seiner gewohnten Seemannsart. »Eigentlich wollte ich gleich in der Nacht zu dir, aber Hardy hat mich überredet, dir Ruhe zu gönnen. Wenn du wenigstens über dein Handy erreichbar gewesen wärst.«

Um ihn nicht zusätzlich zu beunruhigen, hatte sie ihm weder von ihrem verschwundenen Smartphone noch von der fremden Person mit der Spritze erzählt – und wie es schien, hatte Hardy ihm gegenüber ebenfalls kein Wort davon erwähnt. »Mehr als die ungewollte Aufmerksamkeit der Kollegen stört es mich, dass ich hier absolut tatenlos herumsitzen muss.«

»Du willst dich doch in deinem Zustand nicht ernsthaft wieder in Arbeit stürzen, oder?«

Sie kam nicht mehr dazu, ihm zu erklären, wie sehr sie sich durch den aktuellen Mordfall herausgefordert fühlte. Es klopfte an der Tür und einen Wimpernschlag später betrat Frank Lahmert das Zimmer. Er begrüßte Hannes zögerlich, weil sich beide nicht kannten, dann hielt er eine Laptoptasche hoch.

»Hab dir den gewünschten Dienstrechner mit mobilem Internet besorgt.«

Sofort fing Greta Hannes' mürrischen Blick ein. Sie hatte ihm ebenfalls nichts davon erzählt, dass sie über eine Krankenschwester Frank verständigt und ihn gebeten hatte, ihr einen mobilen Rechner vorbeizubringen.

Am liebsten hätte sie jetzt behauptet, Frank habe die Schwester am Telefon falsch verstanden, aber diese Ausrede hätte selbst der begriffsstutzigste Mensch durchschaut. Somit blieb ihr nichts anderes übrig, als die unangenehme Situation zu überspielen.

»Leg die Tasche auf den Tisch, vielleicht brauche ich den Rechner auch gar nicht.«

Gehorsam stellte Frank die Tasche ab und schaute anschließend verunsichert zwischen Greta und Hannes hin und her. Offenbar begriff er, wie ihr Partner über die Sache dachte. »Brauchst von dem alten Gerät eh keine Wunderdinge zu erwarten. Falls der Laptop überhaupt funktioniert, reicht die Leistung höchstens, damit du dich auf den neusten Stand bringen kannst.«

Seine Beschwichtigung scheiterte kläglich. Hannes ließ Gretas Hand los und erhob sich mit einem Unmutslaut.

»Ihr habt bestimmt Dienstliches zu besprechen. Ich fahre jetzt nach Hause, gehe mit Silver spazieren und schaue am Nachmittag noch mal nach dir.«

»Hannes, du kannst ruhig noch ein Weilchen bleiben«, wollte sie ihn am Gehen hindern.

»Oh, ich bin gleich wieder weg«, stimmte Frank ein und versuchte es mit einem Witz. »Ich kann schon bis hierher den Kommissariatsleiter nach mir rufen hören.«

Aber da war Hannes längst in seine alte Rolle als muffeliger Seebär gefallen. »Soll ich dir ein Stück geräuchertes Fischfilet zum Abendbrot mitbringen?«

»Lieber wäre mir eine Schachtel Zigaretten.«

Hannes' Verabschiedung fiel entsprechend unterkühlt aus. Greta konnte seinen Frust nachvollziehen.

»Tut mir leid, wenn ich euch gestört habe«, entschuldigte sich Frank.

»Im Gegenteil, es war gut, dass du aufgetaucht bist«, entgegnete Greta, denn so konnte sie sich endlich um den Mordfall kümmern. »Er weiß, wie sehr ich meine Arbeit liebe.«

»Vielleicht solltest du deine Liebe mehr auf deine Partnerschaft lenken.«

»Muss ich mir von einem Single Beziehungstipps geben lassen?«

Frank schaute zur geschlossenen Tür, durch die Hannes Sekunden zuvor verschwunden war. »Single hin oder her, auf mich machte er einen ziemlich geknickten Eindruck.«

»Hannes?« Greta winkte ab, obwohl sie zugeben musste, dass ihr Kollege mit seiner Einschätzung vollkommen richtiglag. »Er ist ein alter Griesgram und gleichzeitig mein Anker.«

»Ein schöner Spruch, den ich mir merken will.«

»Du hast nicht zufällig Zigaretten eingesteckt?«

»Hätte ich gewusst, dass ich dein Laufbursche bin …«

»Vergiss die Sache mit den Kippen. Du verstehst hoffentlich, dass das mein Fall ist und ich den ungern hergebe.«

»Solange ich zwischen euren Mühlen nicht aufgerieben werde, liegt die Entscheidung ganz bei dir. Aber soweit ich weiß, war es Staatsanwalt Hildebrands ausdrücklicher Wunsch, dass Hardy die Ermittlungen fortführt. Letztlich ist es doch egal, wer aus der Abteilung das Sagen hat. Also verstehe ich nicht, warum du da so eine große Sache draus machst.«

Für Erklärungen blieb ihr keine Zeit, zumal Frank ihre Beweggründe ohnehin nicht verstanden hätte. Natürlich spielte auch ein gewisses Maß an Starrsinn eine Rolle. Statt das zuzugeben, winkte sie bloß ab. »Mit dem neuen Staatsanwalt beschäftige ich mich später. Vorerst musst du mir einen Gefallen tun.«

Frank rieb sich den Nacken. »Schätze, es gibt diesbezüglich keine Absprache mit Hardy …«

»Ich möchte, dass du sämtliche Vermisstenfälle der letzten drei Jahre durchgehst und dir Gedanken machst, ob da was zu unserem Motelfall passt.«

»Hältst du das wirklich für notwendig? Ich meine, hier geht es ja wohl eindeutig um einen Mord und keinen Vermisstenfall.«

»Und wenn du damit fertig bist, nimmst du dir alle unbekannten Leichen in Mecklenburg-Vorpommern vor.«

Kapitel 18

»Und was hatten Sie sonst für einen Eindruck von dem Mann?«, setzte Hardy die Vernehmung von Marx fort. Noch immer ging es um den unbekannten Gast, in dessen Zimmer man die Ermordete gefunden hatte.

»Tja, weiß nicht, von der Bekleidung her machte er einen vernünftigen Eindruck auf mich – gut, unter seiner Strickjacke muss er tierisch geschwitzt haben, aber das fand ich jetzt auch nicht allzu ungewöhnlich. Ehrlich, kleidungstechnisch tauchen da manchmal weit schlimmere Typen bei mir auf. Höchstens seinen Rucksack kann man als total verlottert bezeichnen. Seine Fingernägel waren abgekaut, das ist mir aufgefallen, als er mir den unterschriebenen Beleg über den Tisch geschoben hat, und er sah insgesamt körperlich ziemlich gestresst aus. Vor allem sein Bart bedurfte der Pflege. Darauf sprach ich ihn auch an, also auf eine Rasur. Mir kam er wie jemand vor, der nächtelang kein Auge mehr zugemacht hatte. Trotz des Barts, der einen schnell mal älter aussehen lässt, war er höchstens Ende zwanzig, dafür schien er aber schon einiges in seinem Leben durchgemacht zu haben. Ja, irgendwie war der vom Leben gezeichnet. Dumm war er aber nicht. Sobald ich versteckte Fragen zu seiner Herkunft gestellt habe, hat er es bemerkt und clever pariert. Ich weiß nicht, wie ich das beschreiben soll … Einerseits fand ich ihn wirklich nett, aber der war von der Sorte Mensch, die einem mit einem eiskalten Lächeln hinterrücks ein Messer zwischen die Rippen treiben kann, wenn Sie verstehen, was ich meine.«

Hardy fand die Umschreibung beeindruckend und nickte. Bewusst hatte er den Redefluss seines äußerst gesprächigen Gegenübers nicht unterbrochen.

»Wenn Sie mich fragen, war der auf der Flucht«, schob Marx jetzt auch noch nach und lehnte sich zufrieden im Stuhl zurück, als wäre damit alles auf einen Nenner gebracht. »Jede Wette, dass der was ausgefressen hat.«

»Ende zwanzig, sagten Sie … Können Sie ihn näher beschreiben, irgendwelche Auffälligkeiten, die uns helfen, ihn schleunigst zu finden?«

»Er hatte so eine kleine, aber auffällige Narbe über dem Mundwinkel.« Marx tippte sich an die entsprechende Stelle. »Hier, auf der linken Seite. Da sie nicht besonders groß ist, übersieht man sie anfangs leicht. So ging es mir jedenfalls. Aber wenn man sie einmal entdeckt hat, muss man ständig hingucken. Und ich glaube, er hat sich seine Haare blond gefärbt. Ach, und kurze Zeit später, als er das Motel verlassen hat, trug er eine Brille. Weiß nicht, ob das wichtig ist, aber vielleicht wechselt er ja zwischen Kontaktlinsen und Brille.«

»Gut, das könnte tatsächlich helfen«, bekundete Hardy. »Noch mehr?«

»Denke nicht, der Typ ist einer von denen, die frisch rasiert und gekämmt selbst in einer kleinen Menschenmenge untertauchen können.«

Langsam hatte Marx sich warm geredet und Hardy fand die Vernehmung mit dem Ex-Soldaten sogar recht angenehm. Zu schade, dass sie gleich noch auf eine unangenehme Sache zu sprechen kommen würden. Vorerst stellte er weitere Fragen zu Kevin Niemann und protokollierte die Aussage des

Motelbetreibers. Nach drei Seiten Vernehmung wusste Hardy allerdings nicht sehr viel mehr über den Unbekannten als zuvor.

»Anschließend wartet ein Phantombildzeichner auf Sie«, informierte er Marx. »Würden Sie sich noch die Zeit nehmen?«

Wie erwartet, schaute Marx auf seine Uhr und verzog die Mundwinkel. »Ja, Ihre Kollegin hat das gestern bereits angekündigt, aber muss das wirklich jetzt sein? Können wir das nicht …«

»In Ihrem Interesse würde ich die Sache gern heute abschließen. Ich kann Ihnen versichern, dass der Kollege in der Anfertigung von Phantombildern äußerst geübt ist. Sie wären nicht der Erste, dem es eine Menge Spaß bereitet, dazu beizutragen.«

Marx strich sich übers Kinn, das er offenbar extra zum Termin glatt rasiert hatte. Überhaupt machte er einen überraschend seriösen Eindruck in seinem gebügelten Hemd und den glänzenden Herrenschuhen. Sogar die Armeeklamotten hatte er zu Hause gelassen. Wohl weil er seinen bisherigen guten Eindruck erhalten wollte, schaute er auf seine Uhr und lenkte schließlich ein.

»Aber nicht länger als eine halbe Stunde.«

Hardy gab keine Garantie ab, dass die Zeit reichen würde, sondern setzte stattdessen den Drucker in Gang. »Vorher benötige ich noch eine andere Information …«

Marx seufzte. »Ich wusste es! Jetzt wollen Sie mir einen Strick wegen meiner Angestellten drehen.«

»Meine Kollegin sagte mir, dass Ihre Reinigungskraft gestern beim Eintreffen der Polizei nicht mehr am Tatort war. Sie können sich vorstellen, wie das auf uns Kriminalisten wirkt.«

»Herrje, ich habe doch mit offenen Karten gespielt, was wollen Sie denn noch? Die Frau ist hier nicht beim Amt gemeldet. Das war ein Fehler, aber lassen Sie sie doch bitte zufrieden. Sie war stets fleißig und zuverlässig und hat entsprechend gutes

Geld verdient. Scheiße, ich bezahle durch das Motel schon genug Steuern, außerdem will den Job doch eh kein Deutscher mehr machen. Und wenn du doch jemanden findest, dann wird gleich die Forderung nach Mindestlohn laut. Nur durch ausländisches Personal kann ich die Preise günstig halten. Die Leute in Polen schätzen noch den Lohn, der bei uns gezahlt wird. Das ist eine Win-win-Situation für alle, oder etwa nicht? Also sehen Sie über dieses kleine Vergehen hinweg. Ich habe es doch nur gut gemeint.«

Angesichts von so viel Samaritertum kamen Hardy nach Marx' Vortrag beinahe die Tränen. Der Mann redete wirklich wie ein Buch. »Ich will den Namen – den richtigen Namen –, ihre Adresse in Polen und eine Telefonnummer, unter der ich sie erreiche.«

»Wozu? Sie geht ja noch nicht mal mehr ans Handy, wenn ich anrufe.«

»Ich kann hartnäckig sein.«

»Verstehen Sie, was ich damit sagen will? Nach dem Fund der Leiche gestern hat sie sofort gekündigt. Das ist die Wahrheit und jetzt muss ich mich um eine neue Angestellte kümmern.«

»Und ich muss den Sachverhalt ordnungsgemäß an das Gewerbeamt melden …«

»Aha, ich dachte, Sie wären ein anständiger Polizist, mit dem man reden kann, aber ich habe mich wohl in Ihnen getäuscht.«

»Ich habe jahrelang im BKA in der Antikorruptionsabteilung gearbeitet und musste gegen die eigenen Kollegen ermitteln. Kollegen, die es *nur gut gemeint haben*, als sie auf Gefälligkeiten eingegangen sind. Glauben Sie mir, bei keinem einzigen aufgeklärten Fall habe ich Genugtuung verspürt. Oftmals habe ich mich nach der Arbeit vor mir selbst geekelt. Ich habe den Job nicht gemacht, weil er mir Spaß bereitet hat, sondern weil es absolut richtig ist, gegen Korruption und Bestechlichkeit vorzugehen.«

»Ihre Prinzipientreue wird irgendwann mal Ihr Untergang sein.«

Hardy ignorierte die Warnung, legte einen Kugelschreiber auf ein leeres Blatt Papier und schob ihm beides hin. »Bitte schreiben Sie die Personalien leserlich.«

Kapitel 19

In der Rechtsmedizin Greifswald wartete an diesem Morgen ungewohnt viel Arbeit auf Dr. Edmund Sattler. Gleich ein halbes Dutzend Anträge für Obduktionen lagen ihm vor. Und jedes Formular wollte wichtiger als das andere sein. Letztlich entschied jedoch Dr. Sattler über die Reihenfolge der Leichenschauen.

»Gleich zwei Totenscheine von Dr. Niklas Winkler«, fiel ihm beim Durchblättern der Anträge auf. »Dem scheint es zu gefallen, mir heute extra viel Arbeit aufzuhalsen. Der alte Kurpfuscher soll lieber aufpassen, dass er nicht bald selbst auf meinem Seziertisch landet.«

»So alt ist dein ehemaliger Studienkollege doch noch gar nicht«, entgegnete Dr. Vanessa Lau, die ihm wie so oft assistierte und bereits eine Frauenleiche aus der Kühlkammer geholt und für die Obduktion vorbereitet hatte. »Außerdem genießt Dr. Winkler einen tadellosen Ruf als Allgemeinmediziner, denn seine Diagnosen treffen zielsicher ins Schwarze.«

»Abwarten, irgendwann unterläuft jedem mal ein Fehler – abgesehen von mir natürlich.« Dr. Sattler richtete seine Brille, streifte sich die Latexhandschuhe über und dachte an die Schweinepastete, die ihm seine Ehefrau am vorherigen Abend serviert hatte. »Apropos Studienkollege! Gestern habe ich hier im Institut diesen sonderbaren Medizinstudenten mit der Schweinchennase herumspazieren sehen. Ich dachte, sein Praktikum bei uns sei längst beendet.«

»Redest du von Lars?«

»Keine Ahnung, wie Schweinchennase mit bürgerlichem Namen heißt, ich weiß nur, dass ich damals mitbekommen habe, wie er mit einer Leiche geredet und ihr den Kopf gestreichelt hat, als er sich unbeobachtet fühlte.«

»Ja, er erzählt überall herum, er könne mit den Toten irgendwie kommunizieren.« Dr. Lau seufzte. »Jedenfalls wirst du ihm jetzt wieder öfter begegnen, denn er hat die hochoffizielle Erlaubnis der Leitung, in seiner Freizeit bei uns Praxiserfahrung zu sammeln.«

»Du meine Güte, hoffentlich stellt sich nicht heraus, dass er nekrophil veranlagt ist. Ich meine, ich war auch mal jung und heißspornig, aber freiwillig in die Rechtsmedizin hätte mich niemand bekommen.«

Dr. Lau legte die chirurgischen Werkzeuge bereit und stellte sich ans Kopfende der Toten, die laut Formular Paulina Münzner hieß. »Und trotzdem bist du hier gelandet«, kommentierte sie trocken.

»Früher oder später tun wir das alle.« Er prüfte das Diktiergerät und warf einen erneuten Blick auf die Unterlagen, danach betrachtete er die unübersehbaren Drosselmale am Hals der Leiche. »Verdacht eines Tötungsdelikts. Wenn ich das richtig lese, sind Kriminalhauptkommissarin Greta Silber und dieser Kollege aus Wiesbaden, Hardy Finkel, für die Ermittlungen zuständig. Allein wenn ich die beiden Namen lese, bin ich hochbegeistert!«

»Frau Silber liegt nach einem Angriff im Krankenhaus Stralsund.«

»Oh, ich gehe davon aus, sie ist wie immer hart im Nehmen.«

»Wie auch immer, mittlerweile ist sie aus dem Koma aufgewacht.«

Anders als sonst, wo Dr. Sattler kaum Mitleid empfand, beunruhigte ihn diesmal diese Information. »Hat man den Angreifer wenigstens geschnappt?«

»Ja, er liegt sicher verwahrt in unserer Kühlkammer.«

Erst nach ein paarmal Blinzeln begriff Dr. Sattler, dass sie über den Leichnam sprach, für den Dr. Winkler den zweiten Totenschein ausgefüllt hatte.

»Etwa dieser Luis Fontane?«, fragte er, nachdem er in den Dokumenten den Namen gelesen hatte.

»Richtig. Da die Mordkommission Anklam dringend die Laborergebnisse benötigt, habe ich mir erlaubt, bereits Blut und Urin des Toten für die toxikologische Untersuchung abzunehmen.«

»Meine Güte, die Kripoleute brauchen unsere Ergebnisse ständig dringend!« Er winkte ab. »Ausnahmsweise hast du meinen Segen, weil in diesem Fall eine Polizeibeamtin betroffen ist, die ich zutiefst schätze.«

»Hast du das Frau Silber schon mal persönlich mitgeteilt?«

»Bist du wahnsinnig? Damit würde ich ja meinen guten Ruf als General des Teufels ruinieren.«

»Herrje, wer hat dir denn diesen Titel verliehen?«

»Das war ich selbst, meine Teuerste«, antwortete er stolz. »Und jetzt lass uns endlich beginnen. Wenn meine Laune anhält, schaffen wir heute noch eine zweite Leichenschau.«

Mit geübten Handgriffen und erfahrenem Blick begutachtete Dr. Sattler den entkleideten Körper und hielt seine Feststellungen auf Band fest. Ein bisschen bedauerte er das zweifellos zu frühe Ableben der jungen Frau. Auch wenn er das Skalpell bisher noch zu keinem einzigen Schnitt angesetzt hatte, kam nach seiner Einschätzung eindeutig Fremdtötung infrage. Die Drosselmerkmale am Hals waren überdeutlich ausgeprägt, was auf einen großen Kraftaufwand des Täters schließen ließ. Vermutlich war das Opfer aufgrund Atemstillstands ums Leben gekommen. Nur äußerst selten kam es beim Erdrosseln vorher zur Blutunterbrechung im Gehirn. Gewissheit würde jedoch erst die innere Leichenschau bringen. Zuvor machte Dr. Sattler fachkundig mit der äußeren Begutachtung weiter, sprach auf Band, setzte ein Lineal an, benutzte Vergrößerungsgläser und wischte mit speziellen Pads über die Wunden am Hals, um mögliche Mikropartikel von Fremdgegenständen zu sichern. Anschließend drehte er zusammen mit Dr. Lau den Leichnam auf die Seite.

Gewöhnlich hielt seine Assistentin sich zurück, denn sie wusste, wie sehr er es hasste, wenn ihn jemand bei seiner Arbeit unterbrach, aber diesmal wies sie ihn im Nackenbereich auf eine nussgroße Blutung im Hautgewebe hin. Darüber war deutlich ein eingeprägtes Muster zu erkennen.

»Sieht aus, als hätte ihr hier jemand einen Metallstempel eingedrückt«, beschrieb sie es. »Das ist aber unüblich bei einer Schlinge.«

Dr. Sattler schwieg eine Weile, dann nickte er. »Ich weiß, woher der Abdruck stammt, denn ich habe einen solchen schon einmal gesehen.«

Kapitel 20

Über eine halbe Stunde wartete Hardy schon auf das Eintreffen von Frank. Sie waren hier vor der Detektei in der Baustraße zu Anklam verabredet. Gerade als ihm der Geduldsfaden riss und er den Originalschlüssel in das Sicherheitsschloss der Eingangstür schob, um allein loszulegen, bog der Kollege um die Ecke und hielt neben ihm am Fahrbahnrand.

»Tut mir leid!«, rief Frank beim Aussteigen über das Autodach hinweg. »Ich wurde aufgehalten.«

»Dir tut es leid und ich schwitze mir bei dieser Hitze das Hemd voll.«

»Wenn du willst, wasche ich es dir.«

»Weißt du als Junggeselle überhaupt, wie man eine Waschmaschine bedient?«

»Eine Waschmaschine funktioniert wie jeder schlichte Computer. Man arbeitet mit verschiedenen Programmen und letztlich kommt es auf die richtigen Befehle an.«

»Sehr geistreich.« Hardy drückte ihm eine Mappe gegen die Brust. »Als Strafe für dein Zuspätkommen.«

»Was ist das?«, wollte Frank wissen, während er die Unterlagen bereits durchblätterte.

»Marx' Aussage, sein Vorstrafenregister, eine Liste seiner häufigsten Kontaktpersonen, ein Phantombild von Kevin Niemann samt dem dazugehörigen Presseaufruf für die Öffentlichkeitsfahndung, eine Straftatenliste des toten Luis Fontane und die Personaldaten einer gewissen Valeska Domański.«

»Ist das die Reinigungskraft aus dem Motel?«

»Unbestätigten Informationen nach ist sie längst zurück nach Polen gereist. Also stell ein Ermittlungsersuchen an die dortige Polizei und besorg mir eine lückenlose Aussage von der Frau.«

»Wäre alles kein Problem, wenn Greta mich nicht schon mit jeder Menge Arbeit eingedeckt hätte.«

Hardy, der soeben die Tür öffnete, hielt inne. »Soll das heißen, du warst schon wieder bei ihr im Krankenhaus und sie hat dir Aufträge im Zusammenhang mit dem Motelmord erteilt?«

»Ich will wirklich nicht zwischen euch stehen, deshalb sage ich dir nur, was läuft. Glaubst du, mir macht es Spaß, der Spielball von euch beiden zu sein?«

Hardy kratzte sich die unrasierte Wange, fand jedoch keinen Grund, auf irgendjemanden böse zu sein. Höchstens auf seinen Chef. »Schon gut, ich rede mit ihr darüber. So geht das nämlich nicht. Entweder habe ich das Sagen oder Jona kann sich einen anderen Dummen suchen.«

»Und was mache ich, bis er einen anderen Dummen gefunden hat?«

Hardy gab ihm einen freundschaftlichen Klaps. »Du erledigst das, was sie dir aufgetragen hat – nachdem du die Liste für mich abgearbeitet hast.«

Frank atmete geräuschvoll aus, als Hardy auf die Mappe tippte. »Mann, bin ich froh, wenn ich endlich in Münster-Hiltrup bin, dann hört dieses Herumkommandieren wenigstens auf. Denkst du nie darüber nach, dass ich später mal dein Vorgesetzter sein und mich an diesen Mordfall erinnern könnte?«

»Bis dahin vergeht ja zum Glück noch jede Menge Zeit. Außerdem wärst du nicht der Erste, der an großen Karrierezielen scheitert. Oder glaubst du, ich wollte schon immer im gehobenen Polizeidienst enden?«

»Ach, sag bloß, du hast dich auch für Münster beworben?«

»Klar, aber im Assessment-Center meinte man, ich sei als Führungskraft ungeeignet. Meine Persönlichkeitsstruktur sei für einen Vorgesetzten im höheren Dienst hinderlich. Sie behaupteten, ich stünde mir zu oft selbst im Weg.«

»Was soll denn das heißen?«

»Sie erklärten es mir an folgendem Beispiel: Angenommen, das Staatsministerium erlässt eine Anweisung, dass an Geburtstagen nur noch Käsekuchen auf die Dienststelle mitgebracht werden dürfe. Du weißt aber genau, dass deine Mitarbeiter allesamt auf Apfelkuchen stehen. Welchen Kuchen würdest du an deinem Geburtstag servieren?«

»Apfelkuchen natürlich. Ich meine, es ist nur eine Geburtstagsfeier. Ich glaube kaum, dass das SMI …«

»Schon gut!«, wiegelte Hardy mit rollenden Augen ab. »Viel Spaß im Assessment-Center.«

Bevor Frank bei dem Thema, das Hardy für sich vor langer Zeit ad acta gelegt hatte, weiter nachbohren konnte, stieß er die Eingangstür auf und betrat die Detektei.

Münzners Büro befand sich in einer Gegend, in der die Stadt seit Jahren mehr oder minder erfolgreich versuchte, Ladengeschäfte, Mittelstandsunternehmen und Gastronomie zu etablieren. Diejenigen, die sich bisher angesiedelt hatten, profitierten von der Nähe zum stark frequentierten Lilienthal-Center. Entsprechend fand man auf der Baustraße kaum Leerstand, und Hardy vermutete, dass Paulina Münzner einen erheblichen Teil ihrer Honorare für die Miete ausgegeben hatte. Zwar merkte man den Räumlichkeiten an der in die Jahre gekommenen Tapete und den Flecken und Scharten im Laminatboden den Renovierungsbedarf an, aber insgesamt hatte die ehemalige Besitzerin sich gemütlich eingerichtet. Das Mobiliar gehörte zweifellos nicht zur Luxusklasse, wirkte allerdings auch nicht wie vom Sperrmüll. Eine typische IKEA-Ausstattung. Funktional und wohnlich. Und wenn man die Einrichtung ein bisschen besser anordnete, konnte das Büro sogar sehr geräumig sein.

Für eingeschränkten Bewegungsfreiraum war momentan das Campingbett verantwortlich, da es mitten im Raum stand. Außerdem passte der Kühlschrank nicht in den Arbeitsbereich. Ein Blick in die winzige Teeküche erklärte den Umstand. Wegen der hier befindlichen Wasseranschlüsse hatte der Kühlschrank einer Waschmaschine Platz machen müssen.

»Hast du die Kameras bemerkt?«, hörte er Frank hinter sich sagen.

»Zwei Stück«, antwortete Hardy, ohne ihn anzublicken. Beim Betreten der Detektei waren ihm die Elektronikgeräte über dem Eingangsbereich und auf dem Kühlschrank bereits aufgefallen.

»Auch die Kamera im Aktenschrank, eine weitere über dem Rollo und die integrierte im Wandbild?«, hakte Frank nach.

Neugierig betrachtete Hardy das Gemälde, das eine saftige Obstschale zeigte. Tatsächlich entdeckte er bei genauerem Hinsehen in einer Weintraube eine Kameralinse. »Und wo werden die Daten gespeichert?«

Frank öffnete den Aktenschrank und deutete auf eine mobile Festplatte in einem der Regale. »Allerdings wird uns die kaum etwas nützen.«

»Wieso?«

Auf Hardys Frage hin zeigte Frank ihm mehrere lose Kabelenden. »Münzner hat wohl vergessen, die Kameras anzuschließen.«

Nachdenklich nickte Hardy. Fünf Kameras deuteten darauf hin, dass da jemand unter einer Art Verfolgungswahn litt und demzufolge kein Risiko eingehen wollte. Da passte es nicht so recht ins Bild, dass die Detektivin vergessen haben sollte, das Bildmaterial zu archivieren.

»Nimm die Festplatte trotzdem mit und finde heraus, ob es in der Vergangenheit Einbrüche in die Detektei gab.«

»Wird erledigt.« Bevor Frank irgendeinen Gegenstand aus den Räumlichkeiten entfernte, machte er ordnungsgemäß mehrere Fotos mit der Dienstkamera. »Suchen wir etwas Bestimmtes?«

»Ja, einen Computer oder einen Laptop.« Hardy kniete sich vor dem Schreibtisch so hin, dass sich für ihn das durchs Fenster hereinfallende Licht auf der Oberfläche spiegelte.

»Ich sehe nirgendwo einen Rechner.«

»Eben.« Hardy deutete auf die Tischplatte. »Hier sieht man nur noch die Abdrücke von den Gummifüßen ihres Laptops.«

»Vermutlich hatte sie ihn unterwegs immer dabei.«

»Oder jemand war schlichtweg vor uns da und hat ihn mitgenommen …« Schulterzuckend erhob Hardy sich und durchstöberte mit behandschuhten Fingern die Akten und Unterlagen, die in etlichen Stapeln auf dem Schreibtisch lagen. Dabei entdeckte er in einem Umschlag eine Fotoserie von mehreren Schiffen. »Ist das hier der Hafen in Stralsund?«

Frank warf einen Blick auf die Bilder, die Hardy ihm hinhielt. »Sieht nicht so aus. Ich tippe eher auf den Fährhafen Sassnitz.«

Hardy betrachtete die Fotos eingehender. Hier in Stralsund hatte er seine Kindheit verbracht. Die Bilder zeigten tatsächlich einen anderen Hafen.

»Die nehmen wir sicherheitshalber mit«, entschied er. »Vielleicht bekommen wir etwas über den Fotodienst heraus.«

»Puh, du hast wirklich viel vor«, stöhnte Frank, während er sich umsah und schließlich ein paar eingerahmte Fotos an einer Wand inspizierte. »Suchen wir nicht nach einer Armbanduhr? Hier sind mehrere Aufnahmen von Paulina Münzner, und wie es aussieht, trägt sie überall dieselbe Uhr.«

Erstaunt über die Entdeckung, stellte Hardy sich neben seinen jungen Kollegen und betrachtete ebenfalls das unscheinbare Detail. Nachdenklich strich er sich über den Oberlippenbart. »Alle Achtung! Ich schätze, du hast dir soeben die Auszeichnung als Fleißbienchen verdient.«

Kapitel 21

Nach der MRT brachte eine Krankenschwester Greta zurück in ihr Zimmer. Die Kriminalhauptkommissarin kam sich dabei ein bisschen wie eine alte Frau im Pflegeheim vor. Sogar einen Rollstuhl hatte man ihr bereitgestellt, aber den hatte sie vehement abgelehnt. Auch ohne Fortbewegungshilfe gab es in ihrem Leben Phasen, in denen sie mit dem Älterwerden echte Probleme hatte. Das wurde ihr erneut bewusst, als sie nach dem Toilettengang im Spiegel des winzigen Bads ihre Gesichtsfalten und das grauer werdende Haar betrachtete. In den zweisamen Stunden, in denen sie mit ihrem Fischkopp auf der Terrasse saß, er schweigend an seiner Tabakpfeife zog und auf den angrenzenden Teich starrte, hatte sie meistens Zeit, darüber nachzudenken, was sie eigentlich im Leben erreicht hatte, was in der Vergangenheit schiefgelaufen war und was noch kommen würde. Dann fragte sie sich zwangsläufig, ob sie glücklich war. Das Kapitel ihrer gescheiterten Ehe hätte sie am liebsten komplett aus ihrem Lebenslauf gestrichen. Ihr Ex-Mann war ein Arsch, der sie betrogen, sie an den Rand des Wahnsinns getrieben und ihr schlussendlich die Söhne weggenommen hatte.

»Als junges Ding hast du dich Hals über Kopf in einen Blender verliebt«, redete sie mit ihrem Spiegelbild. »Diesen

Fehler kannst du nicht mehr korrigieren, sondern musst damit leben.«

Obwohl es Jahre zurücklag, machte sie sich immer noch Vorwürfe, wie sie auf Frank hatte reinfallen können. Damals hatte sie gedacht, ein Rechtsanwalt sei eine solide Partie. Das hatte auch gestimmt – bis zu dem Zeitpunkt, als sie von seinen Seitensprüngen erfahren hatte. Als sie ihm ihren Entschluss der Trennung mitgeteilt hatte, war er vollkommen gefasst geblieben. »Deine Entscheidung, du wirst schon sehen, was du davon hast«, hatte er ihr auf den Kopf zugesagt. Damals hatte es sich nur wie eine Trotzreaktion seinerseits angehört, später hatte sie schmerzlich erfahren müssen, dass es eine Drohung gewesen war.

»Und dann bist du in der Klapsmühle gelandet«, redete sie weiter mit sich selbst. »Das war das Beste, was dir passieren konnte.«

Nach erfolgreicher Therapie hatte sie sich voll und ganz auf ihren Polizeiberuf konzentriert. Ihre Arbeit hatte sie auch vorher schon aus tiefster Überzeugung gemacht, doch seit dem Wiedereinstieg war sie regelrecht besessen von ihrem Job. Kein Verbrechen ließ ihr Ruhe, bevor es nicht vollumfänglich aufgeklärt war. Außerdem hatte sie ihre Leidenschaft für das Schreiben entdeckt. Als Kind und Jugendliche hatte sie mit Hingabe Bücher gelesen. Am liebsten die englischen Kriminalromane mit Sherlock Holmes oder Miss Marple. Dank ihrer langjährigen Erfahrung als Kommissarin hatte es sich dann geradezu aufgedrängt, selbst einmal einen Krimi zu schreiben.

»Auch wenn meine Bekanntheit wohl nie über die Grenzen von Mecklenburg-Vorpommern hinausgehen wird«, sagte sie mit einem gequälten Lächeln und schlurfte leicht betrübt aus dem Badezimmer, denn nicht mal in ihrer Heimat kannte man ihren Autorennamen wirklich.

Sie schrieb Regionalkrimis, die an der Ostsee spielten. Immerhin hatte sie das Manuskript zu ihrem zweiten Buch kürzlich fertiggestellt und im Verlag abgegeben. Anfang nächsten Jahres würde es erscheinen. Natürlich wusste sie, dass der Krimi niemals auf den Bestsellerlisten auftauchen würde, dafür war der Verlag zu klein und unbedeutend, aber zumindest ein paar Buchhandlungen in der Umgebung hatten nach ihrem Debüt bereits nach der Fortsetzung gefragt. In unregelmäßigen Abständen erhielt Greta sogar Zuschriften von begeisterten Lesern. Dann klopfte ihr Herz jedes Mal vor Freude und sie bekam eine Vorstellung davon, wie sich namhafte Autoren fühlen mussten, die mit Fanpost geradezu überschüttet wurden.

Als sie sich – inzwischen ohne die Hilfe einer Schwester – die wenigen Meter bis zu ihrem Krankenbett bewegte, merkte sie erst, wie schwach sie wirklich auf den Beinen war. Gleichzeitig fiel ihr Blick auf die Laptoptasche, die ihr Frank Lahmert vorbeigebracht hatte. Der Arzt hatte zwar gesagt, sie solle sich nach dem Koma unbedingt schonen, aber direkt verboten hatte er ihr die Arbeit am Rechner nicht. Außerdem galt Recherche streng genommen nicht als Arbeit.

Da ihr niemand Auskunft über die laufenden Untersuchungen gegeben hatte, öffnete sie den Reißverschluss der Tasche und trug Laptop und Ladekabel zu ihrem Bett. Wie erwartet hatte der Akku keinen Saft mehr. Daher suchte Greta nach einer Steckdose, die man in Krankenzimmern offenbar gut verbarg. Schließlich fand sie eine hinter dem Nachtschränkchen.

»Inzwischen bin ich so ungelenkig wie eine Kegelrobbe«, redete sie weiterhin laut, während sie auf allen vieren kroch, um den Stromanschluss zu erreichen. »Vielleicht sollte ich freiwillig hierbleiben. Bei dem Essen bekomme ich mein Hüftgold im Nullkommanix weg.«

Als sie das Schränkchen ein Stück zur Seite rückte und mit der Hand nach der Steckdose tastete, stießen ihre Finger an einen Gegenstand, der daraufhin ein Stück davonrutschte. Sie senkte ihren Kopf noch etwas tiefer und schaute nach. Sofort erkannte sie, was sie da berührt hatte: eine Spritze mit einer farblosen Flüssigkeit.

Während ihr Herzschlag sich beschleunigte, griff sie nach dem medizinischen Instrument. Augenblicklich wusste sie, dass es sich dabei um die Spritze handelte, die der Eindringling letzte Nacht verloren haben musste, als sie den Infusionsständer ergriffen und umgeworfen hatte.

Minutenlang überlegte sie, was sie mit dem Fund anstellen sollte. Im ersten Moment wollte sie nach einem Arzt rufen, aber nachdem man ihr zuletzt nicht geglaubt hatte, würde der vermutlich auch jetzt den Vorfall herunterspielen, genau wie die Sache mit ihrem verschwundenen Mobiltelefon. Bestimmt würde er die Spritze einfach in seine Kitteltasche stecken und bei nächster Gelegenheit entsorgen – selbstverständlich mit dem Versprechen, der Angelegenheit nachzugehen.

Nein, sie würde die Untersuchung den eigenen Kollegen überlassen. Allerdings war es fraglich, ob sie heute noch Kontakt zur Kriminaltechnik herstellen konnte, da ihr Handy fehlte. Bis sich eine Gelegenheit bot, versteckte sie die Spritze bei ihren Sachen.

Kapitel 22

Die Person mit dem Loch im Herzen betrachtete ihre Stirn im Spiegel. Direkt an der linken Schläfe zeigte sich ein winziger Schnitt, an dem das Blut längst getrocknet war. Schlimmer als die kaum sichtbare verschorfte Wunde war dagegen das Hämatom. Nur wenn die Haare günstig lagen, fiel niemandem die Blaufärbung auf. Eine Mütze würde helfen, aber die Person mit dem Loch im Herzen trug selbst im Winter beim Spaziergang am Ostseestrand, wenn die eisigen Winde fegten, nie eine Kopfbedeckung. Außerdem konnte sie die Mütze schlecht in Innenräumen tragen, weil jeder sie darauf angesprochen hätte.

Lief wohl doch nicht so gut, flüsterte eine Stimme und mindestens zehn weitere kicherten.

»Es läuft, wie es laufen muss.«

Tatsächlich war der Abstecher ins Hanseklinikum ganz und gar nicht zufriedenstellend abgelaufen. Kurz bevor die Nadel ihren Hals erreicht hatte, war Silber irgendwie an den Infusionsständer gelangt und hatte ihn umgestoßen. Bevor die Person mit dem Loch im Herzen überhaupt hatte reagieren können, war ein Haken des Ständers gegen ihren Kopf gestoßen und hatte die Wunde verursacht. Zusätzlich hatte das

Scheppern für Lärm gesorgt, woraufhin die Person mit dem Loch im Herzen fluchtartig die Station hatte verlassen müssen. Zu allem Überfluss war ihr die Spritze mit dem Gift aus den Fingern geglitten. Nun war es nur eine Frage der Zeit, bis entweder einer vom Klinikpersonal oder Silber selbst das Instrument finden würde. Aber was konnte das schon beweisen? Dank Einweghandschuhen würde man auf dem Gehäuse keine Fingerabdrücke finden.

Jetzt, da Frau Silber überlebt hat, wird sie auch Spuren finden, wisperte wieder eine Stimme.

»Das glaube ich nicht.«

Mit einem Handtuch trocknete sich die Person mit dem Loch im Herzen ab, streifte sich ihren Arbeitskittel über und griff in die Box mit frischen Latexhandschuhen. Während sie den verschlossenen Raum aufsuchte, pfiff sie ein Lied.

»The Sound of Silence«.

Die Originalversion von Simon & Garfunkel war zum Weglaufen, aber die Neuinterpretation von Disturbed bescherte eine wohlige Gänsehaut. Kraftvoll und melancholisch, genau die richtige Stimmung für ein krankes Herz, das nicht aufhören wollte, zu schlagen. Diese Version gefiel der Person mit dem Loch im Herzen so sehr, dass sie die Melodie als Klingelton im Handy eingestellt hatte.

Falls gleich jemand anrief, würde sie es allerdings nicht hören, denn sie hatte ihr Telefon schon den ganzen Tag auf lautlos gestellt. Weil sie nicht gestört werden wollte. Denn nach den Turbulenzen der letzten Tage gab es jede Menge zu tun. Vor allem mussten Dinge verschwinden.

Die Person mit dem Loch im Herzen stocherte mit dem Schlüssel im Loch herum und öffnete die Tür. Vom Quietschen der Türscharniere schreckte die gefesselte und geknebelte Frau am Boden auf. Als das Deckenlicht entflammte, blinzelte sie hektisch, denn die plötzliche Helligkeit brannte ihr auf der Netzhaut.

Es stank nach Urin, Schweiß und Angst. Das Wimmern der Frau klang erbärmlich. Schon oft hatte die Person mit dem Loch im Herzen solche Laute gehört. Kein einziges Mal bereiteten ihr diese Laute Freude. Allenfalls waren sie die Ouvertüre für die bald einsetzende Stille.

The Sound of Silence.

»Ganz ruhig«, redete die Person mit dem Loch im Herzen auf sein Opfer ein und trat zu ihm.

Die gefesselte Frau versuchte wegzukriechen, aber Handgelenke und Beine waren gebunden. Tränen rannen ihr über die verschmutzten Wangen und übers Kinn. Ein Wunder, dass die Frau noch weinen konnte, wo sie doch inzwischen völlig dehydriert sein musste.

»Ich glaube, Sie haben Ihr Schiff verpasst.«

Die Person mit dem Loch im Herzen beugte sich zu der wehrlosen Frau und entdeckte Kratzspuren an den Kabelbindern. Sie hatte also versucht, die Fesseln auf dem Fliesenboden durchzureiben. Da war sie nicht die Erste gewesen. Etliche vor ihr hatten es vergeblich probiert.

Behutsam strich die Person mit dem Loch im Herzen ihr das fettige, verheulte Haar aus dem Gesicht. Wenn sie so dalag, konnte man wahrlich nicht mehr von einer Schönheit sprechen. Ihre Brüste waren ungleichmäßig groß und die Cellulite an den Oberschenkeln zu stark ausgeprägt. Hinzu kamen die unzähligen Narben auf ihrem Körper. Nur sie selbst mochte wissen, woher sie stammten und was sie in ihrem Leben alles an Schrecklichem hatte durchstehen müssen.

Gutes Material sah in jeder Hinsicht anders aus.

»Gleich haben Sie es geschafft«, sagte die Person mit dem Loch im Herzen, erhob sich, ging ein paar Meter zu einem

Regal, um das passende Werkzeug zu holen. »Ich bringe Sie von hier fort.«

Mit diesem Versprechen trat sie wieder zu ihrem Opfer, das sich nun heftig wehrte und in Todesangst aufblickte. Ganz langsam legte sich die Schlinge um den Hals der Frau. Irgendwann kehrte die wohltuende Stille ein.

Kapitel 23

Kaum hatte Hardy seine Tasche abgestellt, sein Jackett über den Bügel gehängt und den Bürorechner gestartet, klopfte es.

»Komm schon rein, Frank«, sagte er, weil er davon ausging, dass der Kollege sich mit ihm auf die anstehende Teambesprechung vorbereiten wollte.

Zu Hardys Überraschung steckte ein ihm Unbekannter die Nase ins Zimmer.

»Nicht Frank, sondern Tilo. Tilo Hildebrand!«

»Sie sind der neue Staatsanwalt«, stammelte Hardy, während er den Mann im roten Trainingsanzug von oben bis unten musterte. »Entschuldigung, ich dachte, Sie wären mein Kollege.«

»Kein Problem, ich hätte mich wohl besser ankündigen sollen.« In schneeweißen Joggingschuhen tänzelte Hildebrand auf ihn zu und reichte ihm sportlich die Hand. »Meine Laufstrecke führte mich zufällig an Ihrer Dienststelle vorbei, da dachte ich mir, wir lernen uns mal persönlich kennen.«

Seit Hardy von Wiesbaden zurück in die Ostseeregion gezogen war, hatte er fast ausschließlich mit Staatsanwalt Arne Luther zu tun gehabt. Luther war ein kompromissloser und zielorientierter Jurist, der wusste, wie vergänglich Erfolge waren, und der sich deshalb nie auf Erreichtem ausruhte. Besonders halbe Sachen und lange Erklärungen waren ihm ein Gräuel. Er wäre niemals persönlich hier aufgetaucht – schon gar nicht in Sportbekleidung. Ähnlich wie Hardy trug Luther stets gedeckte, modische Anzüge. Männern verlieh das eine gewisse Eleganz. Dagegen ging Hildebrand in seiner roten Trainingsbekleidung bestenfalls als entlaufender Juso der ortsansässigen SPD durch. Mit seinem irrwitzigen Lächeln, seiner giftgrünen Trendbrille und dem Dauerlächeln vermittelte er keinesfalls den Eindruck eines knallharten Staatsanwalts.

Weil Hardy nur stumm seine Hand schüttelte, setzte Hildebrand seinerseits den Small Talk fort. »Und wie läuft es bei Ihnen?«

»Ich komme gerade von der Detektei Münzner«, fand Hardy seine Stimme wieder. »Eigentlich warte ich auf meinen Kollegen Frank Lahmert, damit wir die anstehende Besprechung der Mordkommission vorbereiten können.«

»Ah, Lahmert, guter Mann!« Hildebrand sprach über ihn, als hätten die beiden sich schon aus dem Kindergarten gekannt. »Vielleicht kann er noch etwas von Ihnen lernen. Als Ex-BKA-Beamter haben Sie bestimmt den einen oder anderen Kniff für ihn parat. In welcher Abteilung haben Sie denn zuletzt gearbeitet?«

Im ersten Moment wollte Hardy lügen, denn in seinen Versetzungsunterlagen zur KPI Anklam stand, dass er zuletzt einen langweiligen Verwaltungsjob beim Bundeskriminalamt bekleidet hatte. Doch schon bald war durchgesickert, dass er in Wahrheit in der Antikorruptionsabteilung und damit in den eigenen Reihen ermittelt hatte. Da Hildebrand sich garantiert über Hardy erkundigt hatte, bevor er ihn als leitenden Ermittler vorgeschlagen hatte, entschied er sich schließlich, bei der Wahrheit zu bleiben.

»Ich war für interne Ermittlungen tätig.«

»Fein, interne Ermittlungen klingt super. Deshalb sind Sie mein Mann, genau deshalb vertraue ich Ihnen.«

»Wie darf ich das verstehen?«, fragte Hardy skeptisch, aber Hildebrand schlug ihm freundschaftlich gegen den Arm – ein wenig zu freundschaftlich.

»Ach, das war durchaus positiv gemeint. Machen Sie Ihre Arbeit hübsch weiter.« Er beugte sich über die ausgebreitete Akte zum Mordfall an Paulina Münzner. »Wie ich sehe, waren Sie in der kurzen Zeit schon äußerst fleißig. Gibt es Neuigkeiten, von denen ich wissen sollte?«

»Wie gesagt, ich komme gerade von der Durchsuchung der Detektei zurück. Wir vermissen Münzners Laptop und ihr Smartphone. Wie es scheint, ist schon jemand vor uns dort gewesen.«

Hildebrand spitzte die Lippen, inspizierte jeden Zentimeter des Schreibtisches und stöberte scheinbar wahllos durch die Unterlagen. »Das klingt beunruhigend, aber ich verstehe trotzdem nicht, was das mit dem Mord zu tun hat. Wozu benötigen wir unbedingt ihren Rechner und das Handy? Ich dachte, der Tatverdacht richtet sich eindeutig gegen den verstorbenen BTM-Konsumenten. Immerhin soll er ihr nachgegangen sein, als sie in das fremde Zimmer eingebrochen ist, und sie hinterrücks ermordet haben. Vermutlich hatte Münzner die Geräte in einer Umhängetasche oder einem Rucksack dabei und Luis Fontane hat die Sachen zu Geld gemacht. Wäre doch theoretisch möglich, oder?«

Hardy zuckte mit den Schultern. Gestern hatte er kaum mehr als eine halbe Stunde mit dem Staatsanwalt telefoniert, wodurch er sein Gegenüber schwerlich einschätzen konnte. Offenbar gingen ihre beiden Sichtweisen auseinander. »Paulina Münzners Armbanduhr hätte niemand zu Geld machen können. Neuwertig war das Ding höchstens zwanzig Euro wert.«

»Was hat es denn jetzt mit der Uhr für eine Bewandtnis?«

»Wir haben Fotos von Münzner an der Wand ihres Büros gesehen. Auf allen trug sie dieselbe Uhr, ein buntes Modell aus irgendeinem Kaugummiautomaten oder Souvenirshop.«

»Ah, verstehe! Aber ich nehme an, das wusste Fontane nicht, als er der Toten die persönlichen Gegenstände abgenommen hat. Womöglich hat er sie in die nächstbeste Mülltonne geworfen, nachdem er festgestellt hat, dass sie wertlos war. Ich an Ihrer Stelle würde der Uhr keine große Bedeutung schenken. Ich meine, Sie sagten selbst, es sei ein billiges Ding gewesen.«

»Tja, vielleicht durchsuche ich trotzdem so lange die Mülltonnen, bis ich was gefunden habe. Schließlich wollen wir beide den Fall vollumfänglich aufklären.«

Schlagartig riss Hildebrand sich von der Akte los und setzte wieder sein leicht psychopathisches Lächeln auf. »Ja, natürlich, ganz Ihrer Meinung. Ihre Einstellung gefällt mir! Bringen Sie mir morgen die Akte, dann reden wir weiter. Jetzt bin ich in Eile, ich muss noch eine Anklage vorbereiten. Versuchter Totschlag im Trinkermilieu. Wird sicher keine allzu komplizierte Verhandlung, aber ich schätze, ich werde trotzdem wieder bis Mitternacht im Büro hocken. Sie sehen, ich zeige das gleiche Engagement wie Sie.« Er klopfte Hardy leicht gegen den Bauch. »Und vernachlässigen Sie bloß nicht Ihre Fitness.«

»Einen Moment noch«, hielt Hardy ihn auf.

»Sie wollen mir doch jetzt nicht erzählen, dass Sie der Sache nicht gewachsen sind«, kam es scherzhaft von Hildebrand.

»Mein Chef erzählte mir, Sie hätten die Ermittlungen gegen mich eingestellt. Über diese Kehrtwende der Staatsanwaltschaft bin ich etwas verwirrt, muss ich gestehen.«

»Ach so, Sie möchten, dass ich die Strafverfahren gegen Sie wiederaufnehme.«

»Nein, bloß nicht, aber das kommt so … unerwartet. Immerhin wirft man mir vor, ich hätte während der letzten Mordserie gegen Weisungen verstoßen und auf eigene

Faust ermittelt. Ich glaube, Nötigung unter Missbrauch von Amtsbefugnissen war auch dabei.«

»Wie Sie längst bemerkt haben dürften, Herr Finkel, bin ich nicht wie mein Vorgänger Herr Luther. Ich habe weder vor, die gleiche Linie wie er zu fahren, noch mit Mitte fünfzig einem Herzinfarkt zu erliegen. Ich sehe es genau wie Sie: Manchmal muss man seinen eigenen Weg gehen.«

»Das heißt, wir machen alles anders als bisher?«

»Sie halten mich vermutlich für naiv, Herr Finkel, für einen Grünschnabel – oder schlimmer noch, für eine Flachpfeife. Ich mache Ihnen wegen dieser Meinung keinen Vorwurf, wir kennen uns noch nicht besonders gut, aber lassen Sie sich versichert sein, ich weiß genau, wie der Laden läuft, und ich weiß, was ich will.«

Mit einem Zwinkern verabschiedete er sich von Hardy.

Kapitel 24

Die Flüssigkeit in der Spritze musste schleunigst durch einen Kriminaltechniker untersucht werden. Dafür musste man sie allerdings erst aus dem Krankenhaus entlassen.

Sie schaute auf die Uhr. Inzwischen war es kurz vor 14.45 Uhr. Viel Hoffnung, heute noch mit einem Kollegen sprechen zu können, hegte sie nicht. Seit dem Vormittag hütete sie ihr Bett. Eine Unterbrechung der Eintönigkeit hatte es nur für eine neurologische Untersuchung gegeben, bei der man die Funktionen ihres Nervensystems überprüft hatte. Erneut hatte ihr niemand sagen wollen, ob und in welchem Maße sie nach dem Koma gesundheitlich beeinträchtigt war. Der gesamte Aufenthalt im Hanseklinikum war eine einzige Geheimniskrämerei. Abgesehen davon, dass sie sich schlapp fühlte und gelegentlich mit Kopfschmerzen kämpfte, fühlte sie sich überhaupt nicht krank. Natürlich wusste sie, dass sie unter dem Einfluss effektiver Analgetika stand. Sobald deren Wirkung aufhörte, würde sie vor allem den Schmerz im Gesicht spüren, wo der Feuerlöscher sie getroffen hatte.

Noch immer hatte sie Hardys Information über den Tod ihres Angreifers nicht verdaut. Insgeheim machte es sie sogar regelrecht wütend. Zu gern hätte sie diesen Luis Fontane nach dem Grund seines Wutanfalls gefragt. Vorausgesetzt, der Drogenabhängige hätte sich noch an die Tat erinnern können.

Während sie sich darüber ärgerte, wie unglücklich alles im Motel gelaufen war, tippte sie auf dem Dienstlaptop herum. Seit Stunden recherchierte sie ein paar Dinge, die zur Aufklärung des mysteriösen Mordfalls beitragen konnten. Eine Schwester hatte sie bei ihrem Kontrollgang halbherzig ermahnt, sie solle sich lieber schonen, anstatt am Rechner zu arbeiten. Greta hatte daraufhin geantwortet, dass sie nicht arbeite, sondern sich vergnüge.

In Wahrheit jedoch bereitete ihr das Tastaturgeklimper keinerlei Vergnügen, denn irgendwie suchte sie die Nadel im Heuhaufen. Erschwerend kam hinzu, dass Greta ohnehin kein Genie im Umgang mit Computern und speziell dem Internet war. Das lag vermutlich an ihrem Alter. Aber deshalb wollte sie noch lange nicht aufgeben. Immerhin hatte sie sich auf der Website des Amtsgerichts Stralsund umgesehen und war bei der Nachlassabteilung hängen geblieben. Dort stellte man monatlich öffentliche Aufforderungen zur Ermittlung unbekannter Erben online. Aufmerksam hatte sie sich durch die letzten sechs Monate geklickt und sämtliche Namen der Verstorbenen angesehen. Kein einziger Name weckte in Greta Erinnerungen. Allerdings war ihr ein interessanter Fakt aufgefallen: Unter jeder Ausschreibung war als Kontakt die Festnetznummer beim Nachlassgericht angegeben, die Greta im Motelzimmer per Wahlwiederholungstaste angewählt hatte.

Diese Entdeckung hatte sie vorher als Notiz in ihrem Gedächtnis gespeichert. Aktuell versuchte sie, mehr über den Begriff »Smoke« herauszufinden. Fontane hatte bei seinem Angriff zweimal von Smoke gesprochen.

Ihr habt mir Smoke genommen!

Natürlich bestand die Möglichkeit, dass Fontane sich im Rausch irgendwas mit Drogen zusammengereimt hatte. Allerdings glaubte Greta, dass es sich bei dem Wort nicht um ein Synonym für ein Betäubungsmittel handelte, sondern um den Namen einer Person. Garantiert war es ein weiterer Deckname für Kevin Niemann.

In ihrer Naivität gab Greta das Wort in eine Suchmaschine ein und erhielt weit über eine Milliarde Treffer. Zigarettenartikel, Filme, Bücher, Musik, Barbecuesoßen.

»Ganz toll, Greta; falls es mit der Polizei irgendwann mal nicht mehr klappen sollte, kannst du immer noch eine Karriere als DAU machen.«

Dümmster anzunehmender User. Am liebsten hätte sie den Laptop wieder zugeklappt. Doch schlussendlich wollte sie nicht wirklich als DAU enden. Trotz aller Widrigkeiten in ihrem Beruf und im Privatleben hatte sie sich letztlich immer durchgebissen. Entsprechend verfeinerte sie ihre Suchanfrage.

Smoke Person
Wer ist Smoke?
Smoke Kevin Niemann
Smoke Drogen

Unterm Strich brachte sie auch das nicht voran. Fast schon verzweifelt blieb sie an einem uralten Aufklärungstrickfilm hängen, der unter anderen von der McDonald's-Kinderhilfe und Disney-Film produziert worden war.

»Comicstars gegen Drogen«.

In diesem Film hieß einer der Antagonisten Smoke, ein falscher Freund, der als sprechende Rauchwolke Jugendliche zum Drogenkonsum verleiten wollte.

Irgendwie spürte Greta, dass sie der Sache näher kam, aber gleichzeitig schien sie unendlich weit davon entfernt, bei ihren

Ermittlungen auch nur einen Schritt weiterzukommen. Schon im Büro hasste sie die Computerarbeit, hier im Krankenbett war es zwar nicht unbedingt besser, aber es lenkte sie zumindest ein bisschen von der tristen Klinikatmosphäre ab.

Nach etlichen Minuten stieß sie auf ein Aussteigerforum. Unter dem oft verwendeten Begriff Escape diskutierten Nutzer über Möglichkeiten, den gesellschaftlichen Normen zu entkommen, vollkommen anonym und autark zu leben oder einfach nur für immer unterzutauchen. Besonders beliebt war in den Beiträgen die Frage nach einer neuen Identität.

Greta fand es ein wenig absurd, dass man dafür ausgerechnet das Internet benutzte, andererseits wusste sie auch nicht, woher sie derartige Informationen sonst bekommen sollte. Früher hatte es mal eine Zeit gegeben, da hatte sie auch der Welt entfliehen wollen. Das war die bitterste Zeit ihres Lebens gewesen. Dieses Forum erinnerte sie schmerzlich daran, wenn hin und wieder das Wort Suizid auftauchte.

Schnell lenkte sie sich ab, indem sie auf den eigentlichen Grund ihres Hierseins zurückkam: Smoke. Einer der Nutzer nannte sich so und verwendete als Profilbild die gleichnamige Comicfigur aus dem Trickfilm.

Das konnte natürlich Zufall sein, dennoch wollte Greta es nicht unbeachtet lassen. Im Gegensatz zu einigen Spitzenreitern im Forum, die auf fast zehntausend Beiträge kamen, hatte Smoke gerade einmal lächerliche vierunddreißig. Doch selbst davon konnte Greta nur die öffentlichen Kommentare einsehen; das war knapp die Hälfte. Für die übrigen Beiträge von Smoke hätte sie sich erst registrieren müssen.

Darüber dachte sie eine Weile nach, während sie jeden einsehbaren Kommentar von Smoke und die Antworten anderer Forumsteilnehmer durchlas. Der Beitrag eines Nutzers mit dem Namen »FarbloseKatze« stach ihr ins Auge.

Brauche dringend Infos zu 3121. Kannst du mir sagen, woher ich ein Ticket bekomme? Bitte per PN antworten!

PN, die Abkürzung für Private Nachricht. Der Beitrag war vor über einem Jahr verfasst worden und niemand hatte darauf geantwortet. Bei der Zahl 3121 fielen Greta unvermittelt Prince und die Melodie von »Purple Rain« ein. Plötzlich überkam sie das dringende Bedürfnis, dem Benutzer Smoke selbst eine Nachricht über das Forum zu schreiben.

Kapitel 25

Innerhalb der letzten vier Stunden hatte Hardy zig Telefonate geführt, das polizeiliche Auskunftssystem durchstöbert und endlos viel Papier bewegt. Nun lauschten im Besprechungsraum der Mordkommission KPI-Leiterin Annika Liebkorn, sein Kommissariatsleiter Jona Mensen, Frank Lahmert und zwei weitere Kollegen aus der Abteilung, die eigentlich längst Feierabend hatten, seinem Bericht.

»Wie ich bereits erwähnte, konnten wir weder bei der Toten selbst noch in Münzners Mercedes oder im Detektivbüro einen Rechner, ein Tablet oder Mobiltelefon finden«, erzählte er und warf über den Beamer Fotos von Münzners Räumlichkeiten an die Wand. »Es besteht der begründete Verdacht, dass jemand im Zeitraum zwischen Mord und Auffinden der Leiche in die Detektei eingedrungen ist und wichtige Gegenstände entwendet hat. Wir müssen hier immerhin von einem Zeitfenster von mindestens fünfzehn Stunden ausgehen.«

»Kommt dafür Luis Fontane infrage?«, kam Liebkorn auf den verstorbenen BTM-Konsumenten zu sprechen.

»Unwahrscheinlich, denn dafür hätte er von Stralsund nach Anklam und wieder zurück gelangen müssen. Ich halte es für ausgeschlossen, dass er in der Lage war, öffentliche

Verkehrsmittel zu benutzen. Aber natürlich werden wir mit den Verkehrsbetrieben, Taxifahrern und der Bundespolizei sprechen. Was Fontane zum Angriff auf Greta bewegt hat, ist bisher unbekannt, aber es liegt die Vermutung nahe, dass er sich in einer Art Wahnzustand befand. Wir erhoffen uns Aufschluss durch die Untersuchung der Rechtsmedizin.«

Hardy legte eine Pause ein, weil Liebkorn ihn seltsam schief ansah.

»Also, wie muss ich das jetzt verstehen?«, kam es auch prompt von ihr. »Ist Fontane nun unser Mordverdächtiger oder doch nicht?«

»Ich kenne die Antwort darauf noch nicht. Ich weiß, wir haben persönliche Gegenstände von Münzner bei ihm gefunden, und laut der Aussage von Polizeihauptmeister Jürgen Witt und anderen Zeugen wurde Fontane am Vorabend in unmittelbarer Motelnähe gesehen, das macht ihn zum Hauptverdächtigen. Allerdings sollten wir weitere Theorien in Betracht ziehen. Wir haben ein typisches Obdachlosenlager aus Kartonagen und einer Matratze in einer stillgelegten Lagerhalle entdeckt. Gut möglich, dass Münzners Mörder die Gegenstände seines Opfers außerhalb des Motels entsorgt und Fontane diese später nur zufällig gefunden hat.«

»Das klingt aber sehr konstruiert«, meldete sich Henning Zahn, ein erfahrener, doch zuweilen arbeitsscheuer Oberkommissar, der schon zu Beginn der Beratung durchblicken ließ, dass er an der Runde nur teilnahm, weil Jona es angeordnet hatte.

»Nicht so konstruiert wie das Szenario eines hochgradig abhängigen Junkies, der unbemerkt einem Opfer folgt und es hinterrücks umbringt oder sogar zuvor professionell in ein Gästezimmer eindringt, um sich dort auf die Lauer zu legen.«

Nach diesem Konter schwiegen alle eine Weile.

»Also konzentriert sich ein weiterer Tatverdacht nunmehr auf den Gast des Zimmers, in dem das Tötungsdelikt stattgefunden hat«, resümierte Liebkorn und blätterte dabei in ihren eigenen Unterlagen. »Hier steht als Name Kevin Niemann …«

Hardy nickte und blendete das nach Jonathan Marx' Angaben gefertigte Phantombild per Beamer ein. »Ihn müssen wir schleunigst finden.« Er zeigte auf das gezeichnete Gesicht einer männlichen Person, die zwischen fünfundzwanzig und dreißig Jahre alt war und mit der viereckigen Brille, den eng anliegenden Ohren und den vollen Lippen ein bisschen wie der Liebling aller Schwiegermütter aussah – intellektuell und hilfsbereit. Lediglich die Narbe über dem linken Mundwinkel erinnerte eher an einen Raufbold. Doch so wie der Motelbetreiber die schmächtige Statur des Unbekannten beschrieben hatte, ging dieser Schlägereien eher aus dem Weg. »Aktuell gleichen wir das Bild mit registrierten Straftätern ab, konnten aber bisher keinen Treffer verzeichnen. Zusätzlich haben wir eine Öffentlichkeitsfahndung am Laufen.«

»Was ist denn mit den persönlichen Dingen, die sich noch in dem Motelzimmer befanden?«, fragte Jona. »Helfen die uns denn nicht weiter?«

Hardy verneinte. »Die können wir nicht konkret einer Person zuordnen. Natürlich haben wir Fingerabdrücke und DNA-Abstriche genommen, aber die Analysen dauern.«

»Wie sieht es mit Ergebnissen aus der Rechtsmedizin aus?«, wollte Liebkorn wissen.

»Das ist ein gutes Stichwort«, antwortete Hardy und nickte Frank zu, der vorab bereits per Telefonat von Dr. Sattler informiert worden war. »Was das Tatmittel angeht, sind wir einen Schritt weiter. Es gibt eine hochinteressante Neuigkeit aus der Rechtsmedizin!«

»Paulina Münzner wurde mit einer sogenannten Schweinebremse erdrosselt«, übernahm Frank die Berichterstattung und Hardy registrierte die fragenden Mienen der anderen. »Das ist eine Art Metallschlinge, deren eines Ende durch ein handliches Distanzrohr geführt wird und mittels eines Quergriffs gelockert oder festgezogen werden kann. Das Werkzeug sieht bei flüchtiger Betrachtung ein bisschen wie eine Luftpumpe aus.«

Zur Visualisierung zeigte Hardy ein Foto aus dem Internet, das für noch mehr Staunen sorgte.

»Um den Hals gelegt, kann man damit relativ komfortabel enormen Druck erzeugen«, erklärte Frank weiter. »Wie es der Name sagt, kommt das Werkzeug aus der Schweinehaltung und dient dazu, diese Tiere sicher führen zu können. Wie gesagt: In unserem Fall wurde es als Mordwaffe benutzt.«

Keiner der Kriminalisten wirkte schockiert, auch wenn Liebkorn und Kriminaloberkommissarin Claudia Schirmer angewidert die Köpfe schüttelten.

»Wollt ihr uns damit verklickern, wir suchen einen Landwirt?«, fragte Jona.

Hardy räusperte sich lediglich, da er seinen Chef nach diesem unfreiwillig komischen Einwurf nicht bloßstellen wollte. »Das bedeutet lediglich, dass unser Täter eine besondere Art von Drahtschlinge benutzt hat.«

»Jonas Frage halte ich für berechtigt, und inzwischen kenne ich Sie ein bisschen, Herr Finkel«, unterstützte Liebkorn den Abteilungsleiter. »Also kommen Sie schon, was wollen Sie uns eigentlich damit sagen?«

»Nun«, sagte Hardy lang gedehnt. »Es ist natürlich bloß eine Theorie, aber ich denke, unser Täter hat sich lange auf diesen Moment vorbereitet, weil er Paulina Münzner irgendwie loswerden musste.«

Nach einer kurzen Stille hob Liebkorn auffordernd die Arme. »Sie meinen, die Privatdetektivin war womöglich an einer größeren Sache dran und ist schlussendlich in eine Falle gelaufen?«

Hardy nahm Blickkontakt mit Frank auf, der unsicher die Mundwinkel verzog. Weder bejahte noch verneinte er, sondern fuhr mit seinen Ausführungen fort. »Bei der Durchsuchung der Detektei haben wir im Papierkorb einen Ausdruck von Kundenrezensionen zum S1 gefunden. Demnach hat Münzner bereits drei Tage vor ihrem Tod zum Motel recherchiert. Sie hat zweifellos etwas gesucht – vielleicht sogar jemanden. Wie eingangs erwähnt, fehlt uns ihr Computer, um ihre vergangenen Internetaktivitäten auszuwerten. Das erschwert die Ermittlungen erheblich …«

»Aber so, wie Sie es aussprechen«, fiel ihm Liebkorn ins Wort, »haben Sie bereits etwas in der Hinterhand.«

»Glücklicherweise befand sich in ihrem Büro noch der WLAN-Router. Wenn es der IuK-Abteilung gelingt, dessen Daten auszulesen, kommen wir womöglich an die Protokolle und somit an Münzners Internetverlauf heran.«

Nach ein paar Sekunden anerkennenden Nickens meldete sich Schirmer, die trotz ihrer lediglich neununddreißig Lebensjahre bereits zehn davon im Fachkommissariat 1 arbeitete. »Und was ist, wenn der Router diese Daten nicht gespeichert hat?«

Kapitel 26

Claudia Schirmers Einwurf kam für Hardy nicht unerwartet und er war darauf vorbereitet. Ihre Nachfrage, wie es weiterging, falls Münzners Router keine Daten lieferte, war nämlich durchaus berechtigt. »In dem Fall greifen wir auf die Vorratsdatenspeicherung zurück und beantragen Auskunft beim Telekommunikationsnetzbetreiber.«

»Was im Übrigen schon geschehen ist«, ergänzte Frank, wohl um der KPI-Leiterin zu beweisen, dass man ihn demnächst zu Recht auf Umlauf schickte.

»Außerdem haben Frank und ich eine volle Kiste Dokumente sichergestellt«, schob Hardy nach. »Aber die gewissenhafte Sichtung sämtlicher Unterlagen benötigt Zeit, zumal in Münzners Büro noch etliche Akten herumstehen. Das ist vor allem eine Fleißarbeit, die zwei Mann unmöglich allein stemmen können.«

»Dann müssen wir das Team aufstocken«, entschied Liebkorn sofort und schaute dabei Jona an.

Der blähte seine ohnehin schon feisten Wangen auf. »Ich kann niemanden mehr für diesen Fall abstellen, obwohl mir klar ist, dass uns obendrein Frank demnächst verlässt. Greta ist ausgefallen, Linda befindet sich in der Elternzeit, ein weiterer

Kollege koordiniert seit einer Woche eine Vermisstensuche in den Brohmer Bergen und Hannelore hat sich heute früh mit starker Migräne krankgemeldet und tritt in Kürze ihren Urlaub an.«

»Vergiss unsere zwei anderen Urlauber nicht«, ergänzte Henning hörbar übel gelaunt.

»Annika, da hörst du es, was hier los ist«, schloss Jona ab, doch Liebkorn blieb, wie Hardy das von ihr kannte, bei ihrem Entschluss.

»Dann holen wir eben Leute aus anderen Kommissariaten. Ich kümmere mich noch heute persönlich um die Abordnungen. Morgen hast du deine Verstärkung, Jona.«

Trotz dieser Ankündigung wirkte Jona nicht besonders erfreut, sondern sackte vor Frust postwendend auf seinem Stuhl zusammen. Er hasste Veränderungen und besonders hasste er fremde Leute in seiner Abteilung. Jemand musste die Leute ab morgen beschäftigen, und das behagte Jona nicht, weil es erst einmal Unruhe in die Abteilung brachte. Als Vorgesetztem lag ihm vielmehr daran, dass alles so lief wie bisher.

Demzufolge würde die Verteilung der Arbeit an Hardy hängen bleiben. So viel stand für ihn fest.

»Wenn ich einen Wunsch äußern dürfte«, nutzte Hardy seine Chance, »dann könnten wir Kollegen von der Rauschgiftkriminalität gebrauchen.«

»Wegen des toten Junkies?«, fragte Liebkorn.

»Bei der Sichtung von Münzners Unterlagen sind wir unter den Kontakten auf einschlägige Namen aus dem Drogenmilieu gestoßen. Offenbar hat die Detektivin auch für Kriminelle gearbeitet, um über die Runden zu kommen. In ihrem Schubfach lagen etliche Mahnungen, teilweise Monate alt. Gleichzeitig gibt es Kassenbelege für kostspielige Anschaffungen – Elektrotechnik, sogar Schmuck. Da passt einiges nicht zusammen, deshalb müssen Gelder unter der Hand geflossen sein. Wir werden Münzners Konten überprüfen, aber ich bin mir ziemlich sicher, dass ihre Ausgaben deutlich höher als die verbuchten Einnahmen liegen. Genaues werden die Ermittlungen zeigen. Ich glaube, das könnte auch unsere Kollegen vom Rauschgift interessieren. Im Gegenzug erwarten wir deren Hilfe.«

»Jeder weiß, dass die im Fachkommissariat 3 ihre Geheimnisse besser hüten als der Vatikan«, sagte Henning. »Außerdem stecken die noch bis zum Hals in den Ermittlungen zur Drogenrazzia entlang der Ostseeküste. Der Polizeieinsatz hat Anfang des Jahres bundesweit für Schlagzeilen gesorgt. Man munkelt, da hängen knapp zweihundert Fälle dran. Die geben keinen einzigen Beamten ab, und falls doch, dann erfährst du von denen nichts.«

»Gut, dass du es erwähnst.« Jona hatte seine Sprache und seine gefällige Miene wiedergefunden. »Du kommst doch vom Rauschgiftkommissariat, also kannst du gleich deine alten Beziehungen nutzen.«

»Ich weiß noch nicht mal, warum ich eigentlich hier untätig herumsitze, denn ich hab den Arsch voll Arbeit.«

»Das sind doch alles nur Krankenhausleichen, die da auf deinem Schreibtisch liegen.«

»Und die Sache mit den Trinkern und die unbekannte Tote am Strand von Usedom?«

Jona winkte ab, um den Streit mit Henning zu beenden, und deutete dann zur Tafel, an die Hardy die wichtigsten Fakten gepinnt hatte. »Das ist kein Vergleich zu der Sache hier.«

»Will aber trotzdem bearbeitet werden«, ließ Henning nicht locker.

»Schluss mit der Diskussion!«, fuhr Liebkorn dazwischen. »Herr Zahn, Ihr Vorgesetzter hat Ihnen eine Aufgabe zugeteilt. Es kommen auch wieder bessere Zeiten.«

Es folgte ein letzter Unmutslaut seitens Henning, ehe Claudia beruhigend die Hand auf seinen Arm legte.

»Es ist nicht auszuschließen, dass Kevin Niemann ebenfalls im Drogenmilieu verkehrt.« Hardy deutete wieder zum Phantombild. »Vielleicht gab es Streit mit einem Lieferanten und unser Gesuchter musste wegen Schulden untertauchen. Vielleicht hat Münzner ihn im Motel aufgespürt. Das würde plausibel erklären, was sie im S1 zu suchen hatte.«

»Langsam nimmt die Sache ja doch Gestalt an«, sagte Jona, anscheinend nur geringfügig erleichtert. »Gute Arbeit, Hardy und Frank, ich denke, mit der Öffentlichkeitsfahndung schnappen wir diesen Niemann bald.«

»Wird eigentlich die Detektei inzwischen observiert?«, fragte Liebkorn.

»Da die Personaldecke auch bei der Fahndung dünn ist, haben wir mit denen vereinbart, dass sie zumindest nachts in unregelmäßigen Abständen bestreift wird. Am Tag übernimmt diese Aufgabe das Revier.«

Liebkorn überlegte und ihr Blick drückte wie so oft Unzufriedenheit aus. »Das gefällt mir nicht.«

»Natürlich besteht immer die Möglichkeit, dass der Täter noch einmal das Büro betritt, doch ich bezweifle das.«

Auch diese Aussage schien die Kriminaloberrätin keineswegs zu beruhigen, aber statt einer Erwiderung legte sie einen Finger auf ihre Unterlagen. »Dann eine andere Frage: Stimmt es, dass uns von der polnischen Reinigungskraft noch keine Vernehmung vorliegt? Soweit ich informiert bin, hat sie das Mordopfer gefunden.«

»Das ist richtig«, gab Hardy Auskunft. »Bisher konnten wir Frau Valeska Domański noch nicht vernehmen, denn laut Zeugenaussage hat sie Deutschland sofort nach dem Vorfall verlassen. Damit wir trotzdem so schnell wie möglich eine Aussage von ihr bekommen, sollte Frank über das Verbindungszentrum ein Ermittlungsersuchen nach Warschau schicken.«

»Das habe ich auch«, meldete sich Frank augenblicklich und hielt ein Fernschreiben in die Höhe. »Die Polizei in Warschau ist der Sache postwendend nachgegangen, konnte aber Domański bei ihrer Familie zum gegenwärtigen Zeitpunkt nicht antreffen. Selbst ihr Mann hat derzeit keinen Kontakt zu ihr. Das kann verschiedene Gründe haben. Am wahrscheinlichsten ist, dass sie bisher nicht in ihrer Heimat angekommen ist.«

Kapitel 27

Nacheinander schaltete Greta sich im Fernsehprogramm durch eine Liebeskomödie, eine Folge der Serie »Grey's Anatomy« und eine Dokumentation über Hebammen. Schließlich blieb sie bei einer deutschen Kriminalverfilmung hängen. Sie war zu aufgewühlt, um jetzt schon zu schlafen. Bestenfalls erhielt sie durch den Film die eine oder andere Inspiration für ihre eigenen Romane. Doch selbst die Lust zum Schreiben fehlte ihr momentan völlig. Jedes Mal, wenn es im Kommissariat einen Mordfall zu bearbeiten gab, konzentrierte sie sich hundertprozentig darauf. Dann konnte sie für ihre Umgebung unausstehlich sein, weil sie gedanklich in den Akten hing.

Mit einem schlechten Gewissen dachte sie an Hannes. Vor dem Abendessen hatte er sie zum zweiten Mal an diesem Tag besucht, so wie er es versprochen hatte. Als ihm die blinkende Kontrolllampe am Laptop auf ihrem Nachtschränkchen aufgefallen war, hatte er die Nase gerümpft und etwas in seinen Bart gebrabbelt. In jeder Hinsicht missfiel es ihm, dass sie selbst im Krankenhaus nicht entspannte. Angesprochen hatte er es freilich nicht, denn unangenehme Dinge fraß er lieber in sich hinein. Statt Klartext zu reden, hatte er von den Alpen und einem Autokauf angefangen, obwohl Hannes nie wanderte und er sonst zu Neuanschaffungen erst regelrecht von Greta genötigt werden musste.

Als eine Schwester das Tablett mit dem Essen ins Zimmer getragen hatte, war er wie befreit vom Stuhl aufgesprungen und hatte sich mit einem flüchtigen Kuss verabschiedet. Der Hund brauche schließlich auch sein Futter, hatte er lapidar gemeint.

Wenigstens hatte er ein gerahmtes Foto von ihnen beiden und sein altes Handy zurückgelassen. Der seit Längerem nicht mehr genutzte Prepaidtarif funktionierte zum Glück noch tadellos. Dank der Leihgabe hatte Greta endlich Hardy anrufen und ihn bitten können, sie möglichst bald zu besuchen.

Im Fernsehen bekam die Kommissarin gerade einen Anruf von einem merkwürdigen Zeugen. Obwohl sie die ersten Minuten der Sendung verpasst hatte, ahnte Greta bereits, dass es sich bei dem Mann am Ende der Leitung um den Täter handelte. Der Inhaber eines Gemischtwarenladens in einer Seitenstraße auf Sylt. Der Mann war eindeutig homosexuell und hatte das Opfer aus verschmähter Liebe umgebracht. Wenn Greta sich in ihrer Beziehung nicht mehr Mühe gab, würde ihr Fischkopp sie irgendwann nachts auch heimlich umbringen. Er würde sie ganz bestimmt erwürgen. Große, starke Hände hatte Hannes immerhin. Vermutlich würde er dabei nicht einmal eine einzige Träne vergießen. Andererseits konnte er auf seine Art schon romantisch sein. Auch wenn seine Geschenke weniger aus Blumen, sondern zumeist aus delikatem Fisch bestanden.

Es klopfte und nach ihrer Aufforderung steckte Hardy den Kopf zur Tür herein.

»Hast du dir ein Handy geliehen?«, fragte er und trat ein.

Sie nickte zur Leihgabe auf dem Nachtschränkchen. »Sagen wir, ich habe es beschlagnahmt.«

»Ich hoffe, es ist wirklich wichtig.« Er deutete wahllos hinter sich. »Du kannst dir nicht vorstellen, wie mich die Sache mit Münzner schlaucht.«

»Kann ich sehr wohl, immerhin habe ich den Fall angearbeitet.«

»Bist du etwa immer noch sauer, weil ich inzwischen die Ermittlungen leite?«

»Wie würdest du dich fühlen, wenn du gegen eine jüngere Partie ausgetauscht wirst?«

»Eine jüng…?« Hardy winkte ab. »Ich freue mich auch, dich zu sehen. Und weil ich wusste, wie einsam du bist, habe ich jemanden mitgebracht.«

»Hoffentlich keinen Pfarrer für die letzte Salbung, so schlecht geht es mir nämlich auch wieder nicht.«

Statt darauf einzugehen, öffnete er noch einmal die Tür und winkte nach draußen. Sofort darauf traten ihre beiden Söhne ein. Im ersten Augenblick brachte Greta vor Fassungslosigkeit kein Wort heraus. Vor Aufregung schlug sie sich die flache Hand auf den Mund, um sodann einen Freudenjauchzer auszustoßen. Im nächsten Moment wurde sie von Jannik und Sören umarmt.

»Scheiße, Mama, warum hast du uns nicht angerufen?«, wollte Jannik wissen.

Am liebsten hätte sie ihren Zweiundzwanzigjährigen daran erinnert, dass er und sein Bruder, seit sie unter dem Einfluss ihres Vaters standen, allgemein kaum noch für ihre Mutter erreichbar waren. Weil sie jedoch unendlich glücklich war, die beiden zu sehen, sparte sie den Vorwurf aus. »Ich hatte ein kleines Drogenproblem«, log sie, zeigte auf die Tablettensammlung neben dem Bett und schaute Hardy an, ob er den Jungs etwas über ihren Komazustand verraten hatte.

Wohlweislich schüttelte er den Kopf und zwinkerte ihr verwegen zu.

»Mann, hätte ich gewusst, dass du im Krankenhaus liegst, hätte ich die Uni heute sausen lassen«, ergänzte der achtzehnjährige Sören, der sein Abi mit Bestnote abgeschlossen und daraufhin kürzlich ein Jurastudium begonnen hatte. Natürlich auf

Anraten ihres dämlichen Ex-Ehemanns Frank, der eine renommierte Rechtsanwaltskanzlei in Neubrandenburg führte.

»Kommt gar nicht in die Tüte«, widersprach Greta, die sich insgeheim gewünscht hatte, dass wenigstens einer ihrer Söhne den Polizeiberuf ergriff. Aber wie so einige andere war auch dieser Traum irgendwann zerplatzt. »Fang ja nicht an, jetzt schon zu schlampen. Das kannst du immer noch, wenn du als windiger Scheidungsanwalt so stinkreich geworden bist wie dein Vater.«

»Vater ist doch kein Scheidungsanwalt«, sagte Jannik. »Das weißt du genau.«

Wenn ihr wüsstet, wollte Greta am liebsten argumentieren. Bei ihrer Scheidung hatte Frank wirklich alle Register gezogen.

»Ach, kommt schon, ihr wisst doch, dass euer Vater und ich uns ständig necken müssen.«

»Ja, das wissen wir«, seufzte Sören betrübt, der zeitweise sehr unter dem Streit der Eltern gelitten hatte. Ein Wunder, dass er am Ende noch so einen exzellenten Schulabschluss hingelegt hatte.

»Bevor ich gehe«, meldete Hardy sich zu Wort. »Was wolltest du eigentlich von mir?«

Den Grund, warum Hardy sie um diese Zeit noch besuchte, hatte sie vor lauter Ergriffenheit, ihre Söhne bei sich zu haben, fast vergessen. Ungelenk wälzte sie sich aus dem Bett, woraufhin Jannik und Sören sie sorgenvoll anschauten.

»Was denn?«, fragte sie. »Ich bin mittlerweile eine ältere Frau, die erst in die Gänge kommen muss. Das wüsstet ihr, wenn ihr euch öfter bei mir blicken ließet.«

Sie ging zum Schrank, in dem sich ihre Reisetasche befand. Dabei stellte sie sich so hin, dass weder ihre Söhne noch Hardy einen Blick auf ihre Unterwäsche werfen konnten. Hannes hatte es gut gemeint und ihr ein paar frische Kleidungsstücke mitgebracht, dabei allerdings die unmodernsten BHs und Slips erwischt. Anscheinend hatte er gedacht, im Krankenhaus seien weite Teile vorteilhafter.

In Windeseile befreite sie die unter ihrem Bett gefundene Spritze aus ihrer Unterwäsche und wickelte sie in ein T-Shirt. Wie ein geheimes Geschenk drückte sie es Hardy gegen den Bauch. Dann flüsterte sie: »Kümmere dich bitte darum, dass der Inhalt untersucht wird.«

Kapitel 28

Hardy fuhr mit seinem BMW entlang des Ryck und atmete den Duft ein, der vom Fluss her durch das geöffnete Seitenfenster ins Fahrzeug wehte. Vor ein paar Monaten war er hier in Greifswald noch regelmäßig am Ufer entlangspaziert. Vorbei am Museumshafen, dem Marina Yachtzentrum bis hin zur Wiecker Holzklappbrücke, die man nach holländischem Vorbild im Jahr 1887 gebaut hatte, und der Klosterruine Eldena, einem ehemaligen Zisterzienserkloster, dessen Gelände heute als Veranstaltungsgelände genutzt wurde.

Wehmütig erinnerte er sich an die Zeit, als er nach seiner Rückkehr aus Wiesbaden eine kurze Zeit lang in dieser Stadt gelebt hatte. Obwohl er dringend eine neue Wohnung brauchte, glaubte er nicht daran, dass er jemals hierher in die schöne alte Hansestadt zurückkehren würde. An diesem Morgen war er nur hier, weil er dringend in der Rechtsmedizin mit Dr. Edmund Sattler sprechen musste.

Ein paar Minuten später bog er auf das Universitätsgelände ein. Nachdem er sich bei nicht weniger als fünf Leuten durchgefragt hatte, traf er den Mediziner auf einer Gartenbank im Freigelände an. Hier schlürfte der seinen Kaffee und beobachtete eine Katze, die unter einem Baum saß und einen grau-schwarzen amselgroßen Vogel ins Visier genommen hatte.

»Raubwürger«, begrüßte Dr. Sattler Hardy.

»Wie bitte?«

»Ich sagte Raubwürger«, wiederholte er, obwohl Hardy das schon beim ersten Mal verstanden hatte, und zeigte auf den Vogel. »Ein lustiger Name für ein so kleines Tier. Ich dachte, das könnte Ihnen gefallen, wo Sie doch bei der Mordkommission arbeiten.«

Schon als Kind hatte Hardy nie wirklich Interesse für die Flora und Fauna der Region gezeigt. Klar war er wie jeder Junge auf Bäume geklettert und hatte sich aus Ästen Schwerter und Lanzen geschnitzt. Letztendlich war er jedoch viel zu früh bestrebt gewesen, erwachsen zu werden und in die Mühlen des Berufslebens zu gelangen. »Ich werde mir den Namen merken«, versicherte er. »Allerdings bin ich nicht hier, um mir Nachhilfe in Vogelkunde geben zu lassen. Ich bin hergekommen, weil mir mein Kollege erzählte, Sie könnten sich an einen Mordfall erinnern, bei dem das gleiche Tatmittel wie bei Paulina Münzner zum Einsatz kam.«

Gelangweilt schaute Dr. Sattler auf seine Armbanduhr und hob dann demonstrativ seine Kaffeetasse, aus der es heiß dampfte. »Sie sind ja noch vor den Hühnern auf den Beinen. Vielleicht sollten Sie Ihren Hahn mal neu einstellen.«

»Es ist 7.15 Uhr. Um die Uhrzeit haben wir beim BKA schon mindestens zwei Straftäter dingfest gemacht.«

»Komisch, als ich heute auf Arbeit gekommen bin, habe ich am Eingang keine Aufschrift Bundeskriminalamt gelesen. Da steht nur was von Rechtsmedizinischem Institut. Hier haben wir es längst nicht so eilig. Unsere Kunden laufen schließlich nicht mehr weg.«

»Diese Einstellung erklärt, warum wir Kripoleute immer Ewigkeiten auf unsere Untersuchungsergebnisse warten müssen.«

Dr. Sattler winkte ab und strich sich das graue Haar zurück. »Wenn Sie jetzt schon in Eile sind, was soll dann erst werden, wenn Sie mein Alter erreichen und Ihnen wirklich nicht mehr viel Zeit bleibt?«

Hardy ersparte es sich, dem eigensinnigen Arzt zu erklären, wie dünn die Personaldecke in seinem Kommissariat aktuell war und wie viel Arbeit sich deshalb auf seinem Schreibtisch stapelte. »Geben Sie mir einfach die Infos, die ich brauche, dann sind Sie mich sofort wieder los. Danach können Sie von mir aus machen, was immer so ein selbstgefälliger Mediziner wie Sie eben so macht.«

Statt beleidigt zu reagieren, grinste Dr. Sattler bloß und streckte die Beine aus. »Kaum zu glauben, dass Sie wirklich aus der Region stammen. Die vielen Jahre in Wiesbaden haben Sie zu einem hektischen Menschen erzogen. Sehen Sie sich die beiden an.« Er zeigte in Richtung der Katze und des Vogels. »Die eine lauert und der andere provoziert. Egal, für welche Seite Sie sich entscheiden, Sie brauchen jede Menge Geduld.«

»Und am Ende verhungert man oder man wird gefressen.«

Dr. Sattler hob gleichgültig die Schultern. »Es gibt schlimmere Tode.«

»Zum Beispiel durch eine Schweinebremse?«

»Sie sind ein leidiger Geselle für Small Talk, Herr Finkel. Jedes Mal kommen Sie gleich zur Sache.« Dr. Sattler trank seinen Kaffee aus und erhob sich mit einem Ächzen. Gleichzeitig forderte er Hardy auf, ein Stück mit ihm spazieren zu gehen. »Keine Ahnung, warum ich Sie mag, aber ich hoffe doch sehr, dass ich in meinen letzten paar Berufsjahren noch den Moment erlebe, wo wir uns einfach wie normale Menschen unterhalten können.«

Hardy konnte nicht fassen, was er da hörte. Von Greta wusste er, dass Dr. Sattler zwar verheiratet, die Ehe jedoch kinderlos geblieben war. Hoffentlich entdeckte der knurrige Arzt nicht plötzlich irgendwelche Vatergefühle für Hardy.

»Meine ständige Eile liegt vermutlich daran, dass wir immer nur miteinander zu tun haben, wenn es Tote gibt.«

»Manchmal habe ich wirklich einen Scheißjob – und Ihrer ist nicht minder beschissen, wenn ich an die beiden Leichen von gestern zurückdenke.«

»Sie wollten mir mehr über die Sache mit der Schweinebremse erzählen«, erinnerte Hardy ihn.

»Ja, ja, vor einigen Jahren lag schon mal eine Tote auf meinem Seziertisch. Soweit ich mich erinnern kann, war die Frau noch nicht ganz in Ihrem Alter.« Dr. Sattler tippte sich ins Genick. »Jedenfalls hatte der Leichnam auch einen seltsamen Abdruck. Ein kleines Rechteck mit zwei Punkten. Am Anfang waren wir völlig ratlos, woher der Abdruck stammte, aber ein ehemaliger Kollege, der inzwischen seinen Ruhestand genießt, ist auf einem Bauernhof aufgewachsen und wagte die These, dass eine Schweinebremse für das Erdrosseln zweckentfremdet worden war. Daraufhin haben wir Untersuchungen angestellt und tatsächlich das äquivalente Modell gefunden. Darüber müsste die Staatsanwaltschaft sogar noch Unterlagen besitzen, denn schließlich handelte es sich damals um einen Mordfall.«

Darüber hatten Frank und Hardy während der gestrigen Besprechung geredet, allerdings war Hardy nicht mehr dazu gekommen, sämtliche Altfälle durchzusehen. Das Stöbern in alten Akten dauerte meist sehr lange. Deshalb holte er sich heute die Auskunft aus erster Hand von Dr. Sattler.

»Und wissen Sie zufällig noch, wie die Tote hieß?«

»Sie verwechseln mich wohl mit Einstein. Spätestens bei meiner fünfzehnten Leiche habe ich aufgehört, mir die Namen zu merken.« Er hielt plötzlich inne und schaute Hardy ernst an.

»Als Täter wurde damals nach dem siebzehnjährigen Sohn der Ermordeten gefahndet.«

»Was heißt gefahndet? Wurde er denn nicht in U-Haft genommen?«

»Das hätten Ihre Kollegen bestimmt getan, wenn sie ihn denn gefasst hätten. Soweit ich weiß, gilt der Junge bis heute als vermisst.«

Kapitel 29

Nach dem Frühstück und der morgendlichen Visite schnappte Greta sich erneut den Laptop. Während das Betriebssystem im Schneckentempo startete, dachte sie darüber nach, wozu sie eigentlich noch im Klinikum bleiben musste, wo sie sich doch deutlich erholter fühlte als tags zuvor. Ihr behandelnder Arzt hatte ihr die Ergebnisse der gestrigen Untersuchungen offenbart. Seine Ausführungen klangen nicht beunruhigend. Natürlich hatte er es sich nicht nehmen lassen, ein paar kryptische Andeutungen zu machen, damit man sie noch einige Tage hierbehalten konnte. Anscheinend war das Klinikum im Sommer nicht so gut belegt, weil es die Leute ans Wasser und die frische Luft zog. Am liebsten hätte Greta sich auch ihren Badeanzug geschnappt und wäre zum Strand gefahren. Von hier bis Binz auf Rügen war es knapp eine Dreiviertelstunde Fahrt. Dort wehte ganzjährig eine kühle Brise, während sich das Krankenzimmer spürbar erhitzte und sie ihre langen Haare gar nicht oft genug lüften konnte. Allein vom bloßen Herumliegen schwitzte sie wie eine frisch geölte Sardine.

Allerdings brauchte sie für einen Strandtag erst einmal einen anständigen Badeanzug. Seit sich ihre Figur in die Breite entwickelt hatte, traute sie sich nicht mehr, leicht bekleidet herumzulaufen, weil sie sich dann vorkam wie ein Wal auf zwei Beinen. Auf zwei stämmigen Beinen wohlgemerkt …

Endlich zeigte der Laptop auf dem Display seine Bereitschaft an. Greta startete den Internetbrowser und loggte sich in das Aussteiger-Forum ein, das sie gestern bei ihrer Recherche gefunden hatte. Eigentlich rief sie das Forum nur aus purer Ratlosigkeit auf. Weder glaubte sie ernsthaft daran, eine Antwort von dem unbekannten Nutzer mit dem Namen Smoke erhalten zu haben, noch wusste sie, wonach sie im Internet weitersuchen sollte. Doch kaum meldete sie sich in ihrem Account an, leuchtete in der rechten oberen Bildschirmecke ein Symbol.

Eine neue Nachricht.

»Jetzt brauchst du wirklich eine Zigarette«, redete sie mit sich selbst und stierte sekundenlang tatenlos auf den Posteingang.

Schließlich klickte sie ihr Mailfach an. Smoke hatte tatsächlich auf ihre Nachricht geantwortet. Mitten in der Nacht, gegen 3.55 Uhr, war er online gewesen.

Aufgeregt las Greta sich seine Zeilen durch.

Hören Sie auf, nach mir zu suchen! Wenn jemand mich findet, bin ich tot. Nehmen Sie diese Warnung ernst, auch zu Ihrer eigenen Sicherheit. Möglicherweise finden Sie die Antworten auf alle Ihre Fragen unter Möwenflucht.

Bis auf einen Link, der augenscheinlich ins Darknet führte, hatte der Unbekannte nicht mehr geschrieben. Greta hatte zweifellos den Smoke gefunden, von dem Luis Fontane gesprochen hatte – oder besser gesagt: Sie hatte einen allerersten Kontakt zu ihm hergestellt. Nur konnte sie mit seiner Antwort momentan nichts anfangen. Die wenigen Sätze waren rätselhaft und ließen jede Menge Spielraum für Spekulationen. Andererseits musste Greta froh sein, überhaupt etwas in der Hand zu haben. Offenbar hatte sie bei ihrer gestrigen Nachricht die richtigen Worte gewählt.

Sie hatte Smoke direkt mit dem Namen Kevin Niemann und dem Mord im S1 konfrontiert. Zudem hatte sie geschrieben, er habe vorgestern um 11.27 Uhr im Nachlassgericht angerufen. Greta hatte behauptet, sie werde bald herausfinden, weshalb er die Nummer des Amtsgerichts Stralsund gewählt hatte. Zuletzt hatte sie Fragen zu 3121 gestellt. Der Nutzer FarbloseKatze hatte die Zahl schließlich in seinem Posting erwähnt und nach irgendwelchen Tickets gefragt. Bereits gestern hatte Greta eine Ahnung bekommen, wovon die Rede war. 3121 war ein Studioalbum des US-amerikanischen Sängers Prince. Ähnlich wie in dem Buch »Charlie und die Schokoladenfabrik« hatte Prince damals sogenannte »Purple Tickets« in einigen Alben versteckt. Die glücklichen Albumkäufer durften am 6. Mai 2006 an einem Privatkonzert in der Villa des Künstlers teilnehmen.

Allerdings bezweifelte Greta, dass es sich bei den im Forum erwähnten Tickets ebenfalls um die Eintrittskarten zu einer Musikveranstaltung handelte. Egal, worum es bei den Tickets ging, Smoke hatte ihr darauf keine Antwort gegeben, sondern verwies lediglich auf einen Link. Der half ihr jedoch nicht weiter, denn Greta kannte sich kein bisschen im Darknet aus.

Kapitel 30

»Ja, mir ist bewusst, dass ich Sie gestern versetzt habe«, entschuldigte Hardy sich jetzt zum wiederholten Mal und spähte auf die Uhr, um zu prüfen, wie es um seinen Zeitplan stand. »Können wir nicht heute kurzfristig die Wohnung besichtigen? In circa einer halben Stunde könnte ich in der Fischerstraße sein.«

Der Makler am anderen Ende der Leitung verwies auf seinen vollen Terminkalender sowie andere Interessenten und kappte kurzerhand die Verbindung.

»Mist«, stieß Hardy aus und krachte sein Smartphone auf den Schreibtisch, auf dem der Berg Arbeit gefühlt bald an die Decke stieß. Schon der zweite Wohnungsmakler an diesem Morgen, von dem er sich eine gehörige Schelte einholte. Ein weiterer Makler, der eine Wohnung mit unverbautem Blick auf die Peene anbot, ging gar nicht mehr an sein Handy.

Erst als ein paar Minuten später sein Ärger ein bisschen verraucht war, nahm er sich die Akte Münzner zur Hand. Ein dreizeiliges Fernschreiben der polnischen Polizei lag obenauf. Darin teilte man der Kripo Anklam erneut mit, dass die Zeugin Valeska Domański bisher unauffindbar war. Da es sich um einen Mordfall handelte, versprach das Nachbarland aber, an der Sache dranzubleiben.

Hardy wollte den ausländischen Kollegen nichts unterstellen, aber er bezweifelte, dass bei denen ein deutsches Ersuchen an oberster Stelle der Prioritätenliste stand. Immerhin kämpften die in Polen noch mit ganz anderen Problemen.

Wenigstens hatte sich anderweitig ein neuer Ermittlungsansatz ergeben. Nach der Unterhaltung mit Dr. Sattler war Hardy umgehend zur KPI gefahren, um sich nach einem früheren Tötungsverbrechen zu erkundigen, bei dem als Tatmittel eine Schweinebremse benutzt worden war. Erst als Hardy Jona die spärlichen Informationen des Rechtsmediziners mitgeteilt hatte, konnte sein Chef sich vage an den Fall erinnern. Gemeinsam hatten sie daraufhin im System nach dem Vorgang gesucht und waren schließlich auf einen Fall gestoßen, bei dem Hannelore Preiß die Ermittlungen geleitet hatte und dessen Akte als ungeklärt im Archiv lag.

An einem Herbsttag vor sieben Jahren war in Bergen auf Rügen tatsächlich eine neununddreißigjährige Familienmutter mittels einer Schweinebremse ermordet worden. Schulkinder, die im Rahmen einer Klassenfahrt den Ernst-Moritz-Arndt-Turm besuchten, hatten die Leiche von Martina Seeger unweit der Gedenkstätte hinter einem Gebüsch gefunden. Nach Aktenlage hatte sie ihr eigener Sohn Tom Seeger am Vorabend dorthin gelockt. Angeblich wollten sich die beiden aussprechen, denn innerhalb der Familie gab es massive Streitigkeiten, bei denen anscheinend auch das Jugendamt nicht vermitteln konnte. So sagten es zumindest die damaligen Protokolle beider Mobiltelefone aus, die Hardy vor sich auf dem Computerbildschirm sah. Offenbar wollte der damals siebzehnjährige Tom Seeger von zu Hause ausziehen, nachdem ihn seine Eltern schon als Kleinkind mehrmals im Monat zu diversen Model Castings geschleift und er den Druck nicht länger ausgehalten hatte. Darüber gab es in der Akte gleich an mehreren Stellen Vermerke und Aussagen. Sonderbarerweise war der Jugendliche nach dem Verbrechen an seiner Mutter spurlos verschwunden und nie wieder aufgetaucht. Da sich die Ermittlungen allein auf den Sohn als Tatverdächtigen konzentrierten und die Beweislage auch auf keine andere Person hindeutete, hatte die Staatsanwaltschaft das Verfahren vorläufig ausgesetzt, bis sich neue Hinweise zum Verbleib Tom Seegers ergaben. Anfangs hatte das Fachkommissariat 1 die übliche akribische Aufklärung betrieben, doch seit nunmehr vier Jahren hatte Hannelore nur noch den stets gleichen Vermerk an den Vorgang geheftet: *Keine neuen Ermittlungsansätze.*

Richtig weiter brachte es Hardy nicht, den Vorgang am Computer durchzugehen. Höchstwahrscheinlich musste er nach Bergen auf Rügen fahren und den Witwer von Martina Seeger befragen. Wann er das zeitlich unterbringen sollte, wusste er selbst nicht. Heute stand noch ein Termin bei Staatsanwalt Hildebrand an, dem er eine aussagekräftige Akte vorlegen musste. Wenn Hardy Glück hatte, schickte Dr. Sattler ihm vorher noch die ersten Ergebnisse der Leichenschauen an Münzner und Fontane. Außerdem sollte sich der Arzt um die Bestimmung des Inhalts der Spritze kümmern, die Greta in ihrem Patientenzimmer gefunden und Hardy anvertraut hatte. Ein Versprechen über ein zeitnahes Ergebnis hatte der alte Arzt wie erwartet vermieden, sondern nur gesagt, er wolle sehen, was sich machen ließ.

Bis dahin würde Hardy Berichte schreiben, die polnische Polizei nachdrücklich um Hilfe bitten und warten, was die Kollegen ihm an Zuarbeit lieferten.

Kaum hatte er ein paar Zeilen in das System getippt, klopfte es an der Tür. Die Unterbrechung war zwar eine willkommene Abwechslung, um den Kopf freizubekommen, aber er wusste nicht recht, ob er sich wirklich freuen sollte, als Henning Zahn das Büro betrat.

»Gut, dass du kommst«, fing Hardy zuerst mit seinem Anliegen an. »Hat sich etwas Neues bei der Suche nach Kevin Niemann ergeben?«

Henning zuckte mit den Schultern und schaute sichtlich frustriert zu dem leeren Stuhl, auf dem sonst Greta saß. »Ich dachte, darum wollte sich dein persönlicher Sekretär kümmern.«

»Frank?«, vergewisserte Hardy sich, ob sie beide denselben meinten. »Den habe ich heute noch gar nicht gesehen.«

»Ich auch nicht. Außerdem soll ich ja unbedingt die Kollegen vom Fachkommissariat 3 einweisen.«

»Und was sagen die vom Rauschgift zu unserem Fall?«

Henning holte tief Luft, wodurch der ohnehin große Mann noch zu wachsen schien. »Die wollen sehen, was sich machen lässt.«

Diese Aussage kam Hardy nur allzu bekannt vor. Bevor er jedoch nachhaken konnte, war Henning fast schon wieder zur Tür hinaus, deutete aber mit dem Daumen über seine Schulter.

»Unten am Empfang wartet so ein Typ auf dich.« Er verdrehte genervt die Augen. »Er vermisst wohl seine Freundin und will gehört haben, die Mordkommission wüsste was zu ihrem Verschwinden. Jetzt will er ausdrücklich mit dir reden.«

Kapitel 31

Seit Greta die Nachricht von Smoke über das Aussteiger-Forum erhalten hatte, quälte sie die Unruhe. Notgedrungen hatte sie gegoogelt, wie man als Volllaie ins Darknet gelangt. Natürlich gab es genügend Internetseiten, die mit kinderleichten Tutorials und Schritt-für-Schritt-Anleitungen warben. Die Wahrheit sah jedoch so aus, dass Greta spätestens nach drei Sätzen das Gefühl hatte, Hieroglyphen zu enträtseln. Nach nicht einmal zehn Minuten hatte sie es aufgegeben. Greta und Computer waren in etwa so kompatibel wie Gott und der Teufel. Freilich hielt sie sich keineswegs für göttlich, aber sie glaubte zumindest daran, dass man jeden Tag eine gute Tat vollbringen sollte. Auf so eine Idee wäre der Teufel niemals gekommen. Der war auf Ärger aus, genau wie Computer. Dabei fiel ihr ein, dass ihre gute Tat für heute gleichfalls noch ausstand. Tapfer den Krankenhauspampf hinunterzuschlingen, galt vermutlich nicht.

Eine Weile betrachtete sie noch nachdenklich den Link, den Smoke ihr gegeben hatte. Als sie die Untätigkeit nicht mehr aushielt, nahm sie ihr Mobiltelefon zur Hand und ließ sich über die Vermittlung der Polizeiinspektion mit der IT-Abteilung verbinden. Dort begrüßte sie ein Kollege und hörte sich ihr Anliegen geduldig an.

»Das klingt echt interessant«, meinte er nach Gretas Erklärung. »Leider muss ich dich da ans LKA verweisen. Nur die dürfen Angelegenheiten im Darknet nachgehen. Ist leider Vorschrift.«

»Könnt ihr nicht mal eine Ausnahme machen? Ich will ja nur wissen, wohin der Link führt.«

»Nee, tut mir leid, Netzsicherheit und so. Wenn was schiefläuft, machen die uns den gesamten Laden dicht. Wir sind eigentlich eher das Herzstück, das sämtliche Rechner in der Inspektion am Laufen hält. Wenn irgendwo ein Beamter den falschen Stecker zieht, kommen wir, drohen mit dem Zeigefinger und stöpseln alles wieder ordnungsgemäß an, verstehst du?«

Greta war sich nicht sicher. Bisher hatte sie immer gedacht, dass jeder Computerexperte so gut wie der andere war. »Bevor die im Landeskriminalamt auch nur einen Finger rühren, muss ich mindestens zehn Anträge ausfüllen und mir obendrein beim Innenminister den Segen holen.«

»Na, so schlimm ist es sicher nicht, aber schneller geht es tatsächlich nur, wenn jemand in deinem privaten Umfeld Informatiker ist. Irgendeinen Nerd kennt doch jeder. Aber den Tipp hast du nicht von mir, klar?«

Höflich, aber unzufrieden beendete Greta das Telefonat. Während sie mit der Darknet-Sache keinen Schritt weiterkam, hatte sie es immerhin geschafft, sich über den mobilen Datenstick auf dem Dienstrechner ins Polizeinetz einzuloggen. Selbstverständlich nutzte sie dafür eine verschlüsselte Verbindung. Als Mitarbeiterin im Fachkommissariat 1 bekam sie sogar Zugriff auf die Akte Münzner, die aktuell auf dem Laufwerk von Hardy als zuständigem Sachbearbeiter lag. Schon ein kurzer Überblick verdeutlichte ihr, dass er ziemlich fleißig gewesen war. Allerdings hatte er, wie von ihr vermutet, der Sache mit Smoke in seinen Aktenvermerken bisher kaum Beachtung geschenkt. Sie machte ihm keinen Vorwurf, am Anfang einer Mordermittlung galt es vor allem, das Chaos zu ordnen.

Beachtlich fand sie, dass er offenbar auf ein früheres Tötungsdelikt gestoßen war, bei dem das gleiche Mordwerkzeug wie bei Münzner verwendet worden war. Eine Schweinebremse! In ihrem Kopf erschienen Bilder von erdrosselten Schweinen, denen die Zunge aus dem Maul hing. Die Vorstellung war kurioserweise schrecklicher als bei einem Menschen. Immerhin war sie bei Münzners Leichenschau im Motel dabei gewesen.

»Gott, ich werde nie wieder Schinken essen können, ohne an das Gerät denken zu müssen.«

Als sie sich weiter durch den Vorgang klickte, fiel ihr etwas Merkwürdiges auf. In der Akte stand kein Wort über das im Motelzimmer unter dem Telefonapparat gefundene Porträt der unbekannten jungen Frau. Nicht einmal in Hannelores Einsatzbericht tauchte ein Satz über den Fund auf. Greta hatte das Porträt mit ihrem Handy abfotografiert und das Bild anschließend in einer Plastiktüte an ihre Kollegin weitergereicht. Zuletzt war Greta das Gesicht der Unbekannten in einer Art Traum erschienen. Dort hatte die Frau »Purple Rain« gesummt.

Purple Rain – Purple Tickets, dachte Greta und stierte zum Fenster hinaus. Sie wollte keine voreiligen Schlüsse ziehen, aber wenn es sich bei dem Forumsnutzer Smoke um den Gast handelte, der das Zimmer gemietet hatte, war FarbloseKatze möglicherweise die Frau auf dem Bild.

Während sie darüber spekulierte, fragte sie sich gleichzeitig, warum Hannelore offenbar vergessen hatte, das Foto zu erwähnen. Immerhin handelte es sich um eine äußerst wichtige Spur.

Automatisch glitt ihre Hand zum Mobiltelefon, aber schlussendlich wählte sie Hardys Nummer nicht, um mit ihm darüber zu reden, sondern sie traf eine andere Entscheidung. Sie hatte es nämlich endgültig satt, untätig im Krankenhaus zu liegen.

Kapitel 32

Der Mann, der in der Sitzecke des Empfangs auf Hardy wartete, machte einen gut situierten Eindruck. Jung, dynamisch, erfolgreich. Um den anthrazitfarbenen Anzug mit den Nadelstreifen, die man nur bei bestimmten Lichtverhältnissen sah, beneidete Hardy ihn ein bisschen. Vermutlich lag das Kleidungsstück in finanziellen Regionen, die sich selbst ein gut bezahlter Hauptkommissar schwerlich leisten konnte.

Hardy brauchte Antony Laban nicht einmal beim Namen zu rufen, denn Laban strich sich eine Strähne seines schwarzen Haars zurück, sprang auf und kam mit ausgestrecktem Arm auf ihn zu. An seinem Handgelenk fiel Hardy eine imposante goldene Uhr auf.

»Sie sind derjenige, der mir etwas zu Maja sagen kann?«, fragte Laban nach der Begrüßung, bei der Hardy sich vorgestellt hatte.

»Maja?«, fragte Hardy irritiert und musterte den groß gewachsenen Kerl mit den tiefbraunen Augen, die etwas Einnehmendes ausstrahlten. Er schien türkische Wurzeln zu besitzen. Irgendwie klischeehaft, aber die goldene Uhr passte zu seinem gesamten Auftreten.

»Maja Reichert, meine Freundin. Ich habe sie doch als vermisst gemeldet, ich dachte, das wüssten Sie.«

Bevor Hardy voreilig antwortete, kratzte er sich den Schnauzer und dachte nach. Sosehr er sich anstrengte, den Namen hatte er nie zuvor gehört. »Kann es sein, dass man Sie an die falsche Abteilung verwiesen hat? Ich arbeite weder beim Revier noch in der Fahndungsabteilung, die solchen Vermisstenfällen gewöhnlich nachgehen.«

»Nein, verdammt, ich bin bei Ihnen richtig. Ich war vor drei Wochen bei diesem Polizeihauptmeister, der sagte mir, dass für die Polizei nicht gleich ein Vermisstenstatus besteht, wenn eine erwachsene Person verschwindet. Er versprach mir aber, sich trotzdem mal umzuhören, weil meine Freundin verschwunden ist. Und jetzt hat sich wohl was Neues ergeben. Die Sache am S1, meine ich.«

Hardy horchte auf, unterbrach Labans Ausführungen aber nicht.

»Ich weiß, dass Maja und ich nicht verheiratet sind und Sie mir deshalb eigentlich keine Auskunft geben dürften, aber ich muss wissen, was mit ihr passiert ist.«

»Wie kommen Sie darauf, dass etwas mit Ihrer Freundin passiert ist?«

»Mann, ich habe in den Nachrichten vom Mord an dieser Detektivin gehört …«

»Paulina Münzner, meinen Sie?«

»Stimmt, so nannte man sie in den Zeitungen. Jedenfalls war …« Laban unterbrach sich und spähte zum Kollegen hinter der Glasscheibe am Empfang, der sein Ohr zu ihnen neigte und dabei wie unbeteiligt im *Nordkurier* blätterte. »Müssen wir uns eigentlich hier am Empfang unterhalten? Ein Büro wäre mir echt lieber.«

Demonstrativ schaute Hardy sich im Raum um, konnte aber nicht so recht begreifen, was Laban störte. Immerhin gab es keine wartenden Besucher. »Kann ich Ihren Ausweis sehen?«

»Natürlich.« Laban griff sich in die Gesäßtasche, holte ein Portemonnaie heraus und reichte ihm den geforderten Personalausweis.

Beim flüchtigen Blick erkannte Hardy im hinteren Fach mehrere grüne Euroscheine. »Sie sind in Deutschland geboren?«

»Mein Vater stammt aus der Türkei, lebt aber schon seit fast dreißig Jahren in Rostock. Im Jahr 1992 war er einer von gerade einmal neun Türken. Sie wissen schon, damals, als Molotowcocktails auf das Sonnenblumenhaus flogen. Er hat sich von Anfeindungen nicht einschüchtern lassen, sondern eine Deutsche geheiratet.«

Hardy prägte sich Wohnadresse und Geburtsdatum ein und gab den Ausweis an den Siebenundzwanzigjährigen zurück. »Sie sind sehr stolz auf Ihren Vater, nicht wahr?«

»Und wie!«, bekundete Laban und seine Augen begannen zu glänzen. »Er ist damals mit nicht mehr als einem Koffer nach Deutschland gekommen. Inzwischen ist er im Goldgeschäft tätig und fährt Porsche.«

Über diese Offenheit wunderte Hardy sich zuerst, doch vermutlich glaubte Laban, dass er es früher oder später sowieso herausfinden würde. »Mein Büro liegt auf der Südseite und hat keine Klimaanlage. Lassen Sie uns vor die Tür treten, auf der gegenüberliegenden Straßenseite gibt es Bäume, die uns Schatten spenden.«

Schon am Vormittag war es draußen unerträglich heiß, aber zum Glück wehte ein leichter Wind. Irgendwie verspürte Hardy Lust auf ein Softeis, doch auch wenn Laban einen sympathischen Eindruck machte, gehörte sich das nicht.

Vor der Inspektion zündete Laban sich eine Zigarette an und folgte Hardy über die Straße.

»Ich sprach vorhin von dieser Detektivin«, redete er weiter. »Maja stand irgendwie mal in Kontakt mit ihr.«

»Ihre Freundin und Frau Münzner kannten sich?«, vergewisserte Hardy sich.

Laban nickte. »Hab das nur am Rande mitbekommen. Maja wollte mir auch nicht sagen, worum es ging, aber jetzt, wo die Detektivin tot ist, mache ich mir natürlich Gedanken. Deshalb bin ich hier, weil ich davon ausgehe, die Mordkommission weiß mehr.«

Hardy blieb neben einer Parkbank stehen, setzte sich aber nicht, weil das den Anzugstoff nur noch enger an seine Haut gepresst hätte. Er schwitzte auf der behaarten Brust auch so schon wie ein Gorilla in den Tropen. »Haben Sie ein Foto dabei?«

Laban schaute verwundert, zückte aber sogleich sein Handy. »Das verstehe ich nicht, ich habe Ihrem Kollegen ein Bild von Maja gegeben.«

Während Hardy das Gesicht der blonden Schönheit auf dem Smartphone betrachtete, stellte er weitere Fragen. »Bei welchem Kollegen waren Sie denn wegen der Vermisstenanzeige?«

»Er hat zwar seinen Namen genannt, mir aber keine Visitenkarte gegeben. Ich glaube, er trug fünf blaue Sterne auf den Schultern und hieß Witte.«

Hardy brauchte nicht lange zu überlegen. »Sie meinen Polizeihauptmeister Witt?«

Laban schnippte mit den Fingern. »Genau, den meine ich!«

»Vor drei Wochen, sagten Sie?«

»Ja, da habe ich Maja aber schon zwei Tage lang gesucht. Sie meldet sich sonst immer mehrmals täglich bei mir.«

»Wohnen Sie denn nicht zusammen?«

»Nein, wir haben noch getrennte Wohnungen, aber das sollte sich bald ändern.«

Hardy warf einen letzten Blick auf das attraktive Gesicht und reichte das Smartphone zusammen mit seiner Visitenkarte zurück. »Schicken Sie mir das Foto und geben Sie mir sämtliche Daten Ihrer Freundin.«

»Und was passiert dann?«, wollte Laban wissen, während er ihm umgehend das Foto per E-Mail sendete.

»Selbstverständlich gehe ich der Sache nach und melde mich so bald wie möglich bei Ihnen.«

Daraufhin gab Laban seinerseits eine Visitenkarte mit seiner telefonischen Erreichbarkeit an Hardy. »Das hoffe ich schwer, denn Maja ist schließlich mit meinem Geld verschwunden.«

Hardy wollte nach dem Kärtchen greifen, zögerte aber plötzlich. Bisher hatte er angenommen, Laban machte sich aus Liebe Sorge um seine Freundin. »Von wie viel Geld reden wir hier?«

»Fünfzigtausend Euro.«

Kapitel 33

Im Büro holte Hardy ein paar Erkundungen über Maja Reichert ein, erfuhr dabei jedoch nichts Nennenswertes. Vor allem, da er Polizeihauptmeister Witt nicht erreichte. Weil noch ein Haufen andere Arbeit auf ihn wartete, beschloss Hardy, die Sache vorerst beiseitezulegen. Sobald Frank sich endlich in der KPI blicken ließ, würde er ihm die Informationen von Antony Laban und das Foto geben. Sollte der sich mit Witt in Verbindung setzen.

Unterdessen wollte Hardy sich weiter mit dem Mordfall Martina Seeger befassen. Dazu hatte er deren Witwer angerufen. Am Telefon hatte Ottmar Seeger gemeint, die Polizei könne heute jederzeit vorbeikommen, er sei zu Hause. Komischerweise hatte der Mann sich kein bisschen über den Anruf gewundert. Vor allem hatte er nicht wissen wollen, ob es denn plötzlich Neuigkeiten im Fall seines vermissten Sohnes gab.

Als Hardy die notwendigen Unterlagen in seiner Tasche verstaute und sein Jackett mit einem Fusselroller reinigte, klingelte sein Kommissariatsleiter auf dem Büroapparat durch.

»Hardy, du kommst umgehend in mein Büro.«

»Ist es denn so dringend?«, vergewisserte Hardy sich, denn er wusste, dass Jona meistens übertrieb, was die Notwendigkeit solcher Zusammenkünfte anbelangte. »Ich wollte gerade …«

»Und ich wollte mir gerade ein Fischbrötchen beim Imbiss um die Ecke holen und musste feststellen, dass die Sommerpause machen.«

Damit krachte er den Hörer zurück auf die Station, dass es in Hardys Ohr schmerzte.

Schon als er sich kurz darauf dem Büro seines Chefs näherte, erkannte er die Frauenstimme hinter der Tür. Wie ferngesteuert drückte Hardy die Türklinke und vergaß sogar anzuklopfen. Während Jona seinen Tischlüfter auf Höhe seiner Schweißränder unter den Armen einstellte, begrüßte Greta Hardy so leidenschaftlich, als hätte er sie die letzten zwei Tage nicht im Hanseklinikum besucht.

»Ist das hier so eine Art ›Zurück in die Zukunft‹?«, fragte Hardy, weil er sich im falschen Film wähnte. »Ich meine, was machst du denn hier?«

»Arbeiten, was sonst?«, redete Jona stellvertretend für sie. »Ich dachte, du brauchst jede Unterstützung, die du kriegen kannst.«

Hardy legte seine Mappe ab und deutete mit beiden Händen auf Greta, als würde da eine fürchterliche Katastrophe sitzen. »Sie gehört ins Krankenhaus!«

»Du redest ja schon wie mein Arzt«, sagte Greta. »Komischerweise hat der erst so richtig offen über meinen Gesundheitszustand geredet, als ich mich selbst entlassen habe.«

»Ja, und?«

»Was und?«, erwiderte Greta. »Mir geht es blendend, falls du das wissen willst. Ich brauche nur ein bisschen Ablenkung, damit am Ende nicht noch irgendwas *Posttraumatisches* zurückbleibt.« Sie zwinkerte und deutete mit den Fingern Gänsefüßchen in der Luft an.

Hilfe suchend schaute Hardy Jona an, doch sein Chef war viel zu sehr mit dem Ordnen der Kugelschreiber auf seinem ohnehin blitzsauber aufgeräumten Tisch beschäftigt.

»Greta hat mir von der Sache mit der Spritze erzählt«, sagte Jona schließlich. »Warum erfahre ich solche Sachen nicht von meinem leitenden Ermittler?«

Hardy brauchte einen Moment, ehe er seine Stimme wiederfand. Er konnte es nicht fassen, wie schnell sein Kommissariatsleiter zur Tagesordnung zurückkehrte. Offensichtlich hatten sich die beiden vor seinem Eintreffen bereits ausgesprochen und hielten nun zusammen wie zwei Geheimbundmitglieder. Immerhin kannten und vertrauten sich die beiden bereits seit etlichen Jahren. Manchmal fragte Hardy sich allerdings, wer von den beiden eigentlich das stärkere Stimmrecht und damit das Sagen in der Abteilung hatte.

»Ich habe das Beweisstück erst heute früh in der Rechtsmedizin bei Dr. Sattler abgeben können.«

»Dr. Sattler«, wiederholte Greta mit sarkastischem Unterton. »Wenn wir Glück haben, schafft er die Untersuchung noch bis zu seinem Ruhestand.«

»Mach dir da mal keine Sorgen«, beruhigte Jona sie. »Dr. Sattler ist zwar der seltsamste Kauz, dem ich je begegnet bin, aber letztlich hilft er uns immer aus Schwierigkeiten.«

»Was denn für Schwierigkeiten?«, fragte Hardy, weil er plötzlich den Verdacht bekam, die beiden kritisierten gerade seine bisherige Arbeit.

»So war das nicht gemeint«, stellte Jona klar. »Greta hat mir da von ein paar Dingen erzählt, die ich nicht einordnen kann.«

»Und wieso erzählt Greta Dinge, wenn sie doch zuletzt gar nicht an den Ermittlungen beteiligt war?«

»Hey, Sugar, du brauchst nicht so zu reden, als wäre ich nicht anwesend«, sagte sie.

»Dürftest du eigentlich auch nicht sein. Meiner Meinung nach gehörst du auskuriert – und zwar auf der nächstbesten Krankenstation.«

»Ach, der Herr glaubt wohl plötzlich, er könnte im Kommissariat den einsamen Wolf spielen? Erinnere dich mal daran, wie schlecht es dir noch vor einigen Wochen ging. Habe ich dich da etwa hängen lassen?«

Kapitel 34

Bei ihrem Vorwurf blickte Greta Hardy finster an. Die Situation im Büro des Kommissariatsleiters erinnerte sie an Hardys Dienstantritt in der KPI Anklam. Da hatte Jona ihr den Neuling gleich an seinem ersten Tag bei einem Mordfall zugeteilt. Anfangs hatte sie sich auch vehement dagegen gewehrt, aber letztlich hatte sie sich der Entscheidung ihres Vorgesetzten beugen müssen. Danach allerdings hatten sie gar kein so schlechtes Team abgegeben.

»Ich habe jedenfalls keinen Feuerlöscher geküsst«, entgegnete Hardy.

»Nein, du wurdest nur fast erschossen.«

Jona krachte seine Hand auf die Tischplatte und stellte sogleich den Ventilator eine Stufe höher, weil ihn selbst diese minimale Anstrengung zum Schwitzen brachte. »Ich will keinen Streit zwischen euch, klar?«

»Warum befindet sich unter den Beweismitteln kein Foto von einem unbekannten Mädchen?«, fragte Greta Hardy. »Ein Foto, das ich im Motelzimmer während der Leichenschau von Paulina Münzner gefunden habe.«

»Das würde mich auch interessieren«, ergänzte Jona. »Hannelore hatte den Auftrag …«

Bevor er zu Ende sprechen konnte, holte Hardy einen Fotoausdruck aus seiner Mappe und hielt ihn den beiden hin. »Geht es um dieses Mädchen?«

Gretas Augen weiteten sich, woraufhin Hardy sich die Antwort selbst geben konnte. »Woher hast du das?«

»Ich verstehe zwar nicht, was Hannelore mit dem Mädchen zu tun hat«, sagte er, »aber sie heißt Maja Reichert. Sie ist einundzwanzig Jahre und wird seit drei Wochen von ihrem Freund vermisst.«

Greta betrachtete das Foto eingehender. Es handelte sich eindeutig um ein und dieselbe Person, jedoch nicht um dieselbe Porträtaufnahme, von der sie einen Ausdruck im Motel gefunden hatte. Auf dieser hier lächelte die blonde Frau bei einem Glas Weißwein. Dem adretten Kleid nach zu urteilen, war die Aufnahme bei einem Essen in einem Restaurant entstanden.

Jona winkte ungeduldig, damit sie ihm das Bild über den Tisch reichte.

»So langsam schließt sich der Kreis«, sagte Greta.

Danach entstand eine Pause, bis Jona das Wort ergriff. »Hängt das Verschwinden dieser Maja Reichert nun mit dem Mord im S1 zusammen?«

»Das ist derzeit reine Spekulation«, antwortete Hardy.

»Garantiert gibt es da einen Zusammenhang.« Greta, die es völlig anders sah, schaute Hardy herausfordernd an. »Wir kennen nur noch nicht den genauen Zusammenhang.«

Diesmal widersprach Hardy nicht, sondern schwenkte um. »Darf ich dann jetzt gehen?«

»Wo willst du hin?«, fragte Jona.

»Nach Bergen, dort besuche ich Ottmar Seeger und stelle ihm ein paar Fragen. Wir haben über den Mord an seiner Ehefrau und den verschwundenen Sohn gesprochen.«

Jona kratzte sich an der Schläfe. »Ah ja, der alte Mordfall, nach dem wir beide gesucht haben. Gibt es etwas Neues?«

»Kann ich jetzt noch nicht sagen.«

»Gut, dann wird Greta dich begleiten.«

Obwohl Greta sich über diese Entscheidung freute, bemühte sie sich um eine neutrale Miene, um Hardy nicht als Verlierer der Runde dastehen zu lassen. Exakt wie sie es zuvor besprochen hatten, stand Jona jedoch hinter ihr. Vermutlich hätte sie sonst wie Hardy in diesem Augenblick die Mundwinkel verzogen, aber sie war sich sicher, dass ihr Kollege bald froh sein würde, sie an seiner Seite zu haben.

Freundschaftlich stieß sie ihn an. »Komm schon, Sugar.«

»Denk bloß nicht, dass ich Erste Hilfe leiste, wenn du einen Kreislaufzusammenbruch erleidest«, stellte er klar.

»Keine Sorge, ich habe eine Gesundheit wie ein Pferd.«

Bevor Hardy einen verbalen Konter fahren konnte, klopfte es. Einen Wimpernschlag später gesellte sich Frank zu ihnen. Der junge Oberkommissar wedelte mit mehreren Fotos und einem E-Mail-Ausdruck.

»Da bist du ja endlich«, meckerte Hardy, noch bevor Frank Platz genommen hatte, und nahm ihm die Sachen unwirsch ab. »Ich versuche nämlich schon den ganzen Vormittag, dich zu erreichen.«

»Sorry, bin bis eben unterwegs gewesen und hatte vergessen, mein Handy aufzuladen«, rechtfertigte Frank sich.

»Was hast du da?«, fragte Jona neugierig.

»Das sind Fotos eines Schiffs«, erklärte Frank. »Es heißt *Silbermöwe*. Seit dem Wegfall der Fährverbindung von Mukran nach Klaipėda verkehrt es in unregelmäßigen Abständen auf dieser Strecke. Das Schiff kann sogar ein paar Fahrzeuge mitnehmen, ansonsten dient es der Personenbeförderung.«

Auch Gretas Neugier war geweckt, deshalb stand sie von ihrem Stuhl auf und schaute sich aufmerksam an, was die Bilder im Detail zeigten.

»Sehr gute Arbeit«, bekundete Hardy. »Es fehlten also doch Bilder aus der Serie.«

»Wollt ihr uns nicht endlich aufklären?«, verlangte Greta energisch, denn sie verstand nicht, worüber die beiden redeten.

»Wir haben in Münzners Detektei unter anderem einen Umschlag mit einem Stapel Fotos sichergestellt«, sagte Hardy. »Es handelt sich um eine Serie, die im Hafen von Sassnitz aufgenommen wurde. Jetzt bestätigt sich unser Verdacht, dass die Serie nicht komplett war. Offenbar hat jemand nicht nur Münzners Laptop mitgenommen, sondern auch ein paar Fotos.«

»Richtig«, ergänzte Frank. »Ich habe den Online-Fotodienstleister, bei dem Münzner die Aufnahmen entwickeln ließ, angeschrieben und um eine Auflistung aller Abzüge gebeten. Das Unternehmen war sehr kooperativ und hat sofort darauf reagiert. Es stellte sich heraus, dass die Bilder neun bis elf fehlten. Ebenjenes Schiff, die *Silbermöwe*.«

Kapitel 35

»Falls ich vorhin in Jonas Büro überreagiert habe, tut es mir leid«, entschuldigte Hardy sich, nachdem er fast die halbe Fahrtstrecke bis Bergen auf Rügen darüber nachgedacht hatte, was er sagen sollte.

»Hey, Sugar, keine Ursache, ich hätte mich an deiner Stelle auch besorgt über meinen Gesundheitszustand geäußert«, reagierte Greta zu seiner Erleichterung nicht nachtragend. »Noch einmal danke, dass du meine Jungs zu einem Krankenbesuch überreden konntest. Das bedeutet mir wirklich enorm viel.«

»Ebenfalls keine Ursache, so hatte ich wenigstens Gelegenheit, deinen Ex-Mann einmal persönlich kennenzulernen.«

»O Gott, ich wette, Frank dachte, ich hätte dich vorgeschickt.«

»Schlimmer, er hat mich gefragt, ob ich dein neuer Betreuer bin.«

Vom Beifahrersitz kam ein abfälliger Laut. »So ein Arsch. Was hast du geantwortet?«

»Dass ich selbst noch in Behandlung sei.«

Sie lachten gemeinsam. Immerhin zum ersten Mal auf der gesamten Fahrt. Ein Hinweisschild kündigte bereits Bergen in neun Kilometern an. Heiterkeit tat Hardy gut nach den harten letzten Tagen. Gleichzeitig erfreute ihn der wolkenlose Himmel, aus dem sich zwei Möwen herabstürzten, die daraufhin im Gleitflug über den Feldern verschwanden. Die gesamte Gegend war landwirtschaftlich geprägt. Zu beiden Straßenseiten stand der Mais meterhoch und saftig grün.

Knapp eine Viertelstunde später bogen sie auf die Industriestraße ein. Gegenüber von einem Autohandel parkten sie vor einer abbruchreifen Halle, hinter deren verstaubten Fensterscheiben endlose Berge an Reifen lagerten. Laut eigener Auskunft am Telefon lebte Ottmar Seeger in einer ehemaligen Bürobaracke, an die eine Werkstatt grenzte.

»Ist er eigentlich neu verheiratet oder hat er eine Freundin?«, wollte Greta wissen, während sie durch die gewerbegebietsähnliche Straße gingen.

»Nicht verheiratet, von einer Lebensgemeinschaft habe ich keine Kenntnis. Er wird es uns aber sicher gleich mitteilen, falls es da jemanden gibt.« Er lauschte, weil er irgendwo Hämmerarbeiten hörte. »Ich denke, wir sollten den Geräuschen folgen.«

Bald fanden sie die richtige Hausnummer. Seegers Werkstatt stand offen und der Betreiber werkelte mit Hammer und Schraubendreher an einem Holzboot, das an Ketten von den Deckenbalken hing.

So laut Hardy konnte, klopfte er gegen einen Torflügel. »Hallo, Herr Seeger, ich bin Kriminalhauptkommissar Hardy Finkel!«

Seeger war ein grauhaariger Achtundvierzigjähriger, der in einem Piratenfilm die gutmütige, aber schlagkräftige Nebenrolle hätte spielen können. Seine rötliche Hautfarbe und die fast vollständig geleerte Flasche Rostocker Doppelkümmel auf dem Werkzeugwagen bezeugten, dass er sich gern den einen oder anderen Tropfen gönnte. Er wirkte nur geringfügig überrascht vom Besuch der beiden Kommissare. Obwohl Hardy sich telefonisch angekündigt hatte, hatte er wahrscheinlich nicht mit seinem Erscheinen gerechnet.

Er nahm ein altes Unterhemd von einem Haken, wischte sich daran die öligen Hände ab und grüßte freundlich. »Moin!«

Hardy und Greta erwiderten die Begrüßung.

»Das ist meine Kollegin, Frau Silber«, stellte Hardy Greta vor. »Wir arbeiten beide im selben Kommissariat bei der Kripo Anklam.«

»Kripo Anklam«, wiederholte Seeger und nickte mehr zu sich selbst. »Sie beide sind aber nicht diejenigen, die den Mord an meiner Ehefrau bearbeitet haben, oder? Zumindest kann ich mich nicht daran erinnern, Sie jemals auf der Dienststelle dort gesehen zu haben. Wurde damals ja oft vorgeladen. Für nichts und wieder nichts.« Er warf das Hemd achtlos über eine Werkbank.

Hardy unterließ es, ihm mitzuteilen, dass er erst seit einem halben Jahr in Anklam arbeitete. Er schaute zu Greta, die durch die Werkstatt spazierte, als gäbe es irgendetwas Interessantes zu bestaunen. Hardy wusste nicht, was das hätte sein können, für ihn war es bloß eine Werkstatt, in der man statt Autos Boote restaurierte.

»Ich will gleich zur Sache kommen, Herr Seeger«, machte Hardy weiter, denn immerhin war das sein Befragungstermin. »Wir ermitteln in einem aktuellen Verbrechen, das Parallelen zum Mord an Ihrer Frau aufweist.«

»Geht es um die Detektivin, von der seit Tagen in den Nachrichten die Rede ist?«

Hardy bejahte. »Wir stehen bei den Ermittlungen noch ganz am Anfang und möchten jedem kleinsten Hinweis nachgehen.«

»Also bedeutet das wohl, Sie tappen aktuell vollkommen im Dunkeln. Beinahe wie damals …«

Bevor Hardy etwas entgegnen konnte, räusperte sich Greta und hielt Zigarettenschachtel und Feuerzeug hoch. »Gibt es hier einen Aschenbecher?«

Seeger deutete auf eine verbeulte Blechbüchse, auf deren abgewetztem Etikett man noch schwach »Rote Bohnen« lesen konnte. »Tun Sie sich keinen Zwang an.«

»Danke.« Sie zündete sich eine Zigarette an und strich anschließend über den Propeller des Holzboots, an dem Seeger gerade arbeitete. »Warum reparieren Sie eigentlich Boote, wenn es hier in der Nähe gar kein Gewässer gibt?«

»Ich brauche kein Wasser, um ein Boot zu reparieren. Wenn ich mal eins Probe fahren muss, dann befindet sich unweit von hier durchaus ein Gewässer, nämlich der Nonnensee. Ansonsten sind die Bootsverleiher vom Großen Jasmunder Bodden, von denen ich die meisten Aufträge erhalte, eigentlich sehr zufrieden mit meiner Arbeit. Na ja, die meiste Zeit kaufe ich preiswerte ausrangierte Kajaks und Kanus, grunderneuere sie und verkaufe sie in meinem Onlinehandel.«

»Und läuft das Geschäft gut?«

Seeger schaute demonstrativ zur Decke, an der sich einige Wasserflecken abzeichneten. »Man kommt über die Runden.«

»Früher waren Sie Werkstattmeister in einem renommierten Autohaus«, sagte Greta, woraufhin Hardy sich wunderte, woher sie das wusste.

»Bis ich angefangen habe zu trinken«, erwiderte Seeger erstaunlich offen.

»Wen vermissen Sie eigentlich mehr, Ihre Frau Martina oder Ihren Sohn Tom?«

Trotz der provokanten Fragestellung blieb Seeger nach außen hin gelassen – eben wie der gutmütige Pirat, der einem jederzeit die Faust ins Gesicht rammen konnte, wenn man nicht damit rechnete. »Würden Sie in meinem Fall nicht Ihre gesamte

Familie vermissen, Frau Silber? Aber woher sollen Sie das wissen, wenn Sie das nicht selbst erleben mussten?«

Auch Hardy hatte zuletzt einen ähnlich schmerzlichen Verlust verarbeiten müssen. Wieder wollte er Seeger nicht mit seinen Privatangelegenheiten langweilen. Außerdem kam Greta ihm abermals zuvor.

»Ihr Sohn ist noch immer tatverdächtig, seine eigene Mutter umgebracht zu haben«, konfrontierte sie ihn. »Mit einer Schweinebremse. Das ist ein sehr außergewöhnliches Gerät, um jemanden zu erdrosseln.«

»Mein Sohn ein Mörder?«, fragte Seeger und lachte bitter. »Dazu war er gar nicht fähig …«

Kapitel 36

»Erläutern Sie das näher«, forderte Greta ihn auf, die mehr und mehr die Initiative übernahm. »Wie kommen Sie darauf, dass Ihr Sohn nicht zu einer solchen Tat fähig wäre?«

»In der Schule ist Tom jeder körperlichen Auseinandersetzung aus dem Weg gegangen«, antwortete Seeger. »Sogar gegenüber einigen Mädchen verhielt er sich ängstlich. Verstehen Sie? Der hatte gar nicht das Zeug zu einer solchen Gewalttat.«

Das überzeugte Greta keineswegs. Sie hatte im Laufe ihrer Berufstätigkeit gelernt, dass selbst der Schwächste zu einem Mord fähig war, wenn sich nur genügend Wut anstaute. »Können Sie sich nicht vorstellen, dass er einfach die Beherrschung verloren hat?«

»Er war ein lieber Junge, hat stets gemacht, was seine Mutter ihm sagte. Nein, eigentlich hatte er gar nicht den Mumm, ihr auch nur zu widersprechen.«

»Laut der Akte hatte sich zeitweise das Jugendamt bei Ihnen eingeschaltet«, redete Hardy dazwischen.

Seeger winkte ab. »Ach, diese alte Geschichte werde ich wohl nie los. Ja, ich habe ein-, zweimal die Hand gegen meine Frau erhoben, dann hieß es gleich, ich sei ein gewalttätiger Ehemann und Vater. Aber das stimmt nicht, meine Frau hatte komplett die Kontrolle über sich selbst verloren und das hat unser Sohn zu spüren bekommen.«

Abrupt sank Ottmar Seegers Ansehen bei Greta. Zum Erbrechen oft hatte sie ähnliche Rechtfertigungen von Männern gehört, die Frau und Kind verprügelten. »Sie finden es richtig, die eigene Familie zu schlagen?«

»Verfluchter Tang, so habe ich das nicht gemeint«, wurde Seeger jetzt richtig laut. Er nahm eine Zange und schlug damit auf ein Eisenrohr, um seinem Ärger Luft zu machen. »Natürlich habe ich mich falsch verhalten, aber es ist doch egal, was ich sage. Sie beide sehen in mir nur den Schlägertypen.«

»Sie haben diese Meinung eben voll und ganz unterstrichen«, sagte Greta und deutete auf die Zange.

Hardy zeigte sich diplomatischer. »Dann erzählen Sie uns doch, was mit Ihrer Frau nicht stimmte«, schlug er vor.

»Es ist schwierig, das zu erklären«, seufzte Seeger und ließ sich auf einem Hocker nieder, der unter seinem Gewicht ächzte. »Bestimmt wissen Sie über die Modelkarriere meines Sohnes Bescheid.«

Greta und Hardy nickten zurückhaltend. Hardy hatte ihr auf der Herfahrt einen groben Abriss des Falls Seeger gegeben. Demnach hatte Tom Seeger seit seinem vierten Lebensjahr etliche Preise und Pokale bei Wettbewerben gewonnen, bei denen es darum ging, die schönsten Kinder zu finden. Allerdings beschränkten sich diese Wettbewerbe vorwiegend auf Fotoaufnahmen und weniger auf Laufstegoptik, da in Deutschland ein deutlich strengerer Kinderschutz herrscht als beispielsweise in den USA. Nichtsdestotrotz suchen Film, Fernsehen, Zeitschriften und die Werbebranche auch in Deutschland ständig niedliche kleine Gesichter.

Später, als eine Agentur Tom unter Vertrag genommen hatte, bekam er sogar für Auftritte Geld. Immerhin hatte er es als

Darsteller in einen deutschlandweit ausgestrahlten Werbespot für irgendeine Joghurtsorte geschafft.

»Als mein Tom noch ein süßer kleiner Junge war, kam Martina auf die Idee, ihn zu einem Kindermodelwettbewerb hier auf Rügen anzumelden«, erzählte Seeger weiter. »Am Anfang habe ich mir nichts dabei gedacht, hielt es vielmehr für einen Spaß. Zumal es sich nur um eine unprofessionell organisierte Veranstaltung gehandelt hat. Aber Martina war schon immer darauf fixiert, Tom groß rauszubringen, man merkte es sofort, wenn im Fernsehen niedliche Kinder in irgendeiner Werbung auftraten oder in Filmen herzerweichende Rollen spielten. Dann hat sie oft gesagt, ihr Tom könne das auch. Sie hat ihm nie selbst die Haare geschnitten, sondern bestand darauf, mit ihm zum Friseur zu gehen. Der Junge saß teilweise länger auf dem Friseurstuhl als ich, nur weil Martina nie mit dem Schnitt zufrieden war. Da musste hier und da noch etwas korrigiert werden, damit Tom so aussah wie die Kinderstars in Hollywood.« Seeger ließ eine Pause, in der er wohl abschätzte, ob Greta und Hardy ihm folgen konnten. Als keine Nachfragen kamen, redete er weiter. »Bei dem einen Wettbewerb blieb es leider nicht, denn Martina sah sich bestätigt, als unser Sohn gleich beim ersten Mal gut abschnitt: Tom würde eine glänzende Modelkarriere bevorstehen, davon war sie überzeugt. Also fuhr sie mit ihm jedes zweite Wochenende zu Castings und stellte den Jungen deutschlandweit irgendwelchen wichtigen Leuten vor. Wie gesagt, anfangs habe ich das toleriert, weil ich dachte, es wäre nur so eine Phase von Martina, aber irgendwann regten sich in mir Zweifel, ob es das Richtige für unseren Jungen war. Doch dann erhielt Tom das erste Geld für einen Job. Da dachte ich, es könnte für sein späteres Berufsleben nicht schaden, wenn er ein wenig Startkapital ansparte. Martina überredete mich allerdings, das Ganze noch ein bisschen weiter voranzutreiben. Falls Tom irgendwann nicht mehr gefragt wäre, würde sie sofort aufhören. Das ist eine glatte Lüge gewesen, was ich aber viel zu spät gemerkt habe. Martina war krankhaft ehrgeizig und unserem Jungen ging es zunehmend schlechter. Als Kinder- und Jugendmodel war er zwar nach wie vor wahnsinnig erfolgreich, und auch seine schulischen Leistungen fielen nur marginal ab, allerdings weinte er häufiger und zog sich in sein Zimmer zurück. Am Ende wusste ich nicht mal mehr, wer eigentlich seine Freunde waren. Das ist schrecklich traurig für einen Jugendlichen.«

Als Seeger geendet hatte, sagte für eine Weile keiner von ihnen etwas. Draußen rauschte ein Laster vorbei, irgendwo rief ein Bauarbeiter einen Kollegen, dann kehrte wieder Stille auf der Straße ein.

»Und dann gab es oft Streit zwischen Ihnen und Ihrer Frau«, nahm Greta es vorweg.

Seeger kaute lange auf seiner Unterlippe herum und holte tief Luft, ehe er antwortete. »Irgendwie schon, aber ich habe vor dem Tag, an dem man mir Martina genommen hat und Tom verschwunden ist, meinen Sohn oft angebrüllt. Das bereue ich sehr. In der Zeit lief alles schief, wir waren eine ziemlich zerrüttete Familie.«

»Sie sagten vorhin, Tom habe mit seinen Modelaufträgen Geld verdient«, nahm Hardy den Faden wieder auf. »Was für eine Summe ist denn da zusammengekommen?«

»Im Laufe von über zehn Jahren?«, stellte Seeger die rhetorische Frage. »Achtundzwanzigtausend Euro.«

Greta stieß einen Pfiff aus und betrachtete erneut den Zustand des Gebäudes. »Und Sie haben das Geld inzwischen ausgegeben?«

»Von wegen! Das ist ja das Komische, am Tag von Toms Verschwinden war auch das Geld weg.«

»Wie bitte?«, fragte Hardy erstaunt.

»Wissen Sie beide denn überhaupt über den Fall Bescheid?«, fragte Seeger empört. »Das mit dem Geld muss doch in der Akte stehen.«

So schief, wie Hardy daraufhin Greta ansah, schien es in den Unterlagen mit keiner Silbe erwähnt worden zu sein. Vermutlich dachte Hardy ebenfalls daran, aber Greta nahm sich vor, unbedingt selbst mit Hannelore, die damals den Fall bearbeitet hatte, darüber zu sprechen.

»Tut mir leid«, sagte Hardy. »Das ist mir entfallen, aber Sie haben recht, ich werde die Unterlagen noch mal genauer studieren. Danke, dass Sie sich für uns Zeit genommen haben.«

»Eine Frage noch, Herr Seeger«, ergriff Greta die Gelegenheit. »Sie hatten in den vergangenen sieben Jahren viel Zeit, über alles nachzudenken. Ist Ihnen im Nachhinein etwas verdächtig vorgekommen, das Sie der Polizei bisher nicht mitgeteilt haben?«

»Da gibt es wirklich etwas«, sagte Seeger, ohne lange zu überlegen. »Eigentlich wollte ich deswegen schon öfter auf Ihrer Dienststelle anrufen, dachte aber dann, dass es doch nicht so wichtig sei. Nun ja … als ich drei Jahre später aus unserer Wohnung ausgezogen bin und Toms Zimmer ausgeräumt habe, fand ich Unterlagen zu einer Fähre, die zwischen Sassnitz und Litauen verkehrte. Abfahrtzeiten, Kosten, Städteinfo … Ich meine, was will ein Siebzehnjähriger damit? Zumal er kein einziges Wort Litauisch sprach. Aber vielleicht reime ich mir da irgendeinen Unsinn zusammen, es könnte ja auch Material für ein Schulprojekt gewesen sein – das war übrigens einer der Gründe, warum ich es der Polizei nie mitgeteilt habe. Ich meine, ich wollte mich ja nicht lächerlich machen wie die Typen, die ständig mit irgendwelchen Mitteilungen zur Polizei rennen. Aber komisch fand ich das schon. Jedenfalls habe ich die Sachen wie die meisten anderen weggeschmissen.«

»War das Ziel der Fähre zufällig die Hafenstadt Klaipėda?«, fragte Hardy.

Seeger nickte.

Kapitel 37

Nach dem Gespräch mit Ottmar Seeger blieben Hardy und Greta eine Weile neben dem Wagen stehen. Er kratzte sich das Kinn und überlegte, ob sich ein Abstecher zum Ernst-Moritz-Arndt-Turm lohnte, an dessen Fuß damals das Verbrechen an Martina Seeger stattgefunden hatte. Letztlich sah er keine Notwendigkeit. Nach sieben Jahren gab es dort sicherlich nichts mehr zu entdecken, das der Kripo weiterhalf. Die alte Mappe mit den Tatortbildern und Leichnamfotos musste genügen. Unterdessen zündete Greta sich eine Zigarette so genussvoll an, als wäre es ihre erste an diesem Tag.

»Im Krankenhaus musste ich heimlich rauchen und zuvor einen Pfleger um drei Kippen anbetteln. Wie erniedrigend!«

Anscheinend hatte Hannes ihr, genau wie Hardy, keine Schachtel mitgebracht. Eigentlich hätte sie ihnen beiden dafür dankbar sein müssen. Schließlich wusste sie selbst, dass sie mit jedem Glimmstängel ihre Gesundheit ein bisschen mehr ruinierte. Doch je schwieriger der Fall, umso mehr Tabak und Nikotin inhalierte sie.

»Was hältst du von seiner Geschichte?«, bat er sie um ihre Meinung.

Greta stieß Qualm aus und schaute zurück zur Werkstatt, als müsste sie sich die eben geführte Unterhaltung mit dem Witwer erst in Erinnerung rufen. »Ich glaube, er ist froh, dass er seine Frau los ist.«

Denselben Eindruck hatte Hardy während der Befragung auch gewonnen, ohne es richtig begründen zu können. Am Ende war Seegers Ehe kaputt gewesen, auch wenn die Familie nach außen hin lange Zeit den Schein gewahrt hatte.

»Und glaubst du auch, dass sein Sohn den Mord begangen hat?«

»Das erfahren wir wohl erst, wenn wir ihn finden.«

»*Falls* wir ihn finden!«, gab Hardy zu bedenken und schüttelte anschließend den Kopf, als er über das Szenario nachdachte. »Ein Siebzehnjähriger kann unmöglich spurlos untertauchen. Nicht, wenn er charakterlich so instabil war, wie sein Vater ihn uns eben beschrieben hat.«

»Als spurlos würde ich das nicht bezeichnen, wenn es stimmt und er sich zuvor Informationen über eine Fährroute beschafft hat. Eine Fähre nach Litauen ist schließlich auch auf den verschwundenen Fotos aus Münzners Detektei zu sehen. Nach meinem Empfinden ist das kein Zufall, Sugar.«

»So sehe ich das auch«, stimmte er ihr zu. »Und dann wäre da noch ein weiterer sonderbarer Vermisstenfall: die junge Frau, deren Bild du im Motel gefunden hast, Maja Reichert. Ihr Freund erzählte mir, dass mit ihr ebenfalls eine hohe Summe Bargeld verschwunden ist – ähnlich wie bei Tom Seeger.«

In der kurzen Zeit hatte Greta ihre Zigarette vollständig aufgeraucht und fingerte bereits wieder in der Schachtel herum. »Für meinen Geschmack sind das ein paar zu viele verschwundene Menschen. Denn es gibt da auch noch Smoke …«

»Smoke?«

»Exakt, Sugar, du hast deinen Fall nicht im Griff«, ermahnte Greta ihn mit einem Augenzwinkern. »Smoke ist der Kerl, der das Zimmer im S1 gebucht hat, Kevin Niemann. Du wirst es nicht glauben, aber ich habe tatsächlich Kontakt mit ihm aufgenommen.«

»Nicht dein Ernst, oder?«

Einmal mehr erstaunte es Hardy, wie sie es immer wieder schaffte, ein Ass aus dem Ärmel zu zaubern. Mit ihren Ermittlerfähigkeiten hätte sie vor Jahren beim BKA eine steile Karriere hinlegen können. Andererseits war sie dafür viel zu bodenständig und mit der Region verwurzelt. Ganz im Gegensatz zu Hardy, der seiner Heimat vor zwanzig Jahren den Rücken gekehrt hatte. Aber er war zurückgekommen, um hierzubleiben.

»Mein voller Ernst.«

»Also schön, wie kommen wir an Kevin Niemann ran?«

»Er hat mir einen Link gegeben, der ins Darknet führt.«

»Ah, verstehe, das erzählst du mir nur, weil du jetzt nicht weiterkommst.«

»Nicht ohne Hilfe eines Computerfachmanns.«

»Fein, warum wendest du dich nicht einfach an unsere IT-Abteilung?«

»Das habe ich versucht, leider ohne Erfolg. Ich dachte, vielleicht kennst du jemanden beim BKA, der uns auf kurzem Dienstweg helfen kann.«

Hardy winkte ab. »Mit denen hatte ich auch immer Probleme, weil die mit hochsensiblen Daten arbeiten und permanent kontrolliert werden. Aber lass mich mal überlegen …« Er holte sein Smartphone hervor und durchstöberte die Kontakte. »Vor ein paar Jahren musste ich einen alten Schulfreund wegen eines ähnlichen Gefallens kontaktieren.«

»Oha, klingt, als hätte Mr Saubermann mal krumme Dinger gedreht«, sagte Greta und stieß dabei einen Pfiff aus.

»Sieh es als Zeichen meines Vertrauens, dass ich dir überhaupt davon erzähle. Dieser Freund hatte sich mit sechzehn in das System einer großen Versicherungsagentur eingehackt. Natürlich hat man ihn gekriegt, er kam aber mit Sozialstunden davon. Danach ist er besser geworden und hat sich nicht mehr erwischen lassen.«

Tatsächlich fand er die Nummer in seiner Liste.

»Und du erwartest, dass ich ihn selbst anrufe?«

»Jan wird dir gefallen.«

Sie atmete schwer aus, notierte sich aber die Handynummer. »Und was machst du eigentlich als Nächstes?«

»Ich setze dich an der KPI ab und werde anschließend hoffentlich pünktlich bei Staatsanwalt Hildebrand erscheinen.« Hardy schaute auf seine Uhr und riss die Fahrertür auf. »Los, lass uns einsteigen, sonst komme ich zu spät.«

»Gut, dass du es erwähnst! Diesen neuen Staatsanwalt, der mir meinen Fall weggenommen hat, will ich auch endlich mal kennenlernen.«

»Er wird sich unglaublich freuen, dich zu sehen.«

Als sie in den Wagen stiegen, ergriff sie seinen Arm und schaute ihn fest an. »Dir ist hoffentlich klar, dass wir es mit einem Serienmörder zu tun haben, oder?«

Über diesen Fakt hatte Hardy längst still für sich nachgedacht, sich jedoch geweigert, ihn auszusprechen. »Ich weiß nur, dass wir an einer Sache dran sind, die unsere bisherigen Vorstellungen übersteigt.«

Kapitel 38

Nach einem mehr oder weniger gezwitscherten »Herein!« betraten Hardy und Greta das Büro von Staatsanwalt Tilo Hildebrand. Beim Eintreten bemerkte Hardy, wie Hildebrand ein Asthmaspray und eine Tablettenschachtel vom Tisch räumte und an der Stelle demonstrativ einen Aktenstapel positionierte. Und zwar einen so hohen Turm, dass er gerade noch darüber hinwegschauen konnte.

»Ah, Herr Finkel, Sie haben Verstärkung mitgebracht«, sagte Hildebrand mit seinem immergleichen Lächeln, sprang vom Stuhl auf und kam ihnen entgegen. Anders als gestern trug er ein pinkfarbenes Hemd und einen Schlips, der locker um den Hals gebunden war. Zuerst reichte er Greta die Hand, dann Hardy. »Nehmen Sie Platz!«

»Das ist meine Kollegin Frau Greta Silber«, stellte Hardy sie vor.

»Ach, Sie sind das«, tat Hildebrand überrascht und musterte auffällig Gretas Verletzung im Gesicht. »Das sieht aber gar nicht gut aus. Immerhin sind Sie wieder auf den Beinen, das freut mich sehr. Wenn es nach mir ginge, sollte man Angriffe auf Polizeibeamte viel härter bestrafen, aber im Fall von Luis Fontane ist das leider nicht mehr möglich. Vielleicht hat er letztlich eine gerechtere Strafe bekommen, als es unserem Rechtssystem möglich wäre.«

»Kennen wir uns irgendwoher?«, fragte Greta unvermittelt, bevor sie sich neben Hardy setzte.

Hildebrand hob die Augenbrauen. »Nicht, dass ich wüsste. Es sei denn, wir sind uns schon mal vor Gericht begegnet. Bisher habe ich Raub- und Körperverletzungsdelikte bearbeitet, also eher Straftaten, die weniger in Ihren Zuständigkeitsbereich fallen.«

Greta schüttelte den Kopf. »Ich dachte nur, ich hätte Sie schon mal gesehen.«

Hardy wusste nicht, wie seine Partnerin darauf kam, wollte aber auch nicht näher darauf eingehen, da es bereits auf den späten Nachmittag zuging und er nach dem Besuch bei der Staatsanwaltschaft längst noch nicht Feierabend machen konnte.

Um gleich zur Sache zu kommen, legte er Hildebrand die bisherige Akte Münzner hin. »Wir plagen uns mit etlichen offenen Fragen, die dringend geklärt werden müssen. Eventuell gibt es nämlich einen Zusammenhang zu einem Mordfall von vor sieben Jahren.«

»Mir gefällt das Wort ›eventuell‹ nicht«, sagte Hildebrand plötzlich streng und blätterte lieblos in der Akte.

»Wir gehen stark davon aus«, verdeutlichte Greta stellvertretend für Hardy. »Es gibt mehrere Übereinstimmungen zwischen dem damaligen und dem aktuellen Tötungsdelikt.«

Hildebrand blickte sie kurz an und wandte sich dann wieder an Hardy. »Reden wir hier über Mutmaßungen oder Fakten?«

Weil er den neuen Staatsanwalt noch nicht richtig einschätzen konnte, zögerte Hardy und schlug die Akte an der Stelle auf, wo der Fall Seeger erwähnt wurde. »Wir kommen gerade von einer Zeugenbefragung, in deren Verlauf sich interessante neue Ansatzpunkte ergeben haben. Nach unserer Einschätzung sind starke Indizien vorhanden, um den Mord an Münzner nicht getrennt vom Fall Martina Seeger zu behandeln. Der Rest steht auf dem Papier, samt einer Zusammenfassung aller noch durchzuführenden Ermittlungen, die wir für notwendig erachten.«

Statt über das Gehörte nachzudenken und sich genauer mit den Unterlagen zu beschäftigen, schob Hildebrand die Akte beiseite und schlug die Beine übereinander. »Demzufolge reden Sie ja doch bloß von Indizien, ich bevorzuge allerdings Fakten.«

»Moment«, redete Greta dazwischen. »Nach meinen Erfahrungen …«

»Bitte, Frau Silber«, unterbrach er sie mit erhobener Hand. »Lassen Sie mich aussprechen.« Er wartete ab, ob einer von beiden ihm erneut ins Wort fiel, erst dann zog er ein Schreiben der Polizeidienststelle Stralsund hervor. »Vor einer Stunde habe ich diese Mitteilung erhalten. Demnach wurde in einem Schließfach am Stralsunder Hafen eine Pistole gefunden, mit der vor vier Jahren ein Mann im Drogenmilieu erschossen wurde.«

Hardy schaute Greta an, ob sie sich an einen solchen Fall erinnern konnte, und sie nickte unmerklich, um danach den Staatsanwalt weiter skeptisch anzublicken. Hildebrand schien ihre Verwirrung zu gefallen und er machte vergnügt weiter.

»Das Schließfach wurde zuletzt von Luis Fontane benutzt.«

»Was ist denn das für ein Schwachsinn?«, konnte Hardy sich nicht zurückhalten zu sagen.

»Kein Schwachsinn, sondern ein Fakt. Ihre Kollegen haben einen Bekannten von Fontane vernommen, der uns zu dem Schließfach geführt hat. Seine Aussage ist absolut glaubhaft.«

»Warum wissen wir davon nichts?«, fragte Greta scharf. »Solange ich beim Fachkommissariat 1 arbeite, wurden wir noch nie derart übergangen.«

»Zustände ändern sich«, reagierte Hildebrand gelassen auf ihre Empörung. »Damit sollten Sie sich besser abfinden. Unterdessen möchte ich, Herr Finkel, dass Sie sich weiterhin auf Luis Fontane konzentrieren. Ich wette, wir werden an der Pistole seine Fingerabdrücke oder zumindest DNA finden.«

»Besser wäre es, man hätte in dem Schließfach eine Schweinebremse gefunden«, zischte Greta, woraufhin eine Weile niemand etwas sagte.

Hildebrand lächelte nur überlegen.

»So funktioniert unsere Zusammenarbeit nicht«, reagierte Hardy, weil er das Gefühl hatte, als Ermittlungsführer den Standpunkt der Kripo vehementer vertreten zu müssen. »Ich werde mich bei meiner KPI-Leiterin über das Vorgehen beschweren.«

»Beschweren wollen Sie sich also?« Abermals zog Hildebrand ausgedrucktes Papier unter einer Mappe hervor. Er tat es ohne Hektik und mit sichtlicher Genugtuung. Diesmal erkannte Hardy auf dem Briefkopf das Siegel des Bundeskriminalamts. »Frau Silber, würden Sie uns bitte allein lassen?«

»Warum soll ich plötzlich gehen?«, fragte Greta.

»Weil das hier eine Angelegenheit ist, die nur Herrn Finkel persönlich betrifft, und außerdem glaube ich, dass sie längst noch nicht vollkommen dienstfähig sind. Sie sollten für jede Erholungspause dankbar sein.«

»Ich …«, empörte Greta sich, aber Hardy legte ihr beruhigend die Hand auf den Arm.

»Bitte, Greta, ich regle das schon.«

Sicher war Hardy sich allerdings bei der Aussage keineswegs.

Kapitel 39

Hinter Greta schloss sich die Tür und Hardy blieb mit Hildebrand allein in dessen Büro zurück. Erst jetzt fiel Hardy auf, wie finster das Zimmer mit den zwei viel zu kleinen Fenstern wirkte. Dazu trugen auch die dunkelbraunen Möbel bei.

Lediglich die Gemälde mit den Kreidefelsen auf Rügen strahlten von den Wänden Schönheit aus.

»Wissen Sie, Herr Finkel, ich dachte, wir beide könnten Hand in Hand arbeiten«, erhob Hildebrand alles andere als fröhlich die Stimme. »Leider muss ich feststellen, dass sie noch zu sehr an die Arbeitsweise meines Vorgängers Herrn Luther gewöhnt sind.«

»Das klingt, als würde Arne Luther nie wieder an seinen Schreibtisch zurückkehren«, hakte Hardy ein. »Ich kann mir nicht vorstellen, dass es so schlimm um seinen Gesundheitszustand steht. Das passt einfach nicht zu ihm.«

»Tja, Dinge ändern sich. Finden Sie sich einfach damit ab, dass vorerst ich Herr des Verfahrens bin. Ich verlasse mich nie auf nur eine Meinung – auch wenn es Ihnen sicher befremdlich vorkommt, dass ich mir meine Informationen auch über andere Kanäle einhole.« Demonstrativ schob er die Akte Münzner von sich weg, als wäre sie nicht einmal das Papier wert. Anschließend tippte er auf das Schreiben zum Pistolenfund am Stralsunder Hafen. »Die Tatsache, dass ich gern auf alternative Quellen zurückgreife, hat nichts damit zu tun, dass ich Ihrer Zuarbeit nicht vertraue, aber wo Menschen arbeiten, passieren Fehler. Wie heißt es so schön? Vertrauen ist gut, Kontrolle ist besser. Gerade Sie sollten das verstehen, da Sie in Wiesbaden schließlich gegen Ihre eigenen Kollegen ermitteln mussten – nachdem Ihnen bei einem bedeutsamen Einsatz im Außendienst selbst einmal ein fundamentaler Fehler unterlaufen ist …«

Allmählich wurde der Stuhl, auf dem Hardy saß, unbequem. Er hörte Hildebrands Worte, wollte aber nicht glauben, dass der Staatsanwalt tief in Hardys dienstlicher Vergangenheit gegraben hatte. »Was wollen Sie mir damit eigentlich sagen?«

»Verlässliche Quellen sind wichtig«, antwortete Hildebrand und hielt den Ausdruck vom Bundeskriminalamt hoch. »Dachten Sie ernsthaft, ich würde mich nicht über die Leute kundig machen, denen ich hochsensible Ermittlungen wie diejenigen bei einem Mordfall anvertraue? In diesem Auszug aus Ihrer früheren Personalakte steht, dass Sie an AIWS leiden. Alice-im-Wunderland-Syndrom. Ein Zustand, der zu Bewusstseinstrübung, veränderten Sinneswahrnehmungen und Halluzinationen führt. Sogar von einer Spaltung von Körper und Seele ist hier die Rede.«

Schlagartig schnürte es Hardy die Kehle zu. Bis auf Greta wusste innerhalb der Kripo niemand von seinen gesundheitlichen Einschränkungen. Nicht einmal die KPI-Leiterin und Jona waren eingeweiht.

»Sie drücken das zu drastisch aus«, rechtfertigte Hardy sich. »Zumeist sind die Auswirkungen harmlos. Ja, in der Vergangenheit haben mir manchmal sekundenlang die Erinnerungen an das Geschehen um mich herum gefehlt, aber das liegt lange zurück.«

Es war eine Lüge, denn vor gut fünf Monaten waren die Symptome wieder aufgetreten, sogar stärker als sonst. Aber er und Greta hatten zu dieser Zeit einen kaltblütigen Serienmörder gejagt. Damals hatte Hardy unter unmenschlichen Belastungen gestanden. In diesen Momenten hatte er für Sekunden das Gefühl für Raum und Zeit verloren und Bilder verzerrt und unrealistisch wahrgenommen.

»Natürlich bin ich kein Psychologe«, gab Hildebrand zu. »Trotzdem lesen sich für mich die Sätze auf diesem Papier äußerst beunruhigend. Ich verstehe auch überhaupt nicht, wieso diese Unterlagen in Ihrer aktuellen Personalakte fehlen. Kann es sein, dass Sie gute Kontakte zur höchsten Ebene im Bundeskriminalamt haben und man dort entsprechend für eine kleine ›Säuberungsaktion‹ in Ihrem Lebenslauf gesorgt hat?«

Hildebrand hatte recht und Hardys Schweigen war ihm Antwort genug.

»Um ehrlich zu sein, Herr Finkel, kommen mir Zweifel, ob Sie mit dieser Diagnose überhaupt für den Polizeidienst geeignet sind. Vielleicht sollte ich darauf drängen, Sie vom Fall Münzner abzuziehen. Wissen eigentlich Ihre Vorgesetzten, dass Sie vor einigen Jahren bei einem Einsatz einen dieser Anfälle hatten und ein BKA-Kollege dadurch ums Leben gekommen ist?«

»Nein, es war alles ganz anders!«, brauste Hardy auf, weil er sich in die Defensive gedrängt fühlte.

Tatsächlich gab es ein psychologisches Gutachten, das seine Diensttauglichkeit infrage stellte, aber letztlich hatte man ihn beim BKA behalten. Richtig war auch, dass man ihn an den Schreibtisch verbannt hatte, nachdem sein Partner bei einer Razzia des BKA in eine Falle geraten und lebensgefährlich verletzt worden war. Während der Kollege starb, war Hardy wie Alice in sein persönliches Wunderland abgetaucht. »Ich hatte keine Chance, ihn zu retten …«

Weiter sprach er nicht. Zu schmerzlich waren die Erinnerungen an den Tag, an dem er seinen Partner verloren hatte.

»Ich mag Sie«, lenkte Hildebrand ein, auch wenn es geheuchelt klang. »Deshalb will ich offen zu Ihnen sprechen: Ich halte nicht viel von Ihrem Vorgesetzten Jona Mensen und noch weniger von Ihrer Kollegin Frau Silber.« Er deutete zur Tür, durch die Greta kurz zuvor verschwunden war. »Das hat absolut nichts mit meinem persönlichen Empfinden zu, sondern ich habe den begründeten Verdacht, dass im Fachkommissariat 1 seit Jahren einiges schiefläuft. Sie sind der Neue, Sie sind zum Glück noch nicht zu tief in diesen schadhaften Strukturen verwurzelt. Also werden wir beide anständig zusammenarbeiten.« Demonstrativ steckte er die BKA-Unterlagen in den Reißwolf. Das Geräusch der scharfkantigen Räder im Aktenvernichter ließ Hardy aufhorchen.

»Verstehe ich das richtig, Sie wollen, dass ich Missstände in meiner Abteilung aufdecke und Ihnen mitteile, damit Sie Munition für Personalveränderungen haben?«

Hildebrand wackelte unschlüssig mit dem Kopf und lächelte, weil er nun sicher sein konnte, dass Hardy verstanden hatte. »Vor allem möchte ich, dass Sie sich noch heute um die kriminaltechnische Untersuchung der Pistole kümmern. Die Zeugenvernehmung und die Bilder vom Schließfach dürften bereits auf Ihrem Bürorechner liegen. Drucken Sie die Unterlagen aus und heften Sie sie einfach an.«

Hildebrand reichte die Akte Münzner über den Tisch und Hardy nahm sie ihm verärgert ab.

»Bevor ich gehe«, sagte Hardy und stand dabei auf. »Wer hat Sie eigentlich vom Auftauchen dieses ominösen Zeugen und über das Schließfach unterrichtet?«

Kapitel 40

Mit ungeheurer Wut im Bauch lief Greta im Treppenhaus der Staatsanwaltschaft hin und her. Nach dem Rauswurf fühlte sie sich erneut von Hardy hintergangen, obwohl ihn wahrlich keine Schuld traf. Zu gern hätte sie gelauscht, was die beiden da drinnen in Hildebrands Büro ausheckten. Stattdessen griff sie wie automatisch nach ihren Zigaretten. Eine vorübereilende Staatsanwältin sah sie schief an, als sie sich eine Kippe zwischen die Lippen steckte. Der Blick der Juristin rief Greta rechtzeitig das Rauchverbot im Gebäude ins Gedächtnis. Allerdings befeuerte das Verbot ihren Ärger umso mehr.

Als sie in ihre Hosentasche griff, bekam sie den Zettel mit der Telefonnummer von Hardys altem Schulkumpel in die Finger. Das erinnerte sie daran, dass die Sache mit dem Darknet-Link noch ausstand. Kurz entschlossen nahm sie ihr Handy ans Ohr. Um die Wartezeit sinnvoll zu nutzen, konnte sie es ja mal bei diesem Jan Finow probieren. Bestimmt würde er sie auslachen, weil sie als Wildfremde bei ihm anrief und noch dazu um einen fragwürdigen Gefallen bat.

»Professor Finow«, meldete sich eine fast jugendliche Stimme, und Greta glaubte im ersten Moment an einen Scherz, denn Hardys ehemaliger Schulfreund konnte unmöglich ein Teenager oder Twen sein.

»Hier ist Silber, spreche ich mit Jan Finow?«

»Woher haben Sie meine Nummer?«, kam es zurück.

»Von Hardy Finkel. Er sagte, sie beide würden sich gut kennen. Er hat mir allerdings verschwiegen, dass Sie einen Professorentitel tragen.«

Diesmal lachte ihr Gesprächspartner. »Ja, das klingt eindeutig nach Hardy. Verschwiegen war er schon immer. Bestimmt hat er Ihnen auch nicht erzählt, dass ich an einer der ältesten Universitäten Mitteleuropas Informatik unterrichte.«

»Uni Greifswald?«, riet Greta; gleichzeitig stellte sie sich vor, wie Professor Jan Finow Studenten Nachhilfe im Hacken gab.

»Richtig, Greifswald«, bestätigte Finow. »Falls Sie eine gute Freundin von Hardy sind, dürfen Sie Jan zu mir sagen, auch wenn ich es ihm übel nehme, dass er sich nicht selbst bei mir meldet. Aber dafür können Sie ja nichts.«

»Dann gern Jan«, nahm Greta das Angebot an. »Ich bin Greta und ich arbeite zusammen mit Hardy bei der Kripo Anklam.«

»Ja, hab gehört, dass er wieder in Mecklenburg-Vorpommern wohnt. Umso verwerflicher finde ich es von ihm, dass er seitdem nicht einmal auf ein Lübzer vorbeigekommen ist.«

»Ich bräuchte Ihre … deine Hilfe, um ins Darknet zu gelangen«, kam sie auf ihr Anliegen zu sprechen. »Ein Informant hat mir einen Link geschickt, und ich muss wissen, wohin dieser führt. Ich habe keine Ahnung von diesem Netzwerk, sondern bin schon froh, wenn mich meine Suchanfragen im normalen Internet an eine gescheite Stelle führen.«

»Und für so eine sensible Sache rufst du privat jemanden an?«

»Eigentlich sollte ich das nicht tun, da gebe ich dir recht.« Sie lachte sauer. »Man müsste meinen, dass die Polizei eigene

Computerexperten bezahlt, aber leider ist die Wirklichkeit immer ein Stück komplizierter. Ich hätte deine Nummer nicht gewählt, wenn es nicht absolut wichtig wäre.«

Jan atmete schwer und lachte dann. »Verstehe, Hardy hat dir bestimmt erzählt, ich hätte mich als Jugendlicher mal ins Netz einer namhaften Versicherung gehackt. Aber das stimmt nicht. Ich habe nie etwas Illegales gemacht, abgesehen davon, dass ich mich damals älter gemacht habe, um in der Videothek in die Erwachsenenabteilung zu gelangen.«

Bestimmt hatte er jede Menge illegale Dinge mit Computern angestellt, aber da sie seine Hilfe brauchte, drückte sie es anders aus. »Ich arbeite bei der Polizei; falls mich deine Jugendsünden wirklich interessieren sollten, würde ich sie herausbekommen.«

»Clever, als Hardys Freundin gefällst du mir schon jetzt! Seid ihr beide irgendwie miteinander liiert?«

»Wieso fragst du?«

»Weil ich da einen Single kenne: groß, gebildet … und er lehrt zufällig an der Uni Greifswald.«

Greta verdrehte die Augen angesichts dieses plumpen Annäherungsversuchs beim allerersten Telefonat. Wegen seiner piepsigen Stimme stellte sie sich die ganze Zeit ein pubertierendes Pickelgesicht vor. »Hilfst du mir oder nicht?«

»Klar, bin ganz neugierig, was das für ein Link ist.«

Als Greta ihm kurz darauf den Link diktiert hatte, flog die Tür von Staatsanwalt Hildebrands Büro auf.

Kapitel 41

»Sei froh, dass du dir sein Geschwafel nicht weiter anhören musstest«, war alles, was Hardy zu Greta sagte, als er aus Hildebrands Zimmer und zum Ausgang der Staatsanwaltschaft stürzte.

Wie erwartet, gab Greta sich damit nicht zufrieden. Sie sah mächtig sauer aus und eilte ihm nach.

»Hey, willst du mir nicht endlich erklären, was das da drinnen eben sollte?«, rief sie ihm hinterher, weil er nicht stehen blieb.

Er hatte keine Erklärung dafür. Er wusste nur, dass alles, was gerade in dem Büro gesprochen wurde, sehr gefährlich war, sowohl für seine berufliche Karriere als auch für die aktuellen Ermittlungen. Bereits nach wenigen Tagen mochte er den neuen Staatsanwalt noch weniger als Arne Luther. Hardy musste sich schleunigst darüber klar werden, wie er mit Hildebrands Drohungen umgehen sollte. Zum Glück klingelte in dem Moment sein Handy, weshalb er sich nicht weiter mit Greta auseinandersetzen musste.

»Finkel«, meldete er sich am Telefon.

»Hier ist Hübner«, meldete sich ein Mann. »Ich rufe im Auftrag der Wohnungsverwaltung Kretschmann an.

Ein Kollege sagte mir, dass Sie Polizeibeamter sind und eine Dreiraumwohnung suchen.«

Hardy hielt sich das freie Ohr zu, weil er Mühe hatte, den Anrufer zu verstehen. »Der Empfang ist schlecht. Wer ist da?«

»Entschuldigung, ich bin noch etwas heiser. Sommergrippe, aber ich bin schon über den Berg. Nur meine Stimmbänder hängen noch etwas hinterher.« Er lachte dumpf. »Wir suchen dringend einen Nachmieter für dreiundachtzig Quadratmeter, einen freien Blick auf die Nikolaikirche und einen großzügigen Balkon nach Südwesten inklusive. Die Wohnung befindet sich in der Wollweberstraße. Wenn Sie möchten, können wir kurzfristig einen Besichtigungstermin ausmachen. Selbstverständlich schicke ich Ihnen vorher gern das Exposé.«

»Das kommt überraschend, Herr …«

»Hübner. Ingo Hübner.«

»Wer hat Sie denn an mich vermittelt?«

»Das Maklerbüro Anklam-Süd. Die haben mir auch Ihre Prämissen mitgeteilt, deshalb denke ich, die Wohnung würde perfekt zu Ihnen passen.«

Tatsächlich hatte Hardy mit denen Kontakt gehabt, bis sich niemand mehr bei ihm gemeldet hatte. »Ich weiß nicht … Heute schaffe ich es garantiert nicht mehr.«

»Wie sieht es denn morgen aus, vielleicht vor der Arbeit? Ich bin Frühaufsteher.«

»Bei mir geht es frühestens am Nachmittag.«

»Moment, ich blättere kurz in meinem Kalender … ja, kein Problem, wäre Ihnen siebzehn Uhr recht?«

Noch benommen von dem negativen Gespräch bei Hildebrand und weil er vielleicht doch endlich Glück mit der Wohnungssuche hatte, willigte Hardy ein. »Besser achtzehn Uhr.«

Hübner stimmte zu und nannte die Adresse, bevor er sich verabschiedete.

Inzwischen standen Hardy und Greta am Dienstwagen. Auffordernd sah sie ihn über das Autodach hinweg an.

»Was ist?«, fragte er.

»Ich erkenne dich nicht wieder. Du redest einfach nicht mit mir, lässt mich stattdessen wie dein Hündchen hinter dir hertrotten.«

Er rieb sich übers Gesicht. Schweiß klebte an seinen Fingern, die Müdigkeit blieb. »Warum gehst du nicht endlich nach Hause und ruhst dich aus?«

»Wie bitte?«, fragte sie gespielt belustigt. »Hast du dich selbst mal im Spiegel betrachtet? Du brauchst wohl dringender eine Auszeit.«

»Mag sein, aber auf mich wartet zu Hause niemand. Also kann ich auch weitermachen.«

»Du merkst ja nicht einmal, dass der neue Staatsanwalt den Fall viel zu schnell abschließen will.«

»Und ob ich das gemerkt habe«, verteidigte Hardy sich. »Ich verstehe nur nicht, warum Hildebrand das tut. Ich werde mit Jona und Frau Liebkorn darüber reden. Vorher muss ich aber nach Stralsund, dort will ich mir das Schließfach ansehen und mir diesen ominösen Zeugen vornehmen.«

»Ach, das willst *du* machen!«

»Nicht ganz, der Kontaktbeamte Jürgen Witt wird mir helfen, bei ihm hat sich der Zeuge nämlich gemeldet.«

»Witt? Der war doch auch am Motel. Und jetzt meldet sich ein Junkie bei ihm, um einen toten Kumpel zu verpfeifen?« Wieder lachte sie auf. »Die Story muss ich mir für mein nächstes Buch merken.«

»Wie dem auch sei, wir haben ein Schließfach mit einer Pistole.«

Erneut klingelte sein Handy.

»Wieder ein Wohnungsmakler?«

Er schüttelte den Kopf. »Es ist die Rechtsmedizin.«

»Sie machen mir echt Spaß, Herr Finkel«, fing Dr. Sattler sofort an, als Hardy den Anruf annahm. »Mir liegen hier zwei Ergebnisse vor: zum einen die Blutuntersuchung von Luis Fontane, zum anderen die Analyse des Spritzeninhalts aus dem Krankenhaus. Welche Horrorstory wollen Sie zuerst hören?«

Das klang nicht nach einem seiner üblichen Scherze. Vorsorglich wandte Hardy sich ab, damit Greta nichts vom Gespräch mitbekam. »Schießen Sie einfach los.«

»In Fontanes Blut konnten wir Ketamin, DMT und noch ein paar andere, weniger gefährliche Betäubungsmittel nachweisen. Abgesehen davon, dass er vor seinem Tod unter erheblichen Halluzinationen gelitten haben dürfte, wundert es mich, dass ihn der Cocktail nicht direkt nach der Injektion ins Jenseits befördert hat. Das Gemisch hält eigentlich kein Pferd aus. Aber als jahrelanger BTM-Konsument war sein Organismus wohl inzwischen einiges gewohnt.« Auch das klang nicht lustig, wie es sonst Dr. Sattlers Art war. »Wenn ich Polizist wäre, würde ich schleunigst herausfinden wollen, wer ihm das Zeug gegeben hat.«

Hardy schaute hinter sich. Greta stand immer noch am Wagen und rauchte. »Und die andere Sache?«

»In der Spritze befand sich Kaliumchlorid«, sprach Dr. Sattler einen Begriff aus, der Hardy zutiefst schockierte. »Der gleiche Stoff, den man in Amerika für eine letale Injektion benutzt.«

Kapitel 42

Selbst zwei Stunden später musste Hardy noch die Sitzung bei Staatsanwalt Hildebrand verdauen. Die frische Meeresbrise am Nordhafen von Stralsund half ihm wenigstens ein bisschen, den Kopf frei zu bekommen. Hier am Liegeplatz 10 wartete er wie verabredet auf Polizeihauptmeister Jürgen Witt.

Während Hafenarbeiter lautstarke Kommandos wechselten und mehrere Kräne Container mit Agrargütern, Baustoffen, Kohle und Kühlgütern verschifften, bog der Streifenwagen des Kontaktbeamten hinter der Lagerhalle ein.

»Danke, dass du nach meinem Anruf sofort hergekommen bist«, begrüßte Hardy ihn kurz darauf, als Witt ausstieg.

»Kein Problem, bin ja sowieso im Dienst.«

»Irgendwie bist du immer im Dienst«, konnte Hardy sich den Seitenhieb nicht verkneifen.

Witt lächelte die unterschwellige Anspielung weg. »Meine Freundin arbeitet im Schichtdienst im Hanseklinikum. Dementsprechend gibt es bei uns kein Nine-to-five.«

Hardy wusste von Witts unermüdlichem Eifer als Kontaktbeamter, der oft über die normalen Dienstzeiten hinausging. Vermutlich waren seine unregelmäßigen Arbeitszeiten und die Liebe zum Beruf schuld daran, dass bei ihm nie etwas Festes aus einer Beziehung wurde.

»Weißt du, was mich wundert?«

Witt schüttelte den Kopf, aber vermutlich ahnte er, worauf Hardy ihn gleich ansprechen würde.

»Zuerst bist du am Tag, als Paulina Münzner getötet wird, ausgerechnet am S1 mit Verkehrsmaßnahmen beschäftigt, und dann meldet sich ein gewisser Antony Laban bei mir und teilt mir mit, dass er seine Freundin Maja Reichert bei dir als vermisst melden wollte.«

Witt kniff die Augen argwöhnisch zusammen. »Ich verstehe den Zusammenhang nicht.«

»Maja Reichert und Paulina Münzner kannten sich.«

»Sagt wer?«

»Antony Laban.«

»Ausgerechnet Antony Laban!«, amüsierte Witt sich. »Sein Vater ist ein windiger Geschäftsmann, und der Sohn gibt sich nach außen hin seriös, ist aber in Wirklichkeit aalglatt. Diese Maja ist bestimmt ein cleveres Mädchen und hat ihren Freund durchschaut. Meiner Meinung nach ist er es als Türke nur nicht gewohnt, dass ihm die Frau wegläuft. Unsereins wäre das egal, wir finden garantiert eine neue Braut. Aber die Türken, die verkraften das nicht so ohne Weiteres.«

Auch Hardy konnte Laban nach der kurzen Begegnung nicht richtig einschätzen, wollte jedoch Witts Einschätzung über ihn nicht gleich teilen. »Mag sein, trotzdem wundert es mich, dass jetzt auch noch der Zeuge Ulf Wenke bei dir durchklingelt.«

»Das wundert dich? Pah, da gibt es deutlich merkwürdigere Zufälle. Immerhin steht meine Diensthandynummer wöchentlich in der hiesigen Zeitung und ist somit weithin bekannt, da ich für viele Bürger als erster Ansprechpartner fungiere. Aber bitte!« Witt deutete den Weg am Lagerhaus vorbei nach hinten.

»Am besten fragst du den kleinen Junkie selber, wie er ausgerechnet auf mich gekommen ist.«

Damit marschierte er los und Hardy folgte ihm. Ein Stück liefen sie über verrostete und von Unkraut bewachsene Bahngleise. Ein kaum mehr erkennbares Verkehrsschild hing an einer letzten Schraube und klapperte im Wind. Die salzige Luft fraß sich durch jedes Metall. Unweit von hier waren die Züge der stillgelegten Verbindung der beiden Häfen Stralsund und Sassnitz verkehrt. Mehrfach hatten Zeitungen in der Vergangenheit davon berichtet, dass es Pläne gebe, die Strecke neu zu beleben.

Seitlich eines Bürokomplexes einer Bahnspedition befanden sich die Schließfächer, zu denen Witt ihn führte. Dort wartete auch Ulf Wenke. Ein Drogenabhängiger, der selbst bei dieser Hitze den Reißverschluss seiner Bomberjacke bis zum Hals zugezogen hatte. Wenigstens trug er einen Strohhut, der ihn vor der Sonne schützte.

»Warum wollen Sie mich denn noch mal sprechen?«, kam es gleich von Wenke, als Hardy und Witt vor ihn traten.

»Nicht ich will mit dir sprechen, sondern mein Kollege von der Kripo.«

Statt sich vorzustellen, musterte Hardy die Schließfachanlage, die sich für seinen Geschmack in einem erbärmlichen Zustand befand. Prüfend fasste er eine der Blechtüren an. Sie wackelte und quietschte. Zudem war sie mit einem einfachen Schließzylinder ausgestattet, den jeder mit einem Schraubendreher und etwas Kraft leicht öffnen konnte. Bemerkenswert, dass die Fächer bei den Hafenmitarbeitern trotzdem gefragt waren. Laut einem Angestellten der Hafenleitung nutzten vor allem Leiharbeiter aus Polen und anderen Ländern das Angebot.

»Bist du ein guter Freund von Luis Fontane gewesen?«, duzte Hardy Wenke, wie Witt es getan hatte.

»Richtige Freunde hatte Fonsi nicht«, gab Wenke sofort Auskunft. Er sprach verwaschen und mit hoher Stimme. Beim Reden kratzte er sich mit seinen ungeschnittenen schmutzigen Fingernägeln ständig im Gesicht, wodurch die ohnehin gerötete Haut noch mehr Striemen bekam. Anscheinend hatten ihn die Drogen ein gehöriges Maß an Gesundheit, Sprachfähigkeit und Koordination gekostet. »Man kennt sich halt.«

»Und man teilt untereinander seine Geheimnisse?«

»Nee, auf der Straße traut man besser keinem anderen außer sich selbst.«

Vom Telefonat mit Witt wusste Hardy, dass Wenke sich täglich seinen Schlafplatz auf dem Hafengelände suchte. Möglich, dass auch Fontane zeitweise hier genächtigt hatte.

»Und würdest du jemandem im Milieu den Standort deines Schließfachs verraten?«

»Ich bin doch nicht blöd.«

»Dann frage ich mich, warum Luis Fontane ausgerechnet dir von seinem Schließfach erzählt hat.«

Kapitel 43

Geduldig wartete Hardy auf eine Antwort. Ulf Wenke schaute zuerst Witt an, der auffordernd nickte, ehe sich seine Zunge löste.

»Fonsi hat es mir ja nicht verraten. Ich habe ihn irgendwann mal verfolgt und beobachtet, wie er es aufgeschlossen hat. Von dort hinten.« Wenkes ausgestreckter Arm zielte auf einen Containerlagerplatz, durch dessen Gang man sogar einen Teil der im Jahr 1933 gebauten *Gorch Fock I* erspähen konnte, die seit 2003 im Stadthafen vor Anker lag.

Hardy schätzte die Entfernung bis zu den Containern ab. Achtzig Meter locker, eher einhundert. »Das hier sind dreißig Schließfächer, abzüglich der fünf defekten Türen bleiben noch fünfundzwanzig, die verschlossen sind und demzufolge noch vermietet werden. Von dort hinten hast du also genau gesehen, welches Fach Luis Fontane nutzt?«

»Hey, ich weiß, dass ich ziemlich scheiße aussehe, aber ich habe noch verdammt gute Augen. Außerdem habt ihr Bullen doch den Schlüssel bei dem Toten gefunden.«

»Woher weißt du denn das?«

»Na …«, fing Wenke an, um dann erneut Witt anzuschauen.

»Er war dabei, als wir das Fach geöffnet haben«, gab Witt die Erklärung.

»Verstehe«, sagte Hardy und machte mit der Befragung weiter. »Damit ich das richtig einordne: Du beobachtest, wie Luis Fonsi an seinem Schließfach hantiert, und kommst nicht auf die Idee, es später aufzubrechen und den Inhalt zu durchstöbern.«

»Nee, so was mache ich nicht.«

»Und als du vom Tod deines obdachlosen Kollegen erfährst, erinnerst du dich plötzlich an das Schließfach und meldest es ordnungsgemäß der Polizei.«

»Ist doch meine Bürgerpflicht, oder etwa nicht?«

»Oder etwa nicht ...« Hardy wischte sich Schweiß von der Halbglatze und trat in den Schatten des Bürogebäudes, während Wenke trotz seiner Bomberjacke mitten in der prallen Sonne stehen blieb. »Komm, sei ehrlich, wann hast du denn jemals freiwillig mit der Polizei gesprochen?«

Wenke öffnete den Mund, um etwas zu erwidern, presste aber dann die Lippen aufeinander. Danach brabbelte er etwas, was klang wie: »Denk doch, was du willst, Bulle.«

»Aber es ist ja unbestreitbar«, redete Witt, während Hardy einen Moment nachdenken musste, was er vom bisher Gehörten halten sollte, »dass er uns durch seinen Hinweis zu der Waffe geführt hat.«

»Ja, zu einem Schließfach mit einer Pistole drin und sonst nichts«, sagte Hardy schließlich und ließ die Aussage so stehen. »Kennst du die Geschichte von dem erschossenen Drogenkonsumenten?«

»Logisch«, antwortete Wenke. »Jeder Obdachlose in der Gegend kennt die. Unten am Frankenhafen im Gleisbett hat man den armen Kerl gefunden. War aber kein Bekannter von mir. Ist trotzdem schade um jeden, der so draufgeht.«

Hardy hatte sich während der Fahrt nach Stralsund von Frank per Telefon über den damaligen Fall aufklären lassen.

Demnach hatte vor vier Jahren jemand den Mann mit drei Schüssen in den Bauch getötet. Ein Täter wurde nie ermittelt. Die Mordkommission war von Anfang an von Streitigkeiten im Drogenmilieu ausgegangen, was Hardy plausibel erschien.

»Vier Jahre sind eine lange Zeit«, ging Hardy auf den Zeitraum seit dem Verbrechen ein. »Hat Luis Fonsi irgendwann mal über den Mord oder sogar von einer Waffe gesprochen?«

»Wir haben oft über den Toten gesprochen. Ist inzwischen so eine Art Running Gag geworden.«

»Ein Running Gag?«

»Ja, immer wenn wir uns von Kumpels und so verabschieden, sagen wir: Pass bloß auf, dass du nicht die Strecke Frankenhafen nimmst.« Er schnalzte mit der Zunge. »Ich weiß, ist ein dämlicher Spruch.«

»Hatte Luis Fonsi Geld?«, schwenkte Hardy zu einem anderen Thema.

»Fonsi und Geld?« Wenke lachte auf. »Wenn er Kohle hatte, hat er sie sofort in Drogen umgesetzt. Der hat die letzten Jahre alles geschluckt und gespritzt, was er in die Finger gekriegt hat. Wenn es finanziell ganz dünn bei ihm aussah, hat er Klebstoff geschnüffelt. Der Typ war völlig kaputt. Ein Wunder, dass er es überhaupt so lange gemacht hat. Na ja, er war chronisch pleite, hatte aber wohl ein verdammt starkes Herz.«

»Wenn er nie Geld besaß, wie kann er sich dann ein Schließfach leisten? Laut Hafenleitung kostet die Miete pro Tag zwei Euro. Da kommt ganz schön was im Monat zusammen. Noch dazu sind die Dinger Mangelware, wie die Hafenleitung mir bestätigt hat.«

Wenke zuckte mit den Schultern. »Ist mir doch scheißegal, wie er das bezahlt hat.«

»Ja, das ist irgendwie auch eine verdammt gute Einstellung.« Vorerst wollte Hardy nicht länger auf das Schließfach eingehen, weil er keinen Sinn in weiteren Nachfragen sah. »Kennst du zufällig jemanden, der ihm Ketamin oder DMT verkauft haben könnte?«

»Was für Zeug?«, fragte Wenke. »Hier in der Gegend kriegt man nur das Übliche. Cannabis, Marihuana und Meth. Wenn Sie Glück haben, auch Kokain. Aber das Zeug würde ich nicht anrühren, weil es mit lauter bösem Zeug gestreckt wird.«

Zum ersten Mal klang eine seiner Aussagen glaubhaft. Allerdings hatte Hardy auch keine andere Antwort erwartet, denn ein bisschen kannte er sich in der Drogenszene und dem damit verbundenen Straßenverkauf aus.

Trotzdem hatte Dr. Sattler exakt die beiden genannten Stoffe in Luis Fontanes Blut gefunden. Am Tag, als Münzner umgebracht wurde, musste irgendjemand ihm diese gefährlichen Betäubungsmittel gegeben oder sogar verabreicht haben.

»Kennst du einen Typen mit Namen Smoke?«, fragte Hardy. »Ein Dealer oder ein Konsument?«

»Smoke?«, wiederholte Wenke und lachte plötzlich schäbig. »Ich kenne nur Smaug, den Drachen.«

Innerlich seufzte Hardy, ließ es aber unkommentiert.

»Sind wir dann hier fertig?«, fragte Witt, der in den letzten Minuten permanent auf seine Uhr gesehen hatte.

Inzwischen war es bereits nach neunzehn Uhr und auch Hardy fand es mittlerweile ermüdend, sich mit dem Junkie zu unterhalten. Ein letztes Mal schaute er über das Hafengelände. Auf dem Wasser fuhr ein blau-weißer Dampfer ein. Mit halb zusammengekniffenen Augen konnte Hardy auf dem Bug den Namen erkennen: *Horyzont II.* Ihm fiel ein kürzlich erschienener Zeitungsartikel über jenes polnische Forschungsschiff ein, das gewöhnlich in Arktis und Antarktis vorstieß und aktuell zur Nachwuchsausbildung in Stralsund lag.

»Bist du oft hier am Hafen, Ulf?«, fragte er den Junkie und griff in seine Hemdtasche, um ein Foto herauszuholen.

»Ständig, ist quasi mein Wohnzimmer«, sagte Wenke und betrachtete das Bild mit dem Schiff.

»Kennst du die hier?«

»Das ist die *Silbermöwe.* Die erkennt man ganz leicht an der silberfarbenen Bordwand. Die war mal im Reparaturdock der Stralsunder Volkswerft. Aber die verkehrt eigentlich von Mukran aus.«

»Gibt es irgendwelche Geschichten zu dem Schiff? Oder Gerüchte, die mich als Kriminalbeamten interessieren könnten?«

Abermals nahm der Angesprochene Blickkontakt mit Witt auf, um dann zu antworten: »Nee, tut mir leid, über die *Silbermöwe* kann ich nichts berichten.«

Kapitel 44

»Was ist denn los mit dir, Prinzesschen?«, fragte Antony Laban das vollkommen verschüchterte Mädchen, das er wie die anderen auch nur Prinzesschen nannte, damit er die Namen nicht versehentlich durcheinanderbrachte. »Es gibt doch nur dich und mich, also blende die Männer einfach aus. Es ist ein Geschäft. Du verdienst damit Geld, okay?«

Während sie schluchzte, betrachtete er unzufrieden die paar Scheine in seiner Hand.

»Hundertfünfzig Euro sind eindeutig zu wenig«, setzte er sie unter Druck. »So können wir deinen Kredit nie abbezahlen.«

»Heute lief es nicht gut«, rechtfertigte sie sich und wieder liefen ihr die Tränen. »Außerdem habe ich den Kredit doch nur wegen dir aufgenommen.«

»Für uns, Prinzesschen!« Er wischte ihr mit einem blütenweißen Taschentuch die Tränen von den Wangen. »Für uns! Wir wollen doch eine Familie gründen, später vielleicht mal ein Haus in Strandnähe haben. Davon träumst du doch, oder? Du weißt, ich liebe dich über alles, gemeinsam schaffen wir es. Ich überweise pünktlich die Kreditrate und vom Rest zahle ich jeden Cent auf unser gemeinsames Konto ein. Das weißt du genau.«

»Aber was ist, wenn es wieder schiefläuft? Das mit den Aktien hast du verbockt. Jetzt zwingst du mich, mit fremden Kerlen zu schlafen. Wie lange muss ich diese widerlichen Dinge noch machen? Du sagtest, vierzehn Tage oder höchstens drei Wochen. Jetzt muss ich schon über einen Monat anschaffen. Ich ekle mich vor diesen stinkenden nackten Typen.«

»Stell dich nicht so an. Hat dich einer der Männer heute schlecht behandelt?«

»Nein«, kam es kleinlaut.

»Siehst du! Ich würde es nicht zulassen, dass dich jemand verletzt.« Er rückte den Träger ihres BHs zurecht, umarmte sie und hauchte ihr einen Kuss auf die Stirn. »Aber du musst dich mehr anstrengen. Wir brauchen die Kohle. Ja, das mit den Aktien ist scheiße gelaufen, aber das Thema ist durch. Wir wollten nie wieder darüber reden. Also sag mir, dass die hundertfünfzig Euro nicht alles sind, was du heute mit nach Hause bringst. Ich meine, ich schufte auch den ganzen Tag bei meinem Vater, diesem Sklaventreiber. Wenn er nicht so verdammt geizig wäre, hätte ich unser Startkapital nicht an der Börse anlegen müssen.«

»Aber ich habe mir das so nicht vorgestellt.« Sie schluchzte erneut, stieß sich von ihm ab und nahm sich ein T-Shirt vom Bett, das sie sich überstreifte. »Ich wollte längst eine Ausbildung starten, eine anständige Arbeit machen, nicht so was wie das hier.«

In dem pinkfarbenen ausgewaschenen Stoff sah sie nicht besonders sexy aus, aber das würde er ihr schon noch beibringen.

»Glaubst du, als Friseuse oder Köchin verdienst du so schnell und so viel Geld wie hier?« Er zeigte in dem karg ausgestatteten und ein wenig schmuddeligen Zimmer herum. »Du bist jung und verdammt hübsch. Wir sollten es ausnutzen, dass manche Typen dich noch für siebzehn oder sogar sechzehn halten. Aber du musst mehr ranschaffen, sonst können wir nie eine

Familie werden, und du möchtest doch ein Kind. Ich schenke dir ein wunderschönes kleines Mädchen.«

»Und wenn es ein Junge wird?«

»Dann haben wir eben bald zwei Kinder.«

Er lachte, streichelte ihre nackten Schenkel und küsste sie auf die Lippen, auch wenn ihn diese Intimität anwiderte, da er wusste, dass sie vor einer Dreiviertelstunde einen fremden Mann mit ihrem Mund befriedigt hatte.

»Gehen wir noch irgendwohin was essen?«

»Tut mir leid, ich bin spät dran, da wartet der Typ mit der Geschäftsidee auf mich«, log er. »Wir hatten darüber geredet. Über die Videos und so, wo du mitmachen könntest. Ich hör mir an, wie das laufen soll. Wenn der mich verarscht, sage ich alles ab. Morgen führe ich dich dafür in ein Restaurant aus, als Wiedergutmachung! Aber du musst mehr Geld abliefern als heute, verstehst du?«

Kurz darauf verließ er das Mehrfamilienhaus, in dem er das naive Mädchen, das seine Lügen nicht durchschaute, für sich anschaffen ließ. Er klopfte auf seine Hosentasche, in der das Geld steckte. Bis auf die zu geringe Ausbeute lief alles glatt mit dem Flittchen. Wie alle anderen hatte er die Neunzehnjährige über Facebook kennengelernt. Vertrauen gewinnen, schmeicheln, isolieren und dann die Gehirnwäsche abschließen. Sie würde ihm schon noch genügend Geld mit ihrer Fotze einbringen. Immerhin musste er die fünfzigtausend Euro, die ihm die andere Schlampe geklaut hatte, wieder reinholen.

Auf dem Weg zu seinem Sportwagen, den er wie üblich in einer Seitengasse geparkt hatte, damit sie nicht sah, was für einen Schlitten er in Wahrheit fuhr, checkte er auf dem Smartphone seine Facebook-Nachrichten. Nach der Enttäuschung wegen der niedrigen Einnahmen, die er soeben in seiner Tasche verstaut hatte, hellte sich seine Stimmung etwas auf. Nicht alle

Geschäfte liefen heute schlecht. Er hatte bereits das nächste Mädchen an der Angel.

Als jedoch sein nagelneuer Mercedes in Sichtweite kam, verging die Freude so plötzlich, wie sie gekommen war. Irgendein Typ mit Wollmütze lehnte an der Karosserie, als würde der Wagen ihm gehören.

»Ey, du, hat die Hitze dein Gehirn weichgekocht?«, sprach Laban den Kerl an und ging mit schnellen Schritten auf ihn zu. Gleichzeitig fingerte er nach dem Einhandmesser in seiner Hose. »Verpiss dich, bevor ich dir in die Eier trete!«

Statt die Hände vom Mercedes zu nehmen und sie entschuldigend in die Luft zu heben, rührte sich der Unbekannte keinen Millimeter vom Fleck.

»Schwerhörig?« Laban wurde lauter. »Ich sagte, du sollst dich von meinem Eigentum entfernen, sonst mache ich dich kalt.«

Mit dem Messer griffbereit in der Hand, trat er vor den Mann. Ehe er jedoch seine Drohung wahrmachen konnte, erwischte ihn ein Schlag von hinten und riss ihn von den Beinen. Bevor er registrierte, wer oder was ihn da getroffen hatte, ging eine Eisenstange auf seine Hand nieder, die das Messer führte.

Kapitel 45

Auch wenn Tilo Hildebrand übermüdet und spät von der Staatsanwaltschaft nach Hause kam, ließ er es sich nicht nehmen, das Zimmer seines Sohnes zu betreten und sich auf die Kante des Bettchens zu setzen.

»Papa ist wieder da, kleiner Tim«, flüsterte er und streichelte dem Jungen behutsam über die Haare. »Morgen schaffe ich es früher, dann spielen wir gemeinsam Ball, einverstanden?«

Der Achtjährige schlief tief und fest. Bloß gut, so konnte er die Lüge seines Vaters nicht hören. Garantiert würde Hildebrand auch morgen nicht vor zweiundzwanzig Uhr aus dem Büro kommen. Momentan stand ihm das Wasser bis zum Hals. Wenn alles glatt lief, würde in zwei, drei Wochen wieder Ruhe einkehren, dann konnte er sich mehr Zeit für seine Familie nehmen. Bis dahin musste er mit den Überstunden leben.

Betrübt schaute er im Kinderzimmer umher. Tims Nachtlicht tauchte die Wände, Möbel und den riesigen Stoffpanda in der Spielecke in ein nebliges Gelb. Alles wirkte friedlich, selbst die leisen, schleifenden Atemgeräusche des Jungen. Unheil ging lediglich von dem Rollstuhl aus, der am Fußende des Bettes stand.

Multiple Sklerose. Hildebrand wollte die Hoffnung, dass sein Sohn sich irgendwann wieder völlig normal bewegen konnte, nicht aufgeben. Dafür schuftete er mehr als jeder andere seiner Kollegen. Therapien waren teuer, erst recht, wenn man als Vater nur die besten Ärzte für seinen Sohn beauftragte. Allein der elektrische Rollstuhl, eine Spezialanfertigung eines ausländischen Automobilherstellers, hatte ein Vermögen gekostet. Alles Notwendige kostete in dieser Welt verdammt viel Geld. Seit Hildebrands Frau verkürzt arbeitete, um die Pflege von Tim sicherstellen zu können, hatte er das Gefühl, dass das Geld hinten und vorne nicht reichte.

Kein Wunder, dass er, entgegen seinem Berufsethos, der Verlockung von Bestechungsgeldern erlegen war. Ein Fehler, den er nicht eine Sekunde bereute, denn er hatte es für sein krankes Kind getan. Ein Fehler, der ihm allerdings auch alles nehmen konnte, was er liebte.

»Mach dir keine Sorgen«, redete er mit Tim. »Papa bringt alles in Ordnung. Du wirst einmal ein großer, starker junger Mann werden.«

Ein Abschiedskuss folgte, dann verließ Hildebrand auf Zehenspitzen das Zimmer.

Auf der Terrasse mit Blick zur Promenade wartete Henriette im Strandkorb auf ihn. Er beugte sich zu ihr und gab ihr einen Kuss auf die Lippen. Leidenschaftslos erwiderte sie ihn. Weißwein schwappte in ihrem vollen Glas. Auf dem Tisch stand die leere Flasche. Jeden Tag trank sie mehr, gleichzeitig schien sie jeden Tag ein Stück unglücklicher zu werden.

»Wie lief der Termin beim Neurologen?«, fragte er.

Mit glasigen Augen stierte sie Richtung Strand. Ihre Locken tanzten, immer wenn eine Ostseebrise über das Grundstück wehte. »Die Therapien zeigen Fortschritte, hat der Arzt gemeint.«

»Das ist schön«, sagte er, dabei hatte er das schon so oft gehört.

»Für dich liegt ein Umschlag auf dem Küchentisch.«

»Von wem ist er?«

»Es steht kein Absender darauf.« Jetzt schaute sie ihn über den Rand ihres Glases skeptisch an, während sie vom Wein nippte. »Es fehlen außerdem Briefmarke und Poststempel.«

Beide wussten, was das bedeutete. Jemand hatte den Umschlag persönlich in den Briefkasten gesteckt. So wie kürzlich, als er von einem unbekannten Absender Anweisungen erhalten hatte, unter der Androhung, andernfalls erhalte die Redaktion der *Ostsee-Zeitung* einen Tipp bezüglich seiner illegalen Geschäfte.

Legen Sie den Fall Münzner zu den Akten. Wie Sie es anstellen, ist Ihr Problem, nur tun Sie es oder Sie waren die längste Zeit Staatsanwalt.

Diese Zeilen standen in dem anonymen Schreiben, das Hildebrand in seinem Tresor zusammen mit belastenden Fotos aufbewahrte. Fotos, die ihn an einem Tisch mit einem Bauunternehmer zeigten, der eigentlich wegen Betrugs und Steuerhinterziehung hinter Gitter gehörte.

Nicht übereilt ging Hildebrand in die Küche und öffnete den Umschlag. Ihm fielen Zahlungsbelege, E-Mails und noch mehr Fotos in die Hände.

»Gibt es Probleme?«, rief Henriette von draußen.

»Nein, alles in Ordnung.«

»Du würdest es mir doch sagen, wenn es anders wäre, oder?«

Wütend stopfte er die Sachen zurück in den Umschlag. Diese verfluchte Detektivin war verdammt fleißig gewesen. Doch während sie tot in einer Kühlzelle lag, hatte jemand ihren

Rechner mit jeder Menge Informationen gestohlen. Und mithilfe dieses Materials übte derjenige jetzt noch mehr Druck auf Hildebrand aus.

»Ja … ja, sicher …«, beeilte er sich zu sagen. »Es ist alles gut.«

Doch in Wahrheit machte der neue Umschlag alles nur noch schlimmer.

Kapitel 46

Das Treffen vor dem Universitätsgelände Greifswald fühlte sich für Greta ein bisschen wie die Übergabe eines Geldkoffers in einem Mafiafilm an. Natürlich hatte sie nie in einem solchen Film mitgespielt, aber als Krimiautorin musste sie sich mehr als andere in eine fiktive Situation hineinversetzen können.

Ausgerechnet, als sie bei der Morgendusche war, hatten Guns N' Roses losgelegt, genauer gesagt: der Klingelton, den sie auf ihrem Uraltgerät eingestellt hatte, damit es sich nicht ganz so fremd anhörte. Weil der Anruf vermutlich wichtig war, hatte sie mit pitschnassen Händen nach dem Handy auf dem Fensterbrett gegriffen. Das Telefonat war tatsächlich wichtig gewesen. So sehr, dass Hardys Bekannter Professor Jan Finow auf ein Treffen bestanden hatte.

Seit zehn Minuten wartete sie unter einer Linde, als neben ihr am Fahrbahnrand ein quietschgelber Fiat hielt. Aus dem winzigen Wagen schälte sich ein korpulenter Kerl mit langen Haaren und Nickelbrille. Während er das Auto verriegelte, winkte er Greta bereits zu. Jan sah ein bisschen aus wie eine Mischung aus Plüschteddy und verkapptem Grünen. Eben ein Typ Anton Hofreiter auf gemütlich. Weil er sein Jackett über dem Arm trug, sah man die ledernen Hosenträger über dem weißen Hemd, die dem Erscheinungsbild des Mannes noch das Tüpfelchen aufs i setzten.

»Entzückend«, begrüßte Jan sie ohne Umschweife. »Am Telefon fand ich deine Stimme schon attraktiv, aber in natura siehst du noch viel besser aus.«

Obwohl das hier kein Date war, schmeichelte ihr sein Kompliment. Allein schon wegen der Hosenträger konnte sie das von ihm leider nicht behaupten. Dazu seine Stimme! Ungefiltert klang sie sogar noch einen Tonsprung höher.

»Danke, aber ich bin schon in festen Händen«, stellte sie gleich klar, bevor er ihr noch auf offener Straße einen Antrag machte.

»Feste Hände sind nicht unbedingt einfühlsam.« Er wackelte mit seinen dicken Fingern. »Ich habe äußerst zarte Hände, mit denen ich sehr gut umgehen kann.«

»Ich habe Mörder kennengelernt, die hatten butterweiche Hände und haben trotzdem andere Menschen erwürgt.«

Diese Botschaft kam an, denn schlagartig beendete Jan das Süßholzraspeln und schaute sich stattdessen wie getrieben um.

»Schade, dass du Hardy nicht gleich mitgebracht hast. Ich finde es äußerst bedauerlich, dass er den Kontakt zu mir scheut. Ich meine, liegt es an mir? Stinke ich?« Er roch demonstrativ unter seiner Achselhöhle. »Wachsen mir Haare aus den Nasenlöchern?«

»Hardy hat momentan einfach jede Menge um die Ohren«, verteidigte sie ihren Kollegen aus einem Reflex heraus und kam nicht umhin, auf Jans Nase zu starren. »Neben der Arbeit plagt er sich mit Wohnungssuche.«

»Ach, das ist ja hochinteressant!« Jans Augen leuchteten förmlich. »Er kann jederzeit bei mir einziehen. Seit meine letzte Partnerin die Koffer gepackt hat, ist die Zweiraumwohnung ohnehin zu groß für mich.«

Greta unterdrückte ein Glucksen. »Ich richte es ihm aus, glaube aber kaum, dass er nach den Ereignissen vor ein paar Monaten wieder nach Greifswald ziehen will.«

Während sie mit dem sonderbaren Professor herumstand, strebten hinter ihnen Studenten auf das Unigebäude zu. Einige kannten den Dozenten und grüßten ihn sogar mit Vornamen, als wäre er ein Kumpel von ihnen.

»Siehst du, wie beliebt ich bin?«, fragte Jan mit verschmitztem Lächeln. »Hardy hätte es zweifelsfrei gut bei mir.«

»Verrätst du mir endlich, warum ich unbedingt herkommen musste?«

»Deshalb.« Unvermittelt steckte er ihr einen USB-Stick zu, als wollte er ihn unbedingt loswerden. Gleichzeitig begann er zu flüstern. »Das Material darauf wollte ich ungern per Mail verschicken. Allein schon wegen der Dateigrößen wäre es als Anhang auch gar nicht möglich gewesen.«

Ungläubig betrachtete Greta den kleinen schwarzen Gegenstand auf ihrer Handfläche. »Was ist da drauf?«

»Abartige Filme. Kein Wunder, dass ich das Zeug aus dem Darknet fischen musste. Egal, wer dir den Link gegeben hat, derjenige hat entweder Spaß an Vergewaltigungsszenen oder scheint ein echtes psychisches Problem zu haben.«

»Vergewaltigungsszenen?«

»Sie bezeichnen das Mädchen nur als Katze.« Er zeigte auf den Stick. »So zumindest fangen die Dateinamen an: ›Katze mit fünf Schwänzen‹, ›Katze uriniert‹, ›Katze an der Kette‹ …«

Greta bekam eine schaurige Vorstellung davon, was für Material sich auf dem Datenträger befand. Allein das Wort »Katze« klang im Zusammenhang mit Vergewaltigung pervers. »Redest du von einer echten Vergewaltigung?«

»Ich bin natürlich kein Experte. Für mich sah es aber definitiv nach einer echten Vergewaltigung aus. Nach wenigen Minuten habe ich angewidert weggeklickt und die Dateien gesichert. Es sind insgesamt sechs Filme. Überall ist dieselbe Frau zu sehen. Eine Blondine, nicht älter als Mitte zwanzig.«

Auf einmal war Greta sich nicht mehr sicher, ob sie diese Informationen wirklich haben wollte. Denn zwangsläufig würde sie sich das Material ansehen müssen.

»Stammen die Dateien aus einer Art Tauschbörse?«

»Was hätte ich denn zum Tausch anbieten sollen?«

Greta schämte sich für ihre ungeschickte Frage, er schüttelte den Kopf.

»Ich würde sagen, jemand hat die Daten geheim abgelegt – zusammen mit einem verschlüsselten Link.«

»Was soll das heißen?«

»Nun, ich weiß zwar nicht, wer dein Informant ist, Greta, aber für mich sieht es so aus, als wollte er dir Beweismaterial zukommen lassen.«

Wieder betrachtete sie den Stick, als würde jeden Moment eine Stimme daraus ertönen, die Antworten auf ihre Fragen gab. »Einen geheimen Link, sagtest du?«

»Ich sagte, der Link ist verschlüsselt. Wenn wir das Passwort wüssten, fänden wir vielleicht heraus, was es mit diesen Purple Tickets auf sich hat, von denen du mir erzählt hast. Haben wir ein Passwort?«

Augenblicklich hallte in Gretas Kopf Prince' Stimme und vor ihrem geistigen Auge erschien die blonde Frau, deren Bild sie im Motelzimmer gefunden hatte und die ihr im Komatraum begegnet war. Die Frau, bei der es sich um die einundzwanzigjährige Maja Reichert handelte.

»Versuch es mit ›FarbloseKatze‹.«

Kapitel 47

Da Antony Laban über sein Handy nicht erreichbar war, klingelte Hardy nunmehr auf gut Glück an dessen Eigentumswohnung. Durch die Fenster im Treppenhaus konnte man sogar die rotbraunen Apartmenthäuser der Lagunenstadt von Ueckermünde sehen. Zweifelsfrei wohnte der junge Mann in einer Gegend, in der andere bestenfalls ihren Strandurlaub verbrachten.

Mit völlig verquollenem Gesicht und halb nackt öffnete ihm der Wohnungsinhaber. Er rieb sich die Augen und lehnte den Kopf wie ein Trunkenbold an den Türrahmen. »Was wollen Sie denn schon wieder von mir?«

Obwohl er die Tür nur einen Spalt geöffnet hielt, konnte Hardy einen Blick auf Labans durchtrainierte Brust und den Bauch werfen, an dem die Muskeln wie eine gleichförmige Hügellandschaft hervortraten. Bestimmt flogen die Mädchen auf Typen wie ihn.

»Schwere Nacht gehabt, was?«, versuchte Hardy, ihn aufzumuntern, und deutete auf ein Hämatom an seiner Stirn. »Schlägerei oder Getränkeunfall?«

»Das geht Sie nichts an«, reagierte Laban überraschend abweisend. »Können Sie das nächste Mal nicht vorher anrufen?«

»Das habe ich getan, weil ich mich noch einmal über Ihre Freundin Maja unterhalten möchte.«

Laban hielt seine goldene Armbanduhr dicht vors Gesicht. Er hatte sichtlich Mühe, die Zeiger zu erkennen. »Scheiße, gestern Abend hat mich doch schon ein Kollege aus Ihrer Abteilung angerufen und wegen Maja gelöchert.«

Hardy stutzte. »Welcher Kollege?«

»Keine Ahnung, der Anruf hat mich einfach nur genervt, weil der das Gleiche wissen wollte, das Sie mich bereits gefragt haben. Langsam frage ich mich, wie die Polizei mit meinen Steuergeldern eigentlich arbeitet. Absprachen untereinander scheint es bei euch jedenfalls nicht zu geben. Ist mir aber auch alles egal, ich will nur meine Ruhe. Also verschwinden Sie!«

Das reichte Hardy, schließlich hatte Laban ihn gestern regelrecht unter Druck gesetzt, weil er unbedingt wissen wollte, wo seine Freundin abgeblieben war. Beherzt drückte Hardy die Wohnungstür vollständig auf und schubste Laban durch den Schwung zurück in seine Wohnung.

»Hey, was soll denn das? Sie dürfen nicht …«

»Strengen Sie gefälligst Ihr Gehirn an.« Hardy ließ ihn nicht ausreden und trat ohne Erlaubnis ein. Statt in einem Korridor, von dem wie gewöhnlich mehrere Zimmertüren abgingen, stand er plötzlich in einem einzigen riesengroßen Wohnbereich. Schick ausgebaut mit hellen, urigen Holzbalken, die einen ästhetischen Kontrast zu den weißen Sitzpolstern und der edlen Küche bildeten. »Also wie hieß der Kollege, der sich am Telefon gemeldet hat?«

Obwohl Laban protestierte, schien er ernsthaft über den Namen nachzudenken. »Gibt es in Ihrer Abteilung einen Oberkommissar Lämmer?«

»Frank Lahmert?«

»Ja, Scheiße, so hieß er!«

Es erstaunte Hardy, dass Frank ihm nichts davon erzählt hatte. »Was wollte er denn am Telefon von Ihnen wissen?«

»Bloß ein paar Adressen und Telefonnummern von Bekannten von Maja. Ich habe ihm gesagt, dass sie keinen richtigen Freundeskreis hatte und sogar der Kontakt zu ihren Eltern schon seit Längerem abgebrochen war. Ihre Eltern sind Trinker. Mir gegenüber hat sie die mal als Vollassis bezeichnet. Keine Ahnung, ob das stimmt. Ich kenne sie nicht. Außerdem meinte Ihr Kollege, ich müsste noch mal auf die Dienststelle wegen einer schriftlichen Aussage. Ich halte das aber für überflüssig.«

»Ach, auf einmal, gestern klangen Sie noch ernsthaft besorgt.«

»Sie sagten es ja selbst: Maja ist erwachsen und kann gehen, wohin sie will.« Laban winkte ab. »Die braucht mir gar nicht mehr anzukommen.«

Erst jetzt fiel Hardy Labans bandagierte rechte Hand auf. Zuvor hatte er sie wohl hinter dem Türrahmen und danach hinter seinem Körper versteckt gehalten. Als Laban näher an die Fensterfront und damit mehr ins Licht trat, konnte Hardy auch noch eine dunkle Verfärbung an seiner linken Schulter erkennen.

»Wurden Sie überfallen?«

»Was?«

»Ihre Verletzungen, besonders Ihre Hand.«

Als hätte er es selbst erst jetzt festgestellt, fuhr er sich wie verstört durchs Haar. »Ach, ich hatte letzte Nacht wohl ein paar Gläser Scotch zu viel getrunken.«

»Zu viel getrunken …?« Mit zwei großen Schritten stellte Hardy sich dicht vor ihn hin. »Hauchen Sie mich mal an.«

Erschrocken zuckte Laban mit dem Kopf zurück. »Geht's noch?«

Hardy ließ nicht locker, sondern trat noch einen halben Schritt nach vorn. »Anhauchen!«

Zögerlich öffnete Laban seinen Mund. »Reicht das?«

Sosehr Hardy schnüffelte, er konnte keinen Alkoholgeruch feststellen. Falls sein Gegenüber wirklich so viel getrunken hatte wie behauptet, war sein Körper ein anatomisches Wunder.

»Alles in Ordnung«, bekundete Hardy schließlich und warf einen Blick aus einem der riesigen Fenster Richtung Holzklappbrücke über die Uecker, deren Name eng mit dem slawischen Volksstamm der Ukranen verbunden ist. Beim Betrachten der fahrenden Boote träumte Hardy einmal mehr von einer eigenen Wohnung mit einem solchen Ausblick. Und es erinnerte ihn an den anstehenden Besichtigungstermin mit dem Hausverwalter. Als sich eine Möwe auf dem Fensterbrett niederließ und mit dem Schnabel gegen den Holzrahmen hämmerte, nahm Hardy den Faden wieder auf.

»Sie haben es mit Mitte dreißig weit gebracht, alle Achtung! Womit verdienen Sie eigentlich Ihr Geld?«

»Ich bin Geschäftsmann.«

»Geschäftsmann, ah ja.« Hardy fand nicht, dass das seine Frage beantwortete, er merkte aber, dass Laban heute längst nicht so gesprächig war wie bei der ersten Begegnung. »Als Geschäftsmann werden Sie sicher nicht so einfach fünfzigtausend Euro abschreiben.«

Erst mit Verzögerung schien Laban zu verstehen, worauf Hardy anspielte. »Falls Maja wieder auftaucht, werde ich mit ihr über mein gestohlenes Geld reden.«

»Was heißt *falls*?«

Laban wandte sich ab und streifte sich ein T-Shirt über. »Das ist mir nur so rausgerutscht. Ich gehe stark davon aus, dass sie sich irgendwann wieder hier blicken lässt und sich entschuldigt.«

»Für was entschuldigt?«

»Na, dass Sie mein Geld mitgenommen hat«, kam es genervt.

»Woher stammt denn nun das Geld, das sie Ihnen geklaut hat?«

»Ist das wichtig?«

Hardy zuckte mit den Schultern. Innerlich ärgerte er sich, dass er bisher keine Zeit gefunden hatte, tiefer in Labans Lebenslauf zu graben. Er wusste nur, dass er entlang der polnischen Ostseeküste Unterkünfte für Touristen anbot. Irgendwie schien der Wohnungsinhaber etwas verbergen zu wollen. Vielleicht hatte Hauptmeister Witt doch nicht ganz unrecht gehabt, als er behauptet hatte, Laban könne man nicht trauen.

Gerade als er Laban mehr unter Druck setzen wollte, klingelte sein Telefon. Es war Jona.

»Wo steckst du denn jetzt schon wieder, Hardy?«

»Mach mal langsam, sonst bekommst du noch einen Herzinfarkt.«

»Ja, da kannst du drauf wetten, denn im Stralsunder Hafen hat man soeben eine Frauenleiche aus dem Wasser gefischt.«

»Ja, und? Ich kann keinen weiteren Fall übernehmen«, wehrte Hardy ab, weil er mit dem Fall Münzner ausgelastet war.

»Es ist bereits dein Fall, denn bei der Leiche handelt es sich offensichtlich um …«

Kapitel 48

»… Valeska Domański«, wurde Hardy die Identität der Wasserleiche von Greta noch einmal bestätigt, als er eine Dreiviertelstunde später nach dieser am Stralsunder Nordhafen eintraf. »Hafenarbeiter haben die Leiche vor weniger als zwei Stunden bei außerplanmäßigen Reparaturarbeiten entdeckt. Die Männer wollten an den Stahlträgern Rostschäden beseitigen und am Pier mehrere Meter Holz für den Anprallschutz auswechseln. Einem von ihnen ist die helle Haut der Toten unter Wasser aufgefallen.«

»Kein Wunder, dass die Kollegen in Polen unserem Ersuchen nicht nachkommen konnten.« Verbittert holte Hardy sein Mobiltelefon hervor, um die Nummer ihres letzten Arbeitgebers aufzurufen. »Das darf doch alles nicht wahr sein! Ich muss mich dringend mit diesem Motelbetreiber unterhalten. Da stimmt was nicht.«

»Hey, Sugar, schön langsam«, bremste Greta ihn. »Wir haben gerade durch einen riesengroßen Zufall deine Zeugin entdeckt. Bisher steht jedoch nur eins fest: Ihre fehlende Arbeitserlaubnis oder mangelnde Deutschkenntnisse sind mittlerweile unsere kleinsten Probleme. Als Erstes müssen wir uns die Identität offiziell zweifelsfrei bestätigen lassen. Wie es sich für eine anständige Wasserleiche gehört, ist sie ziemlich aufgequollen.«

»Na, wenigstens kann einer von uns noch Späße darüber machen.«

»Nicht zu vergessen, der Fischfraß an ihren Augen, der Nase und den Ohren.« Sie verzog ihr Gesicht zu einer Fratze und tippte anschließend auf das Gehäuse ihrer Armbanduhr, womit sie ihn wohl an sein Zuspätkommen erinnern wollte. »Du musstest sie dir ja zum Glück nicht ansehen, als sie frisch aus dem Wasser gezogen war.«

»Weil ich bei einer wichtigen Befragung in Ueckermünde festhing«, rechtfertigte er sich. Greta war von Greifswald gestartet, wodurch sie natürlich Vorsprung gehabt hatte. Aber nicht nur sie war lange vor ihm eingetroffen, auch etliche andere Kollegen der KPI Anklam und vom Polizeirevier Stralsund belagerten bereits die Schiffsanlegestelle, schleppten schwere KT-Koffer oder verteilten großzügig Absperrband.

»Ah ja, du redest von Antony Laban, nehme ich an. Über den wollte ich ohnehin mit dir sprechen, Sugar. Wusstest du, dass er vermutlich ein Loverboy ist?«

Verwirrt schüttelte Hardy den Kopf, obwohl er den Begriff kannte. »Von was redest du da?«

»Ich rede von verdammt abartigen Sexvideos.« Sie hielt ihm einen USB-Stick hin. »Glaub mir, ich war wirklich nicht besonders scharf auf den Inhalt, aber nach allem, was dein Professor Jan Finow mir erzählt hat, war ich gezwungen, die Videos anzusehen.«

»Und was hat das mit Laban zu tun?«

»Ich glaube, er wickelt naive junge Mädchen um den Finger, um sie später zu prostituieren. Allen voran unsere gesuchte Maja Reichert. Auf diesem Datenträger befinden sich knapp zwei Stunden ekligstes Filmmaterial. Darin wird Maja Reichert von mehreren Männern als Sexobjekt benutzt. Jan bezeichnete die Szenen als Vergewaltigung. Egal, wie es letztlich juristisch eingeschätzt wird, für mich ist es eindeutig Gewaltpornografie. Du willst gar nicht wissen, wie sie ihren Körper benutzt und was sie alles in sie hineingesteckt haben.«

Natürlich verstand Hardy, was Greta ihm da schilderte, begreifen konnte er es nicht. Er spürte, wie entsetzliche Wut in ihm aufstieg. Hätte er früher davon erfahren, dann hätte er Laban um einiges härter rangenommen. Wahrscheinlich noch härter als derjenige, der den Deutschtürken an Gesicht, Schulter und Hand verletzt hatte. Denn eines war sicher: Labans Blessuren stammten garantiert nicht von einem Sturz oder sonstigen Unfall, denn er hatte letzte Nacht keinen oder nur wenig Alkohol getrunken.

Obwohl Greta sonst nichts so leicht erschütterte, erkannte er in ihren Augen, wie entmenschlichend die Filmaufnahmen sein mussten. Er konnte ihre traurige Miene nicht länger ansehen, spähte deshalb an Greta vorbei und beobachtete den Polizeiarzt Dr. Winkler, der weit hinten unwirsch die Kollegen dirigierte, damit er ausreichend Sichtschutz für die Leichenschau bekam. »Okay, um Laban und Marx kümmern wir uns später. Erzähl mir mehr über Valeska Domańska.«

»Viel wissen wir nicht. Die Leiche ist nackt, was die Identifizierung wohl erschweren sollte. Dr. Winkler lässt sich wie immer Zeit und hält sich mit Einschätzungen zurück, aber er hat eindeutig eine Drosselmarke an der Leiche festgestellt.« Greta fuhr sich mit dem Zeigefinger quer über den Hals. »Höchstwahrscheinlich wurde die Polin ebenso wie Paulina Münzner mit einer Schweinebremse ermordet. Demzufolge können wir vom selben Täter ausgehen.«

»Also wurde sie nicht ertränkt.«

»Zum jetzigen Zeitpunkt ist das schwer zu sagen. Man hat ihr Gewichte mittels Ketten um die Fußgelenke gewunden. Hantelscheiben, wie man sie in jedem Fitnessstudio findet.

Vermutlich waren auch welche um ihre Handgelenke, darauf deuten nämlich die Hautverletzungen hin. Aber anscheinend haben sich dort die Ketten gelöst. Mehr erfahren wir vielleicht durch die Tauchergruppe, die über das LKA angefordert wurde, um den Grund absuchen zu lassen. Sie müsste jeden Moment hier eintreffen.«

Hardy schaute sich um. Unweit von hier befanden sich die Schließfächer, in denen Luis Fontane angeblich eine Pistole gelagert hatte. In den Abendstunden ging es im Nordhafen sicherlich deutlich ruhiger zu als am Tag, wobei auch nachts Schiffe beladen wurden. Vielleicht hatten sie endlich Glück und jemand hatte in den letzten Nächten gesehen, wie etwas im Wasser versenkt worden war. Von einer Person, die vermutlich mit einem Wagen dicht an den Pier gefahren war.

»Unser Täter hat ziemlich viel riskiert«, tat Hardy seine Meinung kund. »Entweder ist er größenwahnsinnig oder nachlässig.«

»Ich glaube nicht, dass wir die Frau jemals finden sollten. Also egal, wer die Zeugin hier verschwinden lassen wollte, er hat es ziemlich schlampig gemacht.«

Hardy nickte. »Dann schaue ich mir die Tote jetzt mal an.«

Kapitel 49

Inzwischen war der Körper an Land getrocknet und mit einer atmungsaktiven Kunststoffplane abgedeckt. Sogar ein provisorisches Zelt hatten die Kriminaltechniker mit Seilen in den Metallösen auf dem Pier befestigt, um die Leiche gegen neugierige Blicke abzuschirmen. Zwei Streifenbeamte mussten die Plane zusätzlich festhalten, weil der Wind vom Meer dagegenpresste.

»Gibt es irgendwelche Neuigkeiten?«, fragte Greta Dr. Winkler, als sie und Hardy an den Fundort der Leiche traten und ihr Partner die Plane ein Stück anheben ließ.

»Tja, ich würde sagen, sie lag zwei bis drei Tage im Wasser«, gab Dr. Winkler Auskunft, wackelte aber unsicher mit der Hand.

»Gott, ihr komplettes linkes Augenlid und der Augapfel fehlen«, stieß Hardy aus.

»Schätze, so was seht ihr beim BKA nicht so oft«, konnte Greta sich nicht verkneifen zu sagen.

»Fischfraß ist an der Ostsee keine Seltenheit, und sie beginnen immer mit den weichsten Teilen«, erklärte Dr. Winkler. »Sie wissen selbst ja am besten, wie viele Badetote es jährlich gibt. Hinzu kommen Schiffsunfälle mit tödlichem Ausgang.

Ich kann mich an einen Fall vor der Insel Hiddensee erinnern, da hatte die Strömung den Körper eines Dänen bis an die Kreidefelsen gespült. Na ja, oder zumindest das, was wir an Körperteilen noch gefunden haben. Den armen Kerl konnten wir nur noch anhand seines Gebisses identifizieren, und selbst an den Zahnreihen hatten Meeresunrat und Felsen erhebliche Schäden angerichtet. Ein Backenzahn war herausgebrochen und steckte in einem Nasenloch fest.« Dr. Winkler zeigte die genaue Stelle an seiner Nase.

»Ich will es gar nicht näher wissen«, wiegelte Hardy ab.

»O doch, das sollten Sie unbedingt, denn man hat der hier nämlich die Zähne herausgebrochen.«

Dieser Fakt war auch für Greta neu, denn am Anfang hatten weder sie noch der Arzt die Mundhöhle der Toten inspiziert. Gemeinsam mit Hardy schaute sie den Arzt ungläubig an. Danach betrachteten beide den bleichen, wächsernen Körper, an dem man deutlich die aufgedunsenen Hornhautschichten erkennen konnte, die für eine Wasserleiche typisch waren. Einen Moment lang bildete Greta sich ein, die Tote würde das verbliebene rechte Auge aufschlagen, die Lippen bewegen und ihnen Antworten auf die drängendsten Fragen geben. Aber lediglich die ergrauten Haare bewegten sich im Wind.

»Wenn Sie mich fragen, wollte jemand die Identität der Frau unter allen Umständen geheimhalten«, sprach Dr. Winkler aus, worüber Greta und Hardy Minuten zuvor bereits geredet hatten.

»Kennen Sie Wieslaw Brudzinski?«, fragte Hardy.

»Nicht dass ich wüsste«, antwortete Dr. Winkler, und auch Greta hatte keine Ahnung, von wem er sprach.

»Brudzinski war ein Schriftsteller und Satiriker. Eines seiner berühmtesten Zitate lautet: ›Eines Tages schwimmt die Wahrheit doch nach oben. Als Wasserleiche.‹«

»Echt? Das hat er gesagt? Meine Güte, Sugar! Du machst mir wirklich Angst.«

Auch Dr. Winkler schien beeindruckt von Hardys Äußerung. »Den Spruch muss ich mir unbedingt merken.«

»Vor Mund und Nase befindet sich kein Schaumpilz«, trumpfte Hardy zusätzlich mit Fachwissen auf, woraufhin Greta ihn von der Seite noch verwunderter anschaute. Anscheinend kannte sich der ehemalige BKA-Mitarbeiter doch besser mit Wasserleichen aus, als sie ihm zugetraut hatte. Sie selbst wusste natürlich, dass der Begriff Schaumpilz ein feinblasiges weißliches Gemisch von Luft, Wasser und Bronchialepithelien bezeichnete, das der Körper von Ertrinkenden erzeugt, um das Kollabieren der Lunge zu verhindern – und somit als eindeutiges Vitalzeichen auf Tod durch Ertrinken hinweist.

»Vom Schaumpilz können auch nur die inneren Atemwege und die Lunge betroffen sein, Herr Finkel«, belehrte ihn Dr. Winkler und fuhr mit seinem behandschuhten Zeigefinger die linienartige Verfärbung um den Hals der Leiche entlang. »Nach meiner Einschätzung wurde sie post mortem ins Wasser gelassen.«

»Und die Zähne?«, fragte Greta.

»Sie wollen wissen, ob man ihr die Zähne, bevor oder nachdem sie gestorben ist, entfernt hat?« Dr. Winkler verzog trübsinnig die Mundwinkel. »Die Frau hatte Glück, da war sie schon tot.«

Als Greta mit Hardy und dem Kriminaltechniker die weitere Tatortarbeit abstimmen wollte, tauchte Frank Lahmert am Anfang der Anlegestelle auf. Noch bevor sie ihn jedoch herbeiwinken konnte, stürzte ihm Hardy bereits entgegen.

»Sag mal, warum rufst du bei meinem Zeugen an, ohne dich mit mir abzustimmen?«, hörte sie ihn lautstark fragen.

»Ich weiß gar nicht, von wem du redest?«, verteidigte Frank sich.

»Von Antony Laban natürlich.«

»Was ist denn hier los?«, schritt Greta ein, weil auch die Umstehenden Hardys Wutausbruch mitbekamen. »So kenne ich dich gar nicht.«

»Er hat gestern Abend hinter meinem Rücken Antony Laban angerufen«, sagte Hardy, und wieder an Frank gewandt: »Du hast ihn angerufen und dich nach der Vermissten Maja Reichert erkundigt.«

»Garantiert nicht hinter deinem Rücken«, bestritt der Kollege.

»Damit hast du vielleicht die Ermittlungen gefährdet«, hielt Hardy dagegen.

»Fahr dich mal runter, Sugar.«

Hardy verstummte kurz und winkte dann mit den Fingern. »Los, zeig mir dein Diensthandy.«

Nach einem Moment des Zögerns drückte Frank es ihm mit einem Schnauben in die Hand. »Hier, lass den Speicher meinetwegen im LKA auslesen. Vielleicht habe ich Labans Nummer nach dem Anruf ja gelöscht.«

»Du kleiner Senkrechtstarter!«, beschimpfte Hardy ihn, woraufhin Greta erneut einschreiten musste.

»Frank hat in meinem Auftrag gehandelt«, stellte sie klar. »Er sollte für mich die Vermissten und Todesfälle der letzten Jahre durchgehen, wozu auch Maja Reichert gehört. Ich wollte auf Nummer sicher gehen, dass uns nicht etwas durchrutscht, das mit den aktuellen Ereignissen im Zusammenhang steht.«

»Das hat er mir alles schon mal erzählt, aber was hat das mit meinem Zeugen zu tun?«

Hardys Frage war berechtigt, deshalb schauten er und Greta jetzt Frank erwartungsvoll an.

»Ich bin in Hannelores Unterlagen auf eine Notiz gestoßen«, erklärte Frank schließlich. »Anscheinend hat

Polizeihauptmeister Witt sie ange ufen, als Antony Laban seine Freundin als vermisst melden wol te.«

»Moment«, sagte nun Greta denn sie erinnerte sich an die Situation im Motel, als sie ihr r Kollegin das Foto eines bis dahin unbekannten Mädchens ge eben hatte. »Soll das heißen, Hannelore wusste von Maja Reic ert?«

»Sieht so aus.«

Kapitel 50

Die Person mit dem Loch im Herzen dachte lange darüber nach, was sie auf die Nachricht im Chat antworten sollte.

> *[anonym] 16:44 Uhr: Gibt es Probleme bei der Lieferung?*

Probleme gab es derzeit jede Menge, auch mit der Lieferung, denn inzwischen tummelten sich auf dem Hafengelände unzählige Polizisten. Es war nur eine Frage der Zeit, bis sie den OP-Raum entdeckten.

> *[Lieferant] 17:05 Uhr: Der Transport mit der Fähre wird planmäßig starten. Diesmal ist es ein männliches Exemplar. Etwas älter, aber in hervorragendem Zustand.*

Wie erwartet, ließ die Antwort des Chatpartners nicht lange auf sich warten. Auf der anderen Seite des Meeres legte man Wert auf Just-in-time-Produktion – eine Umschreibung für Ungeduld. Dabei hasste die Person mit dem Loch im Herzen Hektik. Nach der Operation am offenen Herzen und dem

Verschluss des Vorhofseptumdefekts durch das Einsetzen eines winzigen Kunststoffschirms hatte ihr der Arzt Ruhe und Gelassenheit verordnet. Daran hielt sie sich, indem sie die Stille suchte. Doch aktuell fand sie diese selten. Dafür waren die Stimmen der Geister zu laut.

> *[anonym] 17:06 Uhr: Ausgemacht war nicht älter als dreißig.*

> *[Lieferant] 17:06 Uhr: Manchmal muss man umplanen.*

> *[anonym] 17:06 Uhr: Also gibt es doch Lieferschwierigkeiten.*

Die Person mit dem Loch im Herzen griff sich an die Stelle der Brust, wo die OP-Narbe verlief, und atmete mehrmals tief ein und aus. Im Autoradio lief ein Hit von Karel Gott.

»Einmal um die ganze Welt«.

Karel Gott hatte hoffentlich einen angenehmeren Tod gefunden als ihr nächstes Opfer . . .

> *[Lieferant] 17:07 Uhr: Schauen Sie sich die Ware an und entscheiden Sie danach, was sie Ihnen wert ist.*

> *[anonym] 17:08 Uhr: So läuft das nicht. Ich kontaktiere Sie, wenn wir Ihre Dienste wieder benötigen. Bis dahin greifen wir auf alternative Kanäle zurück.*

Alternative Kanäle. Typisch! Wenn die Person mit dem Loch im Herzen es nicht machte, fand sich eben ein anderer. So lief das in diesem Geschäft.

Merkst du nun, wie alles den Bach runtergeht?, hörte sie eine Flüsterstimme in ihrem Ohr. *Sie wissen von dem Jungen, der dir entkommen ist, und sie wissen von den Videos. Es ist nur eine Frage der Zeit, bis sie herausfinden, wohin Maja Reichert verschwunden ist. Wer weiß, vielleicht knickt ja der Zuhälter irgendwann ein und plaudert gegenüber der Polizei.*

Die Person mit dem Loch im Herzen lachte auf. Laban hatte seine Lektion nach letzter Nacht gelernt und außerdem selbst genügend Dreck am Stecken. Dennoch befürchtete die Person mit dem Loch im Herzen, dass ihr todbringendes Geschäftsmodell bald auffliegen könnte. Dabei war die Sache mit Fontane noch gut ausgegangen. Der hatte zwar etwas mitbekommen, sich jedoch viel mehr für den nächsten Schuss interessiert. Zusammen mit Münzners persönlichen Gegenständen hatte er die Spritze mit dem Giftcocktail vorbehaltlos angenommen, im Glauben, es sei Heroin darin enthalten. Die Injektion hatte ihn allerdings komplett wahnsinnig gemacht und schlussendlich umgebracht. Bei der Polin waren die Dinge dagegen nicht so gut gelaufen, betrachtete man die Tatsache, dass die Polizei ihre Leiche durch einen Zufall gefunden hatte. Vermutlich würde bald noch mehr schiefgehen.

Es half nichts, die Person mit dem Loch im Herzen musste es beenden. Das bedeutete zwangsläufig den Tod weiterer Menschen.

Was hast du vor?, wollte eine andere Stimme wissen.

Ja, was hast du jetzt vor?, hallte der Chor der Verdammten.

»Ich besorge euch ein paar neue Freunde.«

In der Mittelkonsole fing das Mobiltelefon an zu spielen.

»The Sound of Silence«.

Wie erwartet, rief ihr nächstes Opfer an.

»Und schon geht es los.«

Kapitel 51

Obwohl nach dem Leichenfund im Hafen Stralsund auf Hardy noch genug unerledigte Büroarbeit wartete und Staatsanwalt Hildebrand mehrfach um Rückruf gebeten hatte, erledigte er nur den wichtigsten Schreibkram. Anschließend schaltete er den Rechner aus, rührte sein Telefon nicht mehr an und fuhr stattdessen zur Wollweberstraße. Zwanzig Minuten nach achtzehn Uhr hielt er mit seinem BMW vor dem Mehrfamilienhaus, dessen Ansicht er bereits von den Fotos aus der E-Mail des Maklers kannte. Auf den ersten Blick machten sowohl das Gebäude mit der renovierten Fassade als auch die Gegend insgesamt einen ansprechenden Eindruck. Ein bisschen fühlte er sich hier schon jetzt heimisch. Viel Grün, saubere Gehwege und der wohltuende Geruch von Salzwasser. Wenn bei der Besichtigung der Räume ebenfalls alles passen sollte, würde Hardy vermutlich über die Miete verhandeln müssen.

Bevor er seinen Wagen verließ, schaute er sich um: vom Makler weit und breit nichts zu sehen. Dabei war Hardy nicht mal pünktlich zum vereinbarten Termin erschienen. Sicherheitshalber überprüfte er die Richtigkeit der Adresse. Einen verpassten Anruf von Herrn Hübner zeigte sein Handy ebenfalls nicht an.

»Mist«, schimpfte er, weil er glaubte, erneut die Chance auf eine bessere Wohnung verpasst zu haben. Während er innerlich Jona verfluchte, der ihm den Fall Münzner aufgedrückt hatte, griff er sich sein Jackett vom Beifahrersitz, roch am Stoff und entschied, es trotz der leicht unangenehmen Duftnote anzuziehen, um einen möglichst seriösen Eindruck zu machen.

Er stieg aus und wählte die Nummer von Hübner.

»Entschuldigung, Herr Finkel«, kam es sofort, als die Leitung stand. »Ich verspäte mich, da mein vorheriger Termin länger gedauert hat als erwartet. Jetzt bin ich aber auf dem Weg zu Ihnen.«

Aus einem Reflex und seiner Erleichterung heraus wollte auch Hardy sein Zuspätkommen erwähnen, verkniff es sich aber noch rechtzeitig. Vielleicht konnte er dadurch seine Verhandlungsposition in Hinblick auf die Miete verbessern.

»Ich hatte einen langen und harten Arbeitstag«, sagte er deshalb, um dem Gesprächspartner ein schlechtes Gewissen zu bescheren.

»Das glaube ich Ihnen gern. Als Polizist hat man es sicherlich nie leicht. Sie können sich ja in der Zwischenzeit eine Meinung vom Hinterhof bilden. Der Eigentümer hat ihn aufwendig von einem Landschaftsgärtner anlegen und mit Bäumen und Büschen bepflanzen lassen. Einfach durch den Hausflur bis hinten durchtreten. Am Tag steht die Haustür in der Regel offen. Ansonsten bei Frau Weinert, einer älteren Dame im Erdgeschoss, klingeln und meinen Namen nennen, dann öffnet man Ihnen.«

Über das Autodach hinweg schaute Hardy die Fensterreihen entlang.

»Wann sind Sie denn hier, Herr Hübner?«

»Höchstens noch fünf bis zehn Minuten.« Hübner lachte kratzig. »Wenn ich nicht an jeder Ampel halten muss.«

Hardy vernahm Fahrgeräusche im Hintergrund. »Gut, dann warte ich vor dem Haus auf Sie.«

»Wie Sie möchten.«

Fünfzehn Minuten später stand Hardy immer noch allein vor dem Haus. Inzwischen fühlte er sich von dem Makler versetzt und sogar ein bisschen getäuscht. Wenn er nicht so dringend eine neue Wohnung gebraucht hätte, wäre er längst davongefahren. Stattdessen siegte schließlich die Neugier und er griff nach dem Türknauf. Ein Eindruck vom Treppenhaus und dem Garten konnte wahrlich nicht schaden. Vorher warf er einen Blick aufs Klingelbrett. Neben vier weiteren Namen stand dort ganz unten Weinert. Das zweite Klingelschild im Erdgeschoss war frei. Da Hardy noch problemlos Treppen steigen konnte, bevorzugte er zwar eine Bleibe in einer Oberetage, aber falls ihm die Erdgeschosswohnung zusagte, konnte er sich auch mit dieser arrangieren.

Er trat in den geräumigen Hausflur ein. Der Boden schien frisch poliert, die Briefkastenanlage in ordnungsgemäßem Zustand und die hellgrüne Wandfarbe strahlte etwas Hoffnungsvolles aus. Im Laufe seines Berufslebens hatte er etliche Häuser von innen kennen gelernt, bei denen man jeden Schritt mit Bedacht machen musste, um nicht irgendwo hineinzutreten. Dort hatte es nicht so frisch wie hier gerochen, sondern meistens nach Katzenpisse. Auch das Treppengeländer aus massivem Holz zeugte vom guten Zustand des Gebäudes. Zweifellos legte der Vermieter Wert auf hochwertige Handwerkerleistungen.

»Zu wem du wollen?«, wurde er von der Seite ruppig und mit osteuropäischem Dialekt angesprochen.

Ein stämmiger Mann mit dichtem Bartwuchs, Unterarmstützen und einer Nasenbeinbruch-Maske stand plötzlich hinter ihm und schaute ihn aus dunklen Augen grimmig an, soweit Hardy die Mimik unter der Maske erkennen konnte. Anscheinend hatte der Mann kürzlich einen Unfall gehabt, bei dem er sich nicht nur die Nase, sondern auch eine Beinverletzung zugezogen hatte, denn er trug am rechten Bein eine Metallschiene. Kurz bevor die Haustür ins Schloss gefallen war, musste er hinter Hardy ins Haus getreten sein.

»Ich bin hier mit Herrn Hübner verabredet.«

Sofort darauf zeigte der Bärtige ein Lächeln. »Ah, Ingo Hübner, guter Mann. Kümmert sich um alles. Du wollen einziehen?«

Überrascht suchte Hardy nach der passenden Erwiderung. »Vorher will ich mir die Wohnung erst mal ansehen. Der Garten soll ja recht hübsch sein.«

»Sicher.« Er machte eine ausladende Geste mit der Hand Richtung Hinterausgang, wo zwei Fahrräder standen, um sich dann zu verabschieden. »Gehen ruhig, schauen nach.«

Das wollte Hardy tun. Er ging durch den Hausflur. Beim Vorbeigehen las er an der rechten Wohnungstür erneut den Namen Weinert. Als er den Kopf zur leer stehenden Nachbarwohnung drehte, bemerkte er, dass die Wohnungstür einen Spalt offen stand.

»Seltsam«, murmelte er und trat näher.

Im selben Moment spürte er einen Stoß in den Rücken. Mit dem Kinn voran krachte er gegen das Türblatt, bevor er der Länge nach in die Wohnung fiel.

Kapitel 52

»Hallo, Hannelore«, begrüßte Greta am frühen Abend ihre sichtlich überraschte Kollegin in deren Einfamilienhaus. »Lässt du mich eintreten?«

Hannelore stierte auf Gretas Hand mit der brennenden Zigarette und überspielte anschließend ihre Verunsicherung durch ein erzwungenes Lächeln. »Ich habe gar nicht mit deinem Besuch gerechnet.«

»Ich auch nicht.« Greta nahm einen letzten Zug und schnippte die Kippe in den Straßenablauf. Gleichzeitig schaute sie nach links und rechts und betrachtete die Reihenhaussiedlung. Als sie zuletzt da gewesen war, hatten die Hecken und Bäume noch deutlich mickriger gewirkt. Damals hatten die Häuser vor frischer Farbe geglänzt, über die Jahre hatte die salzige Luft manche Fassade ausgeblichen. »Ist schon eine Weile her, dass wir euren Einzug gefeiert haben. Da hattet ihr nicht mal eine richtige Terrasse.«

Nicht nur einige Hauswände sahen inzwischen mitgenommen aus, auch die sonst stets auf ihre Kleidung bedachte und perfekt geschminkte Hannelore stand in einem ausgewaschenen schwarzen Baumwollkleid im Eingangsbereich und ihre Haare hingen kraftlos und fettig über den Schultern. Hinzu kam der Alkoholgeruch.

»Ich bereite gerade einen Salat fürs Abendessen vor.« Ihr glasiger Blick ging die verwaiste Anwohnerstraße entlang, als suchte sie etwas. »Lothar müsste bald heimkommen und hat sicher Hunger. Er ist mit unserer Enkelin beim Reiten.«

Greta nickte, denn aus Gesprächen mit der Kollegin war ihr das Hobby der Neunjährigen bekannt. Außerdem wusste sie, dass die Übungsstunden des Reitvereins bis 19.30 Uhr dauerten. Das hatte sie einmal auf dessen Homepage recherchiert, weil Hannelore selbst bei wichtigen Abendterminen des Öfteren das Büro verließ, um ihre Enkelin abzuholen. Ihnen blieb jetzt also mehr als eine Stunde Zeit.

»Keine Sorge, du weißt, dass ich mir nichts aus Salat mache. Also sehe ich keinen Grund, länger zu bleiben. Ich will nur eine Auskunft …«

»Mir geht es nicht besonders gut, ich …«

»… über Maja Reichert.«

»Wen?«

Statt einer Erklärung hielt Greta bloß Hannelores handgeschriebenen Notizzettel hoch, auf dem der Name stand.

»Ach so, meinetwegen, komm kurz rein.« Hannelore trat zurück und winkte Greta auffallend hastig hinein, als wollte sie nur schnellstmöglich die Tür schließen. Mit dem bloßen rechten Fuß schob sie ein Paar Schuhe beiseite. Ihre Zehennägel sahen ungepflegt aus, was ebenfalls nicht zu ihr passte. »Entschuldige die Unordnung, aber ich muss mich fast die ganze Zeit ausruhen. Diese Migräne bringt mich noch um.«

»Keine Ursache, ich stolpere auch immer über die Hausarbeit.«

»Ich freue mich jedenfalls, dich zu sehen, Greta.«

Es klang ehrlich. Trotzdem wurde Greta das Gefühl nicht los, dass ihr Besuch zum unpassendsten Zeitpunkt kam. Und das lag garantiert nicht an der Hügellandschaft an Bügelwäsche, die sich im Wohnzimmer auf zwei Sessel verteilte, oder dem Berg von benutztem Geschirr, der sich in der Küche auftürmte.

Hannelore griff nach dem größten Küchenmesser und hackte damit wie besessen auf einen Salatkopf ein.

»Was hat dir denn das Gemüse getan?«

»Nichts, ich will nur schnell fertig werden und mich dann noch ein wenig mit einem kühlen Tuch auf der Stirn hinlegen.«

Greta schaute sich in der düsteren Küche um. Die Jalousie war fast ganz heruntergelassen. Es stank nach Abfällen und etliche Obstfliegen schwirrten über der Spüle.

»Habt ihr die Koffer schon gepackt?«

»Was?«

»Du hast übermorgen Urlaub und vor drei Wochen erwähntest du, ihr würdet nach Island fliegen.«

Krachend stach Hannelore die Messerspitze in das Holzbrett, auf dem sie eben noch geschnitten hatte. »Warum bist du wirklich hier, Greta?«

»Erinnerst du dich an das Foto von der jungen Frau, das ich im Motelzimmer unter dem Telefon gefunden und dir gegeben habe?«

»Ja, das habe ich zu der Akte gegeben. Ich konnte es nicht …«

»Nein, bei der Akte lag es nicht.«

»Dann habe ich es wohl vergessen, aus meiner Mappe im Bürofach zu nehmen, aber wie du weißt, ging es mir nicht gut und ich musste mich am nächsten Tag sogar krankschreiben lassen.«

Greta sah Hannelore ernst an und schüttelte den Kopf. »In deinem Büro haben wir es auch nicht gefunden.«

»Wer ist denn wir?« Hannelore stockte, als sie begriff, was das bedeutete. »Ihr habt also mein Büro ohne meine Erlaubnis durchsucht?«

»Jona und Frank waren dabei.«

»Ja klar, Frank, dieser kleine Streber ist immer an erster Stelle, wenn es gegen altgediente Kollegen geht.«

»Ich hatte dir ein wichtiges Beweisstück anvertraut. Es ist unverantwortlich, wenn es nicht in der Akte auftaucht. Das fällt in einem Mordprozess nicht nur einem einzelnen Sachbearbeiter auf die Füße, sondern schadet dem Ansehen der gesamten KPI.«

»Es wird doch sowieso nie einen Prozess geben, da der einzige Verdächtige tot ist, oder irre ich mich?«

Hannelore wurde bei jedem Wort lauter und ihr bis dahin blasses Gesicht färbte sich rot. Greta ließ sich davon jedoch nicht einschüchtern, sondern lief um den Küchenarbeitsblock herum und fasste Hannelore am Handgelenk.

»Du wusstest, wer die Frau war, nicht wahr?«, fragte Greta scharf. »Du wusstest, dass es sich um Maja Reichert handelte, denn Witt hat dich zwei Wochen vorher über ihr Verschwinden unterrichtet.«

»Nein, ich wusste nicht …«

Greta krachte den Notizzettel auf die Arbeitsplatte. »Wir haben den Namen Maja Reichert in deinem Papierkorb gefunden – zusammen mit einer Adresse und der Telefonnummer eines gewissen Antony Laban.«

»Ich wusste nicht, dass es sich um dieselbe Person wie auf dem Foto handelt. Ich habe nicht genau hingeschaut, nachdem du es mir gegeben hattest.«

»Was hast du mit Witt besprochen, als er dich angerufen hat?«

Statt zu antworten, riss Hannelore sich energisch von Greta los und trat an ihr vorbei, um aus einem Hängeschrank zwei Gläser zu nehmen. Beide füllte sie mit Leitungswasser. Aus einem trank sie selbst, das andere hielt sie Greta wortlos hin.

»Ich glaube, ich habe noch irgendwo eine Gesprächsnotiz vom Telefonat«, sagte sie, nachdem sie ihr Glas geleert und wieder abgestellt und Greta ihr das zweite abgenommen hatte. »Sie muss in meiner Arbeitstasche stecken. Womöglich habe ich dort auch versehentlich das Foto hineingetan. Ich schaue schnell im Nebenzimmer nach. Würdest du in der Zeit bitte die Jalousien hochziehen? Die Sonne ist längst weg.«

Greta stellte auch ihr Glas ab und trat zum Fenster, während Hannelore die Küche verließ und vom Flur aus rief, dass es nicht lange dauern werde.

Als das Licht den Raum flutete, blinzelte Greta geblendet und spähte in den Garten. Aufgrund der allgegenwärtigen Hitze vertrockneten bereits die Blüten der Hortensien. Als sie genug gesehen hatte, drehte sie sich wieder zu ihrem Glas um. Dabei fiel ihr sofort das fehlende Messer vom Küchenblock auf.

»Hannelore?«, rief sie.

Keine Antwort.

»Hannelore!«

Greta stürzte in den Flur. Hinter einer Tür vernahm sie ein Klappern. Das Badezimmer! Ohne zu zögern, stürzte sie darauf zu. Vergeblich rüttelte sie an der Klinke. Abgeschlossen.

»Hannelore, mach die Scheißtür auf!«

Doch nichts dergleichen geschah. Im Film sah es immer so leicht aus, wenn Polizisten Türen eintraten. In der Realität verstauchte Greta sich den Knöchel und brachte Türschloss und Türrahmen viel zu spät zum Brechen. Als sie in den Raum stürmte, waren die Wanne und der Fliesenboden bereits voller Blut.

Kapitel 53

Hardy hörte die Schreie seines BKA-Kollegen, konnte ihm jedoch nicht helfen. Nachdem Jens die angelehnte Haustür zu der Hütte aufgestoßen hatte und als Erster eingetreten war, hatte von innen eine mechanische Federung die Tür zugeworfen und sie zusätzlich durch eine Verriegelung blockiert. Hardy hatte gerade noch seinen Pistolenlauf dazwischenbekommen, sonst wäre die Tür ganz ins Schloss gefallen. Jetzt musste er durch den Türspalt tatenlos zusehen, wie Jens verblutete.

»Hilf mir, verdammt, Hardy!«

»Ich kann nicht, Jens, sie klemmt.«

Es war eine Monstertür. Egal, wie sehr Hardy sein Körpergewicht gegen das Türblatt stemmte, er vergrößerte den Spalt um keinen Millimeter. Zudem steckte auch noch seine Pistole fest.

Beim Eintreten hatte Jens gleich zwei Kontakte ausgelöst: den für die Tür und den für die Drahtfalle, die wie durch Zauberhand aus dem Boden geschossen war und sich nun tief in seine Oberschenkel bohrte. So tief und unnachgiebig, dass Jens nicht mehr vom Fleck kam.

»Scheiße, es tut so weh!«, rief Jens mit aufeinandergepressten Zähnen. Verzweifelt versuchte er, die Drähte aus seinem

Fleisch zu ziehen, doch es schien, als würde sich dadurch nur zusätzlich die Haut von seinen Händen schälen.

»Säure!«, wurde es Hardy gewahr. »Verflucht, Jens, lass sie los, sonst verlierst du noch deine Hände!«

»Was soll ich denn machen?«, wimmerte der Angesprochene. »Der Scheißkerl hat mich erwischt.«

»Ich hole Hilfe.«

Es war ein leeres Versprechen, denn sie waren allein hier draußen im Wald und die Hütte befand sich kilometerweit von der nächsten Ortschaft entfernt. Sie waren nur hergekommen, weil sie einem vermeintlichen Zeugenhinweis nachgehen wollten. Inzwischen wusste Hardy, dass der Serienkiller, der sich selbst Angelus nannte, sie im wahrsten Sinne des Wortes in eine Falle gelockt hatte.

»Hilf mir, Hardy, bitte …«

Die Worte des Kollegen wurden mit jeder Silbe leiser. Statt aktiv zu werden und irgendeinen Weg ins Innere der Hütte zu finden, bewegten sich Hardys Beine wie ferngesteuert von der Tür weg. Mit jedem Schritt fiel er tiefer ins Wunderland.

Später gab es eine Untersuchung, die zur Folge hatte, dass man Hardy nicht mehr für außendiensttauglich befand und an den Schreibtisch verbannte. Somit war er immerhin um die Entlassung herumgekommen – wegen guter Verdienste in der Vergangenheit. Ein Kollege war gestorben, weil Hardy nichts unternommen hatte, um ihn zu retten. Er hatte nicht einmal einen Notruf mit seinem Mobiltelefon abgesetzt, obwohl das Gerät nachweislich Empfang gehabt hatte.

Eigentlich hatte Hardy sogar die 112 gewählt und einen Rettungshubschrauber angefordert, aber da war bereits zu viel Zeit vergangen und Jens schon tot gewesen. Anders als sonst, wo Hardy von den Symptomen des AIWS oft nur Sekunden betroffen war, hatte er diesmal minutenlang Zeit und Raum verloren. Offenbar war der Schock zu groß gewesen, was die Reaktion verstärkt hatte.

Das lag Jahre zurück.

Wie lange Hardy heute weggetreten war, konnte er nicht mehr sagen. Er wusste nur noch, dass er das Mehrfamilienhaus betreten hatte und einem Mann auf Krücken begegnet war. Dann hatte er in die leer stehende Wohnung schauen wollen. Sekundenlang war alles schwarz um ihn herum gewesen, bis Angelus aus der Dunkelheit getreten war und ihn an seine Schuld erinnert hatte.

Du hast einen Serienkiller gesucht, hatte Angelus geflüstert, *und ein Monster gefunden. Ein Monster, das du nicht besiegen kannst.*

Hardys Monster war das harmlos klingende AIWS. Alice-im-Wunderland-Syndrom. Die extrem seltene Krankheit, die er vor der realen Welt am liebsten verheimlichen wollte. Doch inzwischen wussten Greta und Staatsanwalt Hildebrand davon. Während Greta es für sich behalten hatte, würde Hildebrand es publik machen, falls Hardy die Ermittlungen nicht so führte, wie der Staatsanwalt es verlangte. Aber die drohende Enthüllung seiner Krankenakte war momentan Hardys kleinstes Problem …

Wieder ein krachender Schlag ins Gesicht. Diesmal mit der flachen Hand. Hardy ächzte vor Schmerz.

»Endlich wach«, kam es mit osteuropäischem Akzent.

Hardy konnte nicht sprechen und er konnte nichts sehen – wegen des Knebels in seinem Mund und wegen der Stoffhaube, die man über seinen Kopf gezogen hatte. Längst hatte er das Szenario um ihn herum realisiert: Man hatte ihn hinterrücks überfallen und auf einen Stuhl gefesselt. Was passieren würde, wusste Hardy nicht, aber er wünschte sich, er könnte durch ein Fingerschnippen in ein Wunderland abtauchen. Doch stattdessen musste er hilflos und blind dasitzen, während Bilder von Folter und grausam zugerichteten Leichen durch seinen Verstand schossen. Sie wurden kurzzeitig verstärkt, als man ihm den Leinenstoff über Kinn und Mund nach oben schob und grob seinen Knebel löste.

Sofort japste Hardy nach Luft. Er hustete und spuckte dabei.

»Hör mir zu«, kam es streng von seinem Peiniger, den er von der Stimme als denjenigen ausmachte, der ihm zuvor auf Krücken und mit einer Nasenbruchmaske im Treppenhaus begegnet war. »Hörst du mir zu, Bulle?«

Hardy nickte eifrig.

»Verstehe«, sagte der Osteuropäer hörbar unzufrieden. »Wenn du nicht reden kannst, wozu brauchst du dann noch deine Zunge?«

»Doch, ich höre zu.«

»Gut.« Der Unbekannte ließ eine Pause, um dann eine seltsame Frage zu stellen. »Was weißt du über Möwenflucht?«

Kapitel 54

Alles rot. Selbst Greta, die sonst kaum eine noch so übel zugerichtete Leiche schockierte, wurde es auf einmal zu viel. Mit gesenktem Kopf und einem Taschentuch vor dem Mund rannte sie an den Kriminaltechnikern und Rettungssanitätern vorbei aus dem Einfamilienhaus, in dem sich vor einer Stunde eine Tragödie abgespielt hatte. Sie weinte nicht, auch wenn ein paar Tränen nach außen drängten. Dafür schluchzte sie umso lauter. Um sich zu beruhigen, griff sie nach ihrer Zigarettenschachtel. Bevor sie sich eine Kippe in den Mund steckte, betrachtete sie ihre Finger. Während sie sich Hände und Arme gründlich mit Seife abgewaschen hatte, klebte an ihrer Bluse und der Jeans noch überall Hannelores Blut. Selbst auf den Schuhen glänzten Spritzer im spätabendlichen Sonnenlicht. Es war ihr egal, ob die Anwohner, die vom vielen Blaulicht angelockt worden waren und mittlerweile in Grüppchen die Einfahrt belagerten, von ihrer besudelten Kleidung entsetzt waren.

Momentan war ihr das alles komplett egal. Sogar ihr Gefühlsausbruch vor den Kollegen, den man ihr leicht als unprofessionelles Verhalten auslegen konnte. Von denen, die vielleicht den Kopf schüttelten, hatte keiner miterleben müssen, wie sich eine Kollegin hinter verschlossener Badtür die Pulsadern mit zwei tiefen Längsschnitten zerfetzt hatte.

In Filmen schossen die Polizisten in Gefahrensituationen einfach mit ihren Dienstwaffen auf die Verriegelungen oder traten Türen spielend leicht ein. In der Realität hatte Greta nach drei vergeblichen Versuchen mit der Schuhsohle nach einem Werkzeug gesucht. Als sie endlich einen großen Schraubendreher gefunden und anschließend die Badtür aufgebrochen hatte, war es bereits zu spät gewesen. Trotz zahlloser Verbände und minutenlanger Wiederbelebungsmaßnahmen. Der Notarzt hatte nur noch eine Nulllinie festgestellt.

»Wenn ich vor fünfzehn Jahren nicht aufgehört hätte, würde ich jetzt mitrauchen«, kam es von der Seite, als Jona zu ihr trat.

Greta nahm einen tiefen Zug von der Zigarette und nickte. »Vielleicht solltest du wieder anfangen. Hätten wir beide was davon, dann könnten wir das Rauchverbot im Büro endlich für beendet erklären. Vor fünfzehn Jahren durfte man noch mit einer Kippe vorm Rechner hocken, ohne ein schlechtes Gewissen zu haben. Da standen sogar noch Aschenbecher der Gewerkschaft herum und unsere Arbeit hat irgendwie mehr Spaß gemacht.«

»Bei der Polizei wurden die Rauchverbote schon Anfang der Zweitausender eingeführt.«

»Ah, stimmt, da hast du ja auch noch heimlich geraucht und permanent mit Raumspray versucht, den Qualm zu übertünchen.«

»Ist alles in Ordnung bei Ihnen, Frau Silber?«, erkundigte sich jetzt Kriminaloberrätin Liebkorn. Die KPI-Leiterin hatte es sich nicht nehmen lassen, sofort zum Ereignisort zu fahren, als Jona sie vom Suizid der Kollegin unterrichtet hatte.

Greta hob ihre Hand mit der Zigarette. »Ich brauche nur etwas frische Luft, dann mache ich meine Aussage.«

»Tut mir leid, dass Sie aktuell so viel durchmachen müssen. Ich beneide Sie um Ihre Stärke. Lassen Sie sich Zeit – und vor allem, suchen Sie verdammt noch mal die Schuld nicht bei Ihnen selbst.«

Damit drehte Liebkorn sich um und überfiel zwei Kriminalbeamte, die so aussahen, als hätten sie momentan keine Aufgabe.

»Wie kommt sie darauf, dass ich mir die Schuld geben würde?«, fragte Greta Jona.

»Weil du dir eine Zigarette nach der anderen reinziehst, genauso schnell, wie ich Schokoriegel vertilge, sobald mir das Wasser bis zum Hals steht.« Er zupfte ihr die Zigarette, die sie gerade am Stummel der vorherigen anzünden wollte, aus dem Mund und zertrat sie. »Vor lauter Schokoriegeln habe ich gar keinen Hals mehr. Scheiße, warum hat Hannelore sich das bloß angetan?«

»Aus Verzweiflung, nehme ich an. Aus purer Verzweiflung. Weil sie einfach nicht mehr mit ihrem schlechten Gewissen leben konnte.«

»Das ist mir eine Spur zu hoch. Oder ist es etwa das, was du später ihrem Mann, den der Krankenwagen eben mit Kreislaufzusammenbruch abtransportiert hat, erzählen willst? Also sprich bitte nicht in Rätseln, du weißt, dass ich die Fakten so einfach wie möglich serviert haben möchte. In meinem Alter sind komplexe Sachverhalte schädlich für Herz und Magen.«

»Es ist komplex, Jona. Es ist so verdammt komplex. Alle hängen da irgendwie mit drin: Münzner, Smoke, Reichert, Seeger, Hannelore … Sogar diese arme polnische Putzfrau. Es würde mich nicht wundern, wenn selbst der neue Staatsanwalt in die Sache verwickelt ist.«

»Hildebrand? Wie kommst du denn darauf?«

Greta zuckte mit den Schultern. »Das fragst du besser Hardy.«

»Apropos Hardy, der müsste längst hier sein.« Jona schnaubte und schaute auf seine Uhr, anschließend spähte er umher und winkte schließlich Henning Zahn zu sich, dem zwischen Ohr und Schulter ein Handy klemmte, während er sich etwas mit Stift und Papier notierte. »Komm mal her, Henning!«

Sichtlich genervt trottete Henning auf sie zu. Erst kurz bevor er sie erreichte, beendete er sein Gespräch.

»Hast du Hardy endlich erreicht?«, wollte Jona wissen.

»Bin ich sein Babysitter?«, murrte Henning und drückte Greta den eben beschriebenen Notizzettel in die Hände. »Da Hardy sich nicht blicken lässt, übernimmst sicher du das.«

Greta las den Namen, der windschief auf dem Papier stand. »Daniel Sobotzik. Wer soll das sein?«

»Das ist der Typ, den wir die ganze Zeit gesucht haben. Das ist dieser Smoke.« So ernst, wie er blickte, wollte er sie bestimmt nicht auf den Arm nehmen. »Haben mir die Kollegen vom Drogendezernat eben gesteckt. Sie haben ein altes Foto mit dem Phantombild verglichen. Die Zeichnung weicht zwar vom Original ab, aber bei eingehender Betrachtung erkennt man Übereinstimmungen. Er ist es definitiv.«

»Woher kennen unsere Leute diesen Sobotzik?«

»Sein Name wurde mal beiläufig im Rahmen einer Telefonüberwachung abgehört. Dabei ging es aber nicht um Smoke persönlich, sondern um einen richtig dicken Fisch namens Werner Löhr, der wohl das Drogengeschäft in Mecklenburg-Vorpommern kontrolliert.«

Greta dachte kurz nach. »Werner Löhr? Taucht der Name nicht sogar in den sichergestellten Unterlagen von Münzner auf? Ich glaube, sie hat für ihn gearbeitet.«

»Vielleicht sollte sie den untergetauchten Sobotzik für Löhr finden. Soweit ich die Erklärungen der Kollegen richtig verstanden habe, hat Smoke in der Vergangenheit für Löhr etliche Drogentransporte aus Polen übernommen und dabei immer einen Teil der Ware unterschlagen. Nähere Infos wollten mir die beim Fachkommissariat 3 nicht geben, da die immer noch an Löhr dran sind und die Rauschgiftermittlungen gegen ihn nicht gefährden wollen.«

»Also schön«, sagte Jona ungeduldig. »Und wo finden wir diesen Smoke jetzt? Ich meine, es gibt doch bestimmt irgendwelche Adressen.«

»Klar, wir klappern einfach sämtliche Friedhöfe ab.«

»Ganz schlechter Witz«, sagte Greta angesichts des Todes von Hannelore.

Henning sah seinen Fehler ein. »Entschuldigung. Ich wollte damit ausdrücken, dass Daniel Sobotzik bereits tot ist.«

Kapitel 55

Möwenflucht.

Der Begriff war Hardy gänzlich unbekannt. Entsprechend antwortete er gegenüber seinem Entführer wahrheitsgemäß: »Davon habe ich nie zuvor gehört.«

»Verstehe.«

Diese schlichte Erwiderung versetzte Hardy in noch größere Angst, denn in dem Wort schwang unverhohlener Zweifel mit. Hätte er doch wenigstens seinem Peiniger direkt in die Augen blicken können, dann hätte er darin vielleicht einen Funken Erbarmen entdecken können.

»Ich weiß es wirklich nicht«, versicherte Hardy, damit es glaubhafter klang.

»Und warum interessierst du dich dann für Maja Reichert?«

Auf diese Frage hätte Hardy ausführlich antworten können, aber er wollte nicht ins Plappern verfallen, wie es für Gefangene in seiner Situation oftmals der Fall war. Plappernde Gefangene konnten auf Entführer verdrießlich wirken. Ebenso wie Leute, die beharrlich schwiegen.

»Es gab eine Vermisstenanzeige.«

Es folgte ein dumpfes, überhebliches Lachen. »Wer hat sie denn als vermisst gemeldet?«

»Ihr Freund.«

»Du redest von Antony Laban?«

Egal, wer der Osteuropäer war, er wusste definitiv mehr über Reicherts Verschwinden. Umso mehr musste Hardy aufpassen, was er sagte.

»Sie kennen ihn?«, traute er sich zu fragen.

Seine Forschheit wurde ihm prompt zum Verhängnis, als sich die Finger des Osteuropäers wie eine Eisenklemme um seinen Unterkiefer legten und sich schlossen. So kräftig, wie der Mann gebaut war, so vehement drückte er auch zu. Hardy trieb es die Schmerzen bis unter die Schädeldecke. Tapfer unterdrückte er einen Aufschrei.

»Laban wird nicht mit euch Bullen reden«, stellte der Mann klar. »Eine Eisenstange hat ihn überzeugt.«

Daher stammten also die Hand- und Gesichtsverletzungen des Dreißigjährigen. Der Osteuropäer hatte sich ihn letztens vorgenommen. Hätte Hardy sich nicht selbst in misslicher Lage befunden, dann hätte er sich vielleicht darüber gefreut, dass es diesen Zuhälter erwischt hatte. Denn nach allem, was Greta herausgefunden hatte, war Maja Reichert nicht seine Freundin, sondern sein Eigentum gewesen, das er gewinnbringend für abartige Sexpraktiken vermittelt hatte. Stattdessen jedoch befürchtete Hardy, dass es ihm in den nächsten Minuten nicht weniger übel als diesem Zuhälter ergehen würde.

Da der Unbekannte noch immer seinen Kiefer umklammerte, brachte Hardy keinen klaren Satz heraus, sondern konnte nur stammeln.

»Also fangen wir noch einmal an«, herrschte der Mann ihn an. »Was weißt du über Möwenflucht?«

»Nichts«, presste Hardy hervor. »Glauben Sie mir doch.«

Der Mann schnaubte, lockerte aber gleichzeitig den Griff. »Dann war es also ebenfalls bloß Zufall, dass du dich auch nach Tom Seeger erkundigt hast.«

Tom Seeger. Der Siebzehnjährige, der seine Mutter umgebracht haben sollte. Also gab es doch einen Zusammenhang zwischen seinem und dem Verschwinden von Maja Reichert. Das Wissen darum nützte Hardy jedoch nichts, im Gegenteil. Wenn der Unbekannte es ihm erzählte, konnte das nur eins bedeuten: Hardy würde niemals die Chance haben, diese Information weiterzugeben.

»Ich ermittle in einem Mordfall«, rechtfertigte Hardy sich. »Ich bin tatsächlich auf Tom gestoßen.«

»Ein Mordfall«, kam es spöttisch. »Dass ihr Bullen euch ständig überall einmischen müsst. Dabei sind Tom Seeger und Maja Reichert einfach bloß unsichtbar geworden. Zisch!«

Hardy zuckte bei dem Laut, den der Mann geräuschvoll neben seinem Ohr von sich speichelte, erschrocken zusammen. Dieser Schreck war jedoch nur ein Vorgeschmack auf den Faustschlag, der ihn unvermittelt und mit voller Wucht am Kinn traf.

Hardy stöhnte und wimmerte. In Erwartung weiterer Schläge und Tritte zwang er sich mit aller Macht, jegliche Schmerzenslaute in sich abzuwürgen. Er versuchte, so ruhig wie möglich zu atmen, doch das gelang ihm nicht. Aus Furcht vor dem, was der Fremde mit ihm anstellen konnte, hechelte er aufgeregt.

»Du willst uns also nicht verraten, was die Polizei über Möwenflucht weiß.«

Uns! Es gab also noch jemanden. Befand sich etwa eine weitere Person in der Wohnung? Augenblicklich vergrößerte sich Hardys Angstgefühl. Sein Herz raste nun im Gleichschritt mit seiner Atmung. Er spannte sämtliche Muskeln an, aber die Kabelbinder hielten ihn am Stuhl.

»Was wollt ihr denn von mir?«, traute er sich zu fragen.

»Was wir von dir wollen? Die Frage ist, was du von uns willst.«

»Nichts. Ich will nur gehen und das hier vergessen.«

Es lachte nur ein Mann, aber so heftig, dass es im Raum schallte.

»Du wolltest doch wissen, wo Maja Reichert ist«, redete der Osteuropäer sogleich weiter. »Wir zeigen dir, wo sie ist. Aber erst, wenn es Nacht wird.«

Damit steckte der Unbekannte Hardy den Knebel wieder in den Mund und entfernte sich aus dem Zimmer. Eine Tür fiel zu. Im Schloss wurde ein Schlüssel herumgedreht. Plötzlich war nur noch Stille um ihn herum.

Von da an wartete Hardy auf die Nacht.

Kapitel 56

»Wie sicher sind wir, dass er wirklich tot ist?«, fragte Greta in ihr Mobiltelefon.

»Du bist vielleicht gut, Kollegin«, antwortete der Kommissar vom Fachdezernat 3. »Uns liegt seine Sterbeurkunde vor. Sogar ordnungsgemäß mit dem Stempel vom Standesamt versehen. Reicht dir das?«

Da Henning ihr nur die nötigsten Informationen gegeben und auch sonst wenig Interesse an der Zusammenarbeit hatte, kümmerte Greta sich selbst darum, mehr über Daniel Sobotzik zu erfahren. Während die Arbeit in Hannelores Haus andauerte, saß sie in ihrem Golf, um in Ruhe telefonieren zu können.

»Nein, das reicht mir nicht«, gab sie genervt zurück, weil der Kollege am anderen Ende ein Riesengeheimnis um dringend benötigte Informationen machte. »Woher wissen wir, dass es sich bei Daniel Sobotzik auch tatsächlich um den Gesuchten im Fall Münzner handelt?«

»Wir haben ein altes Foto von ihm mit dem Phantombild verglichen.«

»Mein Kollege Henning sagte mir, das Phantombild zeige auch Unterschiede.«

»Unterschiede ja, aber deshalb ist es nicht gänzlich falsch. Die Narbe über dem Mundwinkel ist identisch und auch die Augenpartie stimmt überein.« Der Mann seufzte. »Außerdem gibt es in unserer Gegend garantiert keine zwei Menschen, die mit Spitznamen Smoke heißen.«

»Woher weißt du das?«

»Ich möchte nicht näher auf unseren alten Fall eingehen, da die Ermittlungen irgendwann fortgeführt werden.«

»Du redest von den Ermittlungen gegen Werner Löhr?«

»Ja, ich rede von Löhr. Der Fall ruht zwar momentan, weil der Richter die Telefonüberwachung mangels Beweisen nicht verlängert hat, aber wir haben trotzdem genügend Material gesammelt, um jederzeit weiterermitteln zu können. Bei den abgehörten Gesprächen wurde Smoke jedenfalls mehrfach genannt. Smoke ist Daniel Sobotzik, daran besteht kein Zweifel. Wie gesagt, ich will nicht ins Detail gehen, weil diese Infos streng geheim sind, aber da der Typ eh gestorben ist, will ich nicht so sein. Der wollte sein eigenes Geschäft aufmachen, und zwar ausschließlich über das Darknet. Smoke war nämlich nicht nur ein windiger Dealer, sondern auch ein talentierter Computerfreak.«

Das klang interessant, zumal sie einen Link ins Darknet hatte, nur wusste Greta noch nicht genau, was sie mit diesem Wissen anfangen sollte.

»Gut, und woran ist er gestorben?«, fragte sie. »An einer Überdosis?«

»Nein, es war ein natürlicher Tod. Angeblich Herzversagen.«

»Herzversagen? Mit fünfundzwanzig?«

»Wie gesagt, ich gebe nur weiter, was wir haben – und Sobotzik hatte wohl einen angeborenen Herzfehler.«

Für jemanden, der an einem Herzfehler gelitten hatte und daran gestorben war, schien Smoke ganz schön lebendig. Oder aber sein Geist spukte noch im Internet herum und hatte sogar ein Motel betreten. Da Greta jedoch nicht an Geistergeschichten glaubte, wollte sie der Sache auf den Grund gehen. Und sie wusste auch schon, an wen sie sich wenden musste. An Professor Jan Finow.

»Ich nehme an, eine schriftliche Zusammenfassung werde ich von euch nicht bekommen. Wegen der Geheimhaltung und so …«

»Wenn du mehr über Schotzik erfahren willst, kannst du ja mal bei der Rechtsanwaltskanzlei Klein & Partner in Neubrandenburg anrufen.«

»Was haben die denn auf einmal damit zu tun?«

»Laut unseren Unterlagen haben die den Nachlass des Toten geregelt.«

Sie bedankte sich bei ihrem Kollegen für die Auskünfte und beendete das Gespräch. Auf Hannelores Grundstück herrschte unterdessen nach wie vor reges Treiben. Statt sich mitten ins Getümmel zu werfen, blieb Greta im Auto sitzen. Sie dachte über die eben genannte Anwaltskanzlei nach. Irgendwo in ihrem Hinterkopf klingelte etwas. Weil ihr jedoch nicht einfiel, woher sie den Namen Klein & Partner kannte, rief sie sich selbst zur Ordnung, nicht den Faden zu verlieren.

»Vielleicht bildest du dir das auch nur ein, Greta.«

Sie wählte Professor Jan Finows Nummer. Zu ihrem Erstaunen ertönte das Anrufsignal nur ein einziges Mal.

»Ha, anscheinend besteht doch so etwas wie eine telepathische Verbindung zwischen uns«, kam es sofort von Jan. »Ich wollte dich nämlich gerade anrufen.«

»Mach dir keine Hoffnungen, die einzige Verbindung zwischen uns sind Mobilfunkwellen.«

Jan lachte. »Ich liebe deinen schneidigen Humor.«

Gretas Blick ging durch die Frontscheibe hinaus Richtung Auffahrt, wo die Bestatter sich einen Weg durch die

Schaulustigen bahnten. »Glaub mir, mein Humor hat sich gerade in der Wanne die Pulsadern aufgeschnitten.«

Weil es Jan daraufhin tatsächlich die Sprache verschlug, fragte sie sich, ob sie mit der Äußerung zu weit gegangen war. Bevor sie zu ihrem eigentlichen Anliegen kam, zündete sie sich hastig eine Zigarette an. »Ich habe Neuigkeiten zu Smoke.«

»Sieh an, da haben wir noch etwas gemeinsam«, fand Jan seine Stimme wieder. »Genau wegen Smoke wollte ich nämlich anrufen. Du hattest recht, das Passwort für die Linkweiterleitung lautete tatsächlich ›FarbloseKatze‹.«

In Erwartung einer sensationellen Neuigkeit fragte sie: »Und was hast du entdeckt?«

»Tja, der Link führt zu einem Chatbot.«

Kapitel 57

So fühlte es sich also an, wenn man im Wartezimmer des Todes saß. Unfähig, sich zu regen, unfähig, zu sprechen. Natürlich würde Hardy sterben, weshalb sonst hatte man ihn an den Stuhl gefesselt? Der Stuhl, der sich, egal wie sehr er die Schuhspitzen gegen den Boden presste, keinen Millimeter bewegte. Andernfalls hätte er so lange mit dem Sitzmöbel gekippelt, bis jemand im Haus die Klopfgeräusche der Stuhlbeine in der leer stehenden Wohnung verdächtig vorgekommen wären und er den Notruf gewählt hätte. Wenn die Möglichkeit bestanden hätte, wäre er sogar freiwillig umgekippt, um heftigen Lärm zu machen. Aber sein Entführer hatte anscheinend an alles gedacht und den Stuhl irgendwie am Boden verankert.

Wie es aussah, beabsichtigte der Osteuropäer sogar, Hardy Zeit zu geben, über alles nachzudenken. Nur deshalb lebte er momentan noch.

Und genau das tat er auch: Er dachte nach. Dabei achtete er auf eine gleichmäßige Atmung, ordnete seine Gedanken und ging zurück an den Tag, als Jona ihn angerufen und mit diesem beschissenen Fall beauftragt hatte. Zu dem Zeitpunkt war Hardys Welt zwar alles andere als in Ordnung, aber er war garantiert nicht annähernd in einer so fürchterlichen Situation wie jetzt gewesen. Nein, sein dringendstes Problem war die Wohnungssuche gewesen – und ausgerechnet die Wohnungssuche hatte ihn in diese todbringende Lage gebracht. Bei diesem angeblichen Wohnungsmakler, Ingo Hübner, musste es sich um die zweite Person handeln. Nur, wer war Hübner wirklich?

Hardy fiel es schwer, sich zu konzentrieren. Wenn um ihn herum doch wenigstens nicht diese Totenstille geherrscht hätte! Musik oder irgendwelche Gespräche im Hausflur hätten seine Qualen schon um ein Minimum erträglicher gemacht. Doch nichts davon gab es hier. Selbst der Fahrverkehr, den man sonst durch geschlossene Fenster als sanftes Rauschen wahrnahm, schien in dieser Gegend zum Erliegen gekommen zu sein. Die einzigen Laute kamen von Hardy selbst. Ein schmerzerfülltes Stöhnen.

Er stöhnte vor Anstrengung, weil er gegen die Fesseln ankämpfte, obwohl er längst wusste, dass er sich niemals allein befreien konnte. Wenn es anders gewesen wäre, hätte sich sein Entführer nicht entfernt, sondern ihn bewacht.

Nein, es waren mindestens zwei Entführer. Einer, der alles geplant und ihn zu dieser Adresse gelockt hatte, und der andere, der bärtige Osteuropäer, der Hardy schlussendlich überwältigt hatte. Streng genommen handelte es sich nicht bloß um Entführer, sondern um Mörder.

Dieser Gedanke ließ ihn abermals so heftig erschaudern, dass er am ganzen Körper zitterte.

Wer kam als Drahtzieher infrage? Wer hatte von Hardys Wohnungssuche gewusst? Ein Kollege, ein Freund, ein Bekannter, ein Nachbar in dem Mehrfamilienhaus, in dem er derzeit wohnte? Je länger er überlegte, umso mehr erinnerte er sich an Situationen, in denen er laut über die Wohnungssuche gesprochen hatte. Während eines Telefonats oder in Zwiegesprächen, jeder hätte ihn belauschen können. Selbst auf seinem Schreibtisch im Büro lagen Annoncen, Adressen und Telefonnummern. Wenn jemand etwas davon aufgeschnappt hatte, dann bedeutete das zwangsläufig eines: Hardys Gegner kam aus seinem Umfeld.

Kapitel 58

»Was ist ein Chatbot?«, fragte Greta den Professor durchs Telefon.

»Ein Programm, das automatisch auf Textnachrichten reagiert«, kam es schmatzend zurück.

In Gretas Vorstellung stopfte sich der Single am anderen Ende der Verbindung eine Pizza in den Mund, während er mit fettigen Fingern den Hörer hielt. Inständig hoffte sie, dass sie sich täuschte und der Computerfreak nicht dem gängigen Klischee entsprach. »Erklär es mir bitte so, als würdest du mit einem Grundschüler sprechen, der seine erste Informatikstunde absolviert.«

»Ganz einfach! Du stellst dem Programm eine Frage und es analysiert deine Sätze und antwortet auf Schlüsselwörter. Man könnte es mit einer Mailbox vergleichen, auf der du im Internet deine Nachricht hinterlässt, und wenn du Glück hast, meldet sich jemand bei dir.«

»Soll das heißen, ich schreibe mit einem Roboter? Wozu sollte das gut sein?«

»Manche nutzen solche Programme als puren Zeitvertreib.«

»Schon klar, ich bin keine Grundschülerin, ich meine, was fangen wir nun mit diesem Chatbot an?«

»Woher soll ich das wissen? Du hast mir doch den Link gegeben.«

Vor ihrem geistigen Auge konnte sie förmlich sehen, wie er mit den Schultern zuckte. »Und hast du dem Programm eine Frage gestellt?«

»Natürlich, sogar mehrere. Aber es waren wohl die falschen Fragen. Die Anzahl an möglichen Antwortsätzen scheint mir sehr begrenzt zu sein.«

Greta zog an ihrer Zigarette und versuchte zu verstehen, was das bedeuten sollte. »Also ist der Link eine Sackgasse?«

»Wie gesagt, wir müssen die richtigen Fragen stellen.«

Greta rauchte weiter und überlegte eine Weile. »Frag nach Daniel Sobotzik.«

»Aha, verrätst du mir auch, wer das ist?«

»Besser nicht.«

»Verstehe, VS – Verschlusssache, wie Hardy immer so schön sagt. Vermutlich müsstest du mich ebenfalls töten, wenn ich es erfahren würde. Das hat jedenfalls Hardy oft behauptet. So im Nachhinein stelle ich fest, dass er eigentlich gar kein richtiger Freund ist. Freunde drohen einem nämlich nicht.«

Im Telefon waren Tastaturgeräusche zu hören. Greta betete im Stillen, dass er nicht auch noch von ihr verlangte, für ihn Partei zu ergreifen und schlecht über Hardy zu reden.

»Das siehst du doch auch so, oder?«, kam es prompt.

»Hardy und ich, wir drohen uns auch immer gegenseitig. Unter Freunden ist das wohl eher so eine Art Spiel.«

»Ich dachte, ihr beide wärt Kollegen …«

Während er plapperte, piepte auf einmal Gretas Handy. Eine SMS war eingegangen. Sie schaute kurz nach und wusste im ersten Moment nicht, was die Zahlen bedeuten sollten, bis sie begriff.

»Hast du irgendwas im Internet gemacht?«, fragte sie aus einer Eingebung heraus.

»Hat es etwa geklappt?«, stellte Jan eine Gegenfrage.

»Ich habe einen sechsstelligen Verifizierungscode auf mein Handy erhalten.«

»Wunderbar«, jauchzte der Professor. »Den fordert nämlich der Chatbot.«

»Moment, hast du etwa meine Handynummer hinterlegt?«

»Brauchst du nun Antworten oder nicht? Diktier mir einfach die Zahlen. Aber schön langsam.«

»Ich …«, fing Greta an, um sich sogleich zu besinnen. »5-4-0…«

Jan tippte den Code ein.

»Was ist?«, fragte sie neugierig, weil er danach nichts sagte.

»Hm, es tut sich nichts …«

»Was denn, willst du mir sagen, du hast gerade meine Handynummer im Darknet veröffentlicht und jetzt tut sich nichts?«

»Am besten besuchst du mich zu Hause, dann sehen wir gemeinsam an meinem Arbeitsrechner weiter.«

Verärgert beendete sie das Gespräch. Zum Glück handelte es sich bei der Telefonnummer um die von Hannes.

Ihr fiel plötzlich ein, dass vom Krankenhausaufenthalt noch der Dienstlaptop im Kofferraum lag. Gerade als sie aussteigen wollte, um ihn zu holen, trat Jona an den Wagen und sprach sie durch die geöffnete Seitenscheibe an.

»Du sitzt die ganze Zeit hier drin, ist alles in Ordnung mit dir? Willst du nicht lieber nach Hause fahren? Meine Erlaubnis hast du längst.«

Greta winkte ab, stieg aus, ging zum Kofferraum und öffnete ihn.

»Wozu brauchst du denn jetzt den Laptop?« Jona deutete hinter sich zum Haus. »Ich meine, wir haben wichtigere Aufgaben.«

Das sah Greta anders, doch sie war zu geschafft, um ihm von den letzten beiden Telefonaten zu berichten. »Hast du schon mal was von Klein & Partner gehört?«

»Der Anwaltskanzlei aus Neubrandenburg? Komisch, Annika Liebkorn hat mich auch kürzlich auf die angesprochen, als wir uns über Staatsanwalt Hildebrand unterhalten haben. Es kursierte wohl mal das Gerücht, dass er bei denen einsteigen wollte. Ist aber nicht passiert, stattdessen hat er Luthers Nachfolge angetreten.«

Greta ließ die Laptoptasche zurück in den Kofferraum fallen und drehte sich Jona zu. »Hildebrand!«

Jona wich zurück. »Hab ich was Falsches gesagt?«

Sie überlegte scharf und schüttelte über ihre eigene Vergesslichkeit den Kopf. »Diese miese Ratte!«

»Der Staatsanwalt?«, fragte Jona.

»Nein, mein Ex.«

Endlich wusste sie, woher sie Tilo Hildebrand kannte. Vor drei oder vier Jahren war sie ihm in der Anwaltskanzlei ihres Ex-Mannes begegnet.

Kapitel 59

Hannelore Preiß war also ausgestiegen. Über diese unvorhergesehene Entwicklung war die Person mit dem Loch im Herzen ein bisschen bestürzt. Letzten Endes hatte sie aber immer gewusst, dass die Kommissarin schwach und dadurch ein Sicherheitsrisiko gewesen war. Ja, es hatte sogar eine Zeit gegeben, da hatte die Person mit dem Loch im Herzen darüber nachgedacht, ihr ebenfalls eine Schlinge um den Hals zu legen und ihre Leiche verschwinden zu lassen. Schlussendlich hatte sie es nicht getan, denn bis das Missgeschick mit dem Dealer passiert war, hatte sie hervorragende Arbeit geleistet. Danach hatte Hannelore mehr und mehr die Nerven verloren.

Seufzend legte die Person mit dem Loch im Herzen ihr Handy in die Mittelkonsole und stellte das Autoradio ein Stückchen lauter. Aus den Lautsprechern tönte ein Lied mit dem Titel »Leiser«. Auf dem Radiodisplay stand als Interpret LEA.

Trotz der kritischen Textzeilen musste die Person mit dem Loch im Herzen auf einmal kichern.

Leiser.

Gar kein so übler Gedanke. In den Augenblicken, in denen die Geister nicht anwesend waren, gestand sich die

Person mit dem Loch im Herzen ein, dass der Dealer niemals hinter das Geheimnis des Geschäfts mit makellosen jungen Menschenkörpern hätte kommen dürfen. Dabei hatte es wie bei allen anderen *Kunden* davor und danach reibungslos funktioniert. Sobotzik hatte erhebliche private Probleme gehabt, hatte deshalb einen Weg gesucht, um komplett auszusteigen, und schließlich von den Purple Tickets gehört, die ihm ein sorgenfreies, wenngleich spartanisches Leben ermöglichen konnten. Anschließend hatte er eingewilligt, am Projekt Möwenflucht teilzunehmen. Daran hatte sich Sobotzik sogar gehalten. Er hatte im Bekanntenkreis Gerüchte seines Ausstiegs gestreut, hatte alle seine Wertsachen zu Geld gemacht, Versicherungen gekündigt, seine Konten aufgelöst und schließlich ein Fährticket gekauft. Zusätzlich hatte er die Checkliste sorgfältig abgearbeitet. Leider nur bis zu einem gewissen Punkt ...

»Tja, dann hast du plötzlich tiefgreifendere Recherchen angestellt und dich mit der *Silbermöwe* beschäftigt«, redete die Person mit dem Loch im Herzen plötzlich los, als würde Sobotzik ebenfalls im Wagen sitzen. »Du hast herausgefunden, was das Schiff unter Deck transportiert und dass es gar keine Tickets in die Freiheit gibt. Und plötzlich saßt du in einer Sackgasse, weshalb du auf eigene Faust untertauchen musstest. Fast drei Jahre lang warst du von der Bildfläche verschwunden, bist höchstwahrscheinlich im Ausland kreuz und quer herumgereist, ziellos von einem Ort zum anderen, während man dich in Deutschland für tot gehalten hat. Irgendwann ist dir das Geld ausgegangen, und wie eine Fügung des Schicksals tauchte die Todesanzeige deiner Tante auf, was dich kürzlich aus der Deckung gelockt hat. Nur, wie solltest du jetzt an das Erbe herankommen? Immerhin gab es da ja noch deine *Jäger*. Doch statt eines Drogendealers oder meiner Wenigkeit hat Paulina Münzner dich zuerst gefunden und kontaktiert. Vor knapp drei Wochen ist das gewesen. Sie hat Fragen zur verschwundenen

Maja Reichert und zu Möwenflucht gestellt. Am Anfang hast du geschwiegen und sie für verrückt erklärt, aber sie ist hartnäckig geblieben und hat dir erzählt, was Werner Löhr mit kleinen Drogenkurieren macht, die ihn bestehlen und ihr eigenes Geschäft aufmachen wollen. Deswegen hast du sie vermutlich ausgelacht, aber sie hat dir gedroht, dich aufzuspüren. Du wusstest, dass sie gut darin war, jemanden zu finden. Also wozu solltest du weiter lügen? Münzner war sowieso dicht dran, hinter mein Geheimnis zu kommen. Daraufhin hast du kleiner Drecksack die Chance genutzt und ihr einen Deal vorgeschlagen. Du wolltest auspacken, und sie sollte dir helfen, dein altes Leben zurückzubekommen.« Die Person mit dem Loch im Herzen schlug gegen das Lenkrad. »Zum Glück hast du mein Gesicht nie gesehen, weil der Kontakt bis dahin ausschließlich übers Telefon und das Darknet stattfand.«

Ah, der Dealer ist also doch ein Problem, flüsterte statt Sobotzik eine der Stimmen, die sich die Person mit dem Loch im Herzen eingefangen hatte. Eine Stimme gleich einem Geschwür, das dann und wann aufbrach.

»Es gibt keine Probleme, nur Lösungen.«

Und wie sieht die Lösung diesmal aus?

Darüber hatte die Person mit dem Loch im Herzen sehr gut nachgedacht. Ihr Plan stand bereits fest.

»Ich werde alles in die Luft jagen.«

Kapitel 60

Blind und verängstigt stolperte Hardy vorwärts. Seit Stunden hing über seinem Kopf die Haube, die alles dunkel machte. Soweit sein Orientierungssinn funktionierte, führte man ihn zur Hintertür hinaus, dort, wo am Tag die Fahrräder gestanden hatten. Nach dem langen Sitzen musste er sich erst an das Gehen gewöhnen. Inzwischen musste es Nacht sein, denn wie angekündigt, sollte er ja etwas gezeigt bekommen und wurde dafür nun von dem Osteuropäer aus der Wohnung geführt. Außerdem war es etwas kühler geworden.

Wenn du auch nur eine falsche Bewegung machst, schlitze ich dir die Kehle auf und lasse dich auf der Straße verbluten.

Diese Warnung des Unbekannten hallte in Hardys Ohr, während er sich seinem Schicksal ergab und den strikten Anweisungen folgte. Die frische Luft, die durch den Stoff plötzlich in seine Nase strömte, fühlte sich nur scheinbar nach Freiheit an.

Die Schiebetür eines Fahrzeugs wurde geöffnet. Irgendwo in der Nachbarschaft bellte ein Hund. Von hinten kam ein Stoß. Hardy stürzte über die Einstiegsschwelle eines Transporters und landete hart auf der Ladefläche.

»Bleib einfach liegen«, kam es kühl.

Abermals versuchte Hardy, durch den Knebel zu sprechen. Erneut drangen nur gepresste Laute aus seiner Kehle. Gleichzeitig roch er Öl und spürte den kalten Blechboden.

»Du hast es bald geschafft«, beschied man ihn.

Nur einen Moment später krachte die Schiebetür zu.

Seit der Unbekannte Hardys Fesseln vom Stuhl gelöst und ihn rabiat hochgerissen hatte, waren höchstens zwei Minuten vergangen. Wenn der Knebel im Mund nicht gewesen wäre, hätte Hardy gefragt, wo der Fremde ihn hinbrachte. Vermutlich hätte er keine Antwort bekommen. Einfach, weil Ungewissheit der menschlichen Psyche entsetzlich zusetzen kann.

Obwohl sich zwischen der Außenwelt und dem Innenraum der Ladefläche nur eine Blechwand befand, war es hier drinnen ähnlich still wie in der Wohnung. Wieder befand er sich im Wartesaal des Todes, nur diesmal in einer neuen unbequemen Haltung und umgeben von anderen Wänden.

Laut wurde es erst, als der Motor startete und gedämpfte Töne eines Autoradios einsetzten. Die Bewegungen der Maschine übertrugen sich über die Karosserie bis in Hardys Knochen. Nahezu gemächlich fuhr der Wagen an, doch sogleich wurde Hardy durchgerüttelt. Offenbar waren die Räder einen Bordstein hinuntergeholpert. Vermutlich hatte der Osteuropäer den Transporter über eine Ausfahrt und den Gehweg auf die Straße gelenkt. Es blieben bloße Vermutungen. Hardy hätte statt in die offen stehende Wohnung lieber einen Blick in den Hof werfen sollen. Im Schutz der Dunkelheit brachte man ihn von der Wollweberstraße an einen Ort, wo niemand ihn finden würde.

Schon jetzt hatte Hardy jegliches Orientierungsgefühl verloren. Selbst Geruch und Gehör funktionierten nur noch eingeschränkt. Er fühlte bloß noch pure Verzweiflung. Bei jedem Stopp, bei jeder Kurve rang er um sein Gleichgewicht. Dabei konnte er nicht einmal behaupten, der Fahrer würde wie ein

Geistesgestörter durch die Straßen von Anklam rasen, um möglichst schnell zum Ziel zu kommen. Im Gegenteil, er schien im normalen Stadtverkehr mitzuschwimmen. Erst später beschleunigte er. Vermutlich hatten sie die Landstraße erreicht. Zumindest war Hardy sich sicher, dass sie das Ortsausgangsschild hinter sich gelassen hatten. Unvermittelt tauchte vor seinem geistigen Auge das Bild der toten polnischen Reinigungskraft auf. Eine von Fischen angefressene, aufgeblähte Leiche. Man brachte Hardy nicht einfach an einen geheimen Ort, sondern dorthin, wo ein nasses Grab auf ihn wartete.

Während er jede Bodenwelle mit seinem Körper abfing, den Fahrgeräuschen lauschte und gedanklich verschiedene Szenarien für seinen Tod durchspielte, verging die Zeit. Bald konnte er nicht mehr sagen, wie lange er eigentlich schon auf der Ladefläche lag.

Plötzlich ertönte draußen eine Sirene. Zuerst dachte er an pure Einbildung, aber sogleich merkte er, dass die Töne tatsächlich von einem Martinshorn stammten. Polizei! Und das akustische Signal wurde lauter, weil sich der Funkstreifenwagen schnell von hinten näherte.

Hardy merkte, wie sich daraufhin das Tempo seines Entführungsfahrzeugs abrupt erhöhte. Zugleich hörte er den Osteuropäer in der Fahrerkabine mehrfach fluchen. Offenbar galt das Sondersignal ihm. Nach einigen Sekunden schien der Fahrer hektisch mit jemandem zu telefonieren. Hardy verstand jedoch kein einziges Wort, denn mehr als zuvor kämpfte er darum, nicht den Halt zu verlieren. Vergeblich, in einer Kurve verlor die Schwerkraft gegen die Fliehkraft. Brachial donnerte Hardy mit Rücken und Steiß gegen die Blechwand, um in der nächsten Sekunde auf die andere Seite geschleudert zu werden. Er wollte aus Leibeskräften schreien, doch seine unterdrückten Laute waren lächerlich leise gegen den Lärm um ihn herum.

Seine Verbringung glich nun einer Verfolgungsjagd. Inzwischen klebte der Streifenwagen offenbar direkt am Heck des Transporters, denn das Martinshorn tönte schmerzlich in seinen Ohren. Darüber war er unendlich froh, und es interessierte ihn kein bisschen, wie die Polizei auf den Transporter aufmerksam geworden war. Er wollte nur noch gerettet werden.

Während er auf der Ladefläche unfreiwillig herumrollte, sich Schultern, Knie und Kopf stieß, konnte er sein Glück kaum fassen. Bis der Wagen erneut eine Kurve fuhr, die Bodenhaftung verlor und mit einem fürchterlichen Knall gestoppt wurde. Das war der Moment, in dem Hardy hörte, wie sein Genick brach.

Kapitel 61

Im Vertrauen hatte Greta gegenüber ihrem Chef Bedenken bezüglich Staatsanwalt Hildebrand geäußert, doch Jona wollte davon nichts wissen.

»Du solltest nach Hause fahren«, hatte er gemeint und sich umgedreht. »Die Tragödie eines Selbstmords steckt niemand so leicht weg. Schon gar nicht, wenn man hautnah dabei war und es sich um eine Kollegin handelt.«

Eine gefühlte Ewigkeit hallte nun schon das Rufzeichen in Gretas Ohr. Mittlerweile war es der dritte Anwahlversuch, aber sie musste Frank Silber dringend erreichen. Wenn es gegen ihren Ex-Mann ging, hatte sie sich vor langer Zeit geschworen, nie wieder klein beizugeben. Demzufolge würde sie notfalls auch ein viertes oder fünftes Mal seine Nummer wählen. Tatsächlich zahlte sich ihre Hartnäckigkeit aus, denn schlussendlich nahm Frank das Gespräch an.

»Was ist denn um diese Uhrzeit so wichtig, dass du mich anrufst?«, kam es gereizt aus dem Telefon.

»Tilo Hildebrand«, brachte sie sofort den Namen des Staatsanwalts ins Spiel. »Hast du deinen alten Freund in letzter Zeit kontaktiert?«

»Deshalb rufst du mich spätabends an, Greta?« Wie sie es von ihm als selbstgefälligem und erfahrenem Strafverteidiger kannte, ließ er keinerlei Überraschung oder Schwäche erkennen. Weder stockte er, noch lag in seiner Stimme die kleinste Verunsicherung. »Du erstaunst mich immer wieder aufs Neue. Ich wusste zwar immer, dass du verrückt bist, aber jetzt auch noch Telefonterror … tsss …«

Innerlich musste sie auflachen. Er hatte damals also eine Verrückte geheiratet. Für so dumm hatte sie Frank eigentlich nie gehalten, aber er hatte ja sowieso erst nach der Trennung und späteren Scheidung das wahre Ausmaß seines unerträglichen Charakters offenbart. Selbst nach all den Jahren entdeckte sie noch Widerwärtigkeiten an ihm, die ihr bislang nicht aufgefallen waren.

»Glaub bloß nicht, dass es mir Freude bereitet, mich mit dir zu unterhalten«, erwiderte sie. »Nach den beschissenen letzten Tagen hast du noch gefehlt, um mein Elend zu vervollständigen.«

»Ja, meine Jungs haben mir erzählt, dass sie dich im Krankenhaus besucht haben. Bist du wieder rückfällig geworden?«

Seine Jungs! Ständig vermied er es, von ihren gemeinsamen Kindern zu sprechen. Wenn er gekonnt hätte, dann hätte er ihr den Umgang mit ihren Söhnen gänzlich verboten, aber zum Glück waren die beiden inzwischen erwachsen. Trotzdem schmerzte es sie, wenn er die Kinder als Puffer ins Spiel brachte. Es schmerzte sie mehr als seine offenkundigen Beleidigungen.

»Was läuft da zwischen dir und Hildebrand?«, kam sie auf ihr Anliegen zurück.

»Ich weiß nicht, wovon du redest. Hildebrand und ich haben schon seit über einem Jahr nichts mehr miteinander zu tun gehabt. Außerdem …«

»Ich könnte leicht deine Telefonverbindungen überprüfen lassen, wenn ich den begründeten Verdacht habe, dass ihr zwei in kriminellen Geschäften steckt.«

»Pah, wie lächerlich! Das würdest du niemals tun, weil es illegal ist, das weißt du genau. Es könnte dich deinen Job kosten.«

Natürlich hatte er recht, aber sie wollte zeigen, wie ernst ihr die Sache war. »Und das ist es schließlich, was du dir wünschst: dass ich meinen Job verliere, nicht wahr?« Aber den Gefallen würde sie ihm niemals tun. »Schön, wenn du es von allein ausprichst. Deshalb hast du nämlich Hildebrand auf mich angesetzt, damit er direkt auf meine Arbeit und Befugnisse Einfluss nehmen kann. Deshalb versucht er, mich bei der Kripo in Misskredit zu bringen und als unfähige Ermittlerin dastehen zu lassen.«

»Ob du eine unfähige Ermittlerin bist, sollen andere einschätzen«, antwortete er kühl. »Mit dem Staatsanwalt habe ich jedenfalls nichts zu schaffen. Ich beende jetzt das Gespräch …«

»Hildebrand ist früher bei deiner Kanzlei ein und aus gegangen«, hielt sie ihn in der Leitung. »Dort bin ich ihm nämlich selbst begegnet, als ich dich in deinem Büro aufsuchen musste, um überhaupt an dich und unsere Söhne heranzukommen.«

»Ja, an deine ungebetenen Besuche erinnere ich mich in der Tat.«

»Du sagtest damals, es sei nie verkehrt, wenn man sich mit einem Staatsanwalt gut versteht.«

Er seufzte. »Und weiter?«

»Ich denke, du pflegst nach wie vor eine gute Beziehung zu Hildebrand und machst dir diese derzeit zunutze, um mir zu schaden.«

»Es ist zwar absurd, was du mir da vorwirfst, aber bitte, dann verrate mir, was ich für einen Grund hätte.«

»Du kannst es nicht ertragen, dass unsere erwachsenen Kinder in letzter Zeit wieder mehr den Kontakt zu mir suchen …«

Wortlos legte Frank auf. Verärgert über ihren dilettantischen Versuch, stierte Greta ihr Handy an, als könnte sie nachträglich ein Geständnis ihres Ex-Mannes daraus hören. Ratlos blickte sie sich danach um.

Sollte sie wirklich Jonas Rat befolgen und einfach diesen tragischen Ort verlassen? Sollte sie Hannelores Leichnam im Wagen des Bestattungsunternehmens einen letzten Gruß schicken und danach alles stehen und liegen lassen und nie wieder über die Ereignisse der letzten Tage reden? Vielleicht sollte sie sich einfach an ihr Schreibprogramm setzen und mit ihrem angefangenen Krimi weitermachen. Wobei Geschichten mit Mord und Totschlag keine hilfreiche Ablenkung gewesen wären.

»Nein, du würdest keine drei Zeilen hinbekommen«, redete sie mit sich selbst.

Ihr Blick blieb an Annika Liebkorn hängen, die erhaben wie eine Galionsfigur vor der Garage stand und ein paar Pressevertretern Auskünfte erteilte. Da Jona ihr derzeit kein Gehör schenkte, wollte Greta sich mit ihrem Verdacht ersatzweise an die KPI-Leiterin wenden, sobald die Interviews beendet waren. Eventuell konnte Liebkorn dafür sorgen, dass Staatsanwalt Hildebrand wenigstens nicht mehr die Ermittlungen der aktuellen Morde beaufsichtigte. Dadurch konnte Greta Zeit gewinnen, um herauszufinden, welche Leichen in Hildebrands Keller lagerten.

Greta kam jedoch nicht mehr dazu, mit ihrer Vorgesetzten über den Staatsanwalt zu reden, denn auf ihrem Handy erklang ein Benachrichtigungston.

Die dazugehörige Textnachricht las sich seltsam und zugleich überaus interessant.

Kapitel 62

Nachdem Staatsanwalt Tilo Hildebrand eine Stunde vor Mitternacht noch zwei vertrauliche Telefonate mit Leuten der Anwaltskanzlei Klein & Partner geführt hatte, legte er sein Mobiltelefon auf den Kaminsims. Er rieb sich die brennenden Augen und dehnte seinen Nacken, um die Verspannung darin zu lockern. Es gelang ihm nicht zufriedenstellend.

»Stellst du bitte wieder lauter?«, kam es von draußen durch die offen stehende Terrassentür.

Henriette schien mitbekommen zu haben, dass er nicht mehr telefonierte und zurück im Wohnzimmer war.

»Selbstverständlich, mein Schatz!«, rief er und erhöhte die Lautstärke an der Anlage mit der Fernbedienung.

Die bis dahin kaum wahrnehmbaren Hintergrundklänge schwollen an. »Relaxing Music« zeigte das Display die Auswahl an. Hildebrand nannte so etwas Einschlafmusik. In letzter Zeit liebte seine Frau diese Art von Musik. Er begehrte nicht dagegen auf, denn die Töne besserten ihre Laune jedes Mal ein bisschen.

»Ist es so angenehm?«, fragte er.

Keine Antwort. Vermutlich träumte sie wieder mit offenen Augen. Er seufzte, legte die Fernbedienung beiseite und knöpfte sich das Seidenhemd auf. Gewöhnlich warf er die Kleidungsstücke, die er tagsüber im Büro getragen hatte, direkt bei seiner Heimkehr in die Wäschebox. Da es ohnehin meist spät wurde, ging er oftmals gleich duschen und schlüpfte danach in einen flauschigen Bademantel aus Luxusbaumwolle. Doch heute hatte er auf beides verzichtet. Selbst das volle Glas Wein, das seine Frau ihm eingegossen hatte, stand noch unangetastet auf dem Tisch der Veranda.

Als er das verschwitzte Hemd vom Körper streifen wollte, vibrierte sein Handy. Reflexartig streckte er die Hand zum Kamin aus, hielt jedoch in der Bewegung inne. Eine Nachricht um diese Uhrzeit bedeutete nichts Gutes.

»Ist es wichtig?«

Anders als seine zuvor gestellte Frage schien seine Frau das Brummen vernommen zu haben. Natürlich hatte sie es mitbekommen, denn für sein Handy waren ihre Antennen stets gespitzt. Das war eine der Ursachen, weshalb sie in letzter Zeit so gereizt war: Sie merkte, dass mit ihm etwas nicht stimmte, und er verschwieg ihr den Grund. Was sollte er ihr auch sagen? Ich habe mit dem Teufel paktiert?

»Nein, es ist bestimmt nicht wichtig«, sagte er so fröhlich wie möglich. »Das kann sicherlich bis morgen warten.«

Kaum dass er die Lügen ausgesprochen hatte, tippte er das Display an. Sogleich verfluchte er sich für seine Neugier. Er hatte mit allen möglichen negativen Botschaften gerechnet, nur nicht mit dem Text, der nun aufleuchtete.

Es gab einen Unfall. Sie müssen sich sofort darum kümmern.

Darunter stand eine Zieladresse. Im Kopf überschlug Hildebrand, wie lange er mit dem Auto bis dorthin brauchte. Dabei war die Fahrzeit nicht das Problem, sondern die ausweglose Situation.

Er dachte lange darüber nach, wie er aus diesem Teufelskreis herauskam. Sollte er nach dem Weinglas greifen und antworten, er habe zu viel Alkohol getrunken?

Schnell sammelte er sich. Ihm blieb keine Wahl. Also knöpfte er sein Hemd wieder zu und schob sein Handy in die Hosentasche.

»Es tut mir leid, Schatz, ich muss dringend noch mal ins Büro.«

Ihr zynisches Schnauben war Antwort genug.

»Viel Vergnügen, bei was auch immer«, schob sie nach, weil sie wohl vermutete, dass er sich mit einer anderen Frau traf.

Um ihre Eifersucht nicht zusätzlich anzufachen, zog er sich nicht um. Ein frisches Hemd, womöglich Parfüm dazu, hätte sie vermutlich rotsehen lassen. Dabei liebte er Henriette. Er musste nur noch ein paar letzte Dinge regeln.

Er ging zu ihr auf die Terrasse, um ihr einen Abschiedskuss zu geben, doch sie hielt ein Buch über Eheprobleme dicht vor ihr Gesicht.

»Es dauert nicht ewig.«

Nach dieser erneuten Lüge ging er noch einmal in das Zimmer seines Sohnes Tim. Diesmal blieb er jedoch im Türrahmen stehen und hauchte ihm aus der Ferne einen Kuss zu. Als er eine Minute später zur Haustür hinaustrat, verwandelte er sich in einen anderen Menschen.

Kapitel 63

Jemand rüttelte an Hardys Oberkörper. Er vernahm eine Männerstimme. Die Haube wurde ihm vom Kopf gerissen und der Knebel aus dem Mund gelöst. Als er zur Besinnung kam und daraufhin die Augen aufschlug, flutete gleißendes Taschenlampenlicht den Fahrzeuginnenraum und brannte auf seiner Netzhaut. Er blinzelte, schmeckte Blut. Er lebte. Er lebte und er konnte sich aus eigener Kraft bewegen.

»Gott sei Dank, du lebst!«, hörte er Polizeihauptmeister Witt, der sich in dem verbeulten Wagen über ihn beugte und ihm in eine angenehme Sitzposition half.

»Was?«, stammelte Hardy bloß, weil er erst realisieren musste, was hier geschah. Tröpfchenweise kehrten die Erinnerungen zurück: der Überfall, der Transport, die Polizeisirene.

»Du hattest deutlich mehr Glück als der Fahrer, Junge«, sagte Witt.

Egal, was Hardy im Moment des Unfalls knacken gehört hatte, es war nicht sein Genick gewesen. Vielleicht ein anderer Knochen oder einfach nur das Metall des Transporters beim Aufprall.

»Was ist passiert?«, wollte Hardy wissen.

»Bleib ganz ruhig, ich schneide erst mal die Dinger ab.« Witt zog ein Taschenmesser hervor und klappte die Klinge auf. Er drängte sich aufgrund der Enge im Fahrzeuginneren umständlich an ihm vorbei und machte sich an den Kabelbindern zu schaffen.

Erst jetzt bemerkte Hardy, dass der Transporter auf der Seite lag. Noch halb benommen betrachtete er seine zerrissene Kleidung, die blutigen Wunden auf seinen Oberschenkeln und den Armen. Augenscheinlich waren die Verletzungen nicht so schwer, wie man angesichts des Unfalls hätte meinen sollen. Zur Kontrolle bewegte er jeden einzelnen Finger und öffnete den Mund.

»Feuerwehr?«

»Kannst du allein rauskriechen?«, überging Witt die Frage und deutete zum offen stehenden Flügel am Heck.

Nach dreimal Blinzeln löste Hardy sich aus seiner Erstarrung. Erst jetzt merkte er, wie sehr jede Bewegung schmerzte. Kein Knochen schien mehr an seinem Platz und von seiner Nase tropfte Blut. Dazu bohrten sich tausend winzige Splitter aus Glas und Metall in seine Handballen, als er sich auf allen vieren in die Freiheit rettete.

Draußen empfingen ihn der Lichtkegel einer Straßenlaterne und ein Autofahrer, der seinen Mittelklassewagen schräg hinter dem Streifenwagen geparkt hatte.

»Ist alles in Ordnung mit Ihnen?«, fragte der Mann, traute sich aber nicht richtig näher.

»Es geht schon«, murmelte Hardy erschöpft und gleichzeitig grenzenlos erleichtert, als er endlich wieder aufrecht stehen und frei atmen konnte.

»Alle Mann zurücktreten!«, befahl Witt, der hinter Hardy aus dem Wrack kletterte und anschließend mit ausgebreiteten Armen auf die Schaulustigen losging. »Na los, machen Sie endlich Platz für die Rettungskräfte.«

In der Ferne ertönten die Signalhörner mehrerer anrückender Einsatzfahrzeuge. Hardy schaute sich auf der Straße um, kannte aber die Umgebung nicht.

»Wo zum Teufel sind wir hier?«

Keine Antwort von Witt, weil der damit beschäftigt war, den Bereich um den Unfallwagen frei zu machen. Dafür bekam er anderweitig Auskunft.

»Sie sind in Stralsund«, rief ihm ein Einheimischer zu und deutete auf seine Stirn. »Sie hatten wahnsinniges Glück.«

Als sich Hardy an die gezeigte Stelle griff, spürte er Blut an seinen Fingerkuppen. Er wischte sich mit dem Ärmel über Nasenbein und Stirn, dann wankte er zurück zum umgekippten Transporter.

»Hey, hiergeblieben!«, rief Witt und rannte ihm sogar hinterher. »Schön langsam.«

»Ist er noch im Führerhaus?«, fragte Hardy, als der Polizeihauptmeister ihn erreicht hatte und am Hemd fasste. »Ich muss mir den Scheißkerl vorknöpfen.«

»Wen willst du dir denn vorknöpfen, Kollege?«, reagierte Witt zynisch. »Etwa den eingeklemmten toten Typen hinter dem Lenkrad?«

»Tot?«, wiederholte Hardy, nachdem er den Sinn der Worte erfasst hatte.

»Ja, Scheiße, der Kerl hat die einzige Litfaßsäule weit und breit frontal genommen und nun ist sein Brustkorb platt wie eine Flunder. Gleich wird der Notarzt eintreffen, aber ich glaube kaum, dass der das Wort Reanimation auch nur ansatzweise in den Mund nimmt. Nein, hier brauchen wir höchstens die Feuerwehr, die den Leichnam mit schwerem Werkzeug aus der zusammengepressten Fahrerkabine herausschneidet.« Er fluchte lautstark. »Und alles nur wegen eines kaputten Rücklichts.«

»Was?«

»Ja, verflucht, das Rücklicht an der Karre war kaputt.« Er trat gegen den Fahrzeugboden. »Ich habe das Kennzeichen durchgegeben, und dann kam von der Leitstelle die Info, die Schilder seien geklaut. Kein Wunder, dass der abhauen wollte. Anstatt anzuhalten, fährt sich der Mistkerl tot. – Und kannst du mir mal verraten, was du in dem Wagen zu suchen hattest, Kollege? Mir ist fast das Herz in die Hose gerutscht, als ich einen bewusstlosen Menschen auf der Ladefläche gefunden und danach auch noch festgestellt habe, um wen es sich handelt.«

Hardy wollte etwas erwidern, doch er brauchte selbst eine Weile, ehe er das soeben Gehörte verarbeitet hatte. Statt ihm die Umstände zu erläutern oder Witt wenigstens klarzumachen, um was für einen unglaublichen Zufall es sich handelte, dass der Transporter in eine und ausgerechnet auch noch in seine Verkehrskontrolle geraten war, schob Hardy den Hauptmeister beiseite und stapfte die letzten Meter zur Fahrerkabine. Dort betrachtete er eine Zeit lang schweigend den leblosen Osteuropäer, an dessen dichtem Bart bereits das Blut trocknete. Irgendwann griff Hardy durch die gesplitterte Frontscheibe nach dem eingeschalteten Navigationsgerät, das sich zwischen Scheibenwischer und Motorhaube verkeilt hatte.

Kapitel 64

Auf Gretas Handy näherte sich die Akkuanzeige dem kritischen Bereich. Auf der Fahrt nach Greifswald hatte sie abwechselnd versucht, Hardy und Jan anzurufen. Keinen von beiden erreichte sie. Während Hardy sich auch bei keinem anderen aus dem Kommissariat gemeldet hatte, hatte der Uniprofessor ihr immerhin eine Nachricht geschickt. Die Nachricht, die sie überhaupt erst zu diesem nächtlichen Ausflug veranlasst hatte.

Ich habe das Purple-Ticket gefunden.

Diese einzeilige Textnachricht steigerte Gretas Neugier seit dreißig Minuten ins Unermessliche. Da sie ihre Aussage zu Hannelores Tod gemacht hatte und die Kollegen vor Ort nicht weiter unterstützen konnte, hatte sie kurz entschlossen den Motor ihres Golf angelassen und war zur Wohnung des Professors gefahren. Nun stand sie vor dem Mehrfamilienhaus und suchte am Klingelbrett den Nachnamen. Sie klingelte und dachte darüber nach, wie absurd die ganze Geschichte war.

Ein Purple-Ticket! Inzwischen kam sie sich beinahe wie die Hauptfigur in einer Disney-Verfilmung vor, die von einem absurden Abenteuer ins nächste stolperte. Okay, vielleicht spielte sie nicht gleich die Hauptrolle, denn die Helden waren bei Disney in der Regel rank und schlank, sondern eher die dickliche Begleitfigur. Sie jagte irgendeiner lilafarbenen Eintrittskarte nach und würde vermutlich bald in einem Wunderland landen. Ähnlich wie Hardy bei seinen krankheitsbedingten Trips. Wobei sie ihm mit diesem Gedanken vermutlich unrecht tat, denn soweit sie wusste, hatte er in den letzten Monaten keinen solchen Anfall mehr gehabt.

Da sich über die Wechselsprechanlage niemand meldete, betätigte sie den Klingelknopf erneut. Während sie darauf wartete, dass Jan ihr endlich öffnete, fiel ihr ein, dass sie noch ihre Dienstwaffe bei sich trug. Anders als sonst würde sie die Pistole heute garantiert nicht mehr im Waffenschrank der KPI einschließen. Bei all der Aufregung hatte sie es immer noch nicht geschafft, Hannes anzurufen und ihn über die Geschehnisse des heutigen Tages aufzuklären. Sie war schon eine verdammt schlimme Lebensgefährtin für einen Mann. Andererseits erwartete sie von einem Partner, dass er sich auch mal von selbst nach ihrem Verbleib erkundigte. Wenigstens hin und wieder …

Ich habe das Purple-Ticket gefunden, rief sie sich den SMS-Inhalt abermals in Erinnerung, denn nur deshalb befand sie sich in Greifswald auf der Hans-Fallada-Straße, unweit des Heimattierparks, von dem der unverkennbare Ruf eines Pfaus herüberschallte. So wie es den Anschein machte, war Jan nicht mehr zu Hause. Dabei hatte er sie sogar beim letzten Telefonat aufgefordert, ihn umgehend zu besuchen, um gemeinsam irgendeine bekloppte Schnitzeljagd im Darknet zu beenden.

Sie klingelte zum dritten Mal und aus einer Eingebung heraus drückte sie gleichzeitig gegen die Haustür. Zu ihrem Erstaunen schwang sie nach innen.

»Warum einfach, wenn es auch kompliziert geht, Greta?«

Kurz wartete sie noch, ob der Wohnungsinhaber sich nunmehr meldete, dann betrat sie das Haus. Vielleicht war die Außenklingel kaputt. Deshalb wollte sie es direkt an der Wohnungstür versuchen.

Sie stieg bis zur obersten Etage hinauf, da Jan im Dachgeschoss lebte. Noch bevor sie die letzte Stufe erreichte, bemerkte sie bereits den Spalt der offen stehenden Wohnungstür. Mitten hinein in ihre Verwunderung krähte Axl Rose »Sympathy for the Devil«.

Vermutlich rief Jan sie gerade zurück. Doch nur einen Wimpernschlag später betrachtete sie irritiert das Display, denn darauf wurde eine unterdrückte Nummer angezeigt. Abwechselnd blickte sie zur offen stehenden Wohnungstür und zu ihrem Mobiltelefon, um schließlich das Gespräch anzunehmen.

»Verschwinden Sie!«, warnte eine fast jugendliche und zugleich kränklich klingende Stimme.

»Wer sind Sie?«, fragte sie aus einem Reflex heraus, obwohl sie längst eine Vermutung hatte. Gleichzeitig legte sie die flache Hand gegen das Türblatt und gab ihm einen Stoß. In der Wohnung brannte Licht, doch es ging verdächtig still zu. Ein umgestürzter Hocker versetzte sie in Alarmbereitschaft. Sie ergriff ihre Pistole und rief leise: »Jan Finow?«

»Verschwinden Sie aus dem Haus, verdammt!«, drang erneut eine Warnung aus dem Telefon. »Oder wollen Sie …«

»Woher haben Sie die Nummer?«, unterbrach sie den Anrufer und schaute zurück ins Treppenhaus, ob irgendjemand ihr gefolgt war.

»Sie haben sie mir selbst übers Internet gegeben.«

»Smoke!«, begriff sie. »Sie sind Daniel Sobotzik. Oder sollte ich Sie lieber Kevin Niemann nennen?«

»Mein Name spielt keine Rolle. Niemand findet mich, denn ich bin ein Geist. Aber Sie sind dafür in großer Gefahr.«

Vorsichtig durchschritt sie die fremden Räume. Statt Hardys alten Freund fand sie lediglich einen eingeschalteten Computer.

Die dazugehörige Tastatur war in zwei Hälften zerbrochen und etliche Tasten lagen verstreut auf der Auslegware. Es benötigte keine hellseherischen Fähigkeiten, um zu erfassen, was hier passiert war. Es hatte einen Kampf gegeben und jemand hatte den Wohnungsinhaber entführt. Statt zum Telefon zu greifen, hatte Jan vermutlich einen Hilferuf über seinen Rechner absetzen wollen.

Während Greta sich das fragte, redete sie weiter in ihr Handy, denn sie musste Sobotzik unbedingt in der Leitung halten. »Woher wissen Sie, wo ich mich aktuell aufhalte?«

»Computer sind Fluch und Segen zugleich. Dachten Sie, ich würde nicht herausfinden, wer mich kontaktiert? Ihr Freund hat zweifellos ein wenig Ahnung von Informatik, aber er war zu unvorsichtig, sodass ich seine Identität spielend leicht herausfinden konnte. Sie haben sich offenkundig an die falsche Person gewandt. Wenn ich ihn und Sie finden konnte, können es andere auch.«

»Ich denke nicht, dass mein Freund so ahnungslos ist, wie Sie es darstellen. Immerhin hatte er sich früher einmal in die Datenbank einer namhaften Versicherung gehackt.«

»Und ich habe mich mit meinem Trojaner auf seinen Rechner gehackt.«

»Vielleicht wollte er, dass Sie uns finden. Schließlich habe ich Sie jetzt an der Strippe.«

Es folgte Stille, bis ihr Telefonpartner die kurze Pause beendete.

»Ich wollte Sie nur warnen. Mehr nicht.«

»Wissen Sie, wohin man den Professor gebracht hat?«

»Dorthin, wo man alle anderen auch gebracht hat: in eine bessere Welt.«

Kapitel 65

Um Hardy herum herrschte emsiges Treiben. Streifenbeamte befragten Zeugen und drängten Schaulustige zurück. Zwei Kollegen legten Markierungsspray, Fotoapparat und Lasermessgerät für die Unfallaufnahme bereit und schüttelten dabei ungläubig die Köpfe. Feuerwehrleute schleppten unterdessen schwere Gerätschaften heran, um den toten Fahrer aus dem Wrack zu bergen. Der Notarzt füllte mit einem Kugelschreiber Protokolle aus und fluchte bei jeder Zeile über zu viel Bürokratie. Ein Reporter vom *Vorpommern-Blitz* versuchte derweil vergeblich mit einem Diktiergerät in der Hand, eine Aussage von den Rettungskräften zu bekommen.

Weil niemand Zeit für ihn fand, riss er schließlich den Arm hoch und rief herüber: »Herr Finkel, hätten Sie eine Minute für mich?«

Hardy ignorierte alles um sich herum. Gedanklich versuchte er, das allgegenwärtige Chaos zu ordnen. Mit Verbänden um Stirn, Unterarme und Oberschenkel und einem dicken Pflaster auf der Nase ruhte Hardy sich auf der Einstiegsschwelle des Rettungswagens aus. Ein Rettungsassistent reichte ihm einen Becher Wasser. Dankbar schüttete er die Flüssigkeit in seine Kehle.

»Geht es?«, fragte Witt, der neben ihm an der Karosserie lehnte.

Ein Fremder hätte den Eindruck gewinnen können, dass es sich bei ihm um Hardys Schutzengel in Uniform handelte. Doch auch wenn Witt mittlerweile ununterbrochen betonte, was für ein unglaublicher Zufall es war, dass der Transporter ausgerechnet in seine Verkehrskontrolle geraten war, hegte Hardy Zweifel, was sein unvorhergesehenes Auftauchen anbelangte.

»Ich kann laufen«, antwortete er auf die zuvor gestellte Frage des Hauptmeisters. »Wer laufen kann, ist wahrlich gesegnet.«

»Bist wohl gläubig, was?«

»Nee, bloß ein Spruch meiner Mutter, wenn sie mal wieder über ihr Schicksal flucht, weil sie sich vor Trägheit nicht mehr aus dem Fernsehsessel erheben kann.«

»Also bist du eher Atheist wie ich.« Witt zündete sich eine Zigarette an. »Wenn ich so viel Glück gehabt hätte wie du, würde selbst ich auf die Knie fallen und etliche Dankgebete zum Himmel schicken.«

»Ich sagte, ich kann laufen, nicht auf meine Knie fallen.« Hardy deutete auf sein bandagiertes Bein, denn es schmerzte entsetzlich, sobald er auch nur versuchte, es zu beugen. Der Arzt schloss zwar Knochenbrüche aus, wollte ihn aber trotzdem im Krankenhaus gründlich durchchecken lassen. Schon weil mit einer möglichen Gehirnerschütterung niemals zu scherzen war. Bisher hatte Hardy sich erfolgreich gegen die Verbringung ins Klinikum gewehrt. Er wollte keine Minute an der Unfallstelle verpassen.

»Das ist echt seltsam …«

»Was?«, wollte Witt wissen.

»Paulina Münzner, Maja Reichert, der Junkie vom Hafen und jetzt das hier …« Hardy machte eine ausladende Handbewegung. »Überall tauchst du auf.«

»Mensch, Hardy, ich hab dir doch gesagt, dass mir das defekte Rücklicht aufgefallen ist. Bei so was kann ich gar nicht anders.«

»Schon klar, von allen Entführern auf der Welt kreuzt ausgerechnet meiner deine Bahn.«

»Hey, mir kam der Fahrer einfach nicht geheuer vor. Du weißt selbst, wir Polizisten haben dafür einen sechsten Sinn. Also könntest du echt ein bisschen dankbarer sein. Oder wäre es dir lieber, wir wären uns nicht begegnet? Jede Wette, der Typ hätte dich fertiggemacht oder Schlimmeres. Immerhin wird er in seiner Heimat mit einem nationalen Haftbefehl wegen schwerer Körperverletzung und Hehlerei gesucht.«

Hardy nickte. Man hatte beim Fahrer einen slowakischen Ausweis gefunden, woraufhin ein Streifenkollege per Funk die Personalien an seine Dienststelle durchgegeben hatte. Minuten zuvor war die Antwort eingetroffen.

»Scheiße«, fluchte Witt und warf wütend seine halb aufgerauchte Zigarette auf den Asphalt. »War gerade auf dem Weg zur Dienststelle und in den Feierabend. Das hat man nun davon: Undank allerorts! Das nächste Mal halte ich kein Fahrzeug mehr an, zumal ich als Kontaktbeamter die meiste Zeit eh immer allein unterwegs bin und damit ein Risiko eingehe.«

Hinter dem Rettungswagen wurde krachend eine Autotür zugeschlagen, kurz darauf tauchte Staatsanwalt Tilo Hildebrand auf.

»Mein Gott, Herr Finkel, was haben Sie denn diesmal angestellt?«

Bevor Hardy zu einer Erwiderung fähig war, reagierte Witt. »Hey, schön langsam, Schlipsträger«, bremste er den Neuankömmling und baute sich schützend vor Hardy auf. »Sie sehen ja, dass er ziemlich heftig was abbekommen hat.«

»Haben Sie eben einen Staatsanwalt als Schlipsträger bezeichnet?«, entrüstete Hildebrand sich und wischte den Arm des Hauptmeisters beiseite, der ihm mahnend die Hand auf die Brust gelegt hatte. »Wer sind Sie überhaupt?«

»Ich bin derjenige, der für das Chaos hier verantwortlich ist.«

»Ist schon gut, Jürgen«, beschwichtigte Hardy. »Ich kläre das allein.«

»Das hoffe ich aber stark«, sagte Hildebrand und trat an Witt vorbei, als wäre der Uniformierte für ihn Luft. »Ich habe den ganzen Tag auf die Akte mit dem Abschlussbericht gewartet, stattdessen erfahre ich kurz vor dem Zubettgehen von diesem Desaster.«

»Tut mir leid um Ihren Feierabend, aber eigentlich finde ich es ganz praktisch, wenn Sie sich selbst ein Bild davon machen, was hier gespielt wird. Glauben Sie mir endlich, dass es in diesem Fall um mehr geht als um den Mord an einer allzu neugierigen Detektivin? Jetzt wollte man auch mich umbringen.«

»Umbringen? Gibt es denn dafür Beweise?«

»Beweise?«, konnte Hardy es nicht fassen. »Ich wurde hinterrücks niedergeschlagen und an einen Stuhl gefesselt. Man hat mir eine Haube über den Kopf gezogen, wie in diesen Enthauptungsvideos, von denen gelegentlich in den Nachrichten zu hören ist. Dann hat man mich auf der Ladefläche dieses Transporters eingesperrt und wollte …«

Hildebrand wedelte mit der Hand und griff sich an die Stirn, als bekomme er vom Zuhören üble Kopfschmerzen. »Langsam, langsam! Das können Sie mir alles der Reihe nach erzählen.«

»Das tue ich gerade, verdammt!«

»Ich glaube Ihnen ja«, lenkte Hildebrand ein. »Aber nach dem, was ich am Telefon erfahren habe, müssen Sie zugeben, dass man das nicht alle Tage erlebt. Deshalb frage ich lieber dreimal nach, bevor man mir irgendwelche Geschichten auftischt.«

»Ach ja?« Hardy griff hinter sich und hielt dem Staatsanwalt das Navigationsgerät auffordernd hin. »Falls Sie mich der Lüge bezichtigen wollen, dann überzeugen Sie sich am besten selbst davon und fahren zu der Adresse, zu der mich der tote Fahrer bringen wollte. Im Unfallwagen befand sich nämlich dieses Navi, in dem als letztes Ziel eine Anschrift im Stralsunder Hafen eingespeichert ist.«

»Und was ist das für eine Anschrift?«

»Woher soll ich denn das wissen?«

»Dann kann es alles Mögliche bedeuten. Wichtig ist jetzt, dieses heillose Durcheinander in geordnete Bahnen zu leiten. Und Sie werden mir dabei helfen.«

»Das versuche ich gerade, indem ich Ihnen erkläre, was wir als Nächstes tun müssen: und zwar diese Adresse überprüfen.«

»Ich will davon im Moment nichts hören, ja?«, wiegelte Hildebrand ab. »Sie ruhen sich die nächsten Tage hübsch aus und kommen wieder auf die Beine.«

Demonstrativ erhob Hardy sich. »Gut, dann schnappe ich mir jetzt einen Kollegen, der mich dorthin bringt.«

»Sie machen …«

Weiter kam Hildebrand nicht, denn Witts Funkgerät spuckte einen Rundruf aus.

»An alle Einsatzkräfte im Stadtgebiet Stralsund!«, kam die eindringliche Stimme aus der Leitzentrale. *»Soeben wurde im Nordhafen eine Explosion gemeldet …«*

Wie auf Kommando schauten Witt und Hildebrand auf das Navigationsgerät in Hardys Händen.

Kapitel 66

»Bitte, legen Sie nicht auf«, versuchte Greta, Sobotzik daran zu hindern, das Telefonat vorzeitig zu beenden. Währenddessen eilte sie aus der fremden Wohnung, weil sie sich hier plötzlich nicht mehr sicher fühlte. »Oder haben Sie Angst, dass ich Ihren Standort über mein Uralthandy tracken könnte?«

Anscheinend ließ ihn die Frage tatsächlich innehalten. »Seit ich dem Tod entkommen bin, habe ich vor nichts mehr Angst.«

»Oh, ich habe sehr wohl den Eindruck, dass Sie vor jemandem Angst haben.«

»Ach ja?«, kam es bemüht belustigt aus dem Hörer. »Bestimmt gibt es sogar eine Sterbeurkunde mit meinem Namen. Also, wovor sollte ein Geist Angst haben?«

»Nein, Sie sind kein Geist. Ein Geist hat nicht beim Nachlassgericht angerufen. Ein Geist hat kein Zimmer im S1 gebucht. Ein Geist würde in diesem Augenblick nicht mit mir telefonieren. Also verraten Sie mir endlich, wo ich den Professor finde und wer ihn entführt hat.«

»Begreifen Sie denn nicht, dass Sie in Gefahr schweben, solange Sie nicht aufhören, solche Fragen zu stellen? Sie werden weder die Person aufhalten können, die für alles verantwortlich ist, noch können Sie Ihren Freund retten.«

Greta vermied es, zu erwähnen, dass Jan streng genommen nicht zu ihrem Freundeskreis zählte, denn das wäre im Moment Wortklauberei gewesen. »Ich bin Polizeibeamtin, ich kann nicht anders. Je größer die Gefahr, umso lohnender die Herausforderung.«

»Lohnende Herausforderung! So dachte ich auch, als ich mich auf ein entbehrungsreiches, aber sorgenloses Leben in Litauen eingerichtet habe.«

»Jetzt geben Sie mir endlich die verdammten Infos, die ich brauche, damit ich meinen Job machen und Ihnen helfen kann.«

Sobotzik ließ sich erneut Zeit mit einer Antwort. »Den genauen Ort, wo man die Leute hinbringt, kenne ich auch nicht, aber alle Fäden laufen im Stralsunder Nordhafen zusammen.«

»Danke, das ist ja sehr hilfreich«, erwiderte Greta unzufrieden.

Inzwischen hatte sie ihren Wagen erreicht. Eilig setzte sie sich hinters Lenkrad und verriegelte die Türen. Zusätzlich versank sie in ihrem Sitz, um möglichst keine gute Zielscheibe abzugeben. In ihren Romanen hätte vermutlich ein Heckenschütze genau auf den Moment gewartet, bis sie die richtige Sitzposition eingenommen hatte, um dem leichtsinnigen Opfer eine Kugel in den Kopf zu jagen.

»Haben Sie gerade Blödsinn gesagt?«, kam es erstaunt aus dem Telefon.

»Ich rede manchmal mit mir selbst«, überspielte sie ihren Fauxpas. Offenbar hatte sie laut gedacht und dabei war ihr das Wort herausgerutscht. Schnell schwenkte sie um. »Haben Sie Paulina Münzner umgebracht?«

»Wie absurd! Ehrlich, ich hatte Sie für klüger gehalten, wo Sie doch Polizistin sind.«

»Und was ist mit Maja Reichert passiert?«

»Maja ist ebenfalls tot.«

»Gibt es dafür Beweise? Vielleicht auch eine Sterbeurkunde?«

»Für Vermisste werden keine Sterbeurkunden ausgestellt.«

»Sprechen Sie nicht in Rätseln.«

»Wollen Sie Maja Reichert sehen?«

Gretas Herz klopfte heftig, als er ihr diese Frage stellte. Mit trockener Kehle sagte sie: »Unbedingt.«

Danach entstand wieder eine Pause, in der er vermutlich abwog, was er ihr erzählen sollte. »Was wissen Sie eigentlich über Möwenflucht?«

»Möwenflucht?«, wiederholte sie, denn sie hatte das Wort nie zuvor gehört. »Was soll das sein.«

»Das ist das Projekt, für das man ein Purple Ticket benötigt. Ein Ticket, wie es Tom Seeger, Maja Reichert und ich einmal besaßen. Ein Ticket, nach dem in Deutschland Hunderte Menschen suchen, weil sie ein neues Leben anfangen wollen. Ein Ticket, das sie jedoch in Wahrheit alle in den Tod treibt.«

»Verstehe, die Sache mit Lauen«, sagte Greta, obwohl sie kein bisschen verstand. »Geht es um die Story, an der Münzner dran war?«

»Ja, so könnte man das sagen. Paulina Münzner hat nach mir gesucht. Vermutlich wissen Sie es längst, aber ich habe Scheiße gebaut und nun mächtig Ärger mit einem echt fiesen Typen.«

»Werner Löhr«, warf sie den Namen des Kriminellen ein, an dem die Kollegen vom Rauschgiftkommissariat seit Langem dran waren. »Wie hoch sind Ihre Schulden bei ihm?«

»Das spielt keine Rolle, aber es sind mehrere Zehntausend Euro. Geld, mit dem ich eigentlich mein Ticket in die Freiheit bezahlen wollte, das ich jedoch nicht mehr besitze, weil ich damit die letzten drei Jahre über die Runden kommen musste.«

»Sie wollten es in das Projekt Möwenflucht investieren, um Ihr Purple Ticket einzulösen, richtig?«

»Stimmt. Ich hatte große Pläne und ein Ziel, ich wollte nach Litauen, um ein bescheidenes, aber sorgenfreies Leben in Freiheit und mit neuer Identität genießen zu können. Sogar einen Job in irgendeiner Metallfirma stellte man mir in Aussicht. Natürlich sind dort die Löhne extrem niedrig, aber das wäre okay gewesen, im Ausland hätte ich mir damit eine kleine Wohnung leisten können. Bis ich entdeckt habe, dass es kein Schiff in die Freiheit gibt. Kennen Sie die Geschichte von Pinocchio? Dort reisen die Kinder in ein Land, in dem sie immerzu spielen können, doch zu spät merken sie, dass sie sich in Esel verwandeln. Beinahe wäre ich einer dieser Esel geworden. Und Frau Münzner, die ehemalige Skandaljournalistin, hat es ebenfalls herausgefunden. Zumindest hat sie an der Oberfläche gekratzt. Den Rest wollte sie von mir erfahren. Das war der Deal: Ich packe über Möwenflucht aus und sie wollte mir bei meinem Schuldenproblem helfen. Tja, und an dem Tag, als ich mich mit ihr im S1 treffen wollte, habe ich zufällig mitbekommen, wie ein Fremder mit der polnischen Angestellten über mein Zimmer geredet hat. Da bin ich umgehend abgehauen …«

»Hat Ihr Kumpel Luis Fontane Sie verpfiffen?«

»Glaub nicht, Fonsi wollte ständig nur Drogen. Wir kannten uns flüchtig, hab ihm ein paarmal was besorgt.«

»Sie waren sein Dealer.«

»Spielt das …?«

Er endete abrupt.

»Hallo?«, fragte Greta noch, dann merkte sie, dass sich ihr Handyakku vollständig verabschiedet hatte.

Kapitel 67

Als Greta gegen ein Uhr nachts den Nordhafen erreichte, stand ein erheblicher Teil einer Baracke in Flammen. Das Feuer brachte Glasscheiben zum Splittern, fauchte durch das Bitumendach und fraß sich durch Holzbalken und Fensterrahmen. Ruß färbte das Mauerwerk schwarz. Bis über die Stadtgrenze hinaus konnte man trotz der Dunkelheit die gigantische Rauchwolke sehen. In den Nachrichten berichteten sie pausenlos vom Brand. Hätte ihr nicht ein Kollege in der Leitstelle von dem Feuer im Hafen erzählt, so hätte sie es spätestens während der Fahrt nach Stralsund aus dem Radio erfahren.

Sie parkte ihren Wagen vor der Absperrung und bahnte sich den Weg zwischen den hektisch agierenden Hafenmitarbeitern und Feuerwehrleuten hindurch, die zwar schon mit den Löschmaßnahmen begonnen, jedoch längst noch nicht ausreichend Schläuche gelegt hatten.

Überall standen Einsatzfahrzeuge herum und Uniformierte der Wasserschutzpolizei überwachten die Absicherungen des Ereignisorts.

Mehrfach musste Greta ihren Dienstausweis zeigen, weil Rettungskräfte dachten, sie sei eine Schaulustige oder sogar eine Journalistin auf der Suche nach einer brandheißen Story.

Endlich erspähte sie im Gewühl Hardy. Ihr Kollege stand vor einem Staplerplatz, umringt von Hauptmeister Witt, zwei weiteren Beamten und dem Einsatzleiter der Feuerwehr, auf sicherer Distanz zum brennenden Gebäude.

Kurz bevor sie die Gruppe erreichte, bemerkte Hardy sie bereits.

»Greta, was machst du denn hier?«

»Ich freue mich auch, dich lebend zu sehen«, erwiderte sie, denn sie hatte von der Leitstelle ebenfalls erfahren, dass er entführt worden war. »Auch wenn ich nicht erwartet habe, einer Mumie zu begegnen.«

»Ja, für ein Bandagen-Outfit bin ich wohl etwas zu früh dran«, sagte er und kratzte sich am Verband an der Stirn. »Aber wo kommst du denn so plötzlich her?«

»Bin direkt von der Wohnung deines Freundes Jan gestartet.«

»Jan? Was hat …?«

»Jan ist dort drin«, unterbrach sie ihn hastig.

Sofort folgten die Blicke der Umstehenden der Bewegung ihres ausgestreckten Armes, dessen Zeigefinger auf das brennende Gebäude zielte.

»In der Baracke soll ein Mensch sein?«, vergewisserte sich der Feuerwehrmann, ob er sich nicht verhört hatte. »Dann ist er längst tot, andernfalls hätten meine Männer Hilferufe vernommen.«

»Nicht wenn er gefesselt und geknebelt ist.«

»Wie kommen Sie denn darauf? Sie sind doch eben erst angekommen.«

»Hardy, du musst mir glauben«, wandte sie sich an ihren Kollegen, der ein wenig teilnahmslos dabei stand. »Ich habe die Fahndung nach Jan nicht aus Spaß auslösen lassen. Genau wie du wurde er überfallen und vermutlich auch von demselben Slowaken verschleppt.«

Hardy verzog die Mundwinkel und stierte zu den Flammen, die finstere Wolken in den Himmel stießen. »Scheiße, ich glaube dir.«

»Trotzdem schicke ich meine Leute da nicht rein«, sagte der Einsatzleiter der Feuerwehr. »Raten Sie mal, warum wir den Bereich auf hundert Meter abriegeln lassen? Es ist schon Wahnsinn, sich mit dem Löschgerät zu nähern. Wir wissen nicht, ob da drinnen noch irgendwo volle Benzinkanister stehen, die uns jeden Augenblick um die Ohren fliegen können.«

»Ich habe in den Nachrichten von der Explosion gehört«, sagte Greta. »Können wir denn gar nichts tun? Wie sieht es mit detaillierten Informationen über die Baracke aus? Gibt es Gebäude- und Leitungspläne?«

»Bisher wissen wir nur, dass es sich bei dem Objekt um eine ehemalige medizinische Hafenstation handelt«, erklärte Hardy. »Die Hafenleitung kommt um diese Uhrzeit an keine Gebäudepläne heran und der ehemalige Besitzer, ein gewisser Dr. Stromer, soll vor sechs oder sieben Jahren gestorben sein. Bis zu seinem Tod führte er hier als Betriebsarzt eine Praxis und behandelte darin zweimal wöchentlich Hafenarbeiter und Schiffsbesatzungen.«

»Und wem gehört das Gebäude jetzt?«, fragte Greta.

»Laut der Hafenleitung einer slowakischen Speditionsfirma«, schaltete sich Witt in das Gespräch ein. »Angeblich nutzen die das Objekt als deutsche Zweigstelle für ihren Hauptsitz in Bratislava. Im Mietvertrag steht was von Büroräumen und Lagerflächen. Genauere Auskunft kann euch sicher der Aufsichtstyp geben, der hier irgendwo herumrennt und alle möglichen Verantwortlichen verständigt.«

Greta sah Hardy an, abwartend, ob von ihm eine Ergänzung folgte, doch er kaute bloß stumm auf seiner Unterlippe. Bestimmt machte er sich auch seine Gedanken zu dieser ominösen slowakischen Firma. Falls es diese tatsächlich gab, hatte sie das Gebäude garantiert nie als Lager benutzt. Das stand zumindest für Greta fest. Auch wusste sie aus eigener Erfahrung, wie tückisch brennende Gebäude waren. Einmal hatte sie in einem Unglücksfall auf Rügen ermitteln müssen, nachdem bei Löscharbeiten die Decke eines Sportartikelfachgeschäfts eingestürzt war und zwei Feuerwehrmänner unter sich begraben hatte.

»Können Sie Ihren Leute trotzdem die Info durchgeben und eine mögliche Rettungsaktion besprechen?«, bat Greta den Einsatzleiter, da Hardy noch immer zögerte.

Der Angesprochene blickte sie unter seinem Helm hervor wenig glücklich an. »Sicherlich, aber was sollte das im Moment ändern?«

»Er ist ein verdammt guter Freund von mir«, reagierte endlich auch Hardy. »Wenn wir helfen können …«

»Schon kapiert«, kürzte der Feuerwehrmann die Ausführungen mit einer Wischbewegung ab. »Sie halten sich gefälligst zurück. Wenn, dann machen wir das, klar?«

Ohne weitere Äußerungen zuzulassen, packte der Einsatzleiter sein Funkgerät und schmetterte Befehle in die Sprechmuschel. Eine solch entschlossene Führung hätte Greta sich aktuell auch von Hardy gewünscht. Immerhin gab es hier einen Einsatz zu leiten, der erheblich zur Aufklärung einer Mordserie beitragen konnte. Aber wahrscheinlich hatte er bei seinem Unfall gehörig eine vor den Kopf bekommen. Nach Kritik an seiner Arbeit stand ihr keinesfalls der Sinn, denn erstens machte Hardy insgesamt einen hervorragenden Job, und zweitens hatte sie ein bisschen ein schlechtes Gewissen, weil sie Jan Finow in die Sache hineingezogen hatte und sich somit in erheblichem Maße für seine Entführung verantwortlich fühlte.

Schließlich gab Hardy den beiden Kollegen von der Wasserschutzpolizei den Auftrag, jemanden zu finden, der Personen in die Baracke hineingehen gesehen hatte. Wobei er bei der Anweisung wenig überzeugend klang. Anscheinend glaubte er selbst nicht daran, dass sie auf die Schnelle noch einen brauchbaren Zeugen finden würden, obwohl hier für einen Güterverkehrshafen sehr viele Menschen auf den Beinen waren. Das Gebäude lag, umgeben von Mauern, einfach zu versteckt.

»Was soll ich jetzt machen?«, fragte Witt und schaute auf seine Uhr. »Falls ihr mich nicht mehr braucht, werde ich mich verabschieden. Ich muss noch meinen Bericht zum Unfall schreiben.«

»Vorher suchst du bitte Staatsanwalt Hildebrand. Ich will ihm Gretas Neuigkeiten persönlich überbringen.«

»Diesen eitlen Schlipsträger?«, murrte Witt, fügte sich jedoch seinem Schicksal, als Hardy seinen bandagierten Kopf schief legte und ihn mit seinen strahlend blauen Augen förmlich durchbohrte.

Es war diese eine Geste, die nicht nur Greta bereits in der Vergangenheit imponiert hatte, sondern die auch die meisten anderen Menschen ihm gegenüber entwaffnete.

Kapitel 68

Zufrieden mit sich selbst schaute Hardy zu, wie der Kontaktbeamte Witt abzog. Manchmal funktionierte sein Clint-Eastwood-Blick immer noch so tadellos wie früher. Zumindest, wenn er sich anstrengte. Nachdem er alle weggeschickt hatte, konnte er mit Greta den Rest allein besprechen. Nach allem, was er durchgestanden hatte, fühlte es sich einfach gut an, dass sie an seiner Seite stand. Er konnte sich keine bessere Kollegin vorstellen, das wurde ihm so richtig bewusst, während ihm die vom Rauch verpestete Luft in die Nase stieg und ihn die brennenden Schmerzen unter seinen Verbänden an seinen Beinahetod erinnerten.

»Erklärst du mir, wieso Jan da mit drinsteckt?«, wollte er von ihr wissen. »Ich meine, wieso will ihn plötzlich jemand umbringen?«

»Weil wir Daniel Sobotzik alias Kevin Niemann gefunden haben. Ich habe vorhin mit ihm telefoniert, bis mein Handyakku den Geist aufgegeben hat.«

Statt auf die Neuigkeit zu reagieren, schoss ihr sein Zeigefinger reflexartig entgegen. »Apropos dein Handy, warte kurz!« Er lief schnurstracks zum Funkstreifenwagen, in dem er zusammen mit Witt hergekommen war, riss die Hintertür auf und holte von dort einen durchsichtigen Plastikbeutel. »Das haben wir im Handschuhfach des Unfallwagens gefunden.«

Erstaunt nahm Greta ihm den Beutel ab und betrachtete den Inhalt im Scheinwerferlicht eines Polizeiboots. »Der Slowake hatte mein Handy?«

»Der tote Slowake – und sein Name ist Bohuš Tiszon. Ein übler Typ nach allem, was wir in der Kürze der Zeit über ihn zusammentragen konnten. Hat anfangs unter einem Aliasnamen in Deutschland gearbeitet. In unserem System stehen keine herausragenden Einträge über ihn. Er wurde einmal wegen gefährlicher Körperverletzung zu einer Geldstrafe verurteilt. Das liegt aber auch schon fast zehn Jahre zurück. Anders als in der Slowakei, wo er ziemlich was ausgefressen hat, ist er bei uns zuletzt lediglich mit kleineren Betrügereien aufgefallen.«

»Und der soll fähig sein, zwei Menschen zu entführen?«

Hardy hatte mit solcher Skepsis gerechnet. »Allerdings war er ein Kriegsveteran, der beim KFOR im Kosovo nicht nur gedient hat, sondern dort auch etliche Abschüsse zu verzeichnen hatte. Dort hat er wohl auch Deutsch gelernt und ein paar Kontakte aufgebaut. Tiszon soll ein Mensch gewesen sein, der über Leichen ging. Aber diese Information werden wir natürlich noch überprüfen.«

»Klingt echt übel.« Wohl aus einem Reflex heraus streichelte sie seinen Oberarm. »Zum Glück hast du es überstanden, Sugar. Ich wüsste nicht, ob ich noch Spaß in meinem Büro hätte, wenn dein Stuhl leer wäre.«

Er lächelte. »Ja, mir geht es mit dir genauso.«

Sie seufzte, womit sie die gegenseitigen Bekundungen wohl für beendet erklärte. »Wie gesagt, nachdem mein Akku schlapp gemacht hat, musste ich von Jans Festnetztelefon aus die Leitstelle anrufen und ihn als vermisst melden. Tja, und dabei habe ich von der Sache mit dir erfahren. Ich dachte schon, du hättest dich aus dem Staub gemacht, weil dir der Fall über den Kopf gewachsen ist.«

»Jetzt können wir nur beten, dass du dich geirrt hast, was Jans derzeitigen Aufenthaltsort angeht«, sagte Hardy und beobachtete besorgt, wie zwei Feuerwehrleute die bereits angelegten Atemschutzmasken, Sauerstoffflaschen und feuerresistenten Anzüge vom Oberkörper streiften, während ein weiterer Kamerad abwinkte und seine geschulterte Spezialkamera wegpackte.

»Na hör mal!«, reagierte Greta empört. »Ich dachte, du glaubst mir.«

»Ich schon, aber Staatsanwalt Hildebrand hat, wie du mitbekommen hast, seine eigene Auffassung von diesem Fall.«

»Über Hildebrand habe ich auch einige interessante Geschichten erfahren. Davon berichte ich dir aber später. Was ist, wollen wir hier weiter Wurzeln schlagen, oder sehen wir zu, dass wir deinen alten Kumpel retten?«

»Du hast wie immer recht.« Damit hielt er ihr das Absperrband hoch.

Sie kamen nicht dazu, den Gefahrenbereich zu betreten, denn aus Richtung Brandort trat ihnen der Einsatzleiter der Feuerwehr mit rudernden Armen entgegen, und von der anderen Seite eilte Staatsanwalt Hildebrand herbei, der bereits von fern warnte, sie sollten bloß keinen Schritt weitergehen.

»Mein Gott, Finkel, was haben Sie denn jetzt schon wieder vor?«, hörte Hardy hinter sich Hildebrand rufen. »Und was machen Sie hier, Frau Silber?«

»Mir eine Zigarette anzünden«, konterte sie gewohnt lässig. »Hab gehört, hier gibt es Feuer.«

»Bleiben Sie bloß zurück!«, schrie der Feuerwehrmann. »Die Gebäudehülle ist durch die Explosion komplett instabil geworden. Inzwischen haben wir im Inneren fast eintausend

Grad. Falls Ihr Freund da drin war, ist er definitiv tot. Das überlebt keiner.«

Um Hardy herum drehte sich alles, als er das hörte.

»Ihr Freund?«, fragte Hildebrand mitten hinein in seinen Schwächeanfall. »Dieser ungehobelte Hauptmeister hat eben etwas von einer neuen Entführungsgeschichte gefaselt, da dachte ich noch …«

Hardy hörte ihm kaum noch zu. Zu entsetzlich war die Vorstellung von Jans Tod. Er schaute in den Himmel, obwohl er nicht gläubig war, und wartete auf eine Antwort von Gott. Doch dort oben kreisten nur Möwen, die aus sicherer Entfernung die Feuersäule und die Hektik im Hafen beobachteten.

»Glauben Sie beide ernsthaft, Sie könnten tun und lassen, was Sie wollen, ohne Konsequenzen befürchten zu müssen?«, durchschnitt Hildebrands Stimme sogar das Krächzen der Vögel. »Ich mache dem ganzen Unfug ein für alle …«

»Halten Sie endlich die Klappe, Sie kleiner Spinner«, unterbrach Greta ihn, sehr zur Erleichterung von Hardy, auch wenn ihre Wortwahl alles andere als galant ausfiel.

Hildebrand stockte. Zu einer Erwiderung kam er nicht mehr, denn aus dem Funkgerät des Feuerwehrmanns wurden Durchsagen gebrüllt. Sekunden später kippte zuerst ein erheblicher Teil der Ostmauer nach außen, danach krachte das Dach zusammen.

Kapitel 69

Das Holzhaus am Teich war Gretas Rückzugsort. Das Haus, das Hannes für sich allein gekauft, jedoch nach ihrem Kennenlernen für sie beide und sogar ein bisschen nach ihren Wünschen ausgebaut hatte. Das Haus, wo mitten in der Nacht der schwarzweiße Border Collie vor Freude zu heulen anfing, sobald Greta den Motor ihres Golf abstellte.

Müde schleppte sie sich die Holzstufen zur Eingangstür hinauf. Dahinter hechelte Silver bereits. Als sie aufgeschlossen hatte, stellte er sich auf die Hinterbeine, legte die Vorderpfoten auf ihre Schultern und forderte seinen Begrüßungskuss. Sie streichelte sein Fell und schaute dem Piratenhund tief in das verbliebene Auge.

»Wenigstens freut sich einer, mich zu sehen.«

Längst hatte Greta Hannes bemerkt, der sich im Schlafanzug und mit enttäuschter Miene gegen einen der Holzpfosten lehnte, die der alten Holzschatzkiste Stabilität verliehen.

»Weißt du eigentlich, wie spät es ist?«, kam es von ihm.

Seltsamerweise klang es trotz seiner bedrückten Stimmung nicht wie ein Vorwurf. Anscheinend hatte er noch kein Auge zubekommen, sich stattdessen die Wartezeit mit einer Schnapsflasche vertrieben. Schwer und würzig lag zudem der

Tabakgeruch seiner Pfeife im Raum. Aus der Musikanlage spielte es leise. De Klaashahns, ein Shantychor, zu dessen Auftritten er sie schon mehrfach mitgenommen hatte.

Aber gerade wenn er sehnsüchtig auf ihre Rückkehr gewartet hatte, verstand sie nicht, warum er nicht einmal versucht hatte, sie auf dem Handy zu erreichen. Doch, eigentlich verstand sie es, Hannes war ein Mann vom alten Schlag, dem die Frau gefälligst nachlaufen sollte. Als solcher wollte er behandelt werden. Was das anbelangte, hatte er von Anfang an mit offenen Karten gespielt. Das hatte ihr einerseits imponiert, aber auf der anderen Seite hatte sie ihm gezeigt, dass sie nie eine solche Frau sein konnte.

»Ich weiß, dass ich in weniger als vier Stunden wieder auf Arbeit sein muss«, antwortete sie, weil ihr um diese Uhrzeit keine elegantere Erwiderung einfiel.

»Arbeit.« Ein Grollen verließ seine Kehle. »Ich höre immer nur Arbeit. Glaubst du, meine Fische verkaufen sich von allein? Trotzdem sind mir unser Zuhause und die gemeinsame Zeit mit dir wichtiger.«

Sie schob Silver von sich weg, der ihr trotzdem keinen Millimeter von der Seite wich, weil er weitere Streicheleinheiten erwartete, bemühte sich um ein Lächeln und trat dicht zu Hannes. Für ihn hatte sie ebenfalls ein paar Streicheleinheiten übrig, auch wenn er mürrisch den Kopf zur Seite drehte.

»Komm schon, alter Brummbär, gib deiner Liebsten einen Kuss.« Sie kraulte seinen dichten grauen Bart und stellte sich auf die Zehenspitzen, um ihm die Entscheidung zu erleichtern.

Schließlich legte er seine Lippen auf ihre. Als er seine starken Arme um sie schlang, erdrückte er sie fast vor Sehnsucht, obwohl sie kräftig gebaut war.

»Willst du mir erzählen, was heute vorgefallen ist?«, fragte er, als er sie mit ausgestreckten Armen von sich hielt und aus seinen meeresdunklen Augen anstarrte.

Auch das verwunderte sie, denn gewöhnlich interessierte er sich selten für ihr Erlebtes. Wenn sie ihm sonst von ihrem Tag erzählte, hörte er höchstens mit einem Ohr hin. Deshalb zögerte sie jetzt. Sollte sie ihm tatsächlich von ihrer Odyssee erzählen? Von ihrer Suche nach einem Geist? Von dem toten Slowaken? Von dem entführten Uni-Professor? Und von Hannelores grausamem Schicksal?

»Ich habe mein Handy wiedergefunden«, sagte sie stattdessen und hielt ihm den Plastikbeutel mit den Einzelteilen hin.

Er warf nur einen flüchtigen Blick darauf, schnaubte und versuchte sich dann an einem Lächeln, das man unter seinem Bart auch jederzeit als Zähnefletschen ausmachen konnte. »Interessant. Hast du es aus irgendeinem Ganoven herausgeprügelt?«

»So in etwa.«

Er nickte, als verstünde er. »Komm ins Bett.«

Damit wandte er sich um, pfiff nach Silver, der sich jedoch demonstrativ zwischen Gretas Beinen hindurchquetschte und dort verharrte.

»Geh schon«, forderte Greta den Hund auf. »Ich komme gleich nach.«

Bevor sie sich ihrer verschmutzten Kleidung entledigte und im Badezimmer frisch machte, versuchte sie, ihr Handy anzuschalten. Es funktionierte nicht mehr, anscheinend war die SIM-Karte beschädigt. Demzufolge musste sie weiterhin mit Hannes' Leihgabe auskommen. Um nach dem Aufstehen wieder einen voll aufgeladenen Akku zu haben, stöpselte sie es an die Steckdose. Danach trank sie einen großen Schluck aus der Wasserflasche auf dem Wohnzimmertisch. Aus einer Eingebung heraus schaltete sie das am Kabel hängende Handy ein und entdeckte eine neue Nachricht. Es stand kein Absender da, aber auch so wusste sie, von wem sie kam. Smoke! Oder besser gesagt, Daniel Sobotzik. Er hatte ihr abermals einen Link geschickt, diesmal jedoch nicht ins Darknet, aber mit folgendem Hinweis:

> *Lesen Sie sich den Artikel durch, dann verstehen Sie vielleicht alles.*

Nachdem sie den Satz gelesen hatte, war ihre Müdigkeit schlagartig wie weggeweht. Dafür überrollte sie die Neugier. Wäre da nicht Hannes' Ruf aus dem Schlafzimmer gewesen, hätte sie sich augenblicklich ihren Laptop geschnappt. So jedoch musste sie erst ihrem Mann erklären, warum es bei ihr noch ein paar Minuten dauerte …

Kapitel 70

Am Morgen trug einzig und allein die Kaffeemaschine mit ihrem Duft zu guter Laune in der Abteilung bei. Im Besprechungsraum herrschte bei allen Beteiligten bedrückte Stimmung. Keiner schien etwas sagen zu wollen, obwohl sie genau deshalb hier saßen. Selbst Henning Zahn hielt sich diesmal mit unangebrachten Kommentaren zurück und klammerte sich lieber verbissen an seine Kaffeetasse, aus der es heiß dampfte. Beim Betreten des Zimmers hatte er Hardy sogar aufmunternd auf die Schulter geklopft.

Genau wie die anderen wusste Hardy nicht, was seinem Freund Jan nach dessen Entführung zugestoßen war. Inzwischen war das Gebäude im Hafen vollkommen niedergebrannt und das Feuer gelöscht. Zur Stunde machten sich die Feuerwehrleute unter Vollschutz daran, eingestürzte Mauersteine, verbrannte Holzbalken, geschmolzene Einrichtungsgegenstände und giftige Materialien voneinander zu trennen. Anscheinend hatte man tatsächlich die Überreste einer Arztpraxis entdeckt, in der bis vor Kurzem noch praktiziert worden war. Zumindest war man auf jede Menge chirurgisches Werkzeug, Druckluft- und Sauerstoffgeräte, spezielle Beleuchtungstechnik, eine Absauganlage und einen Operationstisch gestoßen. Eine Leiche hatte man unter den Schuttbergen jedoch bisher nicht gefunden. Während Hardy im Stillen darum betete, dass es dabei blieb, warteten die KPI-Leiterin, Jona, Greta, Henning, Claudia und Frank darauf, dass er die Runde eröffnete.

»Nach jetzigem Stand gibt es kaum Aussicht, dass wir auswertbare Spuren sichern werden«, riss er sich trotz aller Niedergeschlagenheit zusammen. Über den Beamer warf er das Modell einer selbst gebauten Brandvorrichtung an die Wand. »Laut Brandursachenermittler wurde das Feuer mittels Zeitverzögerung gelegt. Dazu hat der Täter höchstwahrscheinlich eine abgeschirmte brennende Kerze und ein Plastikbehältnis mit Säure benutzt – ähnlich diesem hier. Dabei entflammt die Kerze einen Brandbeschleuniger erst dann, wenn die Säure das Plastikgehäuse zerfressen hat. Für eine solche Apparatur muss man kein begnadeter Pyromane sein. Während im Nordhafen der allabendliche Betrieb herrschte, gab es im Gebäude eine Kettenreaktion vom vorderen Teil bis ganz hinten, bei der nacheinander mehrere volle Benzinkanister explodierten. BÄM!« Zu dem Geräusch machte er die passende Handbewegung. »Tja, und somit geht unser wichtigster Beweis sprichwörtlich in Schutt und Asche verloren.«

»Ein Beweis wofür genau?«, fragte KPI-Leiterin Liebkorn.

»Für die Taten eines Serienmörders, der schon seit Jahren unbemerkt ein Geschäft mit Leichen betreibt.« Hardy nahm einen Schluck aus seiner Tasse und wischte sich etwas Flüssigkeit vom Schnauzbart. »Ein Geschäft, bei dem es um unvorstellbar viel Geld geht. So viel Geld, dass mehrere Leute sich daran bereichern.«

Er ließ eine Pause, und den meisten im Raum wurde schlagartig klar, was er damit sagen wollte.

»Geht es dabei auch um Anschuldigungen gegen Hannelore?«, traute Jona sich schließlich, es auszusprechen.

Betrübt nickte Hardy, woraufhin sich die ohnehin verkaterte Stimmung noch ein Stück mehr verschlechterte. In den Mienen ringsum konnte Hardy ablesen, dass jeder in diesem Augenblick an den Selbstmord der Kollegin dachte. Hannelore hatte sich nach dem Mord im Motel in die Enge gedrängt gefühlt, weil es nur eine Frage der Zeit gewesen war, bis ihr jemand unbequeme Fragen stellte.

»Willst du uns weismachen, Hannelore war eine Mörderin?«, hakte Jona nach, doch seine Tonlage ließ Skepsis gegenüber dieser Theorie erkennen, denn die meisten kannten Hannelore als etwas störrische, aber gleichzeitig verlässliche Kriminalbeamtin.

Und exakt in dieser Funktion war sie die perfekte Komplizin eines Serienkillers gewesen.

Wieder schüttelte Hardy den Kopf. »Hannelore hat niemanden umgebracht außer sich selbst. Aber wir können davon ausgehen, dass sie die Ermittlungen in einigen Mordfällen behindert und den Täter somit gedeckt hat.«

»Über wie viele Fälle reden wir denn?«, konnte Liebkorn sich nicht zurückhalten, da sie vermutlich längst einen Skandal in ihrer eigenen Kriminalpolizei witterte, für den sie sich demnächst erklären musste.

»Über das genaue Ausmaß wissen wir bisher nichts. Sicher ist aber, dass wir uns Hannelores komplette Akten der letzten Jahre vornehmen müssen.«

Henning gab einen mürrischen Laut von sich und verdrehte die Augen. Offenbar befürchtete er, dass die meiste Arbeit an ihm hängen bleiben werde, obwohl Hardy an ihn in den letzten Tagen rücksichtsvoll die wenigsten Aufgaben verteilt hatte.

»Und wozu soll das Ganze überhaupt gut sein?«, fragte Henning schließlich mit einer verständnislosen Armbewegung. »Ich meine, Hannelore ist tot. Verstehst du das, Hardy? Sie kann uns weder helfen, noch können wir sie nachträglich verurteilen. Und selbst wenn wir was finden, wem nützt das noch? Etwa dieser Paulina Mi[illegible]ner? Der Polin? Oder deinem Kumpel, dem Prof…« Er unterbrach sich, weil Claudia ihm den Kugelschreiber zwischen die Rippen stach.

Zuerst blickte Henning sie böse an, dann wedelte er mit der Hand. »Entschuldigung, ich habe das nicht so gemeint. Ich begreife die ganze Geschichte einfach nicht. Gestern erst geht Hannelore drauf, du wurdest entführt, ein Slowake fährt sich bei deiner Verbringung tot und dann der Brand …«

»Du hast vollkommen recht«, beendete Hardy Hennings Redeschwall. »Wir können nichts ungeschehen machen. Aber wir können das Projekt Möwenflucht beenden.«

Er blickte in erstaunte Gesichter. Bis auf Greta wusste niemand, wovon er sprach.

»Möwenflucht?«, wiederholte Liebkorn und richtete sich neugierig auf ihrem Stuhl auf.

»Möwenflucht, so heißt ein Programm für Aussteiger. Aussteiger wie Tom Seeger oder Maja Reichert. Menschen, die ihr Leben hassen und an einem anderen Ort, unter einem anderen Namen neu anfangen wollen.« Hardy gab Greta das verabredete Handzeichen, woraufhin sie sich erhob und mit ihm den Platz vor der Gruppe tauschte.

»Die Wahrheit sieht anders aus«, begann sie. »Möwenflucht ist ein riesiger Schwindel …«

Kapitel 71

Bevor Greta näher auf ihre Behauptung einging, nahm sie die Fernbedienung des Beamers, um den Anwesenden die Plastination eines menschlichen Körpers zu zeigen, die bei einer Ausstellung von einem unbekannten Fotografen aufgenommen worden war. Als das Bild aufleuchtete, entsetzte sich keiner ihrer Kollegen, sondern jeder betrachtete es fasziniert und mit unübersehbarer Neugier. Darüber wunderte Greta sich keineswegs, denn bis auf die KPI-Leiterin, die in ihrer Position ohnehin hart im Nehmen sein musste, arbeiteten alle anderen schließlich bei der Mordkommission und sahen oft weitaus unappetitlichere Dinge.

»Dieses Modell einer siebenundzwanzigjährigen Kenianerin«, erklärte Greta, »stammt aus der Sammlung von Gunther von Hagens, dem Initiator der Wanderausstellung ›Körperwelten‹.«

Zustimmendes Nicken. Jeder im Raum kannte den Künstler und seine Werke.

»Schon lange ist Hagens nicht mehr der einzige Mediziner, der weiß, wie lukrativ das Geschäft mit menschlichen Plastiken sein kann. Besonders im asiatischen Raum und in Russland haben sich Unternehmen auf dauerhafte Konservierungsverfahren für

Leichen spezialisiert und bieten ihre Produkte zum Kauf an. Ich glaube, wir alle können uns vorstellen, welche ethischen und rechtlichen Bedenken eine solche Geschäftsidee mit sich bringt. Um es vorwegzunehmen, niemand kann sagen, wie rentabel und wie groß der Markt wirklich ist, da bei einem solchen Handel vor allem zwei Voraussetzungen vorherrschend sind: Stillschweigen und Intransparenz. Aber egal, wie erheblich der Aufschrei ist, das Geschäftsmodell funktioniert offenbar hervorragend.« Greta tippte die Fernbedienung an und ein Zeitschriftenartikel erschien. »Anfang der Zweitausender gab es in einem deutschen Nachrichtenmagazin einen Bericht, in dem die Frage aufgeworfen wurde, woher die ganzen Leichen kommen.«

Nach diesem Satz ließ sie eine Pause, um zu beobachten, wie ihre Aussage bei den Zuhörern wirkte. Jona schüttelte den Kopf, Claudia saß mit offenem Mund da und Zahn stellte seine Kaffeetasse beiseite, weil ihm wohl der Appetit vergangen war. Auch die anderen schienen eine Vorstellung zu bekommen, worum es dem Serienmörder in ihrem Fall ging. Lediglich Hardy, den sie zuvor in ihr Wissen eingeweiht hatte, stand ungerührt mit verschränkten Armen hinter den Stühlen und nickte ihr anerkennend zu.

»Nachdem ich heute Nacht den Artikel und einige Hinweise erhalten habe, die uns bei der Aufklärung einer Mordserie helfen sollen, musste ich mich selbst erst in das Thema einlesen. Eine Sache will ich gleich erwähnen, der Zeitschriftenverlag musste sich später für diesen Bericht entschuldigen, da es für die meisten Vorwürfe keine Beweise gab. Nichtsdestotrotz regt der Text zum Nachdenken an. Und unabhängig davon, wie seriös Gunther von Hagens mit seinen Leichenpräparaten verfährt, suchen wir einen Killer, der laut unserem Informanten mit einem Ankäufer von Leichen in China in Kontakt steht.«

Anders als gewöhnlich sprach Liebkorn nicht dazwischen, sondern hob wie in der Schule die Hand. »Sie sprachen eben von einem Informanten …«

»Daniel Sobotzik, er war Drogendealer und ist in der Szene als Smoke bekannt.«

»Ach, der Gesuchte aus dem Motelzimmer!«

»Natürlich ist ein Krimineller nur bedingt ein seriöser Zeuge, das ist mir durchaus bewusst, aber nach derzeitigem Stand ist er der Einzige, der dem Projekt Möwenflucht lebend entkam.«

»Was denn nun?«, unterbrach Jona und rieb sich die Stirn. »Ich dachte, es gibt kein Projekt Möwenflucht.«

»Richtig«, sagte Greta. »Alle, die bisher ernsthaft glaubten, durch Möwenflucht ihrem Schicksal in Deutschland zu entkommen und ein spartanisches, aber unbekümmertes Leben im Ausland beginnen zu können, wurden ermordet. Die Opfer suchen Hilfe im Darknet und erhalten mit viel Glück eines der kostbaren Purple Tickets.« Greta blendete einen Chatverlauf ein, den Sobotzik ihr mit ein paar wenigen anderen Informationen noch spät in der Nacht per anonymer Mail geschickt hatte. Das Textgespräch hatte er mit einem Unbekannten geführt, als er ebenfalls aus Deutschland verschwinden wollte. In den wenigen Zeilen wurden eine neue Identität, neue Dokumente und ein Arbeitsverhältnis zugesichert. Im Gegenzug hatte Sobotzik sich an klare Regeln halten müssen. Eine dieser Regeln lautete, alle bisherigen Kontakte abzubrechen. »Letztlich fallen sie alle auf ein falsches Versprechen herein.«

»Was ist, wenn dieser Daniel Sobotzik Sie belogen hat, um seinen eigenen Hintern zu retten?« Liebkorn stieß scharf die Luft aus. »Soweit ich weiß, hat er einen mächtigen Drogenhändler über den Tisch gezogen. Für mich klingt seine Geschichte schon extrem abenteuerlich. Ich meine, woher wissen wir überhaupt, was er im Schilde führt? Vielleicht hat er sich das mit

Möwenflucht nur ausgedacht. Zeit zum Nachdenken hatte er ja offensichtlich.«

»Daniel Sobotzik will sich nicht mehr verstecken müssen. Kürzlich ist seine Tante gestorben, bei der er bis knapp zwei Jahre vor seinem Verschwinden lebte. Sie hat ihm ihr gesamtes Vermögen vererbt, immerhin ein Einfamilienhaus und einiges an Bargeld. Leider kommt Sobotzik derzeit nicht an das Erbe heran, weil er sonst auffliegen würde. Es war bereits ein Risiko für ihn, sich beim Nachlassgericht zu melden. Glaubt mir, der junge Mann will nur seine Schulden begleichen und keine Angst mehr vor den Schlägern eines Drogenbosses oder einem Killer haben müssen.«

»Er hat sich die Geschichte nicht ausgedacht«, half Hardy von hinten aus und alle drehten sich zu ihm um. »Auch der Slowake Bohuš Tiszon wollte bei mir herausfinden, was ich über Möwenflucht weiß. Wir haben es eindeutig mit einem Serienkiller zu tun, der junge Menschen manipuliert, umbringt und ihre toten Körper an dubiose Händler verkauft. Das Ganze getarnt als Aussteigerprogramm.« Er schnippte mit den Fingern. »Greta, zeig uns die aktuellen Fotos vom Brandort.«

Nacheinander spielte sie die Einzelbilder vom Tatort ab. Bei einem bat Hardy sie anzuhalten. Unter einem Schutthaufen und mit Ruß beschmiert erkannte man eine Art silberfarbenen Sarg.

»Das da ist eine Transportbox mit einer hochmodernen Kühlfunktion«, erklärte Hardy. »Perfekt geeignet, um darin einen Leichnam über lange Strecken *wohlbehalten* zu befördern.«

Greta zeigte das nächste Foto, auf dem man das Behältnis im geöffneten Zustand sah. »Das ist es, was mit den Menschen passiert, die auf Möwenflucht hereinfallen. Sie landen da drin und werden mittels Fähre nach Litauen und von dort nach China verfrachtet. In irgendeiner Fabrik werden die Leichname aufbereitet und plastiniert. Ob die Körper einmal in einer

Ausstellung, einer Medizinfakultät, einem wissenschaftlichen Labor oder als Sammlerobjekt einer Privatperson enden, kann bis dahin wohl kaum jemand mit Bestimmtheit sagen. Eines wissen wir aber mit Sicherheit: Jeder einzelne Körper bringt enorm viel Geld. Vor allem, wenn es sich um junge, attraktive Menschen handelt. Jung und schön wie das Modell Tom Seeger zum Beispiel, dessen Leichnam – so makaber es klingt – vermutlich einen Höchstpreis erzielt hat.«

»Ich habe Ottmar Seegers letzte Angaben bezüglich der Fähre überprüft«, meldete sich nach einer erneuten Pause nun auch Frank, den Hardy mit den entsprechenden Ermittlungen betraut hatte. »Ein Freund von Tom Seeger erinnerte sich, dass Tom ihm kurz vor seinem Verschwinden ein Fährticket nach Klaipėda gezeigt hat. Diese Aussage taucht allerdings nicht in den Akten auf. Und Maja Reichert hat gegenüber einer Bekannten geäußert, dass sie gern einmal den Berg der Kreuze und Trakai, die Stadt auf dem Wasser, anschauen würde und deshalb irgendwann nach Litauen übersetzen will. Vermutlich war das nur ein Ablenkungsmanöver von ihr, aber erinnern wir uns an die Detektivin. In ihrem Büro lagen Fotos vom Hafen Sassnitz, jedoch fehlten dort die Aufnahmen der *Silbermöwe*, die noch sporadisch zwischen Deutschland und Litauen verkehrt. Eventuell werden mit dieser Fähre Leichen transportiert.«

»Das werden wir selbstverständlich überprüfen«, bestimmte Greta, die sich bezüglich der Umsetzung dieser Aufgabe bereits zuvor mit Hardy abgestimmt hatte. »Aber das erfordert präzise und mühevolle Nachforschungen, denn so wie es scheint, konnte der Mörder seine Taten über Jahre hinweg vertuschen. Derzeit stützen sich unsere Annahmen einzig und allein auf die lückenhaften Informationen von Daniel Sobotzik. Wir sehen also keinen Sinn darin, einfach mal so ein Schiff zu beschlagnahmen, zumal die Staatsanwaltschaft einen solchen Antrag aktuell sowieso ablehnen würde, da uns schlichtweg hieb- und stichfeste Beweise fehlen. Beweise, die vermutlich mit Münzners Laptop verschwunden sind.«

Liebkorn und Jona schauten sich an und nickten dann einträchtig. Augenscheinlich genügten ihnen die bisherigen Ausführungen, um Greta und Hardy Glauben zu schenken und zu unterstützen.

»Aber so, wie ich das sehe, gibt es da ein weiteres Problem«, fing die KPI-Leiterin an und ihr Blick wurde so undurchschaubar wie eine kahle weiße Wand. »Ich habe vorhin mit Staatsanwalt Hildebrand telefoniert und er geht von Bohuš Tiszon als Täter aus. Immerhin hat er sich Ihres Telefons bemächtigt. Somit frage ich mich, ob wir damit unseren Mörder nicht längst gefunden haben.«

»Ich glaube …« Greta unterbrach sich, denn auf einmal kehrte vor ihrem geistigen Auge die Aufwachphase aus dem Koma erschreckend intensiv zurück. »Nein, ich weiß, dass es kein Slowake war, der mich im Krankenhaus mittels einer Giftspritze umbringen wollte.«

Kapitel 72

Seit Stunden hockte Professor Jan Finow in dem abgedunkelten Kellerraum. Wie lange genau, konnte er nicht einmal mehr schätzen. Die völlige Finsternis um ihn herum und seine gefesselten Hand- und Fußgelenke machten ihn komplett wahnsinnig im Kopf. Solche Verschleppungen kannte er bisher nur aus den blutigen amerikanischen Psychothrillern, die er mehrmals wöchentlich streamte. Was am Ende mit den Opfern passierte, wusste er somit zur Genüge. Daher war für ihn an Schlaf ebenso wenig zu denken wie an Hilfe von außerhalb. Im Film kam die Rettung auch grundsätzlich zu spät. Entsprechend war er ganz auf sich allein gestellt.

Anfangs hatte er noch gedacht, er käme irgendwie heil aus dieser Geschichte heraus, wenn er bloß die Anweisungen seines Entführers befolgte. Aber je länger er in der Dunkelheit kauerte, umso weniger hegte er Hoffnung, sein Gefängnis jemals zu verlassen.

Jan, du Idiot, hättest wenigstens um Hilfe schreien können, redete er gedanklich mit sich selbst, da ihn ein Mundknebel am Sprechen hinderte. Vielleicht hätte er es mit seiner halben Sumo-Figur sogar geschafft, den Mann zu überwältigen, als der an seiner Wohnung aufgetaucht war. Aber die Messerklinge, die er Jan binnen einer Sekunde entgegengestreckt hatte, war Drohung genug gewesen. Jan war nicht nur zu dem Zeitpunkt völlig geschockt gewesen, sondern er war grundsätzlich alles andere als ein Held. Seine Studenten hielten ihn für einen schlecht gekleideten, übergewichtigen und zerstreuten Professor, der zu allem Übel an einem Minderwertigkeitskomplex litt. Um seine Unsicherheit zu überspielen, schweifte er bei den Vorlesungen nur allzu gern vom Lehrplanthema ab. Seine Stärke war es, viel zu reden, ohne wirklich etwas zu sagen. Wenn er dabei Witze machte, brachte ihm das den Applaus, der ihm für eine echte Lebensleistung stets verwehrt geblieben war. Er war eben bestenfalls der König des Small Talks. Gefährlicher als mit seinem Mundwerk war er nur, wenn er Tastatur und Computermaus in die Finger bekam. Seinen größten Erfolg hatte er in den Neunzigern errungen, als er sich in Gestalt von Commander Keen durch sämtliche Level – einschließlich der ultrageheimen Bonusräume – in Rekordzeit geballert und schlussendlich die Welt gerettet hatte. Damals noch auf einem 386er Intel-PC. In einer digitalen Welt konnte höchstens sein Avatar sterben, hier jedoch, in diesem allzu realen Kellergewölbe, stand sein Leben wirklich auf dem Spiel.

Das tödliche Spiel fand seine Fortsetzung, als plötzlich der Schließriegel schnappte, die Deckenlampe eingeschaltet wurde und der Fremde den Raum betrat. Geblendet vom Licht, musste Jan mehrmals blinzeln, ehe er den Mann, der stumm im Türrahmen stehen blieb, anblicken konnte. Von irgendwoher im Gebäude spielte Musik.

»The Sound of Silence«.

Bisher hatte Jan die Coverversion von Disturbed als äußerst gelungen empfunden. Falls er diesen Tag durch ein Wunder tatsächlich überleben sollte, würde er das Lied fortan hassen.

»The Sound of Silence«.

Still verhielt sich bis dahin auch der Mann an der Tür. Obwohl er diesmal kein Messer bei sich führte, wirkte er bedrohlich. Wäre Jan noch bekleidet gewesen, hätte er sich vermutlich in die Hose gepinkelt. So jedoch zog er nur die Beine an den Körper, um seine Blöße zu bedecken. Auch in den Filmen, so wusste er, nahmen Psychopathen ihren Opfern häufig alle Kleidungsstücke ab, um ihnen das Gefühl vollkommener Schutzlosigkeit zu geben.

Bleib stark, Jan, machte er sich Mut. Nicht wimmern, nicht gegen die Fesseln ankämpfen. So etwas erregt solche Typen bloß.

Während er sich das einredete, trat der Unbekannte langsam auf ihn zu, beugte sich nieder und befreite Jan schließlich von dem Knebel.

»Entschuldigung, mein Termin hat etwas länger gedauert«, sagte der Mann und stellte einen Plastikbecher mit Wasser auf den Boden. Exakt so weit entfernt, dass Jan, egal wie er seine Gliedmaßen verdrehte, ihn niemals erreichen konnte. »Sie müssen sehr durstig sein. Und einen Bärenhunger haben Sie vermutlich auch. Aber bei Ihrer Leibesfülle ist eigentlich jede Diät ein Geschenk für Sie. Möchten Sie etwas trinken?«

Obwohl Jan keine Schwäche zeigen wollte, rang er gierig nach Luft, um vielleicht durch die Raumfeuchte seine staubtrockene Kehle ein bisschen zu benetzen. Reden würde er dagegen nicht. Wenn er beharrlich schwieg, war das ein Zeichen von Macht. Genau, durch Schweigen erlangte er Macht über seinen Peiniger. So zumindest die Theorie …

»Zum Dopefish!«, krächzte Jan, als er es nicht mehr aushielt. »Geben Sie mir endlich Wasser und sagen mir verdammt noch mal, was Sie mit mir vorhaben.«

Statt sofort zu antworten, lächelte der Mann treusorgend – so ähnlich wie ein Mensch, der einem schwer verwundeten Tier beruhigend die Hand auflegt, um es im nächsten Moment mit einem geübten Griff an die Gurgel von seinem Leiden zu erlösen. Er lächelte – untermalt vom Klang der Stille.

»Sie sollen mir helfen, Daniel Sobotzik zu finden.«

»Daniel Sobotschi? Wer soll denn das sein? Klingt wie ein Tamagotchi.«

»Nicht lustig.« Mit einem Handstreich kippte der Mann den Becher um, eine Wasserlache breitete sich auf dem Boden aus.

Schnell streckte Jan seine Zunge aus und leckte über die Fliesen, aber aufgrund der Distanz bekam er nicht einen einzigen Tropfen ab. »Okay, schon gut, wie war doch gleich der Name?«

»Sie hatten Kontakt zu ihm über das Darknet. Ich möchte, dass Sie für mich seinen derzeitigen Aufenthaltsort herausfinden.«

»Das kann ich nicht, dafür bräuchte ich meine Computer mit den Spezialprogrammen.«

»Ich bin sicher, ein handelsüblich ausgestatteter Laptop reicht Ihnen.«

»Selbst wenn ich damit arbeiten könnte – was nicht heißen soll, dass ich es kann –, glaube ich nicht, dass der Typ noch einmal auf meine Nachrichten antwortet.«

Der Mann nickte, dann flüsterte er etwas, was Jan nicht verstand. Es klang, als würde er mit einer dritten, jedoch imaginären Person im Raum reden.

Schließlich lief er zu einer Kiste. Jan konnte nicht erkennen, was er dort suchte, er hörte es nur klappern. Anscheinend kramte er nach Werkzeug.

»Sie müssen da oben etwas reparieren?«, hielt Jan das Gespräch am Laufen. »Gut, gehen Sie ruhig, ich warte einfach hier.«

Der Mann schwang herum und hielt plötzlich einen Hammer vor dem Körper. »Sie sind doch Informatiker, als dieser brauchen Sie sicherlich jeden Ihrer zehn Finger.«

Sofort bildete Jan Fäuste und versteckte sie, so gut es mit der Kette ging, in seinem Schoß. »Ach was, eigentlich rede ich nur viel über Informatik, fragen Sie meine Studenten. Ich rede den ganzen Tag. Auf einer Tastatur schreibe ich höchstens Mails. Und ich verschicke äußerst selten Mails. Außerdem kann man Texte ja mittlerweile sehr komfortabel per Sprachprogramm verfassen.«

»Aha, demzufolge brauchen Sie Ihre Finger ja nicht unbedingt.«

Jan überlegte, ob er etwas Falsches gesagt hatte. Dabei kam er nicht umhin, immerzu auf den Hammer zu stieren. »Doch, die brauche ich unbedingt, denn ich esse für mein Leben gern indisch.«

»Ihrem Bauchumfang nach zu urteilen, lieben Sie alle anderen Küchen auch.«

»Hey, keine Beleidigungen! Das ist kein Fett, sondern reingefressener Frust.«

Der Mann lachte auf und kam dabei wieder näher. »Sie gefallen mir, Professor! Leider sind Sie wenig kooperativ.«

»Das liegt vermutlich an den Umständen.«

»Falls Sie es hier unten jetzt schon als zu unbequem empfinden, muss ich Ihnen gestehen, dass das hier noch gar nichts ist im Vergleich zu dem, was ich mir für Sie ausgedacht habe, falls Sie mich weiterhin für einen Narren halten.«

»Ein Narr? Sie gehen eindeutig zu hart mit sich ins Gericht.«

»Der war schon besser, aber immer noch nicht witzig genug, um mich zu erheitern. Ich stelle mir gerade vor, wie ich Ihnen geradezu mit Leichtigkeit mehrere Glieder amputiere, ohne Sie verbluten zu lassen.«

»Ich glaube, das wird nicht nötig sein.«

»Sie haben recht, denn das würde nicht so viel Spaß machen wie das hier.« Er hob den Hammer. »Sind Sie Links- oder Rechtshänder?«

»Linkshänder«, schoss es aus Jan heraus, als er begriff, was der Mann vorhatte.

»Gut, dann strecken Sie Ihre rechte Hand aus.«

»Nein!«, schrie Jan vor Angst und brennend trat ihm der Schweiß in die Augen. »Ich habe mich geirrt, ich bin doch Rechtshänder.«

»Ja, sicher«, erwiderte der Fremde belustigt und presste Jans gefesselte Hände auf den gefliesten Boden, während der sich wehrte.

Eine Weile rangen sie so miteinander.

Als er Jans Widerstand gebrochen hatte, schwang er mit sichtlicher Genugtuung das schwere Werkzeug.

Kapitel 73

Gegen Mittag saßen sie nur noch zu dritt im Büro der KPI-Leiterin. Hardy hatte um eine vertrauliche Unterhaltung gebeten, der jedoch auch Jona beisitzen sollte. Sein unmittelbarer Vorgesetzter hatte ein Recht darauf, etwas über Hardys Vergangenheit zu erfahren. Natürlich verstand sein chronisch hungriger Chef nicht, was so wichtig sein sollte, dass es nicht bis nach dem Mittagessen Zeit hatte. Entsprechend unruhig hockte Jona auf seinem Stuhl, zumal Liebkorn eine Kaugummipackung auf ihrem Schreibtisch liegen hatte, die er pausenlos anstierte.

Während seine beiden Vorgesetzten mit strengen Blicken warteten, musste Hardy noch ein wichtiges Telefonat mit dem Brandursachenermittler beenden, der ausgerechnet jetzt auf seinem Handy anrief.

»Und?«, fragte Liebkorn, als er das Gerät irgendwann vom Ohr nahm.

»Negativ«, antwortete er. »Die Kameraden der Feuerwehr konnten im gesamten Objekt keinen Leichnam finden.«

»Das ist immerhin keine schlechte Nachricht«, sagte Jona und rieb sich den Bauch. »Bis man mir das Gegenteil beweist, hege ich Hoffnung, dass wir deinen Professor lebend finden.«

Natürlich hatte Jona recht, aber Hardy konnte nur zaghaft nicken, denn im Prinzip gab es auch keinen Grund zur Erleichterung. »Und wo werden wir ihn finden?«, fragte er aus Sorge um Jan, obwohl er wusste, dass keiner der beiden Anwesenden ihm eine Antwort geben konnte.

»Unsere Fahndungsmaßnahmen sind noch in der Nacht parallel angelaufen«, erinnerte Jona. »Alle Reviere wurden alarmiert und wir arbeiten kommissariatsübergreifend in der Sache zusammen. Außerdem ist die Mobile Funkaufklärung vom LKA eingewiesen. Mehr können wir im Moment nicht tun.«

Ob sie wirklich alle Möglichkeiten ausgeschöpft hatten, konnte Hardy im Moment schwer beurteilen. Er saß auch nicht hier, um das auszudiskutieren. Deshalb war er dankbar, als Liebkorn ihn wieder auf den eigentlichen Grund der Zusammenkunft ansprach.

»Herr Finkel, wir wurden durch das Telefonat unterbrochen.« Leicht ungeduldig schwang sie in ihrem Bürostuhl hin und her. »Worüber wollten Sie mit uns so dringend sprechen?«

»Es geht um Staatsanwalt Hildebrand«, begann er, wobei er ihre Mimik genau beobachtete. Ihren Gesichtszügen nach schien sie nicht begeistert von dem Thema. »Eigentlich geht es dabei mehr um mich.«

»Machen Sie es nicht so spannend, aber kommen Sie mir bloß nicht damit, Sie hätten mir bezüglich Ihrer Personalakte etwas verheimlicht.«

»Um ehrlich zu sein, geht es genau darum«, musste er zugeben, wobei Liebkorn ihn schon bei ihrer ersten Begegnung gewarnt hatte, dass sie ihn sehr genau beobachten werde. Vermutlich hatte sie da schon geahnt, dass mit seiner Akte einiges nicht stimmte. »Bevor man mich beim BKA in die Abteilung für Interne Angelegenheiten versetzt hat, war ich im Außendienst eingeteilt. Genauer gesagt, war ich als Sonderermittler für Serienmorde tätig.«

»Scheiße, Hardy, das ist ein Witz, oder?«, konnte Jona sich nicht zurückhalten, aber Liebkorn brachte ihn mit einem Handzeichen zum Verstummen.

Nachdem Hardy einmal tief durchgeatmet hatte, berichtete er weiter. »Das habe ich fünf ganze Jahre gemacht. Wir waren eine kleine Gruppe von vier Leuten mit gesonderten Schulungen. Eigentlich sollte es nur ein Pilotprojekt sein, aber unsere Ergebnisse haben letztlich das Bundesministerium beeindruckt. Allerdings ernteten nicht wir, sondern das BKA als Institution die Lorbeeren. Wir liefen ja unter *streng geheim.* Jedenfalls kam der Tag, an dem sich alles änderte. Erinnert sich einer an die Presseartikel über den Killer namens Angelus?«

»Was denn, da warst du dabei?«, konnte Jona es nicht glauben. »Verflucht, Annika, was hast du mir da für einen Wunderknaben in die Truppe gegeben? Der Typ hat den Angelus-Killer gejagt!«

»Wie gesagt«, fuhr Hardy fort, während Liebkorn die Sache schweigend und damit deutlich besonnener als Jona aufnahm. »Wir haben als Team funktioniert. Und in Wahrheit war ich da gar nicht bis zum Ende dabei, weil bei einem Einsatz, als wir Angelus schnappen wollten, ein Kollege draufgegangen ist. Obwohl ich nichts für meinen Partner Jens hätte tun können, hat man herausgefunden, dass ich an AIWS leide.«

»AIWS?«, fragte diesmal Liebkorn.

»Alice-im-Wunderland-Syndrom«, erklärte Hardy. »Auch wenn die Krankheit lustig klingt, kann sie für Betroffene im Alltag problematisch sein. Je nachdem, wie schlimm ihre Auswirkungen sind, verliert man für Sekunden bis hin zu Minuten jegliches Gefühl für Raum und Zeit. Es ist ein wenig, als würde man einen Tagtraum haben und um sich herum nichts mehr mitbekommen.«

»Im Hinblick auf Ihren Beruf scheint mir das ein echtes Problem zu sein. Sie wollen uns nicht erzählen, dass Sie im

Einsatzgeschehen jederzeit … wie beschreibe ich das?« Sie legte einen Finger auf ihre Lippen, bis ihr ein passendes Wort einfiel. »Dass Sie *Ausfallen* und damit Kollegen in Gefahr bringen könnten?«

»Bitte, Frau Liebkorn, ich will Sie nicht anlügen, aber geben Sie mir eine faire Chance. Ich habe in meinem gesamten Leben keinen einzigen Menschen durch mein *kleines* Handicap gefährdet.«

»Und das soll mich beruhigen? Hatten Sie denn in den letzten Monaten im Dienst solche Ausfälle?«

Ihm schnürte sich der Hals zu, trotzdem brachte er einen Satz heraus. »Selten … und wirklich nur für Augenblicke.«

Danach herrschte für mehrere Sekunden Schweigen.

»Ich danke Ihnen für Ihre Ehrlichkeit, Herr Finkel. Allerdings halte ich Sie nicht für jemanden, der sich vor seiner Vorgesetzten freiwillig etwas von der Seele reden würde. Und da ich mich nicht erinnern kann, Sie in letzter Zeit gefoltert oder Ihnen mit Sanktionen gedroht zu haben, interessiert mich brennend, warum Sie uns das ausgerechnet jetzt erzählen.«

»Weil Staatsanwalt Hildebrand davon weiß und er mich bei den Ermittlungen unter Druck gesetzt hat. Streng genommen hat er versucht, meine Arbeit massiv zu beeinflussen, sogar gefordert, die Akte nach seinen Vorgaben zu frisieren, andernfalls drohte er mir mit der Enthüllung meiner Krankheit.« Er sah von Liebkorn zu Jona. »Außerdem soll ich gegen Greta und Jona arbeiten.«

»Ich wusste es, dass mit dem Neuen was nicht stimmt«, redete Jona dazwischen, doch wieder beruhigte Liebkorn ihn mit einem Blick. »Mit nüchternem Magen vertrage ich solche Enthüllungen noch weniger als mit vollem«, entschuldigte er sich und beugte sich gleichzeitig über den Tisch. »Kann ich wenigstens einen Kaugummi …« Er zog seine Hand zurück, als Liebkorn große Augen machte.

»Ich weiß nicht genau, warum er euch beide loswerden will«, machte Hardy weiter. »Aber ich würde natürlich nichts tun, das euch schadet. Andernfalls könnte ich mir selbst nicht mehr im Spiegel in die Augen blicken. Ich will diesen falschen Juristen eigentlich nur loswerden.«

»Das soll ich dir nach dieser Beichte noch glauben, Hardy?«, brauste Jona abermals auf und hämmerte zusätzlich mit der Faust auf die Tischplatte. »Warum hast du das mit diesem Angelus-Killer und deinem A… A-was-weiß-ich die ganze Zeit verschwiegen?«

»AIWS«, half Liebkorn ihm in bestimmendem Tonfall aus. »Und jetzt setz dich wieder hin. Ich glaube nicht, dass ihm diese Beichte, wie du sie nanntest, leichtgefallen ist.«

Danach sah sie Hardy eine Weile schweigend an. In dieser Zeit gab niemand einen Laut von sich. Hardy wartete angespannt darauf, dass die KPI-Leiterin etwas dazu sagte.

»Das sind schwere Anschuldigungen«, kam es schließlich von ihr. »Ich nehme an, es gibt keine Belege dafür.«

»Alles zwischen mir und Hildebrand wurde mündlich besprochen, er hat mich sogar in meinem Büro besucht.«

»Gut, und was soll ich Ihrer Meinung nach jetzt tun?«

»Vor allem wollte ich, dass Sie es wissen. Was Sie mit diesen Informationen anfangen, liegt allein in Ihrer Entscheidung. Ich vertraue Ihnen.«

»Wissen Sie, Herr Finkel, ich habe Ihnen und Frau Silber vorhin bei der Besprechung aufmerksam zugehört. Das waren erstklassige Vorträge und hervorragende Recherchen. Vor allem die Sache mit diesem Drogendealer konnte mich beeindrucken, deshalb fürchte ich, wir benötigen um jeden Preis eine vollumfängliche Aussage von Daniel Sobotzik. Ohne eine schriftliche Vernehmung mit seiner Unterschrift können wir gar nichts ausrichten.«

Hardy nickte.

»Pah, ihr habt Greta gehört«, fuhr Jona auf. »An Sobotzik kommen wir nicht mehr heran. Er hat ihr Hinweise zu Möwenflucht gegeben und für weitere Gefälligkeiten steht er nicht mehr zur Verfügung.«

»Das stimmt nicht ganz«, widersprach Hardy und hob dabei den Zeigefinger. »Vielleicht gibt es doch eine Chance.«

Kapitel 74

Beinahe pünktlich hielt Greta ihren Wagen vor dem feudalen Anwesen mit der romantisch blühenden Rosenhecke und den Spitzengardinen in den Fenstern an. Seltsamerweise stand Staatsanwalt Arne Luther bereits ausgehbereit mit seinem Hund am Zauntor und deutete auf seine Armbanduhr.

Kaum dass sie ausgestiegen war, tadelte er sie lautstark über die halbe Straße hinweg. »Eine Minute später und ich wäre ohne Sie spazieren gegangen.«

»Wieso spazieren? Ich dachte, wir unterhalten uns in Ruhe bei Ihnen drinnen.«

Luther winkte ab und zerrte an der Leine, weil sein Pudel sich wohl ein bisschen zu sehr über den fremden Besuch freute, der seiner Schnauze liebevoll die Hände hinstreckte. Anscheinend roch er, dass Greta zu Hause auch einen Hund hatte, denn er beschnupperte ausgiebig ihre Hosenbeine und ihre Arme, während sie durch sein apricotfarbenes Fell wuschelte.

»Was denn, haben Sie etwa erwartet, ich würde Ihnen auch noch Kaffee und Gebäck reichen? Sie haben Glück, Frau Silber, mich in solch ausgelassener Stimmung anzutreffen, denn ich habe gestern die frohe Nachricht erhalten, dass ich noch einmal Großvater werde. Andernfalls hätte ich Sie niemals an meiner Privatadresse empfangen.«

»Großvater, das klingt gut«, ließ sie sich zu einer freudigen Bekundung hinreißen, obwohl sie unter keinen Umständen an eigene Enkel denken wollte, da sie sich dabei gleich um zehn Jahre älter fühlte. Außerdem hätten Enkel das Kommunikationsproblem mit ihrem Ex-Mann nur noch verschlimmert. Allein die Vorstellung von Familienfeiern anlässlich Geburtstagen oder Einschulung verursachte bei ihr Übelkeit. Einen Nachsatz für Luther konnte sie sich gleichfalls nicht verkneifen. »Dabei sind Sie gerade einmal … wie alt? Achtundfünfzig, neunundfünfzig?«

Kommentarlos lief Luther los und legte ein solches Tempo vor, dass selbst der Hund mit seinen vier Beinen Mühe hatte, mit ihm Schritt zu halten. Im Gegensatz zum Pudel musste Greta bereits nach wenigen Metern schnaufen. Von Auswirkungen eines Herzinfarkts konnte sie bei dem hochgewachsenen, drahtigen Mann dagegen keinerlei Anzeichen erkennen. Hätte sie es nicht besser gewusst, sie hätte schwören können, er sei ein Simulant.

»Sagten Sie nicht etwas von spazieren gehen?«, murrte sie, während sie von einem Vorgarten zum nächsten eilte und den Schatten hoher Sträucher nutzte, um der prallen Mittagssonne nicht völlig ungeschützt ausgesetzt zu sein.

»Mein Arzt hat mir neben einem Betablocker und etlichen anderen Medikamenten leichten Sport verordnet.« Er schielte naserümpfend auf ihre Hüften. »Täte Ihnen übrigens auch ganz gut.«

»Hey, dass ich nicht mit Ihrem Tempo mithalten kann, liegt nicht an fehlender Fitness, sondern an meinen kurzen Beinen.«

»Das, werte Frau Silber, habe ich schon oft an Ihnen bemängelt: Sie können mein Tempo schlicht und einfach nicht halten.«

Damit spielte er zweifellos auf ihre Zusammenarbeit bei Mordfällen in der Vergangenheit an. In Luther schlummerte nämlich nicht nur ein General, der gern Befehle erteilte, sondern auch ein verkappter Sekretär, der seinen Schreibkram, anders als andere Staatsanwälte, ungern den Vorzimmerdamen überließ. Greta hatte sich schon immer gefragt, wie er es schaffte, den ganzen Papierkram und die Aktenberge in Rekordzeit zu erledigen. Eigentlich wäre es ihr egal gewesen, wenn er nicht den gleichen Maßstab bei seinen Hilfsbeamten angelegt hätte.

»Ihr Tempo hat Sie in die Notaufnahme gebracht.«

»Papperlapapp, erzählen Sie mir lieber etwas Neues. Warum haben Sie mich angerufen und um dieses Treffen gebeten?«

»Bei den aktuellen Ermittlungen zu einer Mordserie gibt es schwerwiegende Probleme mit Ihrem Nachfolger Tilo Hildebrand; deshalb bitte ich Sie, an Ihren Schreibtisch zurückzukehren und die Fälle zu übernehmen.«

Wenn Luther etwas amüsant oder absurd fand, lachte er immer nur zurückhaltend. So auch jetzt. »Ernsthaft, deshalb sind Sie hergekommen? Meine Güte, den Weg hätten Sie sich sparen können. Selbst wenn es dafür einen wirklich triftigen Grund gäbe, würde ich Ihnen eine Absage erteilen. Ich hatte kürzlich erst eine Herz-OP; meine Frau bringt mich um, wenn ich mich nach so kurzer Regenerationszeit wieder in Arbeit stürze.«

»Ich finde es anständig von Ihnen, dass Sie auf Ihre Frau hören, aber ich müsste eigentlich auch noch im Krankenhaus liegen. Außerdem kenne ich Sie mittlerweile zu gut; deshalb weiß ich, dass Sie Nachlässigkeit und Vertuschung in Ihrer Staatsanwaltschaft niemals dulden würden. Genau damit haben wir es jedoch zu tun.«

»Sie wollen also damit andeuten, Herr Hildebrand wäre korrupt?«

»Noch fehlen uns konkrete Beweise, aber genau deshalb bitte ich Sie ja um diesen riesengroßen Gefallen. Kehren Sie zurück an Ihren Platz, bitte!«

»Warum wenden Sie sich nicht an den Oberstaatsanwalt?«

»Weil Herr Finkel und ich uns einig sind, dass wir genau Sie brauchen.«

»Hardy Finkel? Ausgerechnet der Mann? Weiß er denn nicht, dass ich mehrere Verfahren gegen ihn eingeleitet habe?«

»Verfahren, die Herr Hildebrand längst eingestellt hat.«

»Was?«, echauffierte Luther sich und blieb abrupt stehen. »Ich meine, soso, das hat er also … Da frage ich mich, was er während meiner Abwesenheit noch alles angestellt hat.«

»Kennen Sie die Anwaltskanzlei Klein & Partner?«

»Ach, jetzt kommen Sie mir bloß nicht mit diesem alten Gerücht um einen angeblichen Deal zwischen der Kanzlei und Hildebrand. Hätte er dort als Strafverteidiger anfangen wollen, dann hätte er es längst getan. Da gab es keine unlauteren Absprachen oder Bestechungszahlungen. Letztlich wurden diese Anschuldigungen überprüft und sämtliche Bedenken gegen ihn ausgeräumt. Es hat sich herausgestellt, dass es sich um eine Falschberichterstattung einer hoffnungslos verschuldeten Journalistin gehandelt hat.«

»Ja, einer Journalistin, die später ihren Job verlor und ein Privatdetektivbüro eröffnet hat. Zu schade, dass die Frau jetzt auch noch tot ist, ich hätte mir gern ihre Version der Geschichte angehört.«

Luther hielt inne. Offenbar kannte er die Zeitungsberichte der letzten Tage und wusste somit, von wem Greta sprach. »Selbst wenn etwas an den Gerüchten dran wäre, verstehe ich nicht, was das mit Ihren Mordermittlungen zu tun hat.«

»Kennen Sie Gunther von Hagens?«

»Den Leichenkünstler? Selbstverständlich ist mir der Name geläufig, nur …«

»Darum geht es: um Leichen für Plastinationen. Unser Mörder tötet junge Menschen und verkauft ihre Körper an dubiose Unternehmen, die daraus konservierte Präparate herstellen.«

Eine von Luthers Augenbrauen schoss nach oben. Statt schockiert zu reagieren, ließ seine Mimik einen Reiz erkennen, auf den Greta abgezielt hatte: Neugier. Garantiert witterte er bereits eine unglaubliche Story, mit der er als Staatsanwalt medial groß herauskommen konnte.

»Der Täter macht das schon viele Jahre«, befeuerte Greta sein Ego weiter. »Aber anders als Gunther von Hagens, der immer wieder betont, dass seine Ausstellungsstücke allesamt von freiwilligen Spendern stammen, handelt unser Gesuchter mit Körpern, die noch keine dreißig Jahre alt sind und die er sich durch Morden beschaffen muss. Jedoch kann er nicht einfach viele junge Menschen verschwinden lassen, ohne dass es auffällt. Er braucht Unterstützer. Einer dieser Unterstützer könnte die genannte Anwaltskanzlei sein. Laut einem Insider, der an einem Aussteigerprojekt namens Möwenflucht teilgenommen hat, besteht für die Probanden die Möglichkeit, sich für tot erklären zu lassen und zuvor ihre Totenfürsorge einer Rechtsanwaltskanzlei zu übertragen. An dieser Stelle kommen Klein & Partner ins Spiel. Die haben mehrfach eine Bestattungsverfügung und das dazugehörige Verfügungsrecht über den Leichnam erhalten. Wie gesagt, auch mein Informant sollte einer dieser angeblich verstorbenen Menschen werden. Das Bizarre daran ist, dass alle Menschen, die über das Aussteigerprogramm eine neue Identität und ein neues Leben bekommen wollen, tatsächlich umgebracht werden.«

»Zum Zwecke der Plastination«, sagte Luther wie zum Beweis, dass er bis hierhin folgen konnte.

»Ich weiß, das klingt irrwitzig, aber Fakt ist, dass mit der Kanzlei etwas nicht stimmt. Wie gesagt, wir würden gern den Beweis erbringen, leider gibt es da ein Problem …«

»Tilo Hildebrand«, sprach Luther es aus. Danach beugte er sich zu seinem Pudel und streichelte ihn. »Da vorn kommt eine Eisdiele. Sie zahlen!«

»Abgemacht, ich hoffe nur, das zählt nicht als Bestechung.«

»Nein, weil Sie von mir ja keine Gegenleistung bekommen.«

»Also helfen Sie uns nicht?«

»Sie haben es erfasst, aber ich möchte von Ihnen mehr über Möwenflucht erfahren …«

Kapitel 75

Falls der Nachmittagsbesuch von Hardy, Greta und Jona dem Staatsanwalt unangenehm war, ließ er es sich nicht anmerken. Nach der Begrüßung bot Tilo Hildebrand sogleich Kaffee und Gebäck von einem Teller an.

»Die Kekse sind noch von der Geburtstagsrunde heute Morgen übrig«, sagte er. »Der Kollege hat es wohl etwas zu gut gemeint.«

Im ersten Moment sah es für Hardy so aus, als würde sein Chef wie eine Heuschrecke über den Teller herfallen, aber Jonas hektische Handbewegung galt lediglich seinem Schlips, an dem er sich fortan festhielt. Wohl, um seine Finger unter Kontrolle zu halten.

»Keinen Kaffee«, bestimmte Hardy.

»Demzufolge wollen Sie gleich zur Sache kommen«, sagte Hildebrand mit seinem gewohnt schneidigen Lächeln. »Fein, dann nehmen Sie bitte Platz.«

Einmal mehr reichte Hardy ihm die Akte Münzner, die inzwischen zu einem wahren Papiermonster angewachsen war. »Am Ende finden Sie meine Zusammenfassung mit den Ereignissen der letzten Nacht und den vorläufigen Bericht des Brandursachenermittlers.«

»Sehr schön.« Hildebrand schlug den Aktendeckel auf und stierte verbissen auf die Zeilen, ohne sie wirklich zu lesen. Jetzt wirkte er doch angespannt, denn seine heitere Miene verschwand so schnell, wie er sie aufgesetzt hatte. »Stehen darin irgendwelche Überraschungen, von denen ich wissen sollte?«

»Keine Überraschungen.«

»KPI-Leiterin Liebkorn hat sich ja bereits telefonisch mit Ihnen abgestimmt«, erinnerte Jana. »Wäre da nicht der vermisste Professor, könnten wir den Fall Minzner in Kürze abschließen und wir bräuchten jetzt nicht zu viert hier zu sitzen.«

Hildebrand lehnte sich in seinem Stuhl zurück und presste die Akte mit beiden Armen an seinen Oberkörper, als wollte er sie nie wieder hergeben. »Ich dachte, ich hätte mich mit Frau Liebkorn darauf verständigt, dass das Verschwinden von Professor Finow als separater Fall behandelt wird.«

»Das wäre an sich kein Problem«, schaltete sich Greta ein, »wenn es nicht einen Zeugen gäbe, der uns glaubhaft versichert hat, dass Finows Entführung im Zusammenhang mit den Morden steht.«

»Welchen Zeugen, etwa diesen Daniel Sobotzik? Ich finde es absurd, bei einer Person, die unter falschem Namen auftritt und zudem Drogen in Umlauf gebracht hat, von ›glaubhaft‹ zu sprechen.«

»Wir sollten seine Informationen trotzdem ernst nehmen.«

»Und wo steckt dieser Daniel Sobotzik?« Hildebrands Oberkörper schnellte nach vorn. Er klatschte die Akte auf den Tisch und breitete die Arme aus. »Meinetwegen, holen Sie ihn herbei.«

»Das möchte ich versuchen«, antwortete Greta gelassen. »Aber dazu benötige ich Ihre Unterstützung.«

»Selbstverständlich haben Sie meine volle Unterstützung.«

»Wunderbar, Sobotzik möchte nämlich einen Deal mit der Staatsanwaltschaft machen.«

Hildebrand stockte kurz mit offen stehendem Mund. »Einen Deal?« Er lachte auf. »Vergessen Sie das. Ich nehme gern zur Kenntnis, was er zu sagen hat, aber es wird keinen Deal mit einem Drogendealer geben.«

»Herr Hildebrand«, übernahm Jona, und diesmal griff er doch zum Teller, um sich vor dem Weitersprechen einen kleinen Keks mit Schokoüberzug in den Mund zu schieben. »Ich als Leiter des Fachkommissariats 1 bin persönlich erschienen, um mir Ihr Wort einzuholen, dass wir die Mordfälle der letzten Tage im Sinne der Rechtsstaatlichkeit aufklären sollen.«

»Wie darf ich das verstehen?«

»Nun, ich will ehrlich sein, ich habe ein Problem mit Ihrer bisherigen Arbeitsweise. Mag sein, dass ich altmodisch bin, aber ich habe den Eindruck, dass Sie die Sache etwas zu … *bequem* abschließen wollen. Vielleicht versuchen Sie sich einmal in die Situation von uns gestandenen Ermittlern zu versetzen. Dann werden Sie erkennen, dass wir einige Ihrer Entscheidungen kritisch sehen müssen. Verstehen Sie mich nicht falsch, wir stehen alle auf derselben Seite und wollen Verbrechen aufklären. Doch einige Verbrechen scheinen nur auf den ersten Blick eindeutig. Wir brauchen die Aussage eines Insiders. Daher bitte ich Sie eindringlich, über einen Deal mit Sobotzik nachzudenken.«

Hildebrand hörte aufmerksam zu und nahm dabei immer wieder Blickkontakt mit Hardy auf. Vermutlich fragte er sich insgeheim, ob Hardy über die Inhalte ihrer vertraulichen Gespräche geplaudert hatte.

»Und was bietet er genau an?«, fragte Hildebrand.

»Sobotzik will eine umfangreiche Aussage zum Mord an Paulina Münzner machen. Im Gegenzug fordert er die Aufnahme ins Zeugenschutzprogramm. Zur Sicherheit will er deshalb nur mit dem leitenden Staatsanwalt reden.«

»Das klingt mir nach einer windigen Sache. Sie wissen genau, dass wir auf solche Forderungen nicht eingehen.«

»Doch genau das hat die Staatsanwaltschaft in der Vergangenheit mehrfach getan«, mischte Jona sich ein. »Wissen Sie, Herr Hildebrand, ich mache den Job bei der Mordkommission nun seit über zwanzig Jahren. Und jedes Mal, wenn es einen Deal gab, waren das die besten Verfahren.«

»Wir haben echt eine Chance«, mahnte Hardy.

Eine Weile schwiegen alle Anwesenden. Hildebrand knetete unterdessen seine Hände, um dann urplötzlich aufzuspringen und ein Fenster zu öffnen.

»Und wie soll das Gespräch ablaufen?«, fragte er schließlich. »Kommt Herr Sobotzik zu mir, treffe ich mich mit ihm an so einem verrufenen Ort wie in einem Film?«

»Das will er mit Ihnen persönlich besprechen«, antwortete Greta. »Von mir erwartet er nur ein Okay, andernfalls verschwindet er umgehend aus Deutschland.«

»Ach, wo will er denn hin?«

Greta zuckte mit den Schultern. »Das weiß nur er selbst.«

»Wie gesagt«, übernahm Hardy, bevor Hildebrand vom eigentlichen Thema abzulenken versuchte, »Frau Silber soll ihn nur benachrichtigen, falls Sie auf das Angebot eingehen. Dann wird er Sie kontaktieren.«

»Woher wissen wir, dass dieser Smoke uns nicht an der Nase herumführt? Ich traue ihm nicht, jemand von Ihnen etwa?«

Etwas Ähnliches hatte die KPI-Leiterin vor diesem Treffen geäußert, denn immerhin ging es um einen Kriminellen, der ursprünglich einen Internethandel mit harten Drogen aufmachen wollte. Anders als bei der Besprechung in der KPI hatte Hardy diesmal jedoch die passende Antwort parat.

»Sie haben recht, ich traue ihm auch nicht. Falls es zu einem Gespräch kommt, fordern Sie von Sobotzik unbedingt Sicherheiten ein.«

Kapitel 76

Staatsanwalt Hildebrands verbliebenes Tagespensum bestand aus der Vorbereitung einer Anklageschrift, der Fertigung der Begründungen zu einer Verfahrenseinstellung und der Prüfung bezüglich einer Herausgabe von Beweismitteln, die im Zuge einer Raubstraftat mit Todesfolge von der Polizei gesichert worden waren. Daneben türmten sich, so weit das Auge reichte, Aktenberge vor ihm auf. Doch er schaffte es einfach nicht, sich auf seine Arbeit zu konzentrieren. Stattdessen ging sein Blick ständig zur Uhr und er ertappte sich dabei, wie er an den Fingernägeln kaute. Nach dem Gespräch hatten die Kriminalbeamten die Staatsanwaltschaft zügig verlassen. Hildebrand hatte das Fenster hinter seinem Stuhl geschlossen, die Gardinen zugezogen und durch einen Spalt beobachtet, wie die drei in ihren Dienstwagen eingestiegen und vom Parkplatz gerollt waren. Seitdem hatte Hildebrand sich in seinem Büro eingeschlossen.

In dieser vergangenen halben Stunde hatte er gründlich über seine Situation nachgedacht. Er wusste, wie hochgradig gefährlich eine Aussage von Daniel Sobotzik für seine Zukunft war. Je nachdem, was er herausgefunden hatte, konnte dieser unbedeutende Dealer alles auffliegen lassen. Vor allem

Hildebrands geheime Verbindung zur Anwaltskanzlei Klein & Partner, die vor Jahren beinahe pleitegegangen wäre, sich dann jedoch einen lukrativen Markt erschlossen hatte. Einen Markt, bei dem Menschen für tot erklärt wurden, die in Wahrheit jedoch unter neuer Identität in Litauen und anderen osteuropäischen Ländern weiterlebten. So zumindest hatte man es ihm am Anfang verkauft – bis Hildebrand durch Zufall von der erschreckenden Realität erfahren hatte. Kein einziger dieser Menschen hatte die Fähre nach Litauen lebend genommen. Aber da war er schon zu tief im Netzwerk des Todes involviert, um noch schadlos aussteigen zu können. Also hatte er weiter geschwiegen, gedeckelt und manipuliert. Im Gegenzug hatte er enorme Bestechungsgelder kassiert. Also hatte er die Augen noch fester verschlossen, um bloß nicht das Damoklesschwert über seinem Kopf zu sehen.

Plötzlich riss das Klingeln seines Handys Hildebrand aus diesen schwermütigen Gedanken. Eine unterdrückte Nummer leuchtete auf. Er fluchte, befeuchtete mit der Zunge seine Lippen und griff so heftig nach dem Mobiltelefon, dass das Gehäuse knirschte. Danach zögerte er, bis er schließlich die grüne Taste antippte.

»Hildebrand«, meldete er sich kurz angebunden und mit tiefer Stimme. Er bemerkte auf einmal, wie rau seine Kehle war. Doch jetzt war es zu spät für einen Schluck Wasser. Er musste die Sache professionell durchziehen. Dazu lehnte er sich so gemütlich, wie es eben ging, in seinem Polsterstuhl zurück. »Herr Daniel Sobotzik?«

»Sind Sie der Staatsanwalt, der mir helfen kann?«, kam es zögerlich aus dem Hörer. Der Stimme nach ein Mann von höchstens dreißig Jahren.

Nie zuvor war Hildebrand dem Dealer begegnet. Bis zum Tod von Paulina Münzner hatte er nicht einmal gewusst, dass einer der *Körperspender* entkommen war.

»Der bin ich.«

»Woher weiß ich, dass Sie der Richtige sind?«

Über diese Frage war Hildebrand erstaunt, wobei er die gleiche hätte stellen können. »Warum rufen Sie nicht die Vermittlung der Staatsanwaltschaft an und lassen sich mit meinem Büroapparat verbinden? Dann haben Sie vielleicht mehr Vertrauen in mich.«

»Okay, momentan schlafe ich nicht sehr gut, müssen Sie verstehen.«

»Das kann ich mir vorstellen, könnte ich auch nicht, wenn ich einem zu allem bereiten Drogenboss den Stoff geklaut hätte. Hab gehört, Sie sind kürzlich nach Deutschland zurückgekehrt, weil Sie irgendwie an das Erbe Ihrer Tante rankommen wollten. Das lief wohl nicht so, wie Sie sich das vorgestellt haben.«

»Hat Ihnen Frau Silber alles ausgerichtet?«

So zittrig, wie Sobotzik redete, schien er noch deutlich nervöser als Hildebrand. Daher überlegte der Staatsanwalt kurz, wie er es formulieren sollte, um ihm die Aufregung zu nehmen. »Ja, wir haben uns ausführlich über Ihre Situation unterhalten. Ich denke, ich kann einiges für Sie tun.«

»Das mit dem Zeugenschutzprogramm läuft?«

»Da sehe ich keine Probleme, vorausgesetzt, Sie ziehen mich nicht über den Tisch. Helfen Sie mir, dann helfe ich Ihnen. Also was bieten Sie mir an, damit ich Ihnen vertrauen kann?«

»Ich mache meine Aussage zum Tod von Paulina Münzner.«

»Das reicht mir nicht.«

Diesmal war es Sobotzik, der auf der anderen Seite der Leitung einen Moment schwieg. »Sie wollen eine Art Vorschuss von mir?«

Hildebrand war beeindruckt von Sobotziks schneller Auffassungsgabe. Langsam verstand er, wie der Kleinkriminelle es bisher geschafft hatte, unterzutauchen. »Ja, ich möchte etwas, mit dem ich arbeiten kann und das mein Vertrauen in Sie stärkt.«

»Einverstanden.« Sobotzik schniefte laut ins Telefon, was Hildebrand einfach nur anwiderte. »Ich nehme an, Münzners Detektei ist noch immer von der Polizei beschlagnahmt.«

»Selbstverständlich, und so wird es bis zum Abschluss der Ermittlungen auch bleiben.«

»Sehr gut, schicken Sie eine Streifenbesatzung hin oder fahren Sie meinetwegen persönlich vorbei. In Münzners Büro steht nämlich ein Kühlschrank, verstehen Sie?«

»Ja, ich kenne das Büro von den Fotos in der Akte. Über den Kühlschrank habe ich mich auch gewundert, aber jeder richtet sich so ein, wie es ihm beliebt.«

»Die obere Abdeckung! Sie lässt sich mit zwei Schrauben lösen. Darunter hat Münzner vor ihrem Tod eine Liste mit Namen versteckt. Diese Liste wird Sie interessieren.«

Hildebrand merkte, wie seine Hände schwitzten. Auch ging seine Atmung schneller. Hastig griff er nach einem Taschentuch und tupfte seine Stirn ab. Anschließend redete er beherrscht weiter. »Und was ist das für eine Liste?«

»Eine Liste von Personen, die sich für das Projekt Möwenflucht interessiert haben. Auch meinen Namen werden Sie darauf finden. Den Rest erkläre ich Ihnen, wenn wir uns treffen.«

»Moment, woher wissen Sie eigentlich, dass Münzner diese Liste besitzt?«

»Ich selbst habe ihr die Liste als Sicherheit für meine Unversehrtheit übergeben. Falls mir etwas zugestoßen wäre, hätte Frau Münzner damit weiterarbeiten können.«

»Verstehe, ich werde die Sache von Polizeibeamten überprüfen lassen.« Gedanklich ging Hildebrand die nächsten Schritte durch. Auf einem unverfänglichen Zettel stand eine E-Mail-Adresse, die er gestern Abend erhalten hatte und die er nur in einer absoluten Ausnahmesituation kontaktieren sollte. Das Wissen um diese Liste war so eine Situation. »Wann und wo wollen Sie sich mit mir treffen?«

»Kennen Sie den alten Lokschuppen am Hauptbahnhof Stralsund?«

»Bei dem vor zwei Jahren das Dach eingestürzt ist? Die Zeitungen haben mehrfach über das historische Gebäude berichtet. Ja, das finde ich.«

»Heute um Mitternacht. Nur Sie und ich. Kommen Sie zu spät oder bringen jemanden mit, bin ich weg.«

Kapitel 77

Das Geräusch des aufschnappenden Schließkeils der Kellertür versetzte Jan Finow für Sekunden in noch größere Furcht als die Erkenntnis, vor wenigen Stunden den Zeigefinger der rechten Hand für immer verloren zu haben. Durstig und dem Wahnsinn nahe, wartete er darauf, dass das Licht anging.

»Haben Sie gut über alles nachgedacht?«, fragte der Fremde, noch bevor er den Schalter betätigte.

»Zum Dopefish, Sie haben mir den Finger zertrümmert!«, gab Jan kämpferisch von sich, denn seine Strategie des Small Talks hatte beim ersten Mal komplett versagt. »Haben Sie sich mal einen Hammer auf die Pfote gehauen und danach versucht, gut über alles nachzudenken? Wenn nicht, sollten Sie das unbedingt mal ausprobieren. Ist eine tolle Erfahrung, Sie Mistkerl.«

Der Lichtschein traf Jan wie ein feuriges Schwert. Seine Augen schienen zu verglühen. Er musste den Blick abwenden, bevor er sich erneut an die plötzliche Helligkeit gewöhnt hatte. Im Hintergrund spielte dieselbe Musik wie beim ersten Mal.

»The Sound of Silence«.

»Ich bewundere Ihren Kampfgeist, Professor. Unter anderen Umständen hätten wir uns prächtig verstanden. Leider bleibt uns nicht genügend Zeit, um uns anzufreunden. Deshalb frage ich Sie zum letzten Mal: Werden Sie mir helfen?«

»Warum sollte ich Ihnen helfen? Sie bringen mich ja doch um. Also worauf warten Sie? Tun Sie es endlich.«

»Oh, Sie sehnen sich nach einem schnellen Tod?« Der Mann kam näher, ergriff Jans gebundene Hände und betrachte den unbrauchbar gewordenen Finger.

Das Glied war nur noch eine einzige aufgedunsene Wunde aus blutigem Gewebe, zermatschtem Fleisch, aufgeplatzter Haut und zersplittertem Knochen, dessen spitze Enden herausschauten. Den Fingernagel hatte es gleich beim ersten Schlag abgetrennt. Jetzt lag er irgendwo in einer Ritze im Kellerboden.

»Denken Sie doch einmal genau nach, werter Professor. Wenn Sie mir nicht helfen, werde ich Sie einfach zum Vergnügen für eine sehr lange Zeit quälen. Ich werde Ihnen jeden Tag einen weiteren Finger zertrümmern, danach mache ich mit Ihren Zehen weiter, später wende ich mich allen anderen Gliedmaßen zu, bis ich Ihnen am Schluss Unter- und Oberkiefer einschlage. Zwischendurch werde ich Ihnen Schmerzmittel verabreichen und Ihre Wunden notdürftig versorgen, damit wir beide es lange genug genießen können.«

»So viel Zeit bleibt Ihnen nicht. Jeden Augenblick kann die Polizei Ihr Haus stürmen.«

Der Mann lachte, als hätte er einen amüsanten Witz gehört. »Wie kommen Sie darauf, dass wir in meinem Haus sind?«

Jan nickte an ihm vorbei, hin zum hinteren Bereich des Kellerraumes. »Ich sehe im Regal eine handelsübliche Menge Streusalz und einen halb vollen Bierkasten. Außerdem liegen dort eine Luftpumpe und ein Fahrradhelm. Auch wenn ich nicht glaube, dass Sie den jemals benutzen. Vermutlich besitzen Sie nicht einmal ein Fahrrad, sondern sind einer der Menschen, die Radfahrer voller Inbrunst hassen, weil die ständig quer über die Fahrbahn schießen und Sie mit dem Auto zum Bremsen zwingen.«

»Gar nicht mal so dumm. Für jemanden, der beinahe verdurstet und den nur die Schmerzen in der Hand wach halten, arbeitet Ihr Verstand noch erstaunlich gut.« Der Mann führte einen Becher mit Wasser an Jans Lippen und kippte ihm die Flüssigkeit in den Rachen. Als Jan hastig getrunken hatte, fragte sein Peiniger mit unüberhörbarer Selbstüberschätzung: »Verraten Sie mir auch, wie die Polizei mich finden sollte?«

»Sie haben zwar meine Tastatur zertrümmert und die Computer vom Netz getrennt, aber die Kamera im Bücherregal übersehen. Ich wette, die Polizei wird die Aufnahme entdecken.«

Die Explosion kam unvermittelt. Für einen kurzen Moment verlor Jan die Orientierung. Der Mann hatte ihn mit der flachen Hand rigoros ins Gesicht geschlagen. Danach hob er den Arm zu einem zweiten Hieb, verharrte aber in der Bewegung.

»Wie war das?«

Jan schniefte theatralisch. »Nein, bitte nicht mehr schlagen, Sie haben recht, ich habe geblufft. Ich habe keine Kameras installiert.«

»Schon besser, denn wer würde schon damit rechnen, in seiner eigenen Wohnung überfallen zu werden?«

»Stimmt, meine Befürchtung, einmal von einem Studenten erschlagen zu werden, den ich durch die Prüfung habe rasseln lassen, bezog sich immer auf einen Überfall im Freien.«

»Ach, kommen Sie! So, wie ich Sie einschätze, sind Sie einer von den Dozenten, die es gar nicht übers Herz bringen, einen Ihrer Studenten durchfallen zu lassen.«

»Wieder ein Punkt für Sie. Ich habe eben ein großes Herz – selbst für einen Mistkerl wie Sie.«

»Genug!«

»Ich wollte nur die Stimmung etwas auflockern«, konnte Jan sich das letzte Wort nicht verkneifen, weil Galgenhumor die einzige Hoffnung war, die ihm noch blieb.

Der Mann reagierte nicht darauf, sondern schob ihm einen Laptop hin und klappte das Gerät auf. Sofort verschwand der schwarze Bildschirm, und Jan erkannte, dass der Rechner bereits arbeitsbereit war. Sogar der Zugang ins Darknet über einen speziellen Browser stand bereits.

Zu Jans Überraschung löste der Mann die Kette von den Handgelenken. Die Kabelbinder ließ er freilich an Ort und Stelle, sodass Jan die Tasten nur mit eingeschränktem Bewegungsspielraum benutzen konnte.

»Sie können sofort loslegen.«

Gehorsam zog Jan den Laptop ein Stück näher heran. Dabei überlegte er, ob er das Gerät greifen und seinem Entführer gegen die Schläfe schmettern sollte. Aber vermutlich wäre das Kunststoffgehäuse zerbrochen und der Fremde hätte allerhöchstens Kopfschmerzen davongetragen. Also verwarf er den Gedanken und machte sich daran, abermals Kontakt zu Daniel Sobotziks Chatbot aufzunehmen. Denn genau darum ging es dem Mann.

»Warum hören Sie eigentlich ständig dasselbe Lied?«, wollte Jan wissen, während er mit den gesunden Fingern umständlich Buchstaben und Zahlen in die Adresszeile eintippte.

»Weil es die Stimmen in meinem Kopf beruhigt.« Er sah Jan mit einem diabolischen Lächeln an. »Und glauben Sie mir, Sie wollen nicht herausfinden, was passiert, wenn die Stimmen mich unkontrollierbar machen.«

Jan schluckte und versuchte, nicht an seinen kaputten Finger zu denken, wobei das unmöglich war, denn schon bei der kleinsten Bewegung durchfuhr ihn der Schmerz, wie wenn ein glühender Pfahl in ihn gerammt würde.

»Und jetzt?«, fragte er nach konkreten Anweisungen.

»Stellen Sie einen Kontakt her. Egal wie, Sie haben es schon einmal geschafft, also strengen Sie sich an. Andernfalls …«

Als ein leiser, heller Ton aus den eingebauten Lautsprechern drang, riss ihm der Mann den Laptop unvermittelt unter den Händen weg.

»Sie haben Post«, imitierte Jan eine elektronische Ansage und ergänzte mit normaler Stimme: »So wie Sie reagieren, ist es wichtig.«

Die Augen des Unbekannten huschten über die Nachricht und seine Mundwinkel zuckten. Schwer einzuschätzen, ob er sich freute oder ärgerte. »Sieh mal einer an, der Schlipsträger ist zuverlässiger als erwartet.«

Er redete mit sich selbst, was Jans Neugier umso mehr anheizte.

»Verraten Sie mir, um was es geht?«

»Ich gratuliere Ihnen, anscheinend hat sich Daniel Sobotzik soeben selbst gestellt.«

»Also kann ich aufhören?«

Statt zu antworten, tippte der Mann auf der Tastatur herum. »Im Gegenteil, Sie machen hübsch weiter, sozusagen als Back-up. Andernfalls brauche ich Sie nicht mehr, und das kann nicht in Ihrem Interesse sein, denn dann bleibt es nicht bei dem einen verlorenen Finger.«

Kapitel 78

»Eine Minute nach dreiundzwanzig Uhr«, stellte Hardy fest.

Gleichzeitig schauten Greta und Staatsanwalt Hildebrand auf ihre Uhren.

»Er kommt nicht«, sagte Hildebrand und schob frustriert die Hände in die Hosentaschen.

Hardy spähte durch die Bäume der Parkanlage in alle Richtungen. So, wie sie hier auf dem Spielplatz der ehemaligen Hospitaler Bastion standen, gaben sie gute Ziele ab. »Abwarten, vielleicht will er erst sicher sein, dass wir nur zu dritt aufgetaucht sind, wie Sie es ihm versprochen haben.« Er zeigte zum Knieperwall, einem Teil der restaurierten Stadtmauer. »Ich hätte auch diesen Ort gewählt. Von dort kann er uns sehr gut beobachten. Und falls er den Verdacht hat, dass wir ihn reinlegen wollen, kann er über die vielen Straßen der Altstadt schnell verschwinden.«

»Wir ihn reinlegen?«, lachte Hildebrand wenig erheitert auf. »Schon bei unserem Gespräch mit Ihrem Leiter war mir klar, dass man einem Dealer nicht trauen kann. Man nennt ihn nicht umsonst Smoke, weil er so schwer zu greifen ist wie Qualm.«

»Was hätte er denn für einen Grund, uns zu verarschen?«, hakte Greta nach. »Und warum sollte er dann überhaupt zuvor um den Kontakt mit Ihnen bitten? Ehrlich, ich kann mir höchstens vorstellen, dass er beim Gespräch Ihre Vorbehalte ihm gegenüber bemerkt hat.«

Hildebrand winkte ab, zog sein Smartphone hervor und schaute offenbar nach, ob unterdessen eine Nachricht eingetroffen war. »Wenn, dann hätte wohl viel eher ich ein ungutes Gefühl während des Telefonats haben müssen.«

»Sie klingen nervös«, fiel es Hardy auf. »Dabei können wir bei der Sache eigentlich nur gewinnen.«

»Ach, auf einmal so optimistisch. Heute Nachmittag haben Sie und Herr Mensen mir noch die Dringlichkeit dieser angeblich letzten Option klar gemacht.«

Hardy spürte einen unauffälligen Stoß in die Seite. Greta hatte ihren Ellenbogen ausgefahren.

»Sind Sie sich sicher, dass er sich genau hier mit uns treffen wollte?«

»Denken Sie etwa, ich habe mich verhört?« Zum Beweis zog Hildebrand einen handschriftlichen Zettel hervor. »Ich habe es mir extra aufgeschrieben: Hospitaler Bastion, Blickrichtung Mönchsgasse. Ich habe am Telefon mit offenen Karten gespielt und Sobotzik mitgeteilt, wen ich zum Treffen mitbringen werde.«

»Hm«, sagte Hardy.

»Was bedeutet ›hm‹?«

»Ich habe nur laut gedacht.«

»Wenn Sie grünes Licht geben, könnten zwei, drei Funkwagen vom Revier in weniger als fünf Minuten hier sein«, schlug Greta vor. »Die könnten den Altstadtbereich bestreifen und nach Sobotzik Ausschau halten. Wenn er sich nicht an Abmachungen hält, sind wir gezwungen, ihn weiterhin zu suchen.«

»Und dann glauben Sie ernsthaft, er würde noch mit uns reden, wenn er mit Handschellen auf der Rückbank eines Streifenwagens sitzt?«

»Wenn er nicht hier ist, erfahren wir von ihm allerdings auch nichts«, wandte Greta ein.

»Ich sehe das wie Sie, Herr Hildebrand«, übernahm Hardy, bevor der Staatsanwalt sich komplett brüskiert fühlen würde, doch Greta gab sich damit längst noch nicht zufrieden.

»Wieso gibst du ihm denn auf einmal recht? Auf der Herfahrt hast du selbst Vorbehalte ihm gegenüber geäußert. Du hast doch gewusst, dass er es versauen würde …«

Hardy schluckte und sah sich um, ob jemand den Streit mitbekam. Die ganze Szene war ihm peinlich. Abgesehen davon handelten sie für gestandene Ermittler denkbar unprofessionell.

»Ach«, sagte Hildebrand, als hätte er es geahnt. »Gut, dass wir das geklärt haben. Haben Sie noch etwas vorzubringen, Frau Silber? Was sagt denn Ihr Handy? Irgendwelche neuen Anweisungen?«

Greta hielt ihm ihr Mobiltelefon hin und schüttelte den Kopf. »Sieht so aus, als würde Sobotzik mir auch nicht mehr vertrauen. Ich denke, Sie haben es vermasselt und wollen es nur nicht zugeben.«

»Vorsicht!«, warnte Hildebrand, wobei er gleichzeitig sein Jackett straffte, um sich offenbar zum Gehen bereit zu machen. »Treiben Sie es bloß nicht zu weit. Meinetwegen lassen Sie Ihre Revierkollegen kreisen. Rufen Sie mich jedoch erst wieder an, wenn Sie wirklich etwas Handfestes für mich haben.«

»Herr Hildebrand …«, versuchte Hardy, ihn aufzuhalten, aber der Staatsanwalt stapfte über Sand und Wiese davon.

»Und nun?«, fragte Greta, nachdem Sie eine Weile stumm dagestanden und den abendlichen Geräuschen der Insekten und Vögel gelauscht hatten.

»Tja, jetzt müssen wir uns allein um Sobotzik kümmern.«

Kapitel 79

Er hatte die Umgebung lange genug beobachtet, einen Fuchs auf der Suche nach menschlichen Essensabfällen entdeckt und ein Glühwürmchen dicht an der Frontscheibe vorbeischweben sehen. In den meisten Wohnungen waren die Lichter längst erloschen. Ein einzelnes Auto fuhr vorbei, hielt sich sogar an die innerorts vorgeschriebene Höchstgeschwindigkeit. Nachtschwärmer suchte man um diese Uhrzeit im Zentrum von Anklam vergebens. Das einzige Restaurant auf der Straße hatte längst Küchenschluss und das Personal sich soeben auf dem Gehweg voneinander verabschiedet. Kurzzeitig hatten die Gespräche für etwas Lärm gesorgt, jetzt herrschte wieder nächtliche Stille. Selbst das nahe Bowlingcenter war seit über einer Stunde dunkel. In der Friedländer Straße gab es einen Klub, in dem Feierwütige noch laute Musik und Alkohol fanden. Aber das Lokal lag weit genug entfernt. Hier in der Baustraße störte ihn niemand bei dem, was er vorhatte. Und selbst wenn ihn ein Anwohner dabei beobachtete, wie er vor der Detektei herumschlich, würde man nicht von einem Unrecht ausgehen. Im Gegenteil, die Uniform würde jeden unbescholtenen Bürger täuschen.

Zügig, aber nicht übereilt lief er von seinem Wagen zum Eingang. Die Absätze seiner Herrenschuhe hallten geringfügig auf dem Asphalt. Ansatzlos durchtrennte er mit einem Taschenmesser das Polizeisiegel, das an Türblatt und Rahmen klebte. Dank des Originalschlüssels ließ sich die Tür kinderleicht und geräuschlos öffnen. Das Ganze dauerte bloß Sekunden, dann befand er sich im Inneren der Detektei.

Er vergewisserte sich, dass die Rollläden vollständig heruntergelassen waren, erst danach schaltete er die mitgebrachte winzige Taschenlampe ein. Andere hätten an seiner Stelle vermutlich sofort hektisch nach dem Beweisstück gesucht, er jedoch sah keinen Anlass für Eile. Außerdem hatte er schon vor Jahren sämtliche Skrupel über Bord geworfen. Natürlich hatte es sich am Anfang falsch angefühlt, etwas überaus Verbotenes zu tun, doch die Rechtsbrüche waren ihm von Mal zu Mal leichter gefallen, bis sie zur Routine geworden waren. Er dachte an das Geld, das ihm winkte, und an die Frau, die er mit dem Geld beeindruckte und zu der er nachher zurückkehren würde. Woran er keinen einzigen Gedanken verschwendete, waren die Konsequenzen. Diese auszublenden, sobald er die Seite wechselte, hatte er längst gelernt.

Entsprechend gelassen leuchtete er mit der Lampe in jede Ecke und schaute sich in Paulina Münzners Büro um. Er fand alle Möbel noch so vor wie am Tag ihres Todes, als er schon einmal die Räume betreten und durchsucht hatte. Damals hatte er Münzners Laptop, den Festplattenrekorder ihrer Kameras, etliche Akten und Dokumente und fünf Fotos mitgenommen.

Nein, jetzt bemerkte er seinen Irrtum. Offenbar hatte sich doch etwas bei der Einrichtung verändert. Die Kripo hatte bei ihrer Durchsuchung das Feldbett, den Schreibtisch und den Kühlschrank bewegt und dann grob zurück in die Ausgangsposition gestellt. Wenn man genau hinschaute, konnte man das an den Abdrücken im Bodenbelag erkennen. Überhaupt hatten die Kriminalisten ganze Arbeit geleistet. Seit seinem letzten Besuch waren noch weitaus mehr Unterlagen und Dokumente verschwunden. Wie es aussah, hatten die

Ermittler auf der Suche nach Beweisen kistenweise Akten und Papiere weggeschleppt. Sogar den Papierkorb und den Behälter des Reißwolfs hatten sie geleert.

Mit einem Schmunzeln nahm er es zur Kenntnis, ehe er sich dem Kühlschrank zuwandte. Mit behandschuhten Fingern betastete er die Abdeckplatte, bis er die beiden Schrauben fand. Gleich würde sich zeigen, ob die Information von Hildebrand etwas wert war.

Aus der Seitentasche seiner Hose holte er einen Schraubendreher hervor und löste spielend die Verschraubungen. Als er den Deckel anhob, stieß er einen leisen Pfiff aus. Bedeckt von einer leichten Staubschicht, lag dort eine Klarsichthülle mit Schriftstücken.

Der Staatsanwalt hatte also die Wahrheit gesagt.

»Irgendwie ist sie clever gewesen, die kleine Schlampe«, flüsterte er und grinste.

Leider nicht clever genug, denn das geplante Treffen mit Daniel Sobotzik im Motel war Münzner zum Verhängnis geworden. Nur weil sie ihm bei der Erbschaftsgeschichte und seinem Schuldenproblem hatte behilflich sein wollen und im Gegenzug eine mörderisch gute Story erwartet hatte. Nun gut, sie hatte wohl keine andere Wahl gehabt, da sie finanziell so am Rudern war, dass sie kaum ihre Miete zahlen konnte. Er wusste nur zu gut, was Menschen alles für Geld taten.

Oberflächlich blätterte er die Unterlagen durch. Neben Gesprächsnotizen, Chatverläufen und ausgedruckten Internetseiten befand sich auch die Liste mit den Namen darunter. Die Todesliste, wie er sie nannte.

Im Stillen schickte er einen Dank an Staatsanwalt Hildebrand. Zufrieden schraubte er den Deckel wieder auf den Kühlschrank und leuchtete den Boden ab, ob er irgendwelche verräterischen Spuren hinterlassen hatte. Dann zog er die Tür hinter sich zu und versiegelte sie mit einem neuen Polizeietikett.

Kapitel 80

Spätestens mit Betreten des alten Bahngeländes setzte Staatsanwalt Hildebrand alles auf eine Karte. Es blieben fünf Minuten bis vierundzwanzig Uhr, dann würde Daniel Sobotzik hoffentlich wie vereinbart am Lokschuppen auftauchen und der Spuk ein Ende finden. Direkt nach dem Telefonat mit dem Drogendealer hatte er das anonyme E-Mail-Postfach kontaktiert. Die Antwort war prompt gekommen: Er sollte die Kriminalbeamten täuschen, allein zum Treffpunkt kommen und Sobotzik mit falschen Versprechungen hinhalten. Den Rest würde der Mann im Hintergrund regeln.

Eigentlich wollte Hildebrand gar nicht wissen, wie dieser Rest aussah, aber natürlich konnte er nicht den schlimmen Verdacht verdrängen, dass hier und heute ein Mensch sterben würde. Während er an dem löchrigen Zaun vorbeilief und über rostige Schienen stieg, versuchte er, sich mit dem Gedanken zu trösten, dass es sich bei dem Opfer um einen Kriminellen handelte, der ohne jegliche Skrupel an andere sein Gift verkauft hatte.

Richtig frei machen konnte er sich von seinem schlechten Gewissen dennoch nicht. Auch sein Puls raste, denn er wusste, dass er das Grundstück verbotenerweise betrat. Er vertraute jedoch darauf, dass die Bundespolizei aktuell andernorts Streife fuhr. Bei seiner Ankunft hatte er jedenfalls keine Polizei bemerkt.

Sein Handy brummte. Er hatte den Klingelton ausgestellt, um keinen Lärm zu verursachen.

»Wo sind Sie?«, fragte Sobotzik, nachdem Hildebrand sich meldete.

»Am vereinbarten Ort.«

»Ich kann Sie nicht sehen.«

»Ich bin gleich bei der alten Drehscheibe. Wo sind Sie?«

»Schauen Sie zum Schuppen Nummer 1.«

Das tat Hildebrand. Dort blinkte zweimal ein winziges Lämpchen. Es war das Signal, zu dem er gehen sollte.

Ein paar Sekunden blieb Hildebrand noch stehen und blickte sich um, ob ihm jemand gefolgt war. Gleichzeitig wog er ab, ob er tatsächlich näher treten oder das Gespräch vorerst über das Handy fortführen sollte. Er konnte Sobotzik ja nur anhand der Aktenlage einschätzen. Vielleicht führte der Kerl etwas im Schilde und wollte Hildebrand irgendetwas antun.

Für den Fall eines Angriffs hatte er zwar ein Pfefferspray eingesteckt, aber es wirklich anzuwenden, kam ihm auf einmal lächerlich vor, denn womöglich begegnete Sobotzik ihm mit einem Messer oder sogar einer Schusswaffe. In dem Fall würde Hildebrand zweifellos den Kürzeren ziehen, egal wie zielsicher er den Pfefferstrahl lenkte.

»Was haben Sie?«, kam es aus dem Handy, das er immer noch gegen sein Ohr presste

»Ich weiß nicht, ob ich Ihnen trauen kann«, antwortete Hildebrand wahrheitsgemäß, weil ihn eine innere Stimme warnte. Nicht nur seine berufliche Karriere stand hier auf dem Spiel. Er dachte zuallererst an seine Familie. Noch konnte er umkehren und allen von seinen schmutzigen Geschäften erzählen. Selbstverständlich konnte er sich dann als Jurist quasi den Strick nehmen, aber vielleicht schaffte er es dadurch wenigstens, seine Ehe zu retten und später in den Augen seines erwachsenen Sohnes als aufrechter Vater dazustehen.

Auf einmal war er näher an einer Flucht, als daran, einen Schritt nach vorn zu machen.

»Sind Sie verrückt geworden?«, kam es ungehalten zurück. »Erst sichern Sie mir Zeugenschutz zu und jetzt erzählen Sie mir so einen Bullshit?«

»Ich habe Ihnen gar nichts …« Hildebrand unterbrach sich, weil er trotz der angespannten Situation nicht die Beherrschung verlieren durfte. »Schon gut, Herr Sobotzik, ich bin ja da. Behalten Sie bloß die Nerven.«

Sobotzik beendete von sich aus das Telefonat. Hildebrand wischte sich Speichel vom Mund und stapfte mit klopfendem Herzen zum Tor des Lokschuppens 1. Tatsächlich stand dort ein Mann im Schatten. Seine Statur glich der von Sobotziks Phantombild, trotzdem stimmte irgendetwas nicht.

Bis auf knapp zehn Meter trat Hildebrand an das halb zerfallene Gebäude heran, dann stoppte er abrupt. Er hielt es nicht länger aus und schaltete seine mitgeführte Taschenlampe ein.

»Sie sind nicht Daniel Sobotzik!«, stieß Hildebrand aus, als der Lichtschein das ihm weitläufig vertraute Gesicht erhellte. Er konnte aber nicht gleich zuordnen, woher er die halb vom Torflügel verdeckte Person kannte.

»Nein«, antwortete der Mann. »Ich bin Kriminaloberkommissar Frank Lahmert. Wir haben die ganze Zeit miteinander telefoniert.«

Ein Kommissar! Schlagartig fiel es Hildebrand ein. Er war diesem Lahmert irgendwann flüchtig auf dem Hof der Kriminalpolizeiinspektion begegnet.

Die Frage, was der Polizist hier machte, konnte Hildebrand sich schenken. Man hatte ihn klassisch in die Falle gelockt, indem sich Lahmert als der gesuchte Drogendealer ausgegeben hatte.

»Sind Frau Silber und Herr Finkel auch hier?«, fragte er tapfer.

»Darauf können Sie einen lassen«, kam es von der Seite.

Greta Silber stapfte auf ihn zu. Ihr folgte Finkel.

Hildebrand hob das Kinn, um ein Minimum an Würde zu zeigen. »Und was passiert jetzt?«

»Jetzt zünde ich mir eine Zigarette an«, antwortete Silber und hielt bereits ihr Feuerzeug bereit. »Und dann schaue ich dabei zu, wie Hardy Ihnen die Schließacht anlegt.«

»Schließacht?« Hildebrand blickte ungläubig auf die Handfesseln, die Finkel hochhielt, dann in die drei Gesichter der Beamten, die ihn umringten wie hungrige Hyänen. »Lächerlich! Sie wissen schon, dass ich für Sie immer noch Staatsanwalt bin.«

»Nicht nur Sie«, sagte Finkel und deutete links an Hildebrand vorbei.

Hildebrand drehte sich um und traute seinen Augen nicht, als er erkannte, wer da auf ihn zukam.

»Mein Gott, Tilo«, sagte sein Kollege Luther. »Wann hast du eigentlich alle deine Prinzipien verkauft?« Bei der Aussage schüttelte er fortwährend den Kopf und rieb sich die Brust an der Stelle, wo man ihn kürzlich am Herzen operiert hatte. Trotz seines Krankenstandes wirkte Arne Luther bei Kräften. Zudem trat er wie immer adrett gekleidet auf, ungeachtet der schäbigen Gegend. Wahrscheinlich lauerte irgendwo hinter dem Abrissschuppen ein Journalistenteam, das nur darauf wartete, dass der Alte wie eh und je vor die Kamera trat und ein Statement abgab.

»Den Zeitpunkt kann ich dir ziemlich genau sagen, Arne, nämlich als ich Hilfe für meinen kranken Sohn gesucht, jedoch keine bekommen habe. Da habe ich beschlossen, selbst zu handeln.«

Luther schüttelte nur betrübt den Kopf. Silber rauchte und Finkel klapperte mit den Handschellen, kurz bevor sie sich um Hildebrands Handgelenke schlossen.

»Danke übrigens für Ihre Warnung von vorhin, ich solle bloß aufpassen.« Greta zwinkerte ihm zu. »Das habe ich getan. Das habe ich sehr genau getan …«

Kapitel 81

Für Tilo Hildebrand konnte der Mann mit dem Loch im Herzen nichts mehr tun. Der aufstrebende junge Staatsanwalt war auf einen simplen Trick der Ermittler hereingefallen. Nicht er hatte die Beamten nach Belieben gelenkt, sondern sie hatten ihn schlussendlich gesteuert. Ein geschickter Schachzug von Hardy Finkel und Greta Silber. Absolut clever!

Der Mann mit dem Loch im Herzen war Realist genug, um zu begreifen, dass er Daniel Sosnitzik somit niemals in die Finger bekommen würde. Ein Drogendealer und eine Privatdetektivin hatten alles über Möwenlicht herausgefunden. Obwohl Münzners Aufzeichnungen nur unvollständig waren, besaß die Kripo genügend Material, um etliche vertuschte Verbrechen aufzuklären.

Auch wenn Hildebrand sich die Zunge herausreißen würde, ihn erwartete das Gefängnis. Er hatte sich ohne Widerstand abführen lassen und lediglich darum gebeten, dass kein Polizist seine Ehefrau über seine Festnahme aufklärte, sondern er es Henriette persönlich sagen durfte. Dabei hatte er geweint. Bestimmt hatte er an seinen kranken Jungen gedacht. Armer kleiner Tim. Tja, das Leben war ungerecht. Davon konnte der Mann mit dem Loch im Herzen ein Lied singen, denn er erinnerte sich sehr oft an die eigene Kinderzeit. Seine Eltern waren streng mit ihm gewesen, hatten immer darauf bestanden, dass er Bestnoten schrieb und von Anfang an wusste, wie man mit Geld umzugehen hatte. Arzt oder Jurist sollte er werden, um es einmal besser zu haben als sie. Letztlich war er jedoch Totengräber und Geschäftsmann geworden. Und ja, er hatte es besser als seine Eltern. Er lebte in einem wunderschönen Haus, nahe dem Wasser. Allabendlich machte er barfuß Strandspaziergänge und lauschte der Melodie der Ostsee.

»The Sound of Silence«.

Bis hierhin war sein Weg allerdings beschwerlich gewesen. Sein Vater hatte ihn nie geschlagen, aber oft angeschrien. Damals durfte er sich nicht die Ohren zuhalten. Seine Mutter hatte zudem immer penibel darauf geachtet, dass er sich keine Blutvergiftung zuzog, wenn er sich die Knie beim Fußballspielen oder beim Bäumeklettern aufgeschürft hatte. Jedes Mal war sie mit brennendem Desinfektionsmittel und Pflaster angerannt gekommen. Und sie hatte ihm, bis er dreizehn geworden war, nach dem Essen den Mund abgeputzt, damit er ja lernte, auf Sauberkeit zu achten.

Sauberkeit und Desinfektion waren auch heute noch seine Maxime. Für diese Lektionen war er seiner Mutter sogar ein bisschen dankbar. Wie hätte er sonst die Leichen für den Transport haltbar machen sollen?

»Danke, Mama, danke, Papa«, sagte er, während ihm ein frischer Wind durchs Haar wehte und er Sandkörner auf der Zunge schmeckte.

Auf dem alten Bahngelände herrschte eine angenehme Stille. Am lautesten waren die Grillen, die zwischen Unkraut und Betonritzen zirpten.

Einen Vorwurf machte er seinen Eltern jedoch bis heute: Sie hatten zwar beim kleinsten Anzeichen von Fieber Gegenmaßnahmen eingeleitet und oft Ärzte konsultiert, aber sie hatten nicht seinen Vorhofseptumdefekt entdeckt. Das Loch im Herzen, das ihn jahrelang geschwächt hatte. Bis zum Tag der Operation. Da hatte er gedacht, er müsse sterben, aber das Gegenteil war der Fall gewesen. Er erfreute sich seither bester Gesundheit. Ein Loch allerdings war im Herzen zurückgeblieben. Jenes, das kein Arzt der Welt reparieren konnte. Das Loch, das die Liebe ihm zugefügt hatte. Ja, als Teenager hatte er ein Mädchen geliebt. Doch sie hatte ihn belogen und betrogen. Hatte sich nach einem halben Jahr einen anderen zum Freund genommen. Einen, der deutlich sportlicher war. Äußerlich ein Typ wie Tom Seeger: weiches Haar, volle Lippen, perfektes Gebiss. Mit so einem Typen war sie davongezogen und hatte ihn vor der Schule stehen lassen. Was aus dem Mädchen und dem Jungen geworden war, wusste er bis heute nicht. Dafür war das Loch zurückgeblieben, an der Stelle seines Herzens, wo zuvor die Liebe verwurzelt war. Von da an hatte er sich mit wechselnden Partnerinnen vergnügt. Manche Beziehungen hielten länger, andere kürzer. Immer wenn er jemand Neues kennenlernte, mahnte eine innere Stimme ihn, auch diese Partnerin werde ihm nicht ewig treu sein. Also hatte er sich damit arrangiert und war im Herzen für immer Single geblieben.

Allein zu sein brachte auch Vorteile.

Der Mann mit dem Loch im Herzen seufzte. Nun saß er hier auf dem kaputten Drehkreuz vor dem Lokschuppen und wusste nicht so recht, wie es weitergehen sollte. Die Asiaten hatten sich inzwischen wieder bei ihm gemeldet und Nachschub verlangt. Bisher hatte er nicht auf die Nachricht reagiert. Es war Zeit, das Geschäft zu beenden. Um Geld ging es ihm schon lange nicht mehr. Zuletzt hatte er nur mehr zum Zeitvertreib getötet – und weil ihn der Adrenalinkick berauschte.

Bestimmt würde Staatsanwalt Hildebrand bald einknicken und ein Geständnis ablegen. Vermutlich würde bei ihm sogar eine Nacht in der Zelle ausreichen, damit er plapperte wie ein

Wasserfall. Er würde über die Anwaltskanzlei Klein & Partner auspacken und davon erzählen, dass er bei einigen Todesfällen nicht so genau hingeschaut hatte. Aber er würde nicht den Namen des Mannes mit dem Loch im Herzen verraten, weil er ihn schlicht und einfach nicht kannte.

Der Mann mit dem Loch im Herzen blieb stets im Hintergrund.

Er schaute sich um und schmiedete Pläne für das Ende. Längst waren alle Kriminalbeamten davongefahren. Er war allein mit der Stille. Und Stille konnte so unendlich laut sein wie das Toben eines Vaters.

Kapitel 82

Obwohl der Wind in der Nacht zunahm und eine kühle Ostseebrise durch die Straßen von Stralsund fegte, schwitzte Hardy in seinem kurzen Hemd. Sehnsüchtig wünschte er sich einen eiskalten Schauer herbei. Bestimmt war er längst nicht der Einzige, dem die Kleidung schweißnass am Körper klebte. Aber er wollte lieber nicht nachfragen, wie sich die Kollegen in den dunklen Uniformen und den schweren Schutzwesten fühlten. Immerhin spendeten Mond und Nachthimmel ein wenig Trost und Beruhigung. Jeder Polizist, der sich aktuell auf der Wartislawstraße bereit machte, betete insgeheim darum, dass der Spuk beendet war, bevor die Sonne aufging.

»Wann willst du grünes Licht geben?«, fragte Greta, bevor sie gierig eine Plastikflasche mit Wasser an ihren Lippen ansetzte. Nach einem großen Schluck bot sie den Flüssigkeitsrest, der am Flaschenboden schwappte, Hardy an, doch er wehrte ab.

Viel zu sehr beschäftigten ihn die kommenden Minuten. Er wollte keinen Fehler machen. Fehler bedeuteten unter Umständen einen verletzten oder getöteten Menschen. Obwohl er dagegen ankämpfte, bekam er die Bilder von einst nicht aus seinem Kopf, wie sein Partner Jens in das abgelegene Haus eindrang und …

»Ich brauche noch fünf Minuten«, erwiderte er.

»Für was denn? Alle Einheiten sind bereit, das Observationsteam hat die Adresse überprüft und die Zielperson den gesamten Weg von Anklam bis hierher verfolgt. Wir wurden zu diesem Haus geführt.«

Greta sagte es, als wäre das hier alles nur ein Kinderspiel. Dabei entdeckte er im Laternenlicht feine Schweißperlen auf ihrer Stirn. Nicht nur die Hitze setzte allen zu, auch das, was sie vorhatten. Jeder wollte es nur schnellstmöglich hinter sich bringen.

»Glaubst du, dass wir Jan in dem Haus finden?«, fragte er. »Oder wenigstens einen Hinweis auf ihn?«

»Wenn wir nicht nachsehen, finden wir es nie heraus.«

Die Aussage war so einfach, wie sie Risiken barg. Hardy schätzte Greta für ihre klaren Ansagen. Fast genauso simpel hatte sie Frank überredet, sich beim Telefonat mit Tilo Hildebrand als Daniel Sobotzik auszugeben. Jeder hatte sie für diesen Vorschlag für verrückt erklärt, einschließlich Frank selbst. Am Ende hatten alle mitgemacht und sie hatten den Staatsanwalt tatsächlich überführt. Den Staatsanwalt, der vor knapp einer Stunde seinen Anwalt angerufen hatte. Natürlich einen Strafverteidiger von Klein & Partner.

Aber um das Problem Klein & Partner würden sie sich später zusammen mit Arne Luther kümmern. Vorausgesetzt, sie hatten Erfolg.

»Hey, Alice!«, sprach Greta ihn scherzhaft auf seine Krankheit an. »Hast du schon wieder einen deiner merkwürdigen Träume?«

Hardy blinzelte und konzentrierte sich auf das Hier und Jetzt. »Nein, Alice geht es gut. Ich habe unserer KPI-Leiterin schließlich hoch und heilig versprochen, niemals in einer solchen Situation wieder ins Wunderland zu verschwinden.«

»Besser so, denn ich habe ihr versprochen, dafür zu sorgen, dass du dein Versprechen einhältst.«

Beide lächelten sich an. Sie lächelten, obwohl sie unter erheblicher Anspannung standen.

»Ist irgendwas komisch?«, fragte der Zugführer, der die Szene beobachtete, während seine Spezialeinheit, die nicht nur schwer bewaffnet, sondern vor allem bis unter die Schädeldecke vollgepumpt mit Adrenalin auf das Startzeichen wartete.

»Nein«, antwortete Hardy ernst. »Es kann losgehen.«

Kapitel 83

Wovon Jürgen Witt genau aufwachte, konnte er nicht sagen. Vielleicht hatte seine Freundin Jana im Schlaf geredet oder auf der Straße ein Auto gehupt. Vielleicht hatte aber auch Janas Katze vor der Schlafzimmertür miaut, weil sie eine im Garten erlegte Maus ins Haus geschleppt hatte und gelobt werden wollte. Oder es war der Fernseher des schwerhörigen Rentners nebenan, für den Witt in letzter Zeit den Rasen mähte und der dafür zum Dank oft vor der Flimmerkiste einschlief und die ganze Nacht die Nachbarschaft beschallte.

Was auch immer ihn geweckt hatte, Witt kümmerte sich nicht weiter darum. Er verspürte Durst und den Drang, seine Blase zu entleeren. Er wälzte sich in Richtung Nachtschränkchen und schaute auf die Uhr. Halb zwei. Er hatte kaum eine Stunde geschlafen, davor sogar noch Sex gehabt. Trotz seiner Ankündigung, dass es spät bei ihm werden würde, hatte Jana im Bett auf ihn gewartet und sich irgendwann ein Buch geschnappt, allerdings ohne wirklich aufmerksam darin zu lesen.

Das Buch lag sogar noch halb unter ihrem Kopfkissen. Eine Liebesschnulze von irgendeiner amerikanischen Autorin. Für eine Endvierzigerin war Jana bei der Auswahl ihrer Lektüre ganz schön kindisch, fand Witt. Aber der Sex mit ihr war selbst nach fünf Monaten noch sensationell, und außerdem war sie seit ihrer Scheidung Alleineigentümerin eines Hauses, während ihr Ex-Mann im Gegenzug das gemeinsame Kind bekommen hatte. Diese Konstellation fand Witt perfekt. Ein fast siebzehnjähriges Gör hätte ihm nicht in die Beziehung gepasst. Das Haus dagegen schon. Seit er Jana kannte, schlief er kaum noch in seiner eigenen Wohnung am Nordrand der Stadt.

Splitternackt setzte er sich auf die Bettkante und wischte sich die Benommenheit aus dem Gesicht. Wie automatisch ging sein Griff zum Smartphone, das neben dem Wecker lag. Als Jana ihn ins Bett gezerrt hatte, war es ihm gerade noch gelungen, es lautlos zu stellen.

Vielleicht hätte er das nicht tun sollen, denn vor vierzig Minuten war eine Nachricht eingetroffen.

TH ist aufgeflogen. Viel Glück und danke für alles.

Obwohl es nur zwei kurze Sätze waren, brauchte Witt fast eine volle Minute, um den Sinn zu begreifen. Sie hatten also Hildebrand geschnappt. Nun gut, nach Hannelore war er der zweite Wackelkandidat gewesen. Die Sache mit Bohuš Tiszon hatte der Staatsanwalt nach dessen Unfall auch nur mehr schlecht als recht hinbekommen. Ein Zufall hatte Hildebrand geholfen, denn ursprünglich sollte der Slowake bei Hardys Entführung auf frischer Tat geschnappt werden. Purer Zufall, dass er bei dem Unfall ums Leben gekommen war. Vielleicht hätte man Tiszon sogar retten können, wer weiß, er hatte noch geblinzelt und die Lippen bewegt, als Witt in das deformierte Führerhaus geblickt hatte. Aber Witt hatte niemals vorgehabt, Erste Hilfe zu leisten.

Er legte das Handy beiseite, schlich aus dem Schlafzimmer und dachte an den Slowaken, der immer einen guten Taxifahrer abgegeben hatte. Zuletzt hatte er Maja Reichert vom Bahnhof Stralsund abgeholt und zur Baracke im Hafen gefahren.

Gedankenversunken erreichte Witt das Badezimmer. Weil das Mondlicht, das durch das Dachfenster schien, ausreichte, brauchte er keine Beleuchtung. Also ignorierte er den Lichtschalter, stellte sich breitbeinig vor die Toilette und überlegte, was er jetzt tun sollte. Er konnte Jana schlafen lassen, sich anziehen und zur Tankstelle am Stadtrand fahren. Dort hatten sie durchgängig geöffnet und es gab ein paar Spielautomaten. Witt brauchte sich nur anzuziehen und Autoschlüssel und Brieftasche zu schnappen. Vielleicht gewann er sogar und würde diesmal mit mehr Geld nach Hause fahren, als er einsetzte.

»Ach, Scheiße!«

Dahin gehend belog Witt sich regelmäßig selbst. Er hatte noch nie gewonnen. Jedenfalls nicht so richtig viel, um damit angeben zu können. Seit Jahren spielte er, und er verspielte alles. Sein Gehalt hatte schon vor Jahren nicht mehr ausgereicht. Erst als das lukrative Angebot gekommen war, hatte sich seine finanzielle Situation merklich verbessert. Zwar musste er immer noch Miete zahlen, aber das konnte er von da an pünktlich.

Während er zusah, wie er ins Klo pinkelte, vernahm er über sich ein Geräusch. Er schaut nach oben, direkt durch das Fenster. Zuerst glaubte er, ein Nachtvogel sei auf dem Dach gelandet, aber dann erkannte er den Einbrecher. Mit Sturmhaube und Helm bekleidet, schaute der von draußen direkt durch die Scheibe. Witt konnte das Weiße in seinen Augen sehen.

Für Sekundenbruchteile stierten beide sich an.

»Verfl…«

Das Wort blieb ihm im Hals stecken, als er seinen Irrtum bemerkte. Das da draußen war kein Einbrecher, sondern irgendein Kollege vom SEK, der wild in sein Funkgerät schrie.

Im selben Moment, als Witt erschrocken vom Toilettenbecken nach hinten taumelte, splitterte die Fenster-scheibe.

Gleichzeitig krachte es unten im Erdgeschoss. Sekunden später kreischte Jana.

Witt hechtete aus dem Badezimmer und fiel der Länge nach in den Flur. Vom Boden aus konnte er ihr gerade noch zurufen, es sei alles in Ordnung. Doch seine Freundin ließ sich nicht beruhigen, denn schwer bewaffnete SEK-Leute stürmten ihr Haus.

Geistesgegenwärtig blieb Witt auf dem Läufer im Obergeschoss liegen. Er nahm sogar freiwillig die Hände hinter den Kopf zum Zeichen, dass er unbewaffnet war und keinen Widerstand leisten würde. Die eigenen Kollegen legten ihm wie einem Schwerverbrecher die Handfesseln an und zerrten ihn auf die Beine, um ihn abzuführen.

»O Gott, Jürgen!«, schrie Jana, die ein Kollege zurück ins Schlafzimmer drängte.

»Mach dir keine Sorgen, das ist nur ein Missverständnis«, beschwichtigte er sie, während man eine Decke um seinen nackten Körper wickelte.

»Leider kein Missverständnis«, vernahm er Hardy Finkels Stimme, der die Treppe heraufkam. »Wir nehmen dich fest wegen Beihilfe zum Mord und weil wir dich auf frischer Tat bei einem Einbruch erwischt haben.«

»Wer ist das?«, fragte im Hintergrund Jana. »Wieso redet er von Mord?«

»Beruhige dich, Kleine, das ist Hauptkommissar Finkel und er hat sich in der Tür geirrt, nicht wahr, Hardy?«

»Zum Spaß treten wir garantiert keine Türen von Kollegen ein«, war nun Greta Silber zu hören, die ebenfalls die Treppe nahm. »Auch nicht die Türen von den Lebensgefährtinnen unserer Kollegen.«

»Soll das ein Witz sein?«, verteidigte Witt sich. »Mord, Einbruch! Habt ihr schlecht geschlafen? Ich habe bis eben mit meiner Freundin im Bett gelegen. Ist doch so, Süße, oder?«

»Weißt du, Jürgen, ich hatte die ganze Zeit ein mieses Gefühl bei dir«, sagte Hardy und trat dabei so dicht an Witt heran, dass er seinen Atem und seinen Schweiß riechen konnte. »Und nun haben wir den Beweis.«

»Was denn für Beweise?«, fragte Witt und lachte dabei. Gleichzeitig schaute er zu Greta, die statt einer Zigarette ein Tablet in der Hand hielt und darauf herumtippte. »Und was will sie überhaupt mit dem Ding hier?«

Zur Antwort drehte Greta das Gerät herum. Auf dem Display startete ein Film. Ein Film, der Witt zeigte, wie er in Paulina Münzners Büro eindrang, die Kühlschrankabdeckung abschraubte und eine Hülle mit Dokumenten einsteckte.

»Du erinnerst dich doch sicherlich noch an die Kamera in Münzners Detektei«, klärte Hardy ihn auf. »Du kannst dich deshalb so genau daran erinnern, weil du am Tag ihres Todes den Festplattenrekorder von den Kabeln abgezogen, die Videoaufzeichnungen verschwinden lassen und eine falsche Festplatte hingestellt hast. Tja, wir haben uns erlaubt, die Kameras wieder scharf zu schalten …«

Kapitel 84

»Ob sich all die Überstunden auszahlen?«, wollte Greta von Hardy wissen, als man Witt längst abgeführt hatte und Kollegen dabei waren, seine Freundin über alles aufzuklären.

»Für deine Beziehung sicher nicht«, sagte Hardy. »Ich hoffe, Hannes versteht, was du gerade leistest.«

»Tut er ganz bestimmt, nur dauert es bei ihm immer etwas länger, bis er es kapiert.«

Hardy nickte, als würde er verstehen. Aber Greta glaubte nicht, dass er nur annähernd eine Ahnung hatte, wie es in ihrer Beziehung aussah. Die letzten Monate waren insgesamt stressig gewesen, nicht erst seit dem Mord an Münzner.

»Keine Zigarette?«, fragte Hardy.

Greta klopfte gegen ihre Hosentaschen. »Sind alle. Noch ein Grund zum Schimpfen.«

»Du wirst es überleben.«

Auch dabei war sie sich nicht sicher.

»Das ist alles, was wir von ihm gefunden haben«, sagte ein Kommissar vom Kriminaldauerdienst, der mit einem Karton herantrat und ihnen die Ausbeute zeigte, welche die Durchsuchung von Witts persönlichen Sachen ergeben hatte. Zwischen einer Herrenkosmetiktasche, drei angebrochenen

Zigarettenschachteln, Portemonnaie, Smartphone, MP3-Player und Teilen seiner Polizeiausrüstung konnte Greta die Unterlagen, die die Kripo in Münzners Detektei als Köder platziert hatte, nirgendwo finden.

»Drinnen steht noch eine Reisetasche«, ergänzte der Kollege. »Seine Lebensgefährtin behauptet, sie gehöre Jürgen. Da sind aber nur Klamotten drin.«

»Nehmt sie mit«, entschied Hardy. »Ich befürchte, wir werden später in seiner Wohnung keine persönlichen Dinge von Paulina Münzner oder einem der anderen Opfer finden, aber vielleicht entdecken wir ja irgendwas, das uns bei der Aufklärung weiterhilft.«

Mit einem Wink verabschiedete Hardy ihn.

»Hey, warte mal kurz«, hielt Greta den Kollegen auf und griff in den Karton nach einer der Zigarettenschachteln. »Die verwahre ich so lange.«

»Greta!«, ermahnte Hardy sie, und am liebsten hätte sie von seinem konsternierten Gesichtsausdruck einen Abzug gehabt, um sich später an dem Foto aufzuheitern, falls es mal wieder schlecht lief. »Wenn du das tust, sind wir geschiedene Leute.«

»Ach, komm schon, alter Spielverderber.« Kurz überlegte sie, ob sie sich wenigstens eine Zigarette stibitzen sollte, schlussendlich warf sie die Schachtel unangetastet zurück. »War einen Versuch wert.«

Kopfschüttelnd trottete der Kommissar zu seinem Dienstwagen und rief unterwegs einem Kollegen zu, dass er die Reisetasche aus dem Haus holen solle. Danach beobachteten Greta und Hardy eine Weile das Treiben am Ereignisort. Das SEK verlud seine Ausrüstung und beendete damit den Einsatz. Auch die Anzahl der eingesetzten Streifenbeamten wurde sukzessiv verringert. Heute Nacht gab es nichts mehr weiter zu tun, weder etwas zu bewachen, noch zu observieren.

»Glaubst du, dass Jürgen jemanden umgebracht hat?«, stellte Greta eine rhetorische Frage, einfach um Hardys Meinung zu hören. »Immerhin haben wir weder eine Tatwaffe noch einen Hinweis auf Jans Verbleib gefunden.«

»Schwierig einzuschätzen.« Er kratzte sich den Schnurrbart und die Bartstoppeln an den Wangen. Das tat er immer, wenn er angestrengt nachdachte. »Zum jetzigen Zeitpunkt haben wir einfach noch keine lückenlose Beweiskette. Wir haben ein paar Chatprotokolle zwischen Daniel Sobotzik und einer unbekannten Person. Ich kann mir nicht vorstellen, dass es sich dabei um Jürgen Witt handelt. Vielleicht können wir eine Satzanalyse in Auftrag geben und die Texte mit Jürgens schriftlicher Ausdrucksweise vergleichen. Jede Wette, dass wir Unterschiede finden. Mein Gefühl sagt mir, dass er da ganz tief mit drin hängt. Aber wäre er bereit, kaltblütig zu töten? Wenn er wirklich so ein harter Hund ist, wie man behauptet, wird er sowieso nichts sagen.«

»Jürgen ist zweifellos ein harter Hund, aber jeder harte Hund hört auf sein Herrchen.«

Diesem Spruch konnte Hardy nur zustimmen. »Dann finden wir mal das Herrchen.«

Sie klopfte ihm auf die Schulter. »Wenn du nichts dagegen hast, haue ich mich für ein paar Stunden aufs Ohr. Nachher mache ich mit den Vermisstenfällen weiter. Neben Seeger, Reichert und Sobotzik haben wir momentan vier weitere Namen von jungen Frauen und Männern, die im Zeitraum von acht Jahren spurlos verschwunden und vermutlich Möwenflucht zum Opfer gefallen sind. Ich werde mir dazu die Angehörigen vornehmen.«

»Tu das, ich kümmere mich um die ungeklärten Tötungsverbrechen, die Franz für uns herausgesucht hat. Vielleicht entdecke ich da etwas.«

Kapitel 85

Am nächsten Vormittag saß Hardy an seinem Schreibtisch, der Kaffee, den er sich bei Dienstantritt vor drei Stunden geholt hatte, war längst kalt geworden. Weil er momentan irgendwie auf der Stelle trat, faltete er die Hände über dem Kopf zusammen und raufte sich die verbliebenen Haare. Die Berührung der Kopfhaut schmerzte ein wenig, denn vom vielen Außendienst der letzten Tage hatte er sich auf der kahlen Stelle einen Sonnenbrand geholt.

»Nächstes Mal solltest du dich eincremen«, bemerkte Jona, der sich mit ihm im Büro befand und genau wie Hardy ratlos auf den Berg Akten mit alten Fällen blickte.

»Erzähl mir lieber, wie Claudia und Henning mit der Vernehmung von Hildebrand vorankommen.«

»Die Situation ist verfahren. Wie erwartet, hat Hildebrand auf Anraten seines Anwalts beschlossen, keine Aussagen zu machen. Sie fordern Akteneinsicht und haben Widerspruch gegen die Festnahme eingelegt. Die Haftprüfung wird eine ganz haarige Sache.« Dabei schaute er auf Hardys Halbglatze. »Ich meine, wir stricken da ein Verfahren gegen ihn mit äußerst heißer Nadel. Wenn wir nicht aufpassen, entlässt der Haftrichter ihn noch heute Nachmittag. Das darf nicht passieren, Hardy, also gib mir Futter.«

»Ich tue schon, was ich kann, aber diese Akten hier geben einfach nichts her.« Demonstrativ schob er den obersten Hefter noch ein Stückchen von sich weg. »Zumindest finde ich da keinen Zusammenhang zu den Morden an Paulina Münzner und Martina Seeger. Irgendwas übersehen wir. Ich kann mir nämlich nicht vorstellen, dass es die einzigen Toten sind. Ich meine, Sobotzik hat uns von der Totenfürsorge im Rahmen von Möwenflucht berichtet.«

»Schätze, Klein & Partner werden uns nicht einfach Einblick in ihre Mandantenunterlagen gewähren.«

»Was sagt Staatsanwalt Luther?«

Jona winkte ab. »Bisher will Arne Luther nicht zum großen Rundumschlag ausholen. Es ist noch nicht einmal sicher, ob er wieder ins Tagesgeschäft einsteigt oder sich weiterhin krankschreiben lässt. Die eigene Gesundheit setzt keiner leichtfertig aufs Spiel, nicht nach so einer Herzgeschichte. Für eine solche Angelegenheit braucht man einen guten Magen und ein funktionstüchtiges Herz. Immerhin geht es hier um den Ruf einer gesamten Kanzlei. Das will gut überlegt sein, bevor man gegen die irgendwelche Anklagepunkte erhebt. Mein Gefühl sagt mir, dass Klein & Partner unversehrt aus der Sache rauskommen werden, wenn nicht ein Wunder geschieht. Die sind eine Nummer zu groß für unser Rechtssystem, vor allem, weil sie längst gewarnt sind. Wenn sie es nicht längst getan haben, lassen die alle Beweise und Unterlagen verschwinden. Und wenn das mit dem Leichenhandel alles so stimmt, wie wir annehmen, gibt es keine Zeugen mehr, die sie zum Schweigen überreden müssten. Nein, das wird nichts. Luther ist zwar mediengeil, aber ich glaube nicht, dass er sich mit einer Kanzlei anlegt. Schon gar nicht in seinem jetzigen Zustand. Wir müssen dankbar sein, dass er bei Hildebrands Festnahme anwesend war.«

Hardy ärgerte es, solch eine Einschätzung aus dem Mund seines Vorgesetzten zu hören, aber aus eigener Erfahrung wusste er, dass die deutsche Rechtsprechung eine komplizierte Konstruktion aus Argumenten und Gegenargumenten war. Nicht jeder, der recht hatte, bekam es auch zugesprochen. Und nicht jeder, der schuldig war, musste dafür die Konsequenzen tragen.

Ein Anklopfen lenkte Hardy ab.

Frank Lahmert trat ein und balancierte auf seinen Armen einen weiteren Aktenstapel, den er offensichtlich bei Hardy abladen wollte, obwohl dessen Tisch jetzt schon nicht mehr ausreichte, um darauf anständig arbeiten zu können.

»Wusste nicht, dass mein Büro zum Archiv umfunktioniert wurde«, beschwerte Hardy sich.

»Und ich dachte, du mistest deinen Schrank aus, bevor du uns verlässt«, stimmte Jona ein.

»Ihr habt gut reden! Greta hatte mir den Auftrag gegeben, alle Vorgänge herauszusuchen, bei denen am Ende ein natürlicher Todesfall bescheinigt wurde.« Er krachte den Aktenstapel neben die Tastatur und damit auf die einzige freie Stelle, an der sich Hardy noch mit den Ellenbogen abstützen konnte, wenn er angestrengt nachdachte. »Sorry, bin leider erst jetzt dazu gekommen. Außerdem standen diese Fälle nicht ganz oben auf der Prioritätenliste, weil wir bei dieser Todesart als Polizei eigentlich gar nicht zuständig sind und nur ausnahmsweise hinzugezogen werden.«

»Wo steckt Greta eigentlich?«, fragte Hardy, während er die Akten durchzählte.

»Sie hat heute früh ganz viel herumtelefoniert, ist aber bei den Vermisstenfällen nicht sehr weit gekommen, da alle Vermissten mit ihren Familien und Bekannten gebrochen hatten«, klärte Frank ihn auf. »Eine der Frauen lebte seit ihrem fünfzehnten Lebensjahr auf der Straße und einer der jungen Männer wurde angeblich schon mit fünf Jahren von seinem Vater missbraucht. Ihr könnt euch vorstellen, dass die Angehörigen da ungern mit der Polizei reden. Und demzufolge ist es auch kein Wunder, wenn die jungen Leute ein neues Leben suchen. Drogen, Prostitution, Missbrauch, Schulden, nur eine kleine Auswahl, warum Menschen auf Möwenflucht hereinfallen und Purple Tickets nachjagen.« Er zeichnete mit den Fingern Gänsefüßchen in der Luft. »Jedenfalls wollte Greta sich erst mal nicht mehr mit den schweigenden Verwandten der Vermissten herumärgern, also hat sie beschlossen, bei den Toten weiterzumachen. Deshalb hat sie sich einen Dienstwagen geschnappt und ist noch einmal nach Rügen gefahren, um sich mit Ottmar Seeger zu treffen und über den Mord an dessen Ehefrau zu unterhalten.«

»Ist jemand mitgefahren?«, wollte Hardy wissen.

»Nee, sie meinte, wenn sie allein unterwegs sei, könne sie wenigstens im Wagen rauchen.«

»Immerhin eine in meiner Abteilung hat noch Sinn für Humor«, sagte Jona und musste selbst schmunzeln, um sogleich wieder ernst zu brummen. »Und was machen wir jetzt mit dem Stapel?«

»Was du machst, weiß ich nicht«, sagte Hardy. »Ich schaue mir das wohl oder übel mal an.«

»Ach, übrigens«, meldete Frank sich. »Das sind nur die Fälle, die Hannelore bearbeitet hat.«

»Was denn, so viele?«, fragte Hardy und schaute Jona an.

Der zuckte mit den Schultern. »Klar, fast immer hat Hannelore solche Fälle übernommen. Sie hat auch die mit Abstand meisten Krankenhausleichen bearbeitet. Gerade mit Rücksicht auf ihr Alter und ihren Rücken hatte sie damit die wenigste Arbeit. Das müsstest du doch eigentlich wissen, Hardy.«

Rückblickend erinnerte Hardy sich tatsächlich, dass Hannelore sogar einmal davon gesprochen hatte, dass ihr Routineaufgaben mittlerweile deutlich lieber waren. Und auf einmal ergab das ein völlig anderes Bild.

»Alles in Ordnung?«, fragte Frank, weil Hardy hastig die ersten Fälle durchblätterte.

»Ja, ja, alles in Ordnung«, antwortete er. »Wie weit reichen die zurück?«

»Zehn Jahre.«

»Stimmt etwas mit denen nicht?«, hörte er Jona fragen, offenbar hatten ihn beide eine Weile stumm dabei beobachtet, wie er die Unterlagen in Rekordzeit durchblätterte und drei Akten aus dem Stapel nahm und beiseitelegte.

»Einen Moment«, vertröstete Hardy sie, bis die separierten Vorgänge auf fünf angewachsen waren. Schließlich schnappte er sich wahllos einen von diesen, schlug ein Blatt mit einer halben Seite Text auf und hielt es seinen Kollegen hin.

»Das ist ein Vorgangsvermerk vom Streifendienst«, erkannte Jona richtig. »Was …?«

Er brauchte die Frage nicht zu stellen, denn als Hardy mit dem Zeigefinger auf die rechte obere Ecke tippte, wo der Name des Sachbearbeiters stand, weiteten sich seine Augen gleichsam mit dem Wachsen seiner Erkenntnis.

»Jürgen Witt«, sprach Frank den Namen des Urhebers aus.

»So ist es«, sagte Hardy. »Allein in diesen fünf Unterlagen taucht der Name des Kontaktbeamten schon auf. Und ich wette, es lassen sich in diesem Haufen noch mehr finden.«

»Hannelore und Jürgen waren zusammen bei den Verstorbenen im Einsatz«, fasste Jona es zusammen und griff sich nachdenklich ans Kinn. »Das sollten wir uns wirklich genauer ansehen.«

»Wobei es nicht so außergewöhnlich ist, dass dieselben Streifenbeamten und Kollegen vom Fachkommissariat 1 an ein und demselben Ereignissen sind«, sagte Frank. »Zumal in Rufbereitschaftszeiten.«

»Richtig«, sagte Hardy, legte die Akte zurück zu den anderen vieren und schlug mit der flachen Hand darauf. »Allerdings handelt es sich bei den Toten um Personen, die noch keine dreißig waren.«

Diesmal fand Frank keinen Einwand, sondern nickte zustimmend, weil ihm die Sache jetzt wohl selbst merkwürdig vorkam.

»Scheiße, Hannelore«, fluchte Jona. »Was hast du da nur gemacht?«

Hardy gab keine Antwort darauf, denn er hatte die Kollegin nicht gut genug gekannt, um ihr Tun und Handeln richtig einschätzen zu können. Er wusste nur, dass sie rein rechtlich gesehen womöglich Mittäterin in mehreren Mordfällen gewesen war.

»Wen rufst du an?«, fragte Jona, weil Hardy sich blitzartig an den Büroapparat klemmte und die Vermittlung wählte.

Statt seinem Chef die Antwort zu geben, schnappte er sich wieder eine Akte und hielt sie ihm hin. »Schau sie dir mal genau an, und dann sag mir, was darin fehlt.«

»Fehlt?«, fragte Jona ungläubig und sah Frank an, der sich ebenfalls über die Akte beugte.

Unterdessen redete Hardy in den Hörer. »Verbinden Sie mich mit dem Standesamt.«

Kapitel 86

»Hallo!«, rief Greta in die Werkhalle hinein und schaute sich nach dem Eigentümer um, mit dem sie noch einmal sprechen wollte.

Niemand antwortete ihr. Stattdessen schallte es blechern aus einem verstaubten CD-Radio, das auf einem rostigen Kanister stand.

Countrymusik von Truck Stop.

»Herr Seeger, sind Sie da?«, versuchte sie es erneut und betrat die Halle.

Auf dem Boden bemerkte sie eine ans Netz angeschlossene Schleifmaschine und frischen Lackstaub. Sie bückte sich und befühlte das Elektrogerät. Der Motor strahlte Hitze ab.

Greta blendete die Musik aus und vernahm ganz in der Nähe ein unregelmäßiges dumpfes Klopfen. Als würde jemand in einer Ecke lustlos mit einem Rührlöffel auf einen Topfboden schlagen. Doch das Geräusch kam nicht aus einem der Nebenräume, sondern schien sich direkt unter Greta zu befinden.

In gebückter Haltung, gefühlt wie eine ungelenkige Robbe, bewegte sie sich vorwärts, bis sie nach drei Metern einen abgedeckten quaderförmigen Körper erreichte. Sie hob die Plane an und fand darunter einen Stapel sauber gehobelter Holzbretter – und noch etwas anderes: eine Blechluke im Betonboden.

»Was machen Sie da?«, kam es vom Eingangsbereich.

Erschrocken ließ Greta die Plane los und wirbelte herum. Reflexartig schoss ihre Hand zum Waffenholster, wo sie ihre Pistole offen trug.

»Scheiße, Herr Seeger!«

»Ach, Sie sind es, Frau …«

»… Silber. Warum schleichen Sie sich denn so an?«

»In meiner eigenen Werkstatt muss ich mich wohl kaum anschleichen.« Er stellte einen Kasten mit Mineralwasser ab und wedelte mit einer gefalteten *BILD*-Zeitung. »Ich habe im Laden um die Ecke Getränke, Tabak und Lektüre fürs gemeine Volk gekauft.«

Greta deutete im Raum herum. »Haben Sie keine Angst, dass man Ihnen die Bude ausräumt, während Sie beim Einkaufen sind?«

»Auf Rügen?« Er lachte. »Wie hoch ist doch gleich die Einbruchsrate auf der Insel?«

Vielleicht hatte Greta in ihrer beruflichen Laufbahn einfach schon zu viel erlebt, um noch an das Gute im Menschen zu glauben. Selbst in einer Urlaubsregion wie dieser, in der man den zuständigen Polizisten noch mit dem Vornamen grüßte.

»Was ist das dort unter der Plane?«

»Das ist hochwertiges Teakholz.« Er lachte wieder und machte einen Schritt auf sie zu. Dabei krempelte er die Ärmel seines Arbeitshemds zurück, die sich wohl auf der verschwitzten Haut ständig lockerten und runterrutschten. »Das muss ich vorsorglich abdecken, damit man mir nicht die Bude ausräumt.«

»Haha«, sagte Greta. »Ich meine den Einstieg im Boden. Bewahren Sie da etwas auf, von dem die Polizei wissen sollte?«

Er schüttelte den Kopf und sah ein wenig verärgert aus. »Das ist ein alter Schacht, in dem man früher Ölfässer gelagert hat.«

»Und das Klopfen?«

»Da müssen Sie die Sanitärfirma fragen, die kürzlich die neuen Solarmodule für Wasser und Heizung installiert hat. Seit gestern geht das so. Deshalb habe ich das Radio so laut, sonst würde mich das Geräusch um den Verstand bringen. Eigentlich will man nur was für die Umwelt tun und CO_2 vermeiden, tja, und dann spinnt die Technik.«

Mit dieser Erklärung gab Greta sich zufrieden, denn schließlich war sie nicht wegen einer Bodenluke und einer Störung der Elektronik gekommen. Und so wie die Aufputzkabel in der Werkstatt aussahen, kam es hier vermutlich öfter zu irgendwelchen Kurzschlüssen.

»Hatten Sie jemals Kontakt zu einer Kriminalhauptkommissarin Hannelore Preiß?«

Seeger schien ernsthaft über den Namen nachzudenken. Schließlich verzog er unschlüssig die Mundwinkel und schüttelte den Kopf. »Nicht, dass ich wüsste.«

»Und zu einem Kontaktbeamten Jürgen Witt?«

»Witt? Klar, den kennt hier fast jeder. Allein schon von den Berichten in den Zeitungen. Der war nach Martinas Tod und Toms Verschwinden ein- oder zweimal bei mir, hat sich nach meinem Befinden erkundigt.«

»Aha, und hat Sie das nicht gewundert?«

»Schon ein bisschen, weil ich nicht gedacht hatte, dass einer von der uniformierten Truppe für die Hinterbliebenenbetreuung verantwortlich ist. In Filmen kommen immer irgendwelche Seelsorger von der Kirche und so. Ich meine, es sterben doch täglich Leute. Und in den Nachrichten sprechen sie oft von vermissten Kindern. Da hat die Polizei genug zu tun. Er meinte, diese Art von Betreuung der Angehörigen gehöre eben auch zu seinen Aufgaben. Das klang irgendwie plausibel. Außerdem konnte ich zu der Zeit jeden Trost gebrauchen.«

»Hat Herr Witt irgendwas geäußert, das Ihnen im Nachhinein betrachtet seltsam vorkommt?«

»Wir haben uns eigentlich nur ganz normal unterhalten.« Auf der CD wechselte das Lied und für wenige Sekunden hörte man das Klopfen aus dem Boden deutlicher. Im Gegensatz zu Greta, die sich nervös nach der Luke umdrehte, schien Seeger es nicht weiter zu bemerken. »Er hat natürlich gefragt, ob ich schon einen Plan für die Zukunft hätte, also ob ich wüsste, wie es weitergehen soll. Das fand ich seltsam. Ich meine, wer hat schon einen Plan, wenn die Ehefrau ermordet wurde?«

Gedankenabwesend nickte Greta. Aus dem Radio sang Truck Stop »Alles Bingo«.

»Stört Sie die Musik?«, fragte Seeger, weil Greta eine Weile schwieg und sich dabei ertappte, wie sie die Liedzeilen still mitsang.

»Nein, es ist nur das Klopfen, das mich stört.«

»Sie können gern runtersteigen, wenn es Ihnen keine Ruhe lässt.«

»Zurück zu Herrn Witt. Ihnen ist wirklich nichts aufgefallen bei Ihren Gesprächen? Vielleicht in Bezug auf Ihren Sohn Tom?«

Seeger atmete schwer. Anscheinend langweilte ihn die Befragung. »Tja, zu Tom … Da wäre höchstens eine Sache.«

»Welche?«

»Der Kontaktbeamte meinte, Tom würde schon zurückkehren, wenn für ihn die richtige Zeit gekommen ist. Daraufhin fragte ich ihn, ob er das ernst meine, und da sagte er, ich bräuchte nicht nach ihm zu suchen, Kinder würden stets zu ihren Eltern zurückkehren.«

Das ließ Greta zwar im ersten Moment aufhorchen, aber zugleich verwunderte es sie nicht wirklich nach dem, was sie inzwischen über Witt wusste.

Trotzdem sagte sie: »Diese Aussage ist in der Tat merkwürdig.«

»Nein, das ist nicht das, was ich merkwürdig fand, sondern die Tatsache, dass ich den Satz davor schon einmal zu hören bekommen habe …«

»Wie meinen Sie das?«

»Na ja, Sie wissen sicherlich, dass ich damals, noch während Ihre Leute den Leichnam meiner Frau untersuchten, zum Ernst-Moritz-Arndt-Turm gerast bin. Ein Bekannter hatte mich informiert, meinte, da sei irgendwas mit meiner Frau passiert. Sie können sich vorstellen, wie kopflos ich beim Eintreffen war, deshalb habe ich mich wohl ziemlich danebenbenommen. Ich wollte unbedingt zu Martina, dabei habe ich die Polizisten beschimpft, die mich zurückgehalten haben. Erst als der dortige Polizeiarzt auf mich zukam und auf mich eingeredet hat, habe ich mich beruhigt. Irgendwie hatte der die richtigen Worte gefunden. Ich habe ihn auch nach Tom gefragt, weil mein Sohn die ganze Nacht weggeblieben war, und dabei hat er den Satz fallen lassen, ich solle mir keine Gedanken machen, Kinder würden immer zu ihren Eltern zurückkehren. Das hat er wohl in der Situation gesagt, um mich zu trösten. So richtig wurde mir die Äußerung aber erst bewusst, als Herr Witt fast den gleichen Wortlaut benutzte.«

Greta nahm es schweigend zur Kenntnis und speicherte das Gehörte ab. »Weil Sie Ihr damaliges Auftreten am Tatort ansprechen, laut Zeugenaussagen haben Sie folgenden Satz gesagt: ›Endlich ist es vorbei.‹«

»Es stimmt, das habe ich exakt so gegenüber dem Arzt geäußert, aber das war in meiner ersten Verzweiflung, verstehen Sie das? Irgendwie war ich wütend, aber gleichzeitig habe ich eine Art Befreiung verspürt. Ich weiß nicht, wie man das am besten beschreiben kann …«

»Ihnen war bewusst, dass es keine weiteren Auseinandersetzungen mit Ihrer Frau geben würde. Das erleichterte Sie, aber zugleich fühlten Sie Trauer, weil Sie Ihre Frau geliebt hatten. War es nicht so?«

»Ja, ich fühlte Trauer um die Frau, die ich einst geheiratet hatte, nicht um die, die am Ende gestorben war.«

Diese Aussage empfand Greta als nachvollziehbar. Auch sie hatte ihren Ex-Mann nicht immer gehasst. Doch während ihrer Trennungsphase hatte es Zeiten gegeben, da hatte sie ihrem niederträchtigen Ehemann den Tod gewünscht.

Kapitel 87

Hardy befand sich auf dem Weg zur Staatsanwaltschaft, als auf dem Beifahrersitz sein Handy klingelte. Er erkannte die Festnetznummer sofort. Endlich! Auf der Suche nach einem Parkplatz, wo er ungestört telefonieren konnte, streifte sein Blick den Seitenspiegel, dann riss er das Lenkrad herum und schoss quer über die Fahrbahn, um eine Lücke vor einer Frittenbude zu erwischen. Selbst über den breiten Gehweg und durch die geschlossenen Fahrzeugfenster konnte er den Fettgeruch wahrnehmen. Bis eben hatte er noch ein leichtes Hungergefühl verspürt, doch bei dem Gedanken an schweres Essen verging dieses urplötzlich. Vielleicht lag es aber auch am Rückruf des Standesamtes, dass er auf einmal alles andere vergaß. Denn es lastete ein unglaublicher Ermittlungsdruck auf ihm und dem Kommissariat. Und mit etwas Glück brachte ihn das bevorstehende Telefonat einen gehörigen Schritt weiter.

»Hallo, Herr Finkel, hier ist noch mal Müller«, meldete sich die Sachbearbeiterin, die ihn vor gut anderthalb Stunden am Büroapparat vertröstet hatte.

»Danke für den Rückruf, sind Sie fündig geworden?«

»Ja, ich denke, ich kann Ihnen weiterhelfen. Sie haben mir neun Personalien zur Überprüfung gegeben. Von all diesen Verstorbenen habe ich mir jetzt im System die Sterberegisternummern herausgesucht. Allerdings hatten nur drei von denen ihren letzten Wohnsitz in unserem Kreis.«

Hardy spürte, wie sich sein Puls erhöhte. Am Hals zuckte zudem die Schlagader nervös, weil sein Herz schneller schlug.

»Und?«, brachte er bloß heraus.

»Da wir für diese drei Personen zuständig sind, konnte ich auch die Akten einsehen«, redete Müller weiter wie eine klassische Behördenangestellte. »Für Auskünfte über die restlichen sechs Verstorbenen müssen Sie sich an die zuständigen Standesämter wenden. Wenn Sie möchten, gebe ich Ihnen die Erreichbarkeiten, damit Sie gleich bei den richtigen Sachbearbeitern landen.«

»Danke, sehr freundlich! Sie sind wirklich meine Rettung, Frau Müller.«

»Keine Ursache, Herr Fink. Sie sind ja auch ein sehr angenehmer Anrufer«, kam die Dame, die er rein von der Stimme auf höchstens vierzig schätzte, endlich ein wenig aus sich heraus.

»Falls Sie mir jetzt noch meine Fragen von heute Vormittag beantworten können, sind Sie meine Heldin des Tages.«

»Einen Moment, ich habe es mir im System markiert.« Sie kicherte und schien danach in ihren Unterlagen zu blättern. »Sie hatten recht, bei den mir vorliegenden Personen sind die Sterbeurkunden allesamt an die Anwaltskanzlei Klein & Partner gegangen.«

Hardy boxte sich mit der freien Hand auf sein Knie, weil er genau damit gerechnet hatte. »Sehr schön, ich nehme an, der Kanzlei wurde jeweils vor Ableben der Betroffenen die Totenfürsorge übertragen.«

»Ja, soweit ich das überblicken kann, liegen uns in allen drei Fällen entsprechende Vollmachten vor.«

»Können Sie in Ihrem Computer nachschauen, ob Klein & Partner auch für die restlichen sechs Verstorbenen die Nachbetreuung übernommen haben?«

»Tut mir leid, darüber gibt mir unser System keine Auskunft.«

»Okay, kein Problem.« Hardy ärgerte sich nur ein bisschen darüber, denn die Bestätigung der drei Fälle reichte vorerst aus, um seinen Vorgesetzten und der Staatsanwaltschaft wertvolles Beweismaterial vorlegen zu können.

Daniel Sobotzik hatte jedenfalls nicht gelogen. Das Programm Möwenflucht, bei dem es an und für sich um vermisste Menschen ging, war nur ein Teil einer Mordserie. Bei dem anderen Teil erklärte man Leute offiziell für tot und ließ später die Leichen verschwinden, ohne dass es jemand bemerkte.

»Dann wäre da nur noch die Sache mit den Totenscheinen, worum ich Sie gebeten habe.« Hardy kratzte sich am Hals, der vor Aufregung juckte. »Es ist mir zwar fast ein wenig peinlich, aber in unseren Unterlagen gibt es keine Vermerke über den Verbleib.«

»Natürlich, die Totenscheine liegen mir vor, andernfalls erhält man weder Sterberegisternummer noch Sterbeurkunde.«

»Schön, wenn alles seine Ordnung hat«, sagte er, obwohl die Standesbeamtin den enthaltenen Sarkasmus vermutlich nicht wahrnahm, denn in Hannelores Akten, die nun auf seinem Tisch lagen, hatte gar nichts seine Ordnung. »Und was steht da drin?«

Was Müller ihm daraufhin mitteilte, veranlasste Hardy, das Telefonat ohne einen Abschiedsgruß zu beenden und mit durchdrehenden Reifen vom Bordstein loszupreschen.

Kapitel 88

Zurück in Anklam, klingelte Greta an der Arztpraxis, da die Eingangstür verschlossen war. Es dauerte nicht lange und Dr. Niklas Winkler öffnete ihr. Obwohl sein Auftreten wirkte, als wäre er in Eile, begrüßte er sie freundlich.

»Ich hatte schon gar nicht mehr mit Ihrem Auftauchen gerechnet, Frau Silber.« Er reichte ihr die Hand und zog sie dabei galant in den Empfangsbereich seiner Praxis. »Kommen Sie rein, bevor mich ein Patient sieht, der die Öffnungszeiten nicht kennt. Ich bin sowieso schon etwas unter Zeitdruck. Termine, Termine, Termine! Hausbesuche, Sie wissen schon. Manchmal wundere ich mich selbst, dass ich noch Kapazitäten für die Polizei habe, wenn Ihre Kollegen mich mal wieder für eine Blutentnahme oder eine Gewahrsamstauglichkeitsbescheinigung benötigen.«

Beim Drücken des Klingelknopfs hatte sie auch einen Blick auf die Sprechzeiten des Allgemeinmediziners geworfen. An diesem Tag schloss er bereits mittags.

Zum Glück hatte Greta am Morgen in der Praxis angerufen und um ein persönliches Gespräch mit Dr. Winkler gebeten. Seine Angestellte hatte Greta zu ihm durchgestellt, und nachdem sie dem Mediziner kurz erläutert hatte, dass sie zu einigen Toten, bei denen er die Leichenschau für die Polizei durchgeführt hatte, ein paar wenige Informationen benötigte, hatte Dr. Winkler gesagt, sie solle pünktlich um zwölf zur Praxis kommen, dann werde er sich eine Viertelstunde Zeit für ihre Fragen nehmen.

»Tut mir leid, ich bin eben erst von Rügen gekommen«, entschuldigte sie sich. »Deshalb habe ich mich geringfügig verspätet.«

»Rügen?« Er musterte sie und umrundete dann den Empfangstresen, um dahinter irgendwelche Unterlagen zu ordnen. »Schätze, Sie waren nicht dort, um sich am Strand zu erholen.«

»Nein, ich habe einen Zeugen aufgesucht. Können Sie sich an Ottmar Seeger erinnern?«

»Ottmar Seeger, hm. Helfen Sie mir auf die Sprünge, in meinem Alter vergisst man Namen häufiger.«

»Seine Frau wurde vor ein paar Jahren nahe dem Ernst-Moritz-Arndt-Turm umgebracht. Sie waren vor Ort und haben die Leichenschau durchgeführt.«

»Ah, jetzt erinnere ich mich tatsächlich! War damals ein ziemlicher Auflauf am Denkmal. Allein die Schulklasse, die das Opfer gefunden hat. Mein Gott, die armen Jugendlichen!« Beim letzten Satz wirkte er ernsthaft besorgt, obwohl er sonst oft wie ein typischer Mecklenburger fischblütig, manchmal fast schon taktlos rüberkam und Greta sich oft gewundert hatte, warum seine Patienten ihm trotz seiner pietätlosen Sprüche so viel Vertrauen schenkten. Vermutlich, weil er einfach ein guter Arzt war. »Ich glaube, der Ehemann hatte von dem Mord aus den Nachrichten erfahren und irgendwie gespürt, dass das Opfer seine Frau war. Deshalb war er dann später wohl selbst am Fundort.«

»Nicht ganz, ein Bekannter hatte ihn über das Unglück informiert. Ich dachte, das wüssten Sie, denn soweit ich informiert bin, haben Sie persönlich mit Ottmar Seeger geredet.«

»Gut möglich.« Er stopfte einige Formulare in einen Aktenkoffer und deutete dann zu einem der drei Sprechzimmer. »Ich muss noch schnell meine Arzttasche kontrollieren, wollen Sie sich inzwischen hinsetzen und mir Ihre Fragen stellen?«

»Ich kann auch stehen und meine Fragen stellen. Rauchen darf man in Ihrem Wartebereich vermutlich nicht.«

Er lachte auf und das Lachen brachte ihn zum Husten. »Als Arzt kann ich unmöglich zusehen, wie Sie sich umbringen.«

Sie schenkte ihm ein Lächeln, was der alte Mann mit einem wohlwollenden Nicken entgegennahm. Dann verschwand er im nächstliegenden Sprechzimmer.

»Also, was möchten Sie denn jetzt von mir wissen?«, rief er von dort.

»Eigentlich wollte ich mit Ihnen über den Mord an Martina Seeger reden«, sagte sie und wanderte im Empfangsraum umher. Dabei betrachtete sie die Wandbilder eines unbekannten Künstlers. Malereien aus Sand, Meer und jeder Menge Himmel. Mal hell, mal düster, mal wild durcheinander, als fegte ein Sturm die Farben hinweg.

»Was heißt eigentlich?«

»Martina Seeger wurde mit einem speziellen Drosselwerkzeug umgebracht.«

»Ja, mit einer Schweinebremse.«

»Woher wissen Sie das?«

»Ich habe mich kürzlich mit Dr. Edmund Sattler, einem alten Studienkollegen aus der Rechtsmedizin, darüber unterhalten, nachdem er Unterlagen von mir angefordert hatte.«

»Ist Ihnen das schon damals am Fundort bei der Leichenschau aufgefallen?«

»Nein, ganz sicher nicht. Sonst könnte ich mich daran garantiert erinnern.« Schnallen klapperten. Ein Reißverschluss wurde aufgezogen. »Ein solch außergewöhnliches Drosselwerkzeug würde kein Arzt vergessen.«

»Ja, vermutlich. Und wie schätzen Sie nach heutiger Auffassung den Mord an der Frau ein? Ich meine, was halten Sie von der These, dass ihr schmächtiger Sohn sie an einem öffentlichen Ort kaltblütig umgebracht haben soll?«

»Sie sind gut, Frau Silber! Inzwischen ist viel Zeit vergangen und ich kann mich beim besten Willen nicht an jede einzelne Leichenschau erinnern. Ich behaupte mal, alles Notwendige in meinem Bericht niedergeschrieben zu haben.«

»Dort stehen nur die Fakten, keine Hypothese.«

Den Geräuschen nach öffnete Dr. Winkler im Zimmer eine Schublade und durchstöberte chirurgisches Werkzeug. »Exakt, es ist genau das, was von mir als Arzt verlangt wird: Ich sammle Fakten und bewerte diese objektiv. Für Hypothesen sind Sie als Kriminalbeamtin zuständig. Im Gegensatz zu mir dürfen Sie das sogar.«

Greta nickte zu sich selbst und betrachtete ein besonders chaotisches Gemälde, das einen blauen Leuchtturm zeigte, umgeben von rosafarbenen Wolken. »Warum haben Sie eigentlich Ottmar Seeger direkt am Tatort empfohlen, nicht nach seinem Sohn Tom zu suchen? Ich meine, er war da zwar schon verschwunden, aber zu der Zeit gab es höchstens einen vagen Verdacht, dass er etwas mit dem Mord zu tun haben könnte.«

»Habe ich das wirklich geäußert? Vielleicht wollte ich ihn irgendwie trösten. Sie wissen ja, dass meine Wortwahl nicht immer die beste ist. Jedenfalls kann ich mich nicht mehr erinnern. Das ist sieben Jahre her.«

»Aber Herr Seeger kann sich sehr genau daran erinnern, weil kurze Zeit später Polizeihauptmeister Witt ihm exakt das Gleiche riet.«

»Wenn es so war, würde ich es Zufall nennen.« Er hustete wieder. »Wären Sie so freundlich und bringen mir bitte meinen Aktenkoffer?«

Greta schaute zum Tresen, wo er obenauf lag. Kurz wunderte sie sich über die Musik, die aus den Deckenlautsprechern einsetzte, dann nahm sie den Koffer auf. Beim Berühren des Henkels fiel ihr etwas an seiner zuvor getätigten Aussage auf.

»Sagten Sie eben, der Mord würde sieben Jahre zurückliegen?« Samt dem Koffer durchschritt sie den Empfangsbereich und trat durch die offen stehende Tür des Sprechzimmers. Weil Sie den Arzt nicht sah, fragte sie: »Herr Dr. Winkler?«

Erst als sie einen Schritt zur Seite machte, um an einer verschlossenen Nebenzimmertür zu klopfen, bemerkte sie ihren fatalen Fehler.

Noch bevor der Aktenkoffer auf den Boden aufschlug, glitt die Schlinge bereits über ihren Kopf und zog sich am Hals zu.

»Warum konnten Sie nicht einfach im Krankenhaus an meiner Spritze sterben?«, vernahm sie Dr. Winklers gehässige Stimme dicht an ihrem Ohr. »Warum können Sie nicht einfach still sein wie alle anderen?«

»The Sound of Silence«.

Während sie um Luft rang und vergeblich versuchte, ihre Fingernägel unter den Draht zu schieben, spielte das Lied von Disturbed.

»Ich …«, krächzte sie ohne eine Vorstellung, was sie eigentlich sagen wollte.

Schon jetzt merkte sie, wie sich ihre Sicht eintrübte. Mit aller Kraft versuchte sie, ihren Angreifer abzuschütteln, tanzte in Todesangst durch den Raum. Aber Dr. Winkler zerrte unablässig an der Schweinebremse, deren Metall ihr in den Nacken stach und in ihre Haut schnitt. Bei ihrem Kampf rissen sie Ablagefächer, Büromaterial und einen Stuhl um. Doch sosehr sie sich wand, der Mann war stärker. In höchster Not fiel ihr schließlich die Schusswaffe in ihrem Schulterholster ein.

Halb orientierungslos tastete sie an ihren Rippenbogen entlang. Kaum bekam sie den Pistolengriff mit den Fingerspitzen zu fassen, riss sie die Waffe in die Höhe. Doch Dr. Winkler hatte die Armbewegung bemerkt. Im Bruchteil einer Sekunde schlug er ihr von hinten auf den Unterarm und die Waffe rutschte ihr aus den Fingern und polterte wie zuvor der Koffer auf den gefliesten Boden.

Der Druck der Schlinge am Hals ließ nur für einen Sekundenbruchteil nach. Sogleich verstärkte er ihn wieder, bis sie nur noch schwach röchelte.

Kapitel 89

Über dreißig Jahre hatte Hardy keinen Fuß mehr in die abgelegene Ortschaft Anklamer Fähre gesetzt. Damals als Kind hatte er hier Steinchen im hohen Bogen ins Wasser geworfen, Reiher aufgescheucht und nach Bibern gesucht. Auf der Halbinsel, die weniger als acht Kilometer von der Stadtgrenze Anklam im Mündungsgebiet der Peene lag, wohnten nach seiner Einschätzung kaum fünfzig Menschen. Das Gebiet hatte früher zum Lehnsbesitz eines Ritters gehört und vorwiegend der Zollabfertigung vorbeifahrender Schiffe gedient.

Allerdings kam Hardy nicht wegen der Idylle oder der historischen Bedeutung hierher, sondern weil er verdammt nah dran war, eine Mordserie aufzuklären. Nur deshalb suchte er die berühmte Jugendstilvilla auf der Insel auf, die Spaziergänger gern als Fotomotiv benutzten und in der Dr. Niklas Winkler wohnte und als Arzt praktizierte.

Seit dem Telefonat mit der Landesbeamtin waren weniger als zwölf Minuten vergangen, dann sah er bereits die ziegelroten Dachspitzen, die zwischen dichten Hecken und meterhohen Kiefernbäumen herausragten. Während der Fahrt hatte Hardy Revierunterstützung angefordert und der Leitstelle mitgeteilt, dass er in ausreichender Entfernung zum Haus auf die Kollegen warten und alles Weitere besprechen wollte. Diesen Plan verwarf er jedoch augenblicklich, als sein Blick Gretas Dienstwagen erfasste, der vor der Villa parkte.

»Scheiße, wie hat sie das gemacht?«, fragte er sich laut, weil er nicht verstehen konnte, wie sie vor ihm auf Dr. Winkler gekommen war. »Oder bist du aus purem Zufall hier?«

Er hielt mit Vollgas auf Gretas Golf zu. Mitten am Tag war er in dieser Gegend der einzige Mensch, der auf der Straße unterwegs war.

Obwohl die Arztpraxis außerhalb von Anklam lag, kamen gewöhnlich zahlreiche Patienten aus nahen und entfernteren Ortschaften zu ihm. Selbst Bewohner aus Anklam lobten den Mediziner beinahe schon als Wunderheiler. Aber Dr. Niklas Winkler war kein Heiliger, sondern ein Serienmörder. Keinen anderen Schluss ließ die Information vom Standesamt zu. Bei allen neun polizeilichen Akten, nach denen Hardy sich erkundigt hatte, fehlten die Totenscheine oder wenigstens ein Vermerk über den Arzt, der die Leichenschau durchgeführt hatte. Totenscheine, die allesamt von Dr. Niklas Winkler ausgestellt worden waren. Auf diese Weise hatte Hannelore Dr. Winklers grausames Geschäft gedeckt. Bei natürlichen Todesfällen ging das nicht ganz problemlos, aber es war dennoch nicht unmöglich, wie Hardy inzwischen festgestellt hatte.

Er bremste seinen Wagen unmittelbar hinter dem von Greta. Kaum dass die Räder standen, zog er den Zündschlüssel ab und stürzte zur Front des parkenden Golf. Heiß, stellte er fest, als er seine Hand auf die Motorhaube legte. Vermutlich war Greta nur Minuten vor ihm hier aufgetaucht. Was auch immer sie in der Praxis des Arztes zu suchen hatte, er betete im Stillen, dass es ihr gut ging.

Ohne weitere Zeit zu verlieren, rannte er zum Hauseingang. Wenn es optimal lief, würde die Verstärkung in weniger als fünf Minuten eintreffen. Aber selbst so lange wollte er nicht warten. Entschlossen stemmte er sich gegen die Eingangstür. Verriegelt. Vielleicht war es ein Fehler, aber bevor er die Tür eintrat oder eine der Fensterscheiben mit dem Knauf seiner Pistole einschlug, versuchte er es wie jeder normale Besucher über die Klingel.

»Du bist ein Idiot, Hardy«, redete er mit sich selbst, um die Anspannung zu unterdrücken.

Wenn das Schicksal es gut meinte, würde Dr. Winkler arglos die Tür öffnen und Greta im Sprechzimmer einfach bloß einen Kaffee trinken. Diese Hoffnung verging spätestens mit dem zweiten Glockenläuten und als er es kurz darauf im Inneren krachen hörte. Es folgte ein Scheppern, als wäre jemand mit voller Wucht gegen einen Blechschrank gerannt. All diese Geräusche nahm Hardy gedämpft durch die geschlossene Tür wahr und es mochte dafür eine harmlose Erklärung geben. Allerdings produzierte sein polizeilicher Spürsinn längst schrille Alarmsignale.

Zwei Sekunden stierte er tatenlos das Türschloss an, dann zog er seine Pistole.

»Nein, ich werde nicht noch einmal einen Partner verlieren.«

Er visierte die beiden Fenster im Erdgeschoss an, die so hoch lagen, dass man sie vom Boden aus nur als Hochsprungmeister oder Spiderman erreichen konnte. Als Alternative bot sich der krumm gewachsene Stamm einer Kiefer an, deren stärkster Ast bis an die Fassade reichte.

Längst nicht so elegant wie ein Eichhörnchen, aber für sein Alter doch ganz passabel, rannte er die drei Treppenstufen hinab, kletterte den harzigen Stamm der Kiefer hoch, balancierte auf dem wippenden Ast und spähte für einen Augenblick durch die Scheibe ins Innere. Sofort erfasste er die todbringende Situation und er rief: »Greta!«

Aber das Glas schien zu dick, als dass die beiden seltsam miteinander ringenden Personen ihn hören konnten. Also streckte er den Arm und richtete den Lauf der Pistole aus. Dreimal krümmte er den Zeigefinger und betätigte den Abzugshebel. Die Projektile durchschlugen das Glas, die Scheibe splitterte. Greta und Dr. Winkler fielen zu Boden. Für den Moment war sie gerettet.

Hardy wartete nicht ab, sondern brauchte drei beherzte Schritte, dann sprang er durch das zerstörte Fenster. Während er sich in der Luft befand, klammerte er sich an einen einzigen Gedanken: Bloß nicht die Waffe verlieren. Er versuchte noch, die Landung zu koordinieren, verlor jedoch das Gleichgewicht. Sein früheres Einsatztraining half ihm immerhin, den fatalen Sturz mit einer Rolle abzufangen. Holzsplitter und Scherben drangen durch seine Kleidung und schnitten ihm ins Fleisch. Kaum fand er die Orientierung wieder, registrierte er, wie Dr. Winkler nach Gretas am Boden liegender Pistole hechtete. Vergeblich streckte Greta ihre Finger nach seinem Hosenbein aus. Ohne nachzudenken, feuerte Hardy erneut. Er traf eine Fliese, er traf einen Blechschrank und er traf Dr. Winkler.

Kapitel 90

Fünf Minuten, nachdem Hardy auf den wahnsinnigen Arzt geschossen und ihn am Oberarm verwundet hatte, fuhr auf dem Grundstück die erste Streifenbesatzung mit Blaulicht vor. Über den Sirenenklang war Hardy mindestens genauso erleichtert wie über die Tatsache, dass Dr. Winkler nicht mehr fähig gewesen war, nach Gretas Waffe zu greifen, und sich schließlich ergeben musste. Obwohl seine Kollegin vom Kampf gegen die Drahtschlinge noch schwer erschöpft war, hatte sie Hardy sofort geholfen, den Täter zu überwältigen und ihm die Handfesseln anzulegen. Danach hatte sie sogar noch Kraft gefunden, um nach ihrer Waffe zu greifen und das halbe Magazin auf die Musikanlage abzufeuern.

»The Sound of Silence« war endgültig verstummt.

»Nehmen Sie mir die Dinger ab, damit ich die Schusswunde richtig behandeln kann«, schimpfte Dr. Winkler und rüttelte an den Handschellen. »Ihr stümperhafter Verband macht alles nur noch schlimmer.«

Hardy hatte in aller Schnelle die Blutung gestoppt und einen Rettungswagen über die 112 gerufen. Natürlich hatte Dr. Winkler sich gegen die Erste Hilfe gewehrt, wodurch der Verband ziemlich schief um seinen Bizeps hing.

»Sie machen gar nichts mehr«, entgegnete Hardy. »Das wird sich ein Notarzt ansehen.«

»Außerdem können Sie von Glück reden, dass Hardy Sie überhaupt verarztet hat«, redete Greta dazwischen. »Ich würde Sie liebend gern verbluten lassen.«

»Wenn er nicht gekommen wäre, hätten Sie gar nicht die Chance bekommen, mich verbluten zu lassen.«

Greta griff sich an den Hals, an dem noch immer ein tiefroter Einschnitt zu sehen war. Ihre verbitterte Miene hielt nicht lang, dann kniff sie den Arzt ohne Vorwarnung und mit sichtlicher Genugtuung in den verletzten Arm, was ihn zu einem Schmerzenslaut nötigte. »Ich werde das heutige Finale in einem meiner kommenden Romane so formulieren, wie es mir gefällt, und Ihnen nach der Veröffentlichung ein Exemplar in den Knast schicken. Selbstverständlich für lau, denn Sie werden zukünftig mit deutlich weniger Geld auskommen müssen, fürchte ich.«

»Sie hatten bloß Glück«, spie Dr. Winkler aus. »Eine Minute später und Sie …«

Bevor der Streit eskalierte und Hardy einschreiten musste, betraten zwei Streifenbeamte die Praxis. Greta hatte den anrückenden Kräften schon vorher die Eingangstür geöffnet.

»Führt ihn ab«, wies Hardy seine Kollegen an und die beiden Angesprochenen packten sofort zu.

»Wartet«, hielt Greta sie jedoch auf und griff nach den Handschellen um Winklers Gelenke. »Ich begleite ihn hinaus zum Streifenwagen, damit er sich später immer an diesen Moment erinnert.«

»Meinetwegen«, stimmte Hardy zu. »Ich sehe mich in der Zwischenzeit hier um.«

Sie nickte den Kollegen zu und boxte Hardy freundschaftlich gegen den Arm.

»Danke, dass du meinen Arsch gerettet hast«, sagte sie und stieß den Festgenommenen vor sich her. Im Vorbeigehen flüsterte sie Hardy noch etwas zu. »Und bei meinem Hintern gibt es leider viel zu viel zu retten.«

Als die anderen vier die Praxis verließen, ertappte Hardy sich dabei, wie er Gretas Po mit den Augen abmaß. Glücklicherweise hatte sie es nicht bemerkt, weil ihm das peinlich gewesen wäre. Auch wenn er ihren Hintern keineswegs überdimensioniert fand, eher …

Schnell lenkte er sich ab, indem er vorsichtig alle Räume betrat, bis auf den Kellerbereich. Dafür musste er erst nach dem passenden Schlüssel suchen, den er schließlich im Arztschreibtisch fand.

Kurz darauf fand er noch etwas anderes.

Jemand anderen …

»Mein Gott, du lebst!«, stieß Hardy aus, als er Jan den Knebel aus dem Mund zerrte.

»Ja, Scheiße, ich lebe«, keuchte Jan, als er endlich frei atmen konnte. »Das Gleiche hat der Psychoarzt auch gesagt, nur mit anderer Betonung. Er sagte, er hätte mich schon längst umgebracht, nur wusste er nicht, wie er mich in einem Stück hier rausbringen sollte.«

»Du hast deinen Humor nicht verloren«, sagte Hardy, der es vor lauter Erleichterung kaum fassen konnte.

»Dafür aber meinen Finger, verdammt!« Jan hielt seine Hand ins Licht, aber Hardy warf nur einen angewiderten Blick auf das verstümmelte Glied. »Und was heißt hier eigentlich ›Humor nicht verloren‹? Ich habe keinen Humor, sondern Hunger.«

»Ein Arzt ist auf dem Weg hierher … ein richtiger Arzt«, korrigierte Hardy sich hastig.

»Ach ja? Wer garantiert mir das?«

»Ich befreie dich erst mal von den Kabelbindern.«

»Deck mich zuerst mit dem Tuch hinter dir zu, du Spanner. Oder denkst du, es macht mir Spaß, nackt vor dir zu posieren?«

Hardy griff nach einem öligen Laken und warf es um Jans Unterleib.

»Sag mir bitte, dass da oben irgendwo meine Klamotten herumliegen«, plapperte Jan, als hätte er in den letzten zwei Tagen keine Todesängste durchlebt.

»Ich besorge dir schon was zum Anziehen.«

»Aber was Anständiges, du Modeikone!« Bevor Hardy auch nur über die Forderung nachdenken konnte, packte Jan ihn fest am Arm. »Sag mir ehrlich, bin ich ein Held?«

Trotz der Verwunderung über die Frage musste Hardy schmunzeln. »Ja, du bist ein Held.«

»Und gehen wir heute ein Bier trinken?«

»Ich weiß nicht, ob ich es heute schaffe. Aber ich verspreche es dir für morgen, spätestens übermorgen.«

»Hey, du würdest mich doch nie anlügen?«

Hardy zwinkerte ihm zu. »Habe ich dich je angelogen?«

»Okay, abgemacht, auf ein Bierchen! Und jetzt bring mich hier raus, damit die Welt ihren Helden bewundern kann.«

Kapitel 91

Mitten in der Nacht betrat Hardy die Gewahrsamsräume des Polizeihauptreviers Anklam. Ein Streifenkollege schloss ihm auf und führte ihn zu der Zelle, in der Dr. Niklas Winkler auf das Morgendämmern wartete. Wie vermutet, lag der Arzt wach und stierte wie verloren die Wände an.

»Halb zwei und Sie können nicht schlafen«, eröffnete Hardy das Gespräch.

Winkler richtete sich auf und stierte nun ihn aus blutunterlaufenen Augen an. »Und warum sind Sie noch hier?«

»Heute bekommt wohl keiner ein Auge zu. Keiner von denen, die wissen, was Sie getan haben.«

Daraufhin zuckte Winkler kraftlos mit den Schultern und ließ sogleich den Kopf sinken. Er hockte auf seiner Liege, als wäre er irgendein Penner, den der Streifendienst volltrunken von der Straße aufgesammelt hatte. Am Oberkörper trug er nur sein weißes Unterhemd. Es war bekleckert von der Mahlzeit, die man ihm als Gefangenen zugestanden hatte. Nichts an seiner Haltung und an seinem Äußeren erinnerte mehr an den erfolgreichen Arzt, der er unbestreitbar war.

»Braucht ihr mich noch oder kann ich euch allein lassen?«, fragte der Uniformierte unterdessen, weil er wohl Besseres zu tun hatte, als ein schleppendes Gespräch zu verfolgen.

»Danke, ich schaffe das hier allein«, antwortete Hardy, denn zwischen ihm und Winkler sorgte die verschlossene Zellentür für Sicherheit.

»Warum leisten Sie mir Gesellschaft?«, wollte der Arzt wissen, nachdem der Streifenbeamte den Zellentrakt verlassen hatte. »Wir hatten in der Vergangenheit nicht so oft Kontakt, dass zwischen uns ein inniges Verhältnis bestünde, auch wenn ich die Unterhaltungen mit Ihnen immer als recht angenehm empfand. Außerdem machen Sie für mein Empfinden einen guten Job.«

»Es stimmt, wir kennen uns kaum, und ich bin auch nicht Ihre Gesellschaft, ich bin nur gekommen, weil ich eine Sache nicht verstehe …« Hardy redete absichtlich nicht weiter, weil ihn die Reaktion seines Gegenübers interessierte.

»Sie sind entweder verdammt gut oder überschätzen sich selbst, Herr Finkel.« Dr. Winkler lachte leise, wie ein böser alter Mann, der sich diebisch freut, weil er noch einen Trumpf in der Hand hält. Bis sein Husten ihn bremste. »Ich tippe auf Letzteres, denn Sie müssen unglaublich naiv sein, wenn Sie mich so kurz nach meiner Festnahme besuchen in der Hoffnung, ich würde heulend vor Ihnen zusammenbrechen und ein Geständnis ablegen.«

»Ja, manchmal bin ich naiv. Allerdings bin ich nicht wegen eines Geständnisses hergekommen. Ob Sie heulend zusammenbrechen, überlasse ich natürlich Ihnen.«

»Sehen Sie, genau deshalb mag ich Sie! Sie können unabsichtlich witzig sein. Also, worum geht es dann? Was verstehen Sie nicht?«

»Ich würde gern verstehen, warum Sie all die Menschen umgebracht haben. Ja, mir ist selbstverständlich bewusst, dass Sie damit schweineviel Geld verdient haben. Blutgeld, um es auf den Punkt zu bringen. Aber eigentlich hatten Sie das gar nicht nötig. Sie haben als Arzt schon, weiß Gott, reichlich verdient, hatten ein wunderschönes Haus, eine gut laufende Praxis, und Ihr Ansehen bei den Leuten war besser als bei den meisten Kommunalpolitikern. Sie haben vielleicht ein Dasein als Single geführt, aber ich würde Ihr Leben dennoch als gesegnet bezeichnen. Oder wollen Sie das etwa leugnen?«

Winkler sagte nichts, sondern stierte Hardy wieder an, als lauschte er noch jemand anderem. Irgendwelchen Stimmen. Bis er schließlich eine Augenbraue hochzog, wohl damit Hardy endlich zum Punkt kam.

»Warum haben Sie das alles aufs Spiel gesetzt?«, machte Hardy weiter. »Ich meine, das kriminelle Netzwerk, das Sie um sich herum aufgebaut haben, dafür brauchte es erstaunliches Geschick, aber Sie wollen mir doch nicht ernsthaft einreden, Sie hätten nie damit gerechnet, dass Sie irgendwann auffliegen würden. Dafür waren viel zu viele Personen in Ihr Geschäft involviert. Bei so einer Sache knickt früher oder später immer einer ein, sei es durch einen Fehler, sei es, weil er dem Druck nicht mehr standhält. Hannelore war so eine Person. Und allein dass Ihr Handlanger Jürgen Witt diesen Drogenkonsumenten Ulf Wenke bestochen hat, damit er die Falschaussage mit der Pistole im Schließfach am Nordhafen machte, war hochriskant. So ist es doch gewesen, oder liege ich falsch? Sie werden es mir vermutlich nicht verraten, aber wollten Sie Wenke in nächster Zeit auch verschwinden lassen, bevor er vor der Polizei auspackte? Da ich Sie für hochintelligent halte, bin ich mir sicher, Sie wussten von Anfang an, dass Sie aus der Geschichte niemals ungestraft herauskommen würden. Also nennen Sie mir einen vernünftigen Grund, warum Sie trotzdem zum Mörder werden mussten.«

Daraufhin herrschte eine Weile Stille zwischen ihnen.

»Sind Sie fertig?«, fragte Winkler arrogant.

»Sie werden mir keine Antwort geben.«

»Hm.«

»Was?«

»Ich überlege, wie ich es ausdrücken kann, damit es nicht wie ein Geständnis klingt.« Winkler legte einen Finger auf seine Lippen. Anscheinend dachte er wirklich darüber nach. »Lassen Sie es mich so formulieren, Herr Finkel: Ich habe in meinem gesegneten Leben, wie sie es ausgedrückt haben, sehr wenig Liebe empfangen. An und für sich ist das kein Problem, denn damit bin ich ganz bestimmt nicht der einzige Mensch auf dieser Welt, und außerdem war mein Beruf, wie Sie es ebenfalls trefflich formuliert haben, all die Jahre meine Passion. Ich bin gern Arzt, und ich maße mir an, behaupten zu können, ich habe das nötige Wissen und Talent, um ein hervorragender Mediziner zu sein. Aber wissen Sie, ein Arzt kann die besten Empfehlungen und höchsten Auszeichnungen besitzen, doch wenn er nicht genügend Liebe für seine Patienten aufbringt, ist er verloren. Wenn Sie das Leben lieben, schließt das auch den Respekt für den Tod ein. Ich dagegen habe irgendwann jegliche Ehrfurcht vor dem Tod verloren, weil ich nicht genügend Herzlichkeit und Empathie für meine Mitmenschen aufbringen konnte. Ich habe meine Arbeit getan, weil ich das Arzthandwerk fleißig gelernt und schließlich perfekt beherrscht habe. Exakt so, wie meine Eltern es vorherbestimmt hatten. Ich bin Arzt, aber ich bin wahrlich kein Heilsbringer. Ich habe vor Jahren eine Gelegenheit erkannt und genutzt. Es war so einfach und die Versuchung zu groß, um nicht an dem Spiel mit dem Tod teilzunehmen. Die fehlende Liebe vonseiten meiner Eltern, das Loch in meinem Herzen, das die Menschen in meiner

Umgebung immer weiter ausgehöhlt haben, konnte ich am Ende nur durch den Nervenkitzel füllen. Es ist schwer, selbst eine solche Leidenschaft aufzugeben.«

Als er nicht weiterredete, wusste Hardy, dass er sich jede Nachfrage schenken konnte. Winkler hatte alles gesagt, was er sagen wollte, und er würde sich jede Ergänzung sparen.

»Danke für Ihre Erklärung, auch wenn ich Ihre Taten niemals nachvollziehen kann.«

»Das müssen Sie auch nicht. Seien Sie froh, dass Sie nicht sind wie ich. Sie sind in Ordnung, Hardy Finkel … und Ihre Kollegin Greta Silber natürlich auch. Sagen Sie ihr, dass ich mich schäme für das, was da in meiner Praxis passiert ist.«

»So leid es mir tut, Herr Dr. Winkler, aber ich werde Ihre Entschuldigung nicht überbringen. Wie Sie es eben gesagt haben, ich bezweifle, dass Sie genügend Mitempfinden besitzen, um zu begreifen, was Sie meiner Kollegin angetan haben.«

Winkler nickte daraufhin lange, zeigte aber keine Miene des Bedauerns. »Ja, da könnte was dran sein …«

»Ich lasse Sie jetzt allein.«

Als Hardy das sagte, wurden Winklers Augen plötzlich doch ein wenig feucht. Er hob die Hände zum Kopf und presste sie auf beide Ohren. Wieder sah es so aus, als würde er irgendeine fremde Stimme hören. »Ich bin niemals allein, das ist meine Strafe.«

Kapitel 92

Obwohl ihr nach der dramatischen Festnahme des Arztes jeder geraten hatte, sich krankschreiben zu lassen, saß Greta am übernächsten Morgen sofort nach dem Frühstück zu einer weiteren Besprechung im Büro der KPI-Leiterin. Entlang der Schreibtischkante dampften wie am Vortag vier Tassen Kaffee vor sich hin. Um das darunter liegende Wundmal zu verdecken, trug Greta erstmals in ihrem Leben ein Tuch um den Hals. Alle Anwesenden standen noch unter den schrecklichen Eindrücken von vorgestern, was sich vor allem in viel Schweigen ausdrückte.

»Sie sind wirklich hart im Nehmen, Frau Silber«, bekundete Liebkorn. »Meinen Respekt haben Sie, vorausgesetzt, Sie hören endlich auf, sich selbst zu überschätzen.«

»Wir sind Polizisten, da wage ich zu behaupten, dass uns Selbstüberschätzung im Blut liegt. Zur Not braucht man im Dienst einen Schutzengel wie Hardy.«

Greta schaute zu Hardy, ob er das auch so sah, woraufhin er ihr beruhigend zuzwinkerte.

»Offenbar sind wenigstens Sie beide sich einig.« Liebkorn atmete schwer aus, als wollte sie dadurch alle Last von sich und ihren Kollegen hinwegfegen. »Kommen wir zum Tagesgeschäft.

Wer kann mir nun erklären, wie groß das Ausmaß von Möwenflucht ist? Sie vielleicht, Herr Finkel?«

Hardy hob abwehrend die Hände. »Ich denke, das sollte unser Chef übernehmen.«

Greta und er wussten, wie ungern Jona große Reden schwang. Aber diesmal schien er vorbereitet. Mit einer weit ausladenden Armbewegung legte er Liebkorn eine mitgebrachte Tageszeitung hin.

»Seite zwei«, sagte er und wartete, bis sie das Deckblatt umgeschlagen hatte. »Dort unten berichten sie über einen Anklamer Bestattungsunternehmer, der sich heute in den Nachtstunden in seiner eigenen Kühlkammer erhängt hat. Es verdichten sich die Hinweise, dass der Mann zu Dr. Winklers abscheulichem Netzwerk gehörte und sich um die Dokumente für eine anonyme Bestattung der Opfer gekümmert hat. Natürlich gab es inoffiziell keine Bestattung, denn wie wir wissen, wurden die Leichen nie beigesetzt oder eingeäschert, sondern verkauft und verschifft. Neben den bekannten Vermisstenfällen wissen wir momentan von sieben weiteren solcher fingierten natürlichen Todesfälle. Frank Lahmert kümmert sich bereits um die Beweissicherung beim Bestattungsunternehmen. So wie es aussieht, liefen diese angeblichen Bestattungen allesamt über Klein & Partner, denn die besaßen ja die Bestattungsverfügungen und Vorsorgeverträge der Opfer.« Jona machte eine Pause, in der er Liebkorns anerkennendes Nicken wohlwollend aufnahm. »Das bringt mich zum nächsten Punkt: Inzwischen haben wir hochbrisantes Material, um die Anwaltskanzlei belasten zu können. Selbst die Staatsanwaltschaft sieht einer Anklage optimistisch entgegen.«

»Das klingt ja erfreulich«, sagte Liebkorn.

»Allerdings sollten wir nicht zu euphorisch sein«, bremste Hardy plötzlich. »Die Ermittlungen werden sich sehr lange hinziehen, denn wir reden hier von einer Mordserie, die über zehn Jahre dauerte, wenn nicht sogar länger. Wer weiß, wie viele Beweise in der Zwischenzeit verschwunden sind. Außerdem ist unser wichtigster Zeuge Daniel Sobotzik erneut untergetaucht. Ich befürchte, ohne ihn wackelt das Anklagegerüst trotzdem.«

»Ach, Hardy«, widersprach Greta. »Dr. Winkler ist ein Serienmörder, daran gibt es keinen Zweifel. Wir werden ihm jede einzelne Tat nachweisen können.«

»Ich bin da ganz bei Greta«, stimmte Jona ihr zu. »Je schneller wir die Fälle aufgearbeitet haben, umso eher kannst du dich um deine Wohnungssuche kümmern, Hardy. Das sollte dir Ansporn genug sein.«

»Ganz schlechtes Thema«, murrte Hardy, brachte jedoch keine Gegenargumente.

Entgegen ihrer vorherigen Äußerung rechnete Greta insgeheim ebenfalls mit langwierigen Ermittlungen, die das Kommissariat vor eine Mammutaufgabe stellten, aber sie wollte dem Verfahrensausgang dennoch positiv entgegenblicken. Trotz zahlreicher Widrigkeiten in ihrem Beruf hatte sie nie aufgegeben, an gerechte Urteile durch irdische Richter zu glauben.

»Wir wissen jetzt schon, dass Winkler in den letzten fünf Jahren knapp eine Million Euro in seine Villa gesteckt hat. Etliche Menschen in seiner Umgebung haben sich all die Zeit gewundert, wie überaus gut seine Praxis lief. Jetzt ist klar, durch welche Nebeneinkünfte er die kostspieligen Sanierungen finanziert hat. Über die geflossenen Gelder werden wir garantiert seine Geschäftspartner finden.«

»Die in Deutschland vielleicht, aber was ist mit den Firmen im Ausland?«, fragte Hardy.

»Du hast doch beim BKA gearbeitet«, erinnerte Jona ihn. »Sollen die vom Bundeskriminalamt auch mal zeigen, wie gut ihre Verbindungen ins Ausland sind. Das kann jedenfalls nicht mehr unsere Aufgabe sein. Wir kümmern uns um Klein & Partner. Inzwischen wissen wir, dass Dr. Winkler sehr gut mit dem Seniorkanzleichef befreundet war. Sie kannten sich seit der Jugendzeit und später war der Jurist Winklers Patient. Als er schwer erkrankte und die Geschäfte schlecht liefen, hat der Arzt seinem Freund ein lukratives Angebot gemacht: die Abwicklung fingierter natürlicher Todesfälle. Das brachte die Anwaltskanzlei tatsächlich wieder auf die Beine, denn die Opfer mussten für diese Dienstleistung tief in die Tasche greifen – immer in dem Glauben, es sei das Startkapital für ein neues Leben im Ausland.«

»Sobotzik erwähnte zehntausend Euro allein für die vermeintliche Dienstleistung von [illegible] & Partner«, ergänzte Greta. »Ob die Summe stimmt, werden wir noch herausfinden.«

»Der alte Anwalt ist vor vier Jahren verstorben«, redete Jona weiter. »Sein Sohn hat die Kanzlei dann übernommen.«

»Und damit offenbar auch die unlauteren Geschäftspraktiken«, mutmaßte Liebkorn richtigerweise. »Zudem hatte die Kanzlei einen Staatsanwalt gefunden, der sie dabei unterstützte.«

»Wir alle hoffen, dass die verantwortlichen Rechtsanwälte hart bestraft werden«, sagte Greta. »Immerhin haben Sie die grausamen Taten eines Serienmörders gefördert. Und das alles nur für ein paar lächerliche Euro. Es ist unvorstellbar, wie Winkler um sich herum ein solches Todesnetzwerk aufbauen konnte.«

Mit Genugtuung registrierte sie, dass die anderen zustimmend nickten.

Hardy räusperte sich. »Ich nehme an, Arne Luther ist angesichts der neusten Enthüllungen bereits in Champagnerlaune und übt für seinen großen Auftritt vor deutschlandweiter Presse.«

Liebkorn schüttelte den Kopf. »Staatsanwalt Luther wird die Aufsicht über den Möwenflucht-Fall nicht übernehmen. Er will sich weiterhin schonen. Außerdem müsste er sonst die

Verfahren gegen Sie wiederaufnehmen, Herr Finkel, und dazu hat er nach eigener Aussage keine Lust.« Ungewohnterweise zwinkerte sie Hardy zu und lächelte dabei dünn, um sogleich zu ihrer beherrschten Haltung und ernsten Miene zurückzukehren. »Wie geht es Ihrem Freund?«

»Jan will dauernd wissen, wer ihm den Schaden an seinen Rechnern und der Wohnungseinrichtung ersetzt. Ich habe ihm versprochen, heute bei einem Bier mit ihm darüber zu reden.«

»Bedauert er denn nicht viel mehr den Verlust seines rechten Zeigefingers?«, wunderte Liebkorn sich.

»Offensichtlich ist das zweitrangig. Er meinte, die Verstümmelung wäre das Beste, was ihm passieren konnte. Damit würde die Geschichte vor seinen Studenten glaubhafter klingen. Er erzählt nämlich überall, er habe der Polizei geholfen, einen Serienmörder zu überwältigen. Welcher Uniprofessor kann das schon von sich behaupten? Sein Zeitungsbild hängt gleich mehrfach im Campus aus. Außerdem ist er Linkshänder und hat ohnehin nie gelernt, mit Zehnfingersystem zu schreiben.«

»Dieser Jan Finow scheint ein toller Mann zu sein«, sagte Liebkorn.

»Ja, wenn man ihn nicht näher kennt«, scherzte Greta.

Sie hatte sich fest vorgenommen, bei der Bierrunde von ihm und Harry dabei zu sein und sich für alles bei ihm zu bedanken.

Kaum hatte die Stimmung sich ein bisschen aufgeheitert, unterbrach das Klingeln des Büroapparats die Runde.

»Meine Sekretärin«, sagte Liebkorn beim Griff zum Hörer, dann erkundigte sie sich, wer sie sprechen wollte. »Der Einlassdienst? Stellen Sie ihn bitte durch.«

Greta lauschte zusammen mit Hardy und Jona, doch so richtig schlau wurde sie aus Liebkorns knappen Kommentaren und Lauten nicht.

Schließlich legte sie wieder auf und sah Greta erstaunt an.

»Da unten wartet jemand auf Sie.«

Greta schaute Hardy an, der mit den Schultern zuckte. »Und wer?«

»Daniel Sobotzik.«

Als sie den Namen hörte, glaubte sie an einen Scherz, aber da ihre KPI-Leiterin nie scherzte, konnte das nur bedeuten, dass Smoke nach der Festnahme des Mörders aus seiner Deckung gekommen war.

»Wollen Sie nicht zu ihm?«, riss Liebkorn sie aus ihrer Lethargie.

»Äh«, fiel Greta nichts Besseres ein.

»Anscheinend will er das Erbe seiner Tante nicht abschreiben«, sagte Hardy und stupste sie an. »Soll ich mitgehen?«

Greta schüttelte den Kopf und stand mit klopfendem Herzen auf, denn Sobotziks Auftauchen würde die Kripo bei der Aufklärung dieses extrem komplizierten Falls erheblich weiterbringen, wenn nicht sogar den Durchbruch bedeuten.

»Ich denke, das schaffe ich allein.«

Dessen waren sich alle sicher.

Nachwort und Danksagung

Liebe Leserin, lieber Leser,

vielen Dank, dass Sie Greta und Hardy in ihrem zweiten gemeinsamen Fall begleitet haben. Ich hoffe, der Kriminalfall hat Ihnen spannende Lesestunden und den einen oder anderen Schockmoment beschert.

Die Grundidee zur Geschichte basiert tatsächlich auf einem Zeitschriftenbericht über Gunther von Hagens. In dem Artikel wurde ein kritischer Blick auf die Herkunft der Spenderleichen geworfen. Später gab das Zeitschriftenmagazin eine Unterlassungserklärung bezüglich der Behauptungen ab. Daher möchte ich betonen, dass ich mich durch den Artikel lediglich für mein fiktives Werk inspirieren lassen habe. Die im Buch dargestellte Fabrikation von menschlichen Plastinationen ist frei erfunden.

Falls Sie von meinen beiden Ermittlern nicht genug bekommen können und den ersten Fall »Küstenstill« bereits gelesen haben, kann ich Ihnen jetzt schon verraten, dass Greta und Hardy bald zurückkehren und neue Morde aufklären werden. Darüber hinaus können Sie als Leser die beiden unterstützen, indem Sie Ihre Begeisterung mit einer positiven Bewertung bei Amazon ausdrücken.

Erneut möchte ich mich bei den Menschen bedanken, die maßgeblich an diesem Buch mitgearbeitet haben: Alexandra Scherer, Jennifer Bruno, Kerstin Gilbert, Jens Leichsner, meine Arbeitskollegen, die Pressestelle der PI Anklam, meine Lektorin und mein Korrektor und das Team von Amazon Publishing.

Schreiben Sie mir gern per E-Mail (autor(at)eliashaller.com), falls Sie Lob, Kritik oder einfach einen Gruß für mich haben. Auf meiner Internetseite www.eliashaller.com können Sie sich für meinen Newsletter anmelden, um bei neuen Büchern informiert zu werden. Alternativ können Sie mir auch auf Facebook www.facebook.com/HallerKrimis folgen.

Elias Haller, Februar 2020

Bisher von Elias Haller bei Edition M erschienen:

Greta Silber & Hardy Finkel:
Küstenstill
Möwentod

Erik Donner:
Tod und tiefer Fall
Rache und roter Schnee
Blut und böser Mann
Asche und alter Zorn
Furcht und finsteres Herz
Leid und letzter Tag
Tod und kein Erbarmen

Klara Frost:
Der Augenmacher
Der Todesschöpfer
Der Seelenhirte

Klara Frost & Erik Donner:
Der Luzifer-Killer

Printed in Great Britain
by Amazon

43922687R00246